쇼펜하우어 인생론

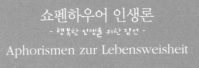

쇼펜하우어 인생론
- 행복한 인생을 위한 잠언 -
Aphorismen zur Lebensweisheit

쇼펜하우어 지음 | 박현석 옮김

나래북

행복은 쉽게 얻을 수 있는 것이 아니다.
행복을 자신 속에서 발견해내기란 매우 어려운 일이며,
다른 곳에서 발견해내기란 불가능한 일이다.

샹포르

(1741-1794, 프랑스의 저술가)

나는 이렇게 살아왔고,
이러한 신념을 얻었다.

가능하면 모든 사람들에게 권하고 싶은
나의 신념이다.

서문

   여기서는 인생론이라는 것을 철두철미하게 인생 그 자체의 내부에서 바라본 내재적인 의미로 해석하고 있다. 즉 가능한 한 즐겁고 행복하게 인생을 보내는 기술이라는 의미이다. 이와 같은 기술의 지침서는 행복론이라고 이름할 수도 있을 것이다. 이러한 견지에서 보자면 인생론은 행복한 생활에 대한 지침이라고도 말할 수 있을 것이다. 하지만 어떤 것이 행복한 생활인지에 대해서는 객관적 기준보다는 주관적 판단에 따라 냉정하게 숙고한 끝에, 살아 있지 않은 것보다는 월등하게 낫다고 말할 수 있는 생활이라고 정의하는 것이 고작일 것이다. 행복한 생활에 대해서 이런 식으로 생각한다면, 우리들이 그것에 집착하는 것은 행복한 생활 그 자체가 동기가 되는 것이지 단순히 죽음에 대한 공포가 동기가 되는 것은 아니다. 또한 바로 그렇기 때문에 행복한 생활이 영원히 계속되기를 바라는 것이다. 과연 인생이 이와 같은 생활에 대한 개념에 부합하는지, 혹은 부합할 가능성은 있을지와 같은 질문에 대해서, 이미 알려진 바와 같이, 내 철학은 아니라고 대답한다. 이와는 반대로 행복론은 이 질문에 대한 긍정이 전제되고 있다. 즉 행복론은 나의 주요한 저서 『의지와 표상으로서의 세계』 제2권 제49장(「구제의 질서」)에서 비난한 바 있는, 인간은 행복해지기 위해 살고 있다는 인간 본래의 미망에 그 기초를 두고 있는 것이다. 따라서 행복론을 기술하는 데 있어서는 내 본래의 철학이 목표로 하고 있는 가장 높은 형이상학적 · 윤리적인 입장을 완전히 도외시할 수밖에 없었다. 그 결과 이 책의 논지는 전체적으로 평범하고 일반적인 경험적 입장으로 일관하고 있으며, 이 입장이 가지고 있는 미망을 고집한다는 의미에서 이른바 대세에 대한 순응에 바탕을 두고 이루어져 있다. 따라서 행복이라는 말 자체가 떠돌이 약장수가 늘어놓을 법한 미사여구에 불과한 것이라면 논술의 가치도 조건부적인 가치 이상의 것일 수가 없다. 그리고 행복론이라고는 하지만 이 자체로 완벽한 것은 아니다. 이는 논제가 완벽하게 설명할 수 있는 성질의 것이 아닌 데다가, 완벽을 기하려고 하면 다른 사람들이 이미 오래 전에 했던 말들을 반복해서 할 수밖에 없기 때문이다.

이에 대해 세상 사람들에게 교훈을 줄 의도로 기술된 책으로 내 머릿속에 떠오르는 것은 카르다노(1501~1576, 이탈리아의 수학자)의 『역경에서 얻을 수 있는 이익에 대하여』라는 필독서뿐이다. 따라서 그 책을 통해서 본서의 논술을 보충하는 것이 좋을 것이다. 아리스토텔레스†도 그의 저서 『수사학』의 제1권 제5장에 간단한 행복론을 삽입하기는 했지만 이것은 참으로 무미건조한 것에 그치고 말았다. 나는 이 책을 집필하면서 이러한 선배 철학자의 사상을 이용하지 않았다. 편집을 하는 것은 내 임무가 아니기 때문이다. 그리고 여러 사상을 본떠 편집한다면 이러한 저작의 생명이라고도 할 수 있는 견해의 통일성을 잃어버리게 되기 때문이기도 하다. 결국 어느 시대에든 현자들은 같은 말을 해왔으며, 헤아릴 수도 없이

---

† **아리스토텔레스**, Aristoteles, BC 384~BC 322

스타게이로스에서 출생. 17세 아테네에 진출, 플라톤의 학원(아카데미아)에 들어가 스승이 죽을 때까지 거기에 머물렀다. 그 후 여러 연구와 교수를 거쳐 BC 335년에 아테네에 돌아와 리케이온에서 직접 학원을 열었다. 지금 남아 있는 저작의 대부분은 이 시대의 강의노트였다.

스승 플라톤이 초감각적인 이데아의 세계를 존중한 것에 대해, 그는 인간에게 가까운 감각되는 자연물을 존중하고 이를 지배하는 원인들의 인식을 구하는 현실주의 입장을 취하였다.

그렇다고 두 철학자가 대립된 것은 아니다. 아리스토텔레스는 스승의 철학에서 깊은 영향을 받아 출발하였고, 뒤에 독자적인 체계를 세운 것도 플라톤의 철학적 범주 안에서 이루어진 것이기 때문이다. 그의 사상적 특징은 소여(所與)에서 출발하는 경험주의와 궁극적인 근거에까지 거슬러 올라가는 근원성, 지식의 전 부분에 걸친 종합성에 있다.

많은 어리석은 무리들은, 어느 시대에서나 한 가지 사실, 즉 현자의 말과 반대되는 일을 해왔는데 앞으로도 이런 현상에는 변함이 없을 것이다. 그래서 볼테르†는 "우리들은 이 세상을 떠날 때도, 이 세상에 태어나 태양을 올려다본 때와 마찬가지로 어리석고 악한 무리일 것이다."라고 말했다.

† **볼테르 Voltaire, 1694.11.21~1778.5.30 : 프랑스의 작가, 대표적 계몽사상가.**
본명 Franois-Marie Arouet. 파리 출생. 유복한 공증인의 아들로 예수회 학교 루이르 그랑에서 공부하였다. 1717년에 오를레앙 공의 섭정을 비방하는 시를 썼다가 투옥되었는데, 비극 《오이디푸스》를 옥중에서 완성하고, 1718년에 상연하여 성공을 거둔 다음 볼테르라는 필명으로 바꾸었다. 그 후 한 귀족과의 싸움으로 다시 투옥되었으며, 국외 망명을 조건으로 석방되었다. 제정치하의 불평등에 환멸을 느끼고 1726년 영국으로 건너가 그곳에서 타고난 비판정신을 더욱 굳건히 하였다. 종교전쟁을 끝나게 한 앙리4세를 찬양하는 서사시 《앙리아드》를 출판한 후, 1729년에 귀국하였으며, 셰익스피어 극의 영향을 받은 사상극 《자이르》를 발표하였다. 이어 《철학서간(영국서간)》을 통하여 영국을 이상화하고 프랑스 사회를 비판하여 정부의 노여움을 사기도 했다. 그는 '페르네의 장로'라는 별명을 얻었으며, 반봉건·운동의 지도자로서 수많은 공격적 문서를 발표하였는데, 종교적 편견에 의한 부정재판을 규탄한 칼라스 사건 등의 실천운동도 유명하다. 그 성과인 《관용론》과 세계문명사인 《풍속시론》, 철학소설 《캉디드》, 《철학사전》이 만년의 대표작이다.
생전에는 많은 비극작품으로 17세기 고전주의의 계승자로 인정되었으나, 오늘날에는 간결한 문체의 《자디그》나 《캉디드》 등의 철학소설, 그리고 문명사적 관점에 따른 역사 작품이 더 높이 평가된다. 한편 D.디드로, J.J.루소 등과 함께 백과전서 운동을 지원하였으며, 백과전서파의 한 사람으로서 중요한 역할을 하였다.

차례

서문 | 9

제1장
인간을 이루는 세 가지 근본 규정 | 17

제2장
인간의 모습에 대해서 | 35

제3장
인간의 소유물에 대해서 | 87

제4장
사람이 주는 인상에 대해서 | 103

제5장
훈화와 금언 | 217

제6장
연령의 차이에 대하여 | 367

해설 | 409

제1장

인간을 이루는 세 가지 근본 규정

인간의 세 가지 근본 규정

❧

아리스토텔레스는 인생의 재산을 세 가지 유형으로 나누었다. 외적인 재산, 마음의 재산, 육체의 재산이 그것이다. 그런데 나는 세 가지라는 숫자만을 그대로 이어받아 덧없는 인간의 운명에 나타난, 여러 가지 기초를 이루는 것들이 세 가지 근본 요소에 귀착된다는 사실을 말하려고 한다. 그것은 다음과 같이 나누어 볼 수 있다.

1. 인간의 모습, 즉 가장 넓은 의미에서의 인품, 인격, 인물. 여기에는 건강, 힘, 아름다움, 기질, 도덕성, 지성과 그것의 완성이 포함된다.

2. 인간이 소유하고 있는 것, 즉 모든 의미에서의 소유물.

3. 사람들에게 주는 인상, 이는 알려진 바와 같이 타인의 눈에 비친 자기의 모습, 즉 타인에게 어떤 인상을 심어주는가를 의미하는 것이다. 따라서 결국 타인의 평판을 말하는 것이며, 그것은 명예와 지위, 명성으로 나눌 수 있다.

  첫 번째 요소에서 고찰해야 할 점은, 다름 아닌 자연 그 자체가 인간들 사이에 설정해놓은 것이다. 이것만으로도 인간의 행복이나 불행에 미치는 자연의 영향이 다음의 두 요소에 나타난, 단지 인간이 설정해놓았을 뿐인 규정 때문에 발생하는 차이에 의해서 일어나는 영향보다도 훨씬 더 본질적이며 근본적인 것이라는 사실을 상상할 수 있을 것이다. 위대한 정신과 마음을 지닌 참된 인물상과

---

† **에피쿠로스** Epikouros, BC 342?~BC 271

사모스 섬에서 출생하였다. 35세 전후에 아테네에서 학원을 열어 '에피쿠로스 학원'이라 불렸고, 부녀자와 노예에게도 문을 열었다고 한다. 제자들은 각자 형편에 맞는 기부금을 내고 학원에서 공부하고 함께 우정에 넘치는 공동생활을 하면서 문란하지 않은 생활(아타라쿠시아) 실현에 노력하였다.

'에피쿠로스 철학'에 의하면 참된 실재는 원자(아토마)와 공허(케논) 두 개 뿐으로, 원자는 불괴(不壞)의 궁극적 실체이고, 공허는 원자가 운동하는 장소이다. 원자는 부정한 방향으로 방황운동을 하는데, 이것에 의해 원자 사이에 충돌이 일어나서 이 세계가 생성되었다. 이 자연학에 의하여 그는 죽음과 신들에 대한 공포를 인류로부터 제거하려 하였다. 죽음이란 인체를 구성하는 원자가 소멸하는 것이며, 죽음과 동시에 모든 인식(자기)도 소멸한다. 신들도 인간과 동질의 존재이며 인간에게 무관심하다. 인생의 목적은 쾌락의 추구에 있는데, 그것은 자연적인 욕망의 충족이며, 명예욕·금전욕·음욕의 노예가 되는 것은 아니다. 공공생활의 잡담을 피하여 숨어 사는 것, 빵과 물만 먹는 소박한 식사에 만족하는 것, 헛된 미신에 마음이 흔들리지 않는 것, 우애를 최고의 기쁨으로 삼는 것 등이 그의 쾌락주의의 골자였다. 《자연에 대하여》 등 300여 권의 저서가 있었으나 사라지고 단편만 전한다.

비교해보자면, 지위나, 출생(가령 왕족 출신이라 하더라도) 부 등의 조건을 갖춘 인물상은 실제 왕 앞에 선 연극 속 왕과 같은 것이다. 그리스 철학자 에피쿠로스†의 으뜸가는 제자였던 메트로드로스는 일찍이 '우리들 속에 있는 행복의 원인은, 외부에서 발생하는 행복의 원인보다 더 크다.' 라는 제목으로 글을 썼다. 말할 필요도 없이 인간의 행복, 아니 인간의 모든 생활방식에 있어서 중요한 것은 인간 자신 속에 존재하고 거기서 일어나는 것이라는 사실이 명백하게 드러나는 것이다. 바로 여기에 마음의 유쾌함과 불쾌함이 직접적으로 깃들어 있는 것이다. 왜냐하면 마음의 유쾌함과 불쾌함은 어쨌든 인간이 느끼고, 욕망하고, 생각하는 작용들의 결과이기 때문이다. 이에 반해서 외부에 있는 모든 것들은 누가 뭐래도 간접적으로 마음의 유쾌함이나 불쾌함에 영향을 미치는 것들에 지나지 않는다. 그렇기 때문에 같은 외부적인 추이나 사정에 의해서 촉발되는 현상도 모두 제각각으로 다르며, 같은 상황에 처했더라도 살아가는 세계는 저마다 다른 것이다. 왜냐하면 인간이 직접적으로 영향을 받는 것은 자신이 품고 있는 관념이나 감정, 자신이 행하는 의사활동과 같은 것들뿐이며 외계의 사물은 단지 이러한 관념과 감정, 의사활동을 불러일으키는 동기로 각자에게 영향을 미치는 데 불과하기 때문이다. 각자가 살아가는 세계는 무엇보다도 먼저 세계에 대한 저마다의 견해에 의해 좌우되며, 생각의 차이에 따라서 달라진다. 생각에 따라서 세계는 빈약하고 무미건조하고 하찮은 것이 되기도 하며, 풍성하고 재미있고 깊은 맛을 가진 것이 되기도 한다. 예를 들어서 타인의 생애에 일어난 통쾌한 사건을 부러워하는 사람이 있는데 그런 사람들은 오히려 타인이 통쾌한 사건으로 묘사할 수 있을 만큼의 중요성을 그 사건에서 발견해낸 파악 능력을 부러워해야 할 것이다. 틀림없이 총명한 사람에게는 그렇게도 통쾌해 보이는 일이 우둔하고 평범한 사람이 보기에

† **괴테** Goethe, Johann Wolfgang von, 1749.8.28~1832.3.22
프랑크푸르트 암 마인 출생. 독일 고전주의의 대표자로서 세계적인 문학가이며 자연연구가이고, 바이마르 공국의 재상으로도 활약하였다. 7년전쟁(1756~1763) 때에는 프랑스에 점령되어 평화롭고 부유했던 괴테의 집도 프랑스 민정장관의 숙사가 되고, 아버지의 엄격한 교육계획 역시 중단되었으나, 괴테는 자유롭게 프랑스의 문화에 접할 기회를 얻었으며, 15세 때 그레트헨과의 첫사랑을 경험하였다.
1771년 변호사가 되어 고향에서 변호사업을 개업하였고, 1772년에는 제국 고등법원의 실습생으로서 몇 달 동안 베츨러에 머물렀다. 이때 샬로테 부프와의 비련을 겪고 《젊은 베르테르의 슬픔》을 썼는데, 이 작품으로 일약 문단에서 이름을 떨쳤고, 독일적 개성해방의 문학운동인 '슈투름 운트 드랑(Sturm und Drang: 질풍노도)'의 중심인물로 활발한 창작활동을 하였다.
만년의 문학작품으로는 《빌헬름 마이스터의 편력시대》와 《파우스트》의 완성이 최고봉을 이룬다. 전자는 당시의 시대와 사회를 묘사한 걸작이라 할 수 있으며, 후자는 한 인간의 생애가 전 인류의 역사에 뒤지지 않는 깊이와 넓이를 지니고 있음을 보여주는 장엄한 드라마다. 《파우스트》는 23세 때부터 쓰기 시작하여 83세로 죽기 1년 전인 1831년에야 완성된 생애의 대작이며, 세계문학 최대 걸작 중 하나이다. 인생과 우주에 대한 지칠 줄 모르는 정열가였던 괴테는 만년에도 세 차례의 연애를 체험하였다. 괴테는 문학작품이나 자연연구에 있어서, 신(神)과 세계를 하나로 보는 범신론적 세계관을 전개하였으며, 그의 종교관은 범신론적 경향이 뚜렷하지만, 복음서의 윤리에는 깊은 존경을 표시하였다. 그의 유해는 바이마르 대공 가의 묘지에 대공 및 실러와 나란히 안치되어 있다.

는 재미있지도 않은 일상적인 장면으로만 보일 것이기 때문이다. 이러한 사실을 여실히 엿볼 수 있는 것이 바로, 현실에서의 경험을 바탕으로 지었을 것이 틀림없는 괴테†와 바이런의 여러 시들이다. 이러한 시들을 읽고서도, 어리석은 사람은 시인이 경험한 황홀한 사건만 부러워할 뿐, 매우 평범한 사건을 그렇게도 멋진 시로 표현 해낸 시인의 활력 있고 왕성한 상상력은 부러워하지 않는다. 갈레 누스는 서양 의학의 아버지 히포크라테스의 이론을 바탕으로 인간 을 그 기질에 따라 다혈질, 점액질, 담즙질, 우울질 등의 유형으로 구분했다. 이를 토대로 다혈질인 사람이 보면 통쾌한 갈등이고, 점 액질인 사람이 보면 대수롭지 않은 일이 우울질인 사람에게는 비 극의 한 장면처럼 느껴지는 것도 모두 같은 이유에서이다. 이러한 사실은 현실, 즉 내용이 충실한 현재라는 것이 물의 산소와 수소처 럼 필연적으로 긴밀하게 연결되어 있다고는 하지만 어쨌든 이 두 가지 상반되는 면으로 이루어져 있는 것처럼 주관과 객관이라는 두 가지 상반되는 면으로 이루어져 있기 때문에 발생하는 것이다. 따라서 객관적인 면이 완전히 똑같다 하더라도 주관적인 면이 다 르거나, 주관적인 면이 같고 객관적인 면이 다른 경우에도 현재의 현실은 전혀 다른 것이 되어버린다. 객관적인 측면이 아름답고, 제 아무리 좋다 하더라도 주관적인 측면이 둔하고 나쁘다면, 아름다 운 풍경을 악천후 속에서 바라보거나 변변치 못한 카메라 렌즈로 바라보는 것처럼 열악한 현실, 열악한 현재가 되어버리는 것이다. 좀더 쉽게 이야기해보자면 인간은 각자 피부를 두르고 있는 것과 마찬가지로 자신의 의식 속에 갇혀서 직접적으로는 그 의식의 영향만 받으며 살아가고 있는 것에 불과한 것이다. 따라서 인간은 외부로부터 누군가 구원의 손길을 내민다 하더라도 그다지 커다란 구원을 얻지 못하는 법이다. 무대 위에서는 임금이나, 고문관을 연기하기도 하고, 하인이나, 병졸, 때로는 장군이 되기도 하지만 이러한 차이는 단지 외면에 있는 것일 뿐으로, 내면에 이러한 현상의 핵심이 되어 잠겨 있는 것은 누구의 것이나 똑같은 것이다. 인간은 고뇌와 괴로움을 가진 가련한 희극배우이다. 인생 역시 이와 같은 것이다. 지위나 부의 차이가 각자에게 서로 다른 역할을 연기하도록 하지만 결코 이 역할에 비례해서 행복이나 즐거움의 내면적인 차이가 발생하는 것이 아니며, 이러한 경우에도 한 껍질 벗기고 나면 모두가 똑같이 괴로움과 고뇌를 가졌으며 가엾이 여겨야 할 어리석은 자인 것이다. 내용은 사람에 따라 제각각 다르지만 본연의 모습, 즉 본질을 들여다보자면 더더욱 모두가 똑같이 어리석은 자이다. 잠재되어 있는 어리석음에 정도의 차이는 있을지 몰라도 이는 결코 신분과 부, 즉 역할에 따른 차이는 아니다. 다시 말해서 인간의 입장에서 볼 때 존재하고 이행, 진전하는 모든 사물은 직접적으로는 결국 인간의 의식 속에 존재하고 의식에 대해서 이행, 진전하는 것이기 때문에 명백하게 의식 그 자체의 성질, 상태가 무엇보다도 가장 중요하며 대부분의 경우 의식 속에 나타나는 사물의 모습보다도 의식의 성질, 상태가 더 중요하게 작용하는 것이다. 그 어떤 영예, 영화도 어리석은 자의 우둔한 의식에 비치면 그것은 세르반테스가 안락하지 못한 감옥에서 『돈키호테』를 집필했을 때의 의식과는 비교할 수도 없을 정도로 비천한 것이 되어버린다. 현재와 현실의 객관적인 측면은 운명의 손에 쥐어져 있다. 따라서 가변적인 것이다. 주관적인 측면은 다름 아닌 우리들 자신이다. 따라서 근본적으로는 불변적인 것이다. 그렇기 때문에 인간 각자의 생활방식은, 제아무리 외부에 변화가 생긴다 하더라도 시종일관 같은 성격을 띠는 것으로 같은 주제를 둘러싼 몇몇 변주곡에도 비유할 수 있을 것이다. 자신의 개성으로부터는 그 누구도 벗어날 수가 없다. 동물은 그 어떠한 상황에 놓여 있어도 자연에 의해서 규정된 자신의 본질적인 성격의 좁디좁은 한계에서 단 한 걸음도 벗어날 수가 없다. 그렇기 때문에 우리가 사랑하는 동물을 행복하게 해주려는 노력도, 결국 그 동물의 본질적인 성격이나 의식에 이러한 한계가 있기 때문에 언제나 좁은 범위에 그쳐버리게 되는 것이다. 인간도 이와 마찬가지이다. 개성에 따라서 인간에게 주어진 행복의 한도가 이미 결정되어 있는 것이다. 특히 정신적인 능력의 한계에 따라서 고상한 향락의 능력이 영원히 한정되어 있는 것이다. 정신적인 능력의 한계가 좁으면 그 인간을 위해서 주위 사람들이 부단한 노력을 하고 행복의 신이 제아무리 힘을 쏟아 부어도, 즉 외부에서 아무리 보살펴주어도 인간으로서는 평범한, 절반은 동물적인 행복과 즐거움 정도 이상으로는 끌어올릴 수 없는 것이다. 관능적인 향락, 단란한 가정생활, 저급한 사교, 비속한 쾌락 등에 의존하는 생활에서 완전히 빠져나오질 못한다. 일반적으로 교양조차도 이런 종류의 인간에게는 그러한 한계를 넓히는 데 조금은 도움이 되기는 하지만 그렇게 커다란 공헌을 하지는 못한다. 왜냐하면 가장 고상하고, 가장 풍요로우며, 가장 지속적인 향락은 정신적인 향락으로 젊었을 때는 제아무리 정신적 향락에 대해서 잘못된 생각을 갖게 된다 하더라도 그것은 대부분 선천적인 정신적 능력에 의해서 좌우되기 때문이다. 이러한 이유로 행복이 우리들의 모습, 즉 개성에 따라서 크게 좌우된다는 사실을 명확하게 알 수 있다. 그런데 사람들은 대부분 우리의 운명, 즉 우리가 소유하고 있는 것이나 인상만을 계산에 넣고 있다. 하지만 운명은 호전되는 경우도 있다. 그리고 내면적인 부를 가지고 있다면 운명에 대해서는 그다지 커다란 요구를 하지 않는 법이다. 이와는 반대로 어리석음은 죽기 전까지 고칠 수 없다. 쓸모 없는 인간은 죽을 때까지 쓸모 없는 인간이다. 가령 천국에 살면서 눈이 부실 정도의 미녀들에 둘러싸여 있다 하더라도 말이다. 그렇기 때문에 괴테는 이렇게 노래했다.

평민도 노예도 정복자도

진심을 말하자면 옛날도 지금도

인간으로 태어난 최대의 행복은

본성으로 돌아가는 것이다.

『서동시집西東詩集』

행복과 향락에 있어서 주관적인 것이 객관적인 것보다 훨씬 중요하다는 사실은, 배고플 때 맛없는 음식은 없다는 사실이라든가, 청년을 유혹하는 창녀들조차도 연민어린 시선으로 바라보는 노인의 심정과 같은 것들에서부터 천재나 성직자들의 생활방식에 이르기까지 모든 일들을 통해 실증되고 있다. 특히 건강은 모든 외부적인 재산보다도 더욱 중요한 것이기 때문에 건강한 거지는 병든 국왕보다도 행복하다. 완전한 건강과 신체의 조화에서 우러나는 차분하고 호방한 기질이나, 활달하고 분방하며, 명민하고 정확하며 투철한 지성이나, 중용을 지키는 온화한 의사나 성품이나, 심지어는 한 점 부끄러움이 없는 양심과 같은 것은 지위나 부로 대신할 수 없는 아름다운 요소이다. 그도 그럴 것이 한 인간의 자기 자신으로서의 모습, 홀로 남아도 끝까지 따라다니며 그 누구에게 받을 수도 없으며 빼앗기지도 않는 것이야말로 그 인간이 혹시 소유하게 될지도 모를 그 어떠한 것, 타인의 눈에 비친 자신의 모습보다도 본인에게는 가장 본질적이라는 명백한 사실 때문이다. 재주와 지혜가 풍부한 인간은 완전히 혼자가 되어도 자신이 가지고 있는 사상과 상상에 상당한 위로를 얻을 것이지만 우둔한 사람은 사교나 연극, 소풍, 오락 등 제아무리 끊임없이 수많은 일들이 일어난다 하더라도 죽고 싶을 만큼 지루한 권태를 도저히 모면하지 못할 것이다. 선량하고 중용을 지키는 온화한 성격을 가진 사람은 환경이 빈약해도 만족을 하지만, 탐욕스럽고 질투심 많고 사악한 성격을 가진 사람은 천만금을 얻는다 해도 만족할 줄 모른다. 하지만 정신적으로 뛰어나고 비범한 개성을 끊임없이 즐기는 사람은 좀처럼 찾아볼 수 없으며, 보통 사람이 추구하는 향락의 대부분은 차라리 없는 편이 나을 정도로 번거롭고 귀찮기만한 것들 뿐이다. 따라서 로마의 시인 호라티우스[†]는 자기 자신에 대해서 이렇게 말했다.

보석, 대리석, 상아, 티레니아[††]의 동상, 화폭,
은쟁반, 게투리산[†††] 붉은 염료로 염색한 의상 등
가지지 못한 자는 많지만, 돌아보지도 않는 자는 적다.

또한 소크라테스[††††]는 가게에 진열되어 있는 사치품을 보고 '내게 필요 없는 것들이 상당히 많다.' 라고 말했다.

따라서 행복에 있어서 우리의 모습, 즉 인격은 두말할 필요도 없이 가장 큰 요소이며, 가장 본질적이고 중요한 것이다. 즉, 인격이라는 것이 어떠한 상황에 놓이더라도 끊임없이 활동하는 힘을 가지고 있다는 이유만으로도 그 중요성을 엿볼 수 있지만, 거기에 앞

---

† **호라티우스 Horatius Flaccus, Quintus, BC 65~ BC 8**
남부 이탈리아 베누시아에서 해방노예의 아들로 출생. 로마에서 교육을 받고 아테네로 건너가 아카데미아의 학원에서 공부하였다. 카이사르 암살 후 내란이 그리스에 파급되자 공화제 옹호를 내세운 브루투스 진영에 가담, 필리피의 군단사령관이 되어 싸웠으나 안토니우스 군에 패하였다. 재산을 몰수당하고 은사를 받아 로마로 돌아온 후 하급관리로 있으면서 시를 쓰기 시작했다. 작품으로는 아르킬로쿠스를 모방한 반항과 비판의 시 《에포디》와 루키리우스의 전통을 계승한 《풍자시》 2권이 있는데, 그의 공격은 특정 개인보다 전형을 향한 문명비평적인 것이 되었으며, 또 에피쿠로스적인 슬기에 바탕을 둔 충족자의 행복이 거론되었다. 알카이오스를 모방한 《서정시집》 4권은 최고의 기교와 정선된 언어를 동원, 여러 신과 아우구스투스 · 친구들 · 주연 · 여자 · 전원생활 등 다채로운 주제를 노래한 대표작이다. 《서간시》 2권은 인생철학이나 문학문제를 풍자시 형식으로 다룬 수상시이며, 근세까지 작시법의 성전이 되었던 《시론》은 그중 한 편이다.
†† **티레니아** : 고대 이탈리아 에톨리아 지방.
††† **게투리** : 고대 아프리카 북서부 지방.
†††† **소크라테스 Socrates, BC 469~BC 399**
아테네 출생. 자기 자신의 '혼(魂, psyche)'을 소중히 여겨야 할 필요성을 역설하였으며, 자기 자신에게 있어 가장 소중한 것이 무엇인가를 물어, 거리의 사람들과 철학적 대화를 나누는 것을 일과로 삼았다. 그는 결국 고발되어 재판에서 사형을 선고받았다. 그의 재판 모습과 옥중 및 임종 장면은, 제자 플라톤이 쓴 철학적 희곡 (플라톤의 대화편) 《에우티프론(Euthyphron)》, 《소크라테스의 변명》, 《크리톤》, 《파이돈》 등 여러 작품에 자세히 그려졌다. 죽음 앞에서 마음의 평정을 보여준 그의 태도는 중대사에 직면한 철학자의 진면목을 보여준다. 소크라테스는 책을 쓰지 않았기 때문에 그의 주변에 있던 몇몇 사람들이 그에 관하여 썼고, 우리는 그 글을 통해서 그를 알 뿐이다. 그러나 그 가운데 누구를 얼마만큼 믿어야 할지는 문제이며, 이것을 철학사상 '소크라테스 문제'라고 일컫는다.

서 기술한 다른 두 가지 요소에 속하는 재산과는 달리 인격은 운명에 예속된 것이 아니기 때문에 우리 손에서 그것을 앗아갈 수가 없다. 그런 의미에서 다른 두 종류의 재산은 단순히 상대적인 가치를 지닌 데 반해 인격이 지닌 가치는 절대적이라고 할 수 있을 것이다. 이런 점을 생각해본다면 인간에게 외부로부터 힘을 가해서 그를 좌우한다는 것은 일반적으로 생각하고 있는 것보다 훨씬 더 어렵다는 사실을 알 수 있다. 단, 전능하다고 일컬어지고 있는 시간의 힘은 이 점에서도 그 권력을 마음껏 휘두르고 있다. 시간의 힘에는 육체적인 장점도 정신적인 장점도 서서히 정복당하고 만다. 하지만 도덕적 성격만은 시간의 힘도 어찌해볼 수가 없다. 이 점에 있어서는 뒤의 두 요소에 속한 재산이 시간에 의해서 직접적으로 빼앗기지 않는 만큼 첫 번째 요소에 속한 재산보다도 뛰어나다고 할 수 있겠다. 또 한 가지 뛰어나다고 보아도 좋을 듯한 점은, 뒤의 두 가지 요소에 속한 재산은 객관계客觀界에 있기 때문에 그 본래의 성질상 획득 가능한 것으로 누구나 손에 넣을 수 있는 가능성이 어느 정도는 있다는 점이다. 이에 반해서 주관계主觀界는 우리 인간의 힘으로는 전혀 어떻게 해볼 수 없는 것으로 신의 규정에 따라서 발생하며 평생을 통해서 변함 없는 것이다. 따라서 이 점은 한 치의 어긋남도 없이 다음의 잠언에서 말한 그대로이다.

네가 이 세상에 태어난 그날

태양을 맞이한 혹성의 그때 그 운행 그대로

태어났을 때의 규율에 따라

빠르게 쑥쑥 자랐다.

이것 외에는 달리 길도 없고, 자신을 버릴 수도 없다.

이러한 것은 먼 옛날 무녀들이, 예언자들이 한 말이었지.

형태를 갖추고 번창해가는 생명은

시간에도 힘에도 무너지지 않는다.

『괴테』

그러므로 우리는 주어진 인격을 최대한 활용해야 할 뿐이다. 따라서 성격에 맞는 계획에만 노력을 집중하고, 성격에 맞는 수행의 길에 힘쓰며, 다른 모든 길은 피하고 성격에 일치하는 지위와 일, 삶의 방법을 선택해야 한다.

이상할 정도로 체력이 뛰어나고 늠름한 인간이 외부의 사정으로 인해서 앉아서 하는 일, 즉 섬세한 수공업에 종사하거나, 자신이 가지지 못한 전혀 다른 능력을 필요로 하는 연구나 정신 노동까지 하게 되어 그 때문에 오히려 자신의 뛰어난 능력을 활용하지 못하게 된다면 평생 불행하다는 생각을 품게 될 것이다. 그리고 지적 능력이 압도적으로 뛰어난 사람이 이를 필요로 하지 않는 자질구

레한 일이나 마음껏 그 힘을 발휘할 수 없는 육체 노동 등으로 그 능력을 발달시키지도 못하고 활용하지도 못한 채 내버려두어야만 한다면 한층 더 불행하다는 생각을 품게 될 것이다. 하지만 이럴 경우, 특히 젊은 시절에는 있지도 않은 능력을 과신하는 위험만은 피하도록 해야만 한다.

한편, 첫 번째 요소가 다른 두 요소보다 훨씬 더 무게를 가지고 있다는 사실을 바탕으로 생각해본다면 부를 획득하기 위해서 노력하기보다는 건강을 유지하고 능력을 키우는 것을 목표로 노력하는 편이 현명하다는 사실을 명백하게 알 수 있다. 하지만 그렇다고 해서 생활에 필요한 적당한 자금을 얻는 것을 게을리 해도 된다고 오해해서는 안 된다. 그러나 부라고 말할 수 있을 정도의 부, 즉 쓰고 남을 정도의 부는 우리들의 행복에는 거의 아무런 기여도 하지 못한다. 부자들 중에서 불행하다고 느끼는 사람들이 많은 것도 바로 그 때문이다. 왜냐하면 참된 정신적 교양도 없고, 지식도 없어서 정신적인 일을 할 수 있을 만한 기초가 되는 그 어떤 객관적인 흥미를 가지지 못하기 때문이다. 경제적 부유함은 현실에서 자연스러운 욕망을 만족시키는 것 이외에 우리의 참된 행복감에는 영향을 주지 못하며 오히려 많은 재산을 유지하기 위해 불가피하게 발생하는 여러 가지 마음고생 때문에 행복감이 손상되는 요인으로 작용할 정도이다. 따라서 누가 뭐라고 해도 인간으로서의 바람직한 모습을 갖추는 것이 인간의 소유물에 비해서 행복에 기여하는 바가 훨씬 더 큰 것임에 틀림없다. 그럼에도 불구하고 인간은 정신적인 교양을 쌓기보다는 부를 쌓는 일에 천 배나 더 노력을 바친다. 그렇기 때문에 이미 얻은 부를 늘리려고 앉아 있을 틈도 없이 바쁘게, 개미처럼 부지런히, 아침부터 밤까지 고생을 하는 사람들이 참으로 많다. 부를 늘리기 위한 수단의 세계를 자신의 시야로 삼고, 이 좁은 시야에서 밖으로 나오면 무엇 하나 아는 것이 없다. 정신이 텅 비어서 다른 것들을 받아들일 힘이 하나도 없는 것이다. 최고의 향락, 즉 정신적 향락은 오르지 못할 나무가 되어버린다. 시간은 소요되지 않지만 돈이 드는 찰나적이고 관능적인 향락에 때때로 탐닉하여 최고의 향락을 대신하려고 들지만 전혀 도움이 되지 않는다. 그래서 임종의 순간에 인생을 총결산해보면, 운이 좋다면 실로 막대한 황금을 산더미처럼 쌓아놓고 이를 후손들에게 물려주지만 후손들이 그것을 더 늘릴지, 아니면 흥청망청 써버릴지는 아무도 모르는 것이다. 따라서 이런 일생은 매우 진지하고 잘난 체하며 보냈을지 몰라도 붉은 두건에 방울을 달아 '피에로입니다.'라고 하며 평생을 살아온 수많은 인간과 그 어리석음에는 차이가 없는 것이다.

따라서 본래 소유하고 있는 인간의 모습이야말로 그 사람의 인생을 행복하게 만들기 위한 가장 본질적인 것이다. 단, 인간이 본래 소유하고 있는 것이 보통은 매우 미미하기 때문에 생활고와의 싸움을 극복한 사람들조차도 결국 아직도 생활고에 시달리고 있는 사람들과 마찬가지로 불행하다고 느끼기 일쑤이다. 내면의 공허, 희박한 의식, 정신의 빈곤이 그들을 자극하여 사교계에 몸담게 하는데 이 사교계라는 것이 또한 같은 부류 사람들의 모임이다. 유유상종인 것이다. 이렇게 모여서 오락과 위안을 맛본다. 오락과 위안도 처음에는 관능적인 향락과 각종 유흥을 통해서 이를 얻으려 하지만 결국에는 음탕함에서 이를 얻으려고 하게 된다. 부잣집 장남으로 태어난 도련님이 막대한 유산을 순식간에 탕진해버리는 경우가 종종 있는데 어찌해볼 도리가 없는 이런 낭비의 원인은 사실 앞서 말한 것과 같은 정신의 빈곤과 공허에서 일어나는 권태감에 있을 뿐이다. 이런 청년은 외면적으로는 부잣집에서 태어났지만 내면적으로는 가난한 집에서 태어난 것으로 무엇이든 외부로부터 받아들여서 외면적인 부로 내면적인 부를 대신하려고 열심히 노력했지만 그렇게는 되지 않은 것이다. 백발의 노인이 젊은 아가씨가 발산하는 향기로 젊음을 되찾으려고 시도하는 것과 다를 바 없는 일이다. 바로 천벌이 내려 결국 내면의 빈곤이 외면의 빈곤까지도 불러일으키게 된 것이다.

인생의 재산 중에서 다른 두 요소에 속하는 것들의 중요성은 내가 새삼스레 강조할 필요도 없을 것이다. 오늘날 재산이라는 것의 가치는 극히 일반적으로 인정을 받고 있기 때문에 특별히 강조할 필요가 없다. 그리고 세 번째 요소는 단순히 타인의 의견 속에서 성립되는 것에 불과하기 때문에 두 번째 요소에 비해서 매우 믿음직스럽지 못한 막연한 성질의 것이다. 명예, 즉 이름을 빛내는 일은 누구나 추구해야 하는 것이기는 하지만 지위는 나랏일에 종사하는 사람들만이 추구하면 될 것이고 명성을 추구해야만 하는 인간은 그 숫자가 더욱 적어진다. 그런데 명예는 무한한 가치를 가진 재산이라고 인정을 받고 있으며 명성은 인간이 얻을 수 있는 것 중에서 가장 소중하게 여겨야 할 것, 선택받은 자들만이 얻을 수 있는 가장 좋은 재산이라고 여겨지고 있다. 이와는 반대로 지위가 재산보다도 귀하다고 생각하는 것은 어리석은 자들뿐일 것이다. 로마의 저술가 페트로니우스†의 "금전이 있는 자는 신용이 있다."라는 말은 옳다. 반대로 타인의 호평은 그것이 어떤 형태의 것이든지

† 페트로니우스 Petronius Arbiter, Gaius, 20~66
본명 Titus Petronius Niger. 피튜니아의 지방장관을 지내다 집정관이 되어 황제 네로의 총애를 받음으로써 '우아의 심판관(arbiter elegantiae)'이라 불리었다. 특이한 소설 《사티리콘 Satyricon》의 작가로서 알려졌다. 현존하는 것은 그 단편뿐이나, 모험에 찬 방랑을 계속하는 주인공의 눈을 통하여 당시 사회의 밑바닥이나 벼락출세한 자들의 통속적인 생활을 예리한 풍자로 묘사하여, 문학사상 악한 소설의 원형으로서도 중요한 지위를 차지하였다. 작품으로서는 이 밖에 약간의 서정시가 남아 있으나, 소설만큼 가치를 인정받지는 못하였다. 후에 경쟁 상대인 티게리누스의 시샘으로 모반자로 고발되어, 네로에게 의심을 받자 스스로 목숨을 끊었다. 그의 자살방법은, 혈관을 절개한 뒤 친한 친구들과 이야기하다가 잠자리에 드는 듯 죽어간 마지막 정경이 H.시엔키에비치의 역사소설 《쿠오 바디스》에 적혀 있어 유명하다.

재산을 얻기 위한 수단이 되는 경우가 많다는 의미에서 두 번째 요소와 세 번째 요소는 흔히 말하는 인과관계에 있다고 할 수 있다.

제 2 장

인간의 모습에 대하여

인간의 모습에 대하여

인간의 모습이 인간의 소유물이나 사람이 주는 인상보다 인생의 행복에 훨씬 더 많은 기여를 한다는 사실은 전술한 바를 통해서 전반적으로 인식할 수 있었을 것이다. 어떠한 경우에라도 중요한 것은 인간의 모습, 즉 인간이 원래 소유하고 있는 것이다. 틀림없이 인간의 개성은 시종일관 어디까지나 사람을 따라다니며 사람이 체험하는 사물은 모두 개성으로 채색되어버리기 때문이다. 모든 점에서 사람이 우선 음미하는 것은 자기 자신이다. 육체적 향락에서조차도 그러하니 정신적 향락은 말할 필요도 없을 것이다. 이러한 의미에서, '즐기다'라는 말을 영어로 '자신을 즐기다.(*to enjoy one's self.*)'라고 하는 것은 매우 적절한 표현이라고 할 수 있다.

예를 들어 '그는 파리에서 자신을 즐기다.(*He enjoys himself at Paris.*)'라고 하지 '그는 파리를 즐기다.'라고는 말하지 않는다. 하지만 개성이 비천하면 어떠한 향락도 담즙을 바른 입에 향기로운 술을 머금는 것과 같은 것이다. 따라서 좋은 일이든 나쁜 일이든 특별한 재난이 아닌 한은 자기 생애에 어떠한 일이 일어났는가보다도 그 일어난 일을 어떻게 느끼는가, 즉 자신의 감수성의 성질과 강도가 문제가 되는 것이다. 사람의 내면의 모습과 사람이 갖추고 있는 것, 즉 인격과 인격의 가치가 행복과 안녕의 유일하고도 직접적인 요인이다. 그 이외의 것들은 모두 간접적인 것이다. 따라서 그 이외의 것들의 작용은 무효로 돌릴 수가 있지만 인격의 작용은 결코 무로 돌릴 수가 없다. 그렇기 때문에 인격의 장점에 대한 질투는 같은 질투 중에서도 가장 신중하게 숨겨진, 그러나 약화시킬 수 없는 질투이기도 하다. 그리고 의식의 성질만은 변하지 않으며 개성은 많든 적든 간에 계속적 · 지속적으로 작용하지 않는 때가 없지만 이에 반해서 다른 모든 것들은 결국 때때로, 그때 그때마다 일시적으로 작용하는 데 불과할 뿐만 아니라 세상살이를 덧없게 만드는 데에도 일조하고 있다. 따라서 아리스토텔레스는 "틀림없이 자연(인간의 자연성도 포함)은 의지할 만하지만 자산은 의지할 만한 것이 못 된다."라고 말했다. 완전히 외부에서만 덮쳐온 불행을 스스로 불러들인 불행에 비해 아무렇지도 않게 견딜 수 있는 것은 바로 이 때문이다. 왜냐하면 운명이 바뀌는 경우는 있어도 자기의 성질은 결코 변하지 않기 때문이다. 그렇기 때문에 주관적인 재산, 즉 뛰어난 성격과 지능, 낙천적인 기질과 명랑한 마음, 건강함과 같은 튼튼한 몸, 건강한 육체에 깃드는 건전한 정신이 우리의 행복을 위한 가장 중요한 첫 번째 재산이다. 따라서 우리들은 외부적인 재산이나 외부적인 명예를 얻으려고 노력하기보다는 앞서 예로 든 것과 같은 재산을 유지하고 증진하는 데에 훨씬 더 많은 힘을 기울이는 것이 좋을 것이다.

한편, 이러한 모든 재산 중에서 가장 직접적으로 우리를 행복하게 해주는 것은 마음의 명랑함이다. 왜냐하면 명랑함은 다른 무엇을 기다릴 것도 없이 그 자체의 장점으로부터 보상을 받을 수 있기 때문이다. 명랑한 사람에게는 언제나 명랑하게 지낼 수 있는 원인이 있다. 그 원인이란 다름 아닌 그가 명랑하다는 사실이다. 다른 어떠한 재산도 완전히 대신할 수 있다는 점에서 이보다 뛰어난 장점은 없다. 그리고 성질 그 자체를 대신할 수 있는 것은 어디에도 없다. 젊고 미남인 데다가 부자로 세상의 존경을 받는 사람을 떠올려보라. 이 남자가 행복한지를 판단하려면 그 외에도 그가 명랑한 사람인가를 따져봐야 할 것이다. 반대로 이 사람이 명랑한 사람이라면, 젊은지 나이를 먹었는지, 몸이 곧게 펴져 있는지 꼽추인지, 가난한지 부자인지 등은 문제가 되지 않는다. 이 남자는 말할 것도 없이 행복할 것이다. 유년 시절, 옛 서적을 뒤적이다가 "많이 웃는 자는 행복하다. 그리고 많이 우는 자는 불행하다."라는 문구를 본 적이 있다. 참으로 단순한 말이기는 하다. 그 말은 너무나도 평범했지만 오히려 그 단순하고 평범한 진리성 때문에 도저히 잊을 수가 없었다. 따라서 명랑함이 찾아왔을 때는 어떠한 경우에라도 문을 여는 것이 좋다. 어느 때고 명랑함이 찾아와서는 안 될 때는 없는 법이다. 모든 점에서 만족해도 될지를 먼저 알고 싶어하는 마음 때문에, 혹은 진지한 숙고와 중요한 배려가 명랑함으로 인해 방해받지나 않을까 하는 걱정 때문에 명랑함을 받아들이기를 주저하는 경우를 곧잘 볼 수가 있는데 이는 좋지 않다. 진지한 숙고와 중요한 배려로 개선할 수 있는 것이 얼마나 되는지 참으로 의심스럽기만 하다. 이에 반해 명랑함은 그 자체로 직접적인 이익이 된다. 현재에 직접적으로 행복을 줄 수 있는 것은 명랑함 이외에 아무 것도 없기 때문에 명랑함만이 행복의 참된 실체, 행복의 진짜 화폐이지 다른 것들처럼 불완전한 어음은 아닌 것이다. 따라서 두 가지 무한한 시간 사이에 끼어 불가분의 관계에 있는 현재를 자신의 실제적 모습이라 인정하는 사람에게 명랑함은 더할 나위 없이 지고한 재산이 된다. 이러한 점에서 보더라도 우리는 이 재산의 획득과 증진을 위한 노력을 다른 어떠한 노력보다도 더 중요하게 여겨야 할 것이다. 그런데 명랑함에 있어서 경제적 부유함만큼 도움이 되지 않는 것도 없으며 건강만큼 유익한 것도 없다. 하층의 노동계급, 특히 토지를 경작하는 사람들은 언제나 명랑하고 만족스러운 얼굴을 하고 있는데 부유하며 신분이 높은 사람들은 언제나 씁쓸한 표정을 짓는다. 따라서 우리는 무엇보다도 먼저 높은 수준의 완전한 건강을 얻고 거기서부터 명랑함이 꽃처럼 피어날 수 있도록 노력해야 할 것이다. 이를 위한 방법으로는 잘 알려진 바와 같이 상식에서 벗어난 마구잡이 행동이나, 격렬하고 불쾌한 감정의 발동, 극단적이고 지속적인 정신의 긴장 등은 일체 피하고, 매일 두 시간씩 실외에서 활발한 운동을 하고 냉수욕을 자주 하는 등 건강 관리에 힘써야 한다. 나날이 적당한 운동을 하지 않으면 건강을 유지할 수 없다. 모든 생리적 과정은 그것이 순조롭게 이루어지기 위해서 그 과정이 일어나는 개개의 부분에 대한 운동과 전체적인 운동을 필요로 한다. 따라서 "생명은 운동에 있다."고 한 아리스토텔레스의 말은 참으로 옳은 것이다. 생명은 운동에 있으며, 운동을 본질로 삼고 있다. 신체의 내부 전체는 끊임없이 활발한 운동을 하고 있다. 심장은 복잡한 수축과 확장의 이중 운동을 하면서 격렬하고 끊임없이 고동치고 있다. 스물여덟 번의 박동으로 전 혈량의 대순환과 소순환을 완전히 해낸다. 폐는 증기기관처럼 쉬지 않고 펌프 작용을 한다. 장은 끊임없이 연동운동을 하며 꿈틀거리고 있다. 모든 샘은 끊임없이 흡수와 분비활동을 한다. 뇌조차도 맥박과 호흡을 위해서 이중으로 운동을 하고 있다. 하지만 하루 종일 앉아서만 생활하는 수많은 사람들처럼 외부적인 운동이 거의 없는 경우에는 외부의 안정과 내부의 소요 사이에 극단적이며 해로운 부조화가 발생하게 된다. 끊임없는 내부의 운동조차 어느 정도는 외부의 운동에 의해서 지탱되어야 할 필요가 있음에도 불구하고, 어떤 격정 때문에 가슴속은 들끓고 있는데 그것을 밖으로는 조금도 표현해서는 안 되는 경우와도 같은 부조화가 고조되기 때문이다. 나무조차도 성장을 위해서는 바람에 의한 운동이 필요하다. 이런 경우에는 '무릇 운동이란 빠르면 빠를수록 그만큼 수준 높은 것이다.' 라는 말로 가장 간결하게 표현되는 원칙이 적용된다. 우리의 행복이 명랑한 기분에 어느 정도 영향을 받는지, 그리고 명랑한 기분이 건강 상태에 어느 정도 영향을 받는지는 외부적 사정이 좋거나 몸이 건강하고 원기왕성한 날과 병으로 마음이 초조하고 차분하지 못한 날의 인상을 비교해보면 알 수 있을 것이다. 사물의 객관적·현실적 모습이 우리의 행, 불행을 좌우하는 것이 아니라 우리가 사물을 받아들이는 모습, 우리의 마음에 비친 사물의 모습이 우리를 행복하게도 하고 불행하게도 만드는 것이다. 바로 이러한 의미를 드러내는 것이 그리스 철학자 에픽테토스†의 "인간을 불안하게 만드는 것은 사물이 아니라 사물에 대한 의견이다."라는 말이다. 전반적으로 봐서 행복의 90퍼센트까지는 건강에 기반을 두고 있다. 건강하기만 하다면 모든 것이 향락의 원천이 된다. 이에 반해 건강하지 못하면 그 어떤 외부적 재산도 즐길 수 없게 된다. 그 외의 주관적인 재산, 즉 정신과 정조, 기질 등에 갖춰져 있는 특성조차도 육체적 나약함 때문에 저조해져서 눈에 띄게 위축되어버린다. 따라서 누군가를 만났을 때 무엇보다도 먼저 서로의 건강 상태를 묻고 상대가 무사하기를 비는 것도 이 때문이다. 사실 별 탈 없이 평온하다는 것이 인간의 행복을 위한 매우 중요한 요건이기 때문이다. 따라서 어리석은 행동 중 으뜸은 무엇을 위해서든 자신의 건강을 희생하는 것이다. 눈앞의 이득, 출세, 학문, 명예, 나아가 음탕하고 찰나적인 향락 중 그 어느 것을 위해서든 건강을 희생하는 일이다. 건강보다는 오히려 다른 모든 것들을 가볍게 봐야 한다.

한편, 행복에 있어서 이처럼 본질적으로 중요한 명랑함에 건강이 커다란 공헌을 한다고는 하지만 명랑함은 건강에 의해서만 좌

† 에픽테토스 Epiktetos

인간의 진정한 행복, 영혼의 자유, 마음의 평정에 이르는 길을 걸었던 에픽테토스는 스토아철학의 대가이다. 그는 서기 55년 로마에서 노예의 아들로 태어났으며 다리마저 저는 장애인이었지만 어릴 때부터 탁월한 지적 재능을 보임으로써 교육받을 기회를 얻고 노예 신분에서 벗어났을 뿐만 아니라, 《명상록》의 저자로 유명한 마르쿠스 아우렐리우스 황제의 스승이 되어 모든 사람들로부터 추앙을 받기에 이르렀다. 그러나 그는 권력, 부, 명예를 멀리한 채 조그만 오두막에서 소박하게 지내며 오직 자신의 사상을 펼치고 실현하는 데에만 몰두했다. 스스로 생각과 말과 행동을 일치시켰던 그는, 신성한 자연의 질서와 조화를 이루며 일관된 삶을 살다가 135년 경 그리스의 니코폴리스에서 세상을 떠났다.

우되는 것이 아니다. 완전히 건강한데도 우울하거나 침체되기 쉬운 성격을 갖고 있을 수도 있다. 명랑함이나 우울함의 궁극적인 원인이 신체구조의 변하지 않는 성질, 특히 대부분의 경우 자극과 재생을 좌우하는 감수성이 매우 정상적인 균형을 유지하고 있는가 하는 점에 있다는 사실에는 의심의 여지가 없다. 감수성이 이상할 정도로 예민한 경우 간헐적으로는 과도한 명랑함이 나타나기는 하지만 기본적으로는 우울함이 그 기조가 되는 감정의 기복이 생겨난다. 그런데 천재도 역시 과도한 예민함, 즉 과도한 정신적 감수성에 의해서 태어나기 때문에 아리스토텔레스가 "철학에서든 정치 · 문학 · 예술에서든 모든 뛰어난 인간은 우울한 것 같다."고 말하여 걸출하고 뛰어난 인간이 모두 우울질이라는 사실을 지적한

† **키케로** Cicero, Marcus Tullius, BC 106~BC 43.12.7

라티움의 아르피눔 출생. 로마와 아테네에서 공부하였다. 처음에 그는 보수파 정치가로서 활약하였으며, 집정관이 되어 카틸리나의 음모를 타도하여 '국부'의 칭호를 받기도 하였다. 그러나 카이사르와 반목하여 정계에서 쫓겨나 문필에 종사하게 되었으나, 카이사르가 암살된 뒤에 안토니우스를 탄핵하였기 때문에 원한을 사게 되어 안토니우스의 부하에게 암살되었다.

수사학의 대가로 고전 라틴 산문의 창조자이자 동시에 완성자라고 불리며, 그의 철학은 절충적인 처세 도덕론에 불과하지만 그리스 사상을 로마로 도입하고 그리스어를 번역하여 새로운 라틴어를 만들어 그가 최초로 라틴어를 사상전달의 필수적인 무기로 삼은 공적은 참으로 크다. 작품으로는 《카틸리나 탄핵 In Catilinam》 외 58편의 연설과 《국가론 De Republica》, 《법에 관하여》, 《투스쿨라눔 담론》, 《신에 관하여 De natura deorum》, 《의무론 De officiis》 등의 철학서와 《노년론》, 《우정에 관하여》 같은 소품, 그리고 친구인 아티쿠스 등에게 보낸 서한이 있다.

것은 참으로 옳은 견해이다. "아리스토텔레스는, 모든 천재는 우울하다 라고 말했다."는 키케로†의 보고가 곧잘 인용되곤 하는데 키케로가 이 보고를 기록할 당시 본 것은 틀림없이 위에 기술한 아리스토텔레스의 말일 것이다. 그런데 셰익스피어††는 인간의 보편적이고 공통된 감정 가운데에서 고찰된 선천적인 커다란 차이를 선명하게 묘사해냈다.

---

†† **셰익스피어 Shakespeare, William, 1564.4.26~1616.4.23**
1564년 잉글랜드 중부의 스트랫퍼드어폰에이번에서 출생하였다. 그가 태어난 마을은 아름다운 자연에 둘러싸인 영국의 전형적인 소읍이었고, 아버지 존 셰익스피어는 비교적 부유한 상인으로 피혁가공업과 중농을 겸하고 있었다. 아버지가 읍장까지 지낸 유지였으므로, 당시의 사회적 신분으로서는 중산계급에 속해 있었기 때문에 셰익스피어는 풍족한 소년시절을 보낸 것으로 짐작된다.
1590년을 전후한 시대는 엘리자베스 1세 여왕 치하에서 국운이 융성한 때였으므로 문화면에서도 고도의 창조적 잠재력이 요구되었던 시기였다. 이러한 배경을 얻어 그의 천분은 더욱 빛날 수 있었다.
극작가로서의 셰익스피어의 활동기는 1590~1613년까지의 대략 24년간으로 볼 수 있다. 이 기간에 그는 모두 37편의 작품을 발표하였다. 작품을 시기별로 구분해보면, 초기에는 습작적 경향이 보였으며, 영국사기(英國史記)를 중심으로 한 역사극에 집중하던 시기, 그것과 중복되지만 낭만희극을 쓰던 시기, 그리고 일부의 대표작들이 발표된 비극의 시기, 만년에 가서는 화해(和解)의 경지를 보여주는 이른바 로맨스극 시기로 나눌 수 있다. 그에게 있어서 이러한 시기적 구획이 다른 어느 작가보다도 뚜렷하게 구분되는 것이 특징이기도 하다. 그는 평생을 연극인으로서 충실하게 보냈으며, 자신이 속해 있던 극단을 위해서도 전력을 다했다.
1613년 그의 마지막 작품인 《헨리8세》를 상연하는 도중 글로브 극장이 화재로 소실되었다. 1616년 4월 23일 52세의 나이로 고향에서 사망하였다.
주요 작품으로는 《로미오와 줄리엣》, 《베니스의 상인》, 《햄릿》, 《맥베스》가 있다.

조화의 신은 먼 옛날, 참으로 기묘한 몸을 가진 자를 만드셨다.

눈을 부릅뜨고 이리저리 둘러보다

앵무새처럼 풍각쟁이가 왔다고 말하고는 이리저리 뒹굴며 웃는 녀석이
있는가 하면

씁쓸한 표정으로 얼굴을 완전히 찌푸린 녀석도 있다. 이런 녀석들은 단
하루도

빙그레 웃으며 이를 드러내 보인 적이 없을 것이다,

현자인 네스토르가 재담이나 장난스런 말을 들으면 웃을 것이라고 보장
하며 이야기를 들려줘도 소용없는 일이다.

『베니스의 상인』

플라톤[†]이 음울함과 쾌활함이라는 단어로 표현하고 있는 것은
다름 아닌 이 차이이다. 이러한 차이는 유쾌함과 불쾌함에 대한 감
수성이 사람에 따라서 눈에 띄게 다르다는 점에 귀착된다. 감수성
이 다르기 때문에 갑이라는 인간이라면 거의 절망할 만한 일을 만
나게 되어도, 을이라는 사람은 아무렇지도 않게 웃고 있는 경우가
있다. 그리고 불쾌함에 대한 감수성이 강하면 강할수록 유쾌함에
대한 감수성은 약하며 그 반대의 경우도 마찬가지이다. 어떤 사건
의 결말이 행복하게 될 가능성과 불행하게 될 가능성이 반반인 경
우 음울한 인간은 불행한 결과를 예상하며 화를 내거나 슬퍼할 뿐,

행복한 결과를 기대하며 기뻐하지는 않는다. 이와는 반대로 쾌활한 사람은 불행한 결말을 예상해 화를 내거나 슬퍼하지 않고 행복한 결말을 기대하며 기뻐할 것이다. 음울한 인간은 열 가지 계획 중에서 아홉 가지를 성공하더라도 이 아홉 가지를 기뻐하지 않고 한 가지 실패에 화를 낸다. 쾌활한 인간은 이와 반대의 경우라도 한 가지 성공으로 스스로를 위로하며 자신을 명랑한 기분으로 만들어가는 방법을 잘 알고 있다. 그런데 대체로 재앙에는 또한 그것에 상당하는 보상이 전혀 따르지 않는 경우는 거의 없다고 할 수 있는데 이러한 경우에도 음울한, 즉 침울하고 사소한 것에 연연하

---

† **플라톤 Platon, BC 429?~BC 347**
아테네 출생. 명문 출신으로 젊었을 때는 정치를 지망하였으나, 소크라테스가 사형되는 것을 보고 정계에 대한 미련을 버리고 인간 존재의 참뜻이 될 수 있는 것을 추구, philosophia(철학)를 탐구하기 시작하였다. BC 385년 경 아테네의 근교에, 영웅 아카데모스를 모신 신역(神域) 학원 아카데미아(Akademeia)를 개설하고 각지에서 청년들을 모아 연구와 교육생활에 전념하는 사이 80세에 이르렀다. 그 동안 두 번이나 시칠리아 섬을 방문하여 시라쿠사의 참주 디오니시오스 2세를 교육, 이상 정치를 실현시키고자 했으나 좌절되었다.
생전에 간행된 거의 30편에 이르는 저서는 그대로 현재까지 보존되었는데, 한 편을 제외하고는 모두가 일종의 희곡작품으로 여러 가지 논제를 둘러싸고 철학적인 논의가 오간 것이므로 《대화편》이라 불린다. 소크라테스가 주요 등장인물이다.
플라톤에게 필로소피아란 소크라테스의 필로소피아이며 소크라테스야말로 진정한 '철학자' 였다. 전기에서 중기에 걸친 대화편의 대부분이 소크라테스의 추억을 간직하고, 소크라테스 속에 구현(具現)되는 '철학자' 를 변호 · 찬양하려 한 것도 그 때문이다. 그리고 소크라테스의 재판 장면을 적은 《소크라테스의 변명》, 죽음에 직면한 철학자의 태도를 묘사한 《파이돈》은 말할 나위도 없고, 《향연》이나 《국가론》도 또한 그와 같은 뜻에서 가장 뛰어난 작품 중 하나이다.
주요 저서로는 《소크라테스의 변명》, 《파이돈》, 《향연》, 《국가론》 등이 있다.

는 성격을 갖고 있는 사람은 명랑하고 긍정적인 성격을 가지고 있는 사람에 비해서 상상 속에서의 재난과 고뇌를 수없이 경험하기는 하지만 현실의 재난이나 고뇌를 맛보는 경우는 오히려 적다. 왜냐하면 만사를 비관적으로 보고 끊임없이 최악의 경우를 생각하며 적당한 예방책을 강구하는 사람은 언제나 명랑한 빛깔과 명랑한 전망으로 사물을 바라보는 사람에 비해서 오산을 하게 되는 경우가 적게 될 것이기 때문이다. 하지만 신경계나 소화기관에 가해지는 병적인 자극이 선천적인 우울함에 박차를 가하게 되면 침울함에 더욱 빠지게 되고 오랜 기간 동안 괴로워하며 즐기지 못하게 되어 염세적이 되고 심지어는 자살을 하고 싶다는 생각까지 갖게 된다. 이렇게 되면 매우 사소하고 불쾌한 일이 있어도 그것이 자살을 하기에 충분한 동기가 된다. 그뿐만 아니라 이러한 증상이 극에 달하게 되면 사소하고 불쾌한 일이 없어도 오랜 기간 괴로워하며 즐기지 못하는 것만으로도 섣불리 자살을 결심하게 되며 다음으로 냉정한 숙고와 확고부동한 태도로 이를 실행에 옮기게 된다. 따라서 일이 여기에 이르기 전부터 감시 하에 놓이게 되는 환자는 평소부터 언제나 오직 한 가지 생각에만 빠져 있는 만큼 감시가 조금이라도 느슨해지면 그 틈을 타서 주저함도 고민도 망설임도 없이, 남이 볼 때는 섣부르지만 자신에게는 지극히 당연하고 바람직하게 여겨지는 이 해결책을 실행에 옮기는 것이다. 이러한 상태를 상세하게 기술한 것이 프랑스의 정신의학자 에스키롤의 『정신병에 대해서』이다. 하지만 사정에 따라서는 건강하기 그지없는 사람도, 아니 틀림없이 지극히 명랑한 사람도 자살을 결심하는 경우가 있다는 사실은 말할 필요도 없을 것이다. 그것은 고뇌, 혹은 피할 수도 없이 서서히 압박해오는 불행의 혹독함이 죽음에 대한 공포를 압도하는 경우이다. 요컨대 차이는 자살에 필요한 동기의 크고 작음에 있다. 동기의 크고 작음은 침울함의 정도에 반비례한다. 침울함의 정도가 크면 동기는 그만큼 작아도 되며 심지어는 제로로까지 떨어지는 경우도 있다. 이에 반해서 쾌활한 성격이 강하고 이성격의 기초가 되는 건강이 크면 그만큼 동기에 중대함이 필요하게 된다. 따라서 오직 선천적인 우울증이 원인이 된 자살과 객관적인 이유만으로 일어나는 명랑하고 건강한 사람의 자살의 양 극단사이에는 수많은 단계가 존재한다.

건강과 부분적으로 비슷한 것이 아름다움이다. 아름다움이라는 주관적인 장점은 원래는 직접적으로 우리들의 행복에 기여하는 것이 아니라 단순하게 간접적으로, 즉 타인에게 주는 인상을 통해서 기여하는 것에 불과하지만 그래도 매우 중요한 요소이다. 남자의 경우에도 매우 중요한 요소가 된다. 아름다움은 사전에 사람들의 환심을 사는 공개적인 추천장이다. 그렇기 때문에 다음과 같은 호메로스[†]의 시는 특히 아름다움에 대해서 타당한 것이라고 인정을 받고 있다.

조금이라도 가벼이 여기지 말라, 신들이 베푸신 이 값진 보화.

신에게서만 받을 수 있는 것,

인간의 마음대로 받을 수 없는 것이니.

대강 생각해봐도 인간의 행복을 위협하는 2대 적수가 고통과 무료함이라는 사실을 알 수 있을 것이다. 그리고 이 두 가지 적수의 어느 한쪽으로부터 멀어지면 멀어질수록 그만큼 또 다른 한쪽 적수에 가까이 다가가고 있는 것이라고 말할 수 있을 것이다. 따라서

† 호메로스 Homeros, BC 800?~BC 750

유럽 문학 최고, 최대의 서사시인 《일리아스》와 《오디세이아》의 작가라고 전해진다. 출생지나 활동에 대해서는 연대가 일치하지 않으나, 작품에 구사된 언어나 작품 중의 여러 가지 사실로 미루어 앞의 두 작품의 성립연대는 BC 800~BC 750년경으로 보는 것이 타당하다. 그의 성장지로 추측되는 도시가 7군데나 되나 그중 소아시아의 스미르나(현재 이즈미르)와 키오스 섬이 가장 유력하다. 그는 이 지방을 중심으로 서사시인으로서 활동한 것으로 보이며, 이오스 섬에서 사망했다고 한다.

앞의 2대 서사시 외에 《호메로스 찬가》라는 일군의 찬가집이나 익살스러운 풍자시 《마르기테스》와 《와서회전(蛙鼠會戰)》 등 몇 가지 서사시가 그의 작품이라고 하나 이것도 불명확하다. 또 《일리아스》와 《오디세이아》가 동일인의 작품이냐의 문제로 오래 전부터 논쟁이 많았다. 18세기 후반 F.A 월프가 《호메로스 서설》을 발표한 이래, 그의 존재 그 자체와 작품의 성립과정, 2대 서사시의 작자의 진부 등 여러 가지 시비가 있었으나 어떻든 두 서사시는 한 작가에 의해서 이루어진 것으로 생각된다. 《일리아스》는 1만 5693행, 《오디세이아》는 1만 2110행의 장편 서사시이며, 각각 24권으로 되어 있다. 두 서사시는 고대 그리스의 국민적 서사시로, 그 후의 문학·교육·사고에 큰 영향을 끼쳤고, 로마제국과 그 후 서사시의 규범이 되었다.

우리들의 생활은 현실적으로는, 강약의 차이는 있겠지만, 이 두 적수 사이를 왔다갔다하는 움직임인 것이다. 그것은 양자가 이중의 상반관계, 외면적 다시 말해서 객관적인 상반관계와 내면적 다시 말해서 주관적인 상반관계에 있다는 사실에서 생겨나는 결과이다. 외면적으로는 가난과 결핍이 고통을 만들고, 반대로 안전과 여유가 무료함을 만든다. 따라서 하층계급 사람들은 고통과 끊임없이 싸우며 부귀한 계층의 사람들은 무료함을 적으로 끊임없는, 때로는 절망적이기까지 한 싸움을 전개하고 있다. 문명의 최저 단계인 유랑 생활이 문명의 최고 혜택으로 보이는 세계일주를 통해 재현되고 있다. 유랑 생활은 가난 때문에, 세계일주는 무료함 때문에 생겨났다. 한편, 고통과 무료함의 내면적 다시 말해서 주관적인 대립은 양자에 대한 감수성이 정신적 능력의 크고 작음에 따라서 규정되며, 개개인의 경우에는 한편에 대한 감수성이 다른 편에 대한 감수성과 반비례한다는 점에 기반을 두고 있다. 즉, 정신의 우둔함은 언제나 감각의 우둔함과 자극 감성의 부족을 동반한다. 이러한 성질을 지닌 사람들은 모든 종류, 모든 정도의 고통과 슬픔에 대해서 다른 사람보다도 둔감하다. 하지만 한편으로는 다름 아닌 바로 이러한 정신의 우둔함 때문에 내면의 공허가 발생하게 된다. 그것은 수많은 사람들의 얼굴에 생생하게 새겨져 있는 내면의 공허이다. 외부의 어떠한 일, 제아무리 조그만 일에라도 끊임없이 활발하게 관심을 보이는 일에 저절로 나타내게 되는 그러한 내면의 공허이다. 이것이야말로 무료함의 근원인 것이다. 이 공허가 끊임없이 외부적인 자극을 절실하게 요구하며, 어떤 것에 의해서 정신과 심정을 활동하게 하려고 한다. 따라서 무엇을 선택할 것인가에 대해서는 까다롭게 굴지 않는다. 일부 사람들이 선택하는 오락의 저급함, 그들의 품위 없는 사교와 대화, 그리고 예의 호기심으로 가득찬 구경꾼들이 가장 큰 증거이다. 주로 이 내면의 공허에서 발생하는 것이 온갖 종류의 사교와 오락, 여흥, 사치를 추구하는 마음이다. 그렇기 때문에 많은 사람들이 낭비를 하며, 곧 빈곤에 빠지게 되는 것이다. 이러한 빈곤을 가장 안전하게 방지하는 길은 내면의 부, 정신의 부를 쌓는 것이다. 왜냐하면 정신의 부는, 그것이 우수함의 영역에 가까이 다가갈수록 무료함이 만연할 여지를 주지 않기 때문이다. 아무리 퍼올려도 마를 줄 모르는 사상의 활발한 움직임, 내면세계, 외면세계의 각기 다른 여러 현상에 접하며 끊임없이 새로이 솟아오르는 사상의 유동, 시시각각으로 다른 사상의 결합을 만들어내는 능력과 이것을 만들어내지 않고서는 견디지 못하는 충동들 때문에, 긴장이 이완된 몇 차례의 찰나와도 같은 순간을 제외하면 뛰어난 두뇌를 가진 사람은 전혀 무료함을 느낄 새가 없다. 하지만 한편으로 수준 높은 지성은 수준 높은 자극 감성을 직접적인 조건으로 삼고 있으며 의지, 심지어는 타인보다도 뜨거운 정열을 근본으로 삼고 있다. 이러한 관련성 때문에 모든 감정이 다른 사람들보다 훨씬 더 강하며, 정신적인 고통은 물론 육체적인 고통에 대해서도 감수성이 높아져 어떠한 장해도, 아니 아주 사소한 방해가 있기만 해도 그것을 참지 못한다. 게다가 상상력이 왕성하기 때문에 모든 상념이 강렬하고 따라서 자신이 혐오하는 상념도 강렬하기 때문에 위에서 말한 경향이 싫어도 어쩔 수 없이 높아진다. 그런데 이런 점들은 둔재 중의 둔재에서부터 천재 중의 천재 사이의 드넓은 공간을 빽빽하게 메우고 있는 온갖 중간계급에 대해서 각각 상대적으로 주장을 할 수가 있다. 이에 따르면 인간 각자는 객관적으로도 주관적으로도 인생의 고뇌의 한쪽 원인에서 멀어지면 멀어질수록 다른 쪽의 원인에 가까이 있게 된다. 따라서 인간은 자연히 객관적인 면을 가능한 한 주관적인 면에 부합시키려고 할 것이다. 즉 고뇌의 원인 중에서 자신의 감수성이 더 커다란 쪽에 대한 예방책을 한층 더 철저하게 강구할 것이다. 재능과 지혜가 풍부한 사람은 무엇보다도 먼저 고통이 없도록, 상처받는 일이 일어나지 않도록 노력하며 시간의 여유와 안정을 추구한다. 그렇기 때문에 조용하고 은근한, 그리고 유혹을 최소한으로 줄일 수 있는 생활방식을 추구하며 이른바 세상 사람들과 어느 정도 가까워지게 된 뒤부터는 오히려 은둔과 한거를 즐기고 특히 정신이 뛰어난 사람이라면 차라리 고독을 선택할 것이다. 그도 그럴 것이 사람이 근본적으로 갖추고 있는 것이 크면 클수록 필요로 하는 외부의 것은 그만큼 적어지게 되며 자신 이외의 인간에는 그만큼 무게를 두지 않아도 되기 때문이다. 따라서 정신이 뛰어나면 그만큼 비사교적이다. 그렇다. 사교의 질이 사교의 양으로 메워질 수 있는 것이라면 화려한 사교계로 나가서 사는 것도 보람이 있는 일이겠지만, 유감스럽게도 어리석은 자 백 명이 현자 한 명에 미치지 못한다. 이에 반해서 또 다른 하나의 극점에 서 있는 사람은 곤궁함에서 벗어나 간신히 한숨을 돌릴 만하게 되면 또 오락과 사교를 추구하고, 무엇보다도 먼저 자신으로부터 벗어나고 싶다는 일념에서 어떠한 것에라도 안주하게 될 것이다. 왜냐하면 자기 자신으로 돌아가야 하는 고독한 상태에 있을 때는 아무리 싫어도 각자가 근본적으로 소유하고 있는 것이 정체를 드러내게 되는데 그럴 때 왕후, 귀족들이 입는 진홍색 옷으로 몸을 감싼 어리석은 자는 자신의 초라한 개성이라는 무거운 짐을 벗어버릴 방법을 몰라 긴 한숨만을 내뱉게 되기 때문이다. 이런 경우 풍부한 재능을 가진 사람은 삭막하기 그지없는 환경을 자신의 사상으로 풍부하고 생생하게 바꾼다. 따라서 세네카[†]가 "무릇 어리석은 자는 자신에 대한 혐오감으로 고민한다."라고 한 말이나, "어리석은 자의 삶은 죽음보다 괴롭다."라고 한 예수 시랍바^{††}의 격언은 참으로 진리를 꿰뚫고 있는 말이다. 따라서 전체적으로 보자면 정신적으로 빈약하고 무슨 일에 있어서나 열등한 사람일수록 그만큼 사교적이라는 사실을 알 수 있을 것이다. 왜냐하면 이 세상에는 고독과 공동 생활, 이 두 가지 중 하나를 선택하는 것 외에는 달리 삶의 방법이 없기 때문이다.

두뇌가 온몸에 더부살이하는 식객이나 연금 수령자와 같은 지위에 있다는 사실을 함께 고려한다면 각 개인이 노력해서 얻은 자유로운 여가는 자신의 의식과 개성을 자유롭게 향락할 기회를 부여해주는 것이니 고통뿐인 현실 생활 전체의 결실이자 이득이라고 할 수 있다. 하지만 대부분의 인간에게 자유로운 여가란 어떤 결과

---

† **세네카** Seneca, Lucius Annaeus, BC 4~AD 65

이탈리아 고대 로마제정기의 스토아철학자.

고대 로마제국 에스파냐 코르도바 출생. 대(大)세네카의 아들이며, 소세네카로 통칭되었다. 어려서 부모를 따라 로마에서 자라면서 변론술과 철학을 배웠다. 그는 웅변가로 성공하여 국가재무관이 되었으나, 클라우디우스 1세의 비 메사리나의 미움을 사서 41년 코르시카 섬으로 추방되었다. 실의의 8년을 보내고 로마에 돌아온 뒤, 어린 네로의 스승과 국가법무관의 소임을 맡았고, 54년 네로가 제위에 오르자 섭정이 되었다. 네로의 과욕에 위태로움을 느낀 나머지 62년 은퇴, 감파니아에서 오로지 학문과 문필을 가까이 하며 거기에서 보다 큰 세계를 발견하였다. 그러나 그것도 잠시뿐, 65년 네로에게 역모를 의심받자 스스로 혈관을 끊고 자살하였다. 그는 스스로 세속에 물들면서도, 끝내 인간이 인간다운 까닭은 올바른 이성 때문이라는 것과 유일의 선인 덕을 목적으로 행동하기 때문이라는 스토아주의를 역설하고, 모순과 불안에 찬 생애를 보냈다. 작품으로는 은퇴 후 친구인 루킬리우스에 대해 스토아 철학을 말한 124통의 《도덕서한》, 코르시카 시대의 《섭리에 대하여》, 《노여움에 대하여》 그 위에 쓴 《인생의 짧음에 대하여》, 《은혜에 대하여》, 《행복한 생활에 대하여》, 《한가에 대하여》, 《영혼의 평정에 대하여》, 《자연학 문제점》 등이 있다.

†† **시랍바** : 기원전 200년경에 태어난 예루살렘의 유대인으로 구약성경의 위전(僞典)에 속하는 도덕적 격언을 수집했다.

를 가져다주는 것일까? 여가를 채우기에 충분할 만큼의 관능적인 향락이나 한심하기 그지없는 일이 없으면 무료함과 우울함만을 느낄 뿐이다. 이러한 여가가 아무런 가치도 없다는 사실은 이러한 사람들이 여가를 보내는 방법을 보면 알 수 있다. 이것이 바로 아리오스토†가 말한 "무지한 사람들의 무위, 무료"인 것이다. 평범한 사람은 단지 시간을 보내는 것만을 생각하지만 어떤 재능을 가지고 있는 사람은 시간을 활용할 것을 생각한다. 저급한 두뇌를 가지고 있는 사람이 무료함을 견디지 못하는 것은 그들의 지능이 생각을 움직이는 동기의 매개체 역할 이상으로는 작용하지 않기 때문이다. 그런데 특별히 취할 만한 아무런 동기도 가지고 있지 못한 경우 의지는 휴식을 취하며 지능은 완전 휴업 상태에 들어간다. 지능이 휴업 상태에 있다는 것은 지능이라는 것이 의사와 마찬가지로 독자적으로는 활동을 개시하지 않기 때문이다. 그 결과 몸과 마음은 무시무시할 정도로 정체되어 버린다. 바로 무료함이 찾아오는 것이다. 따라서 이 무료함에 대처하기 위해 매우 일시적이며 임

---

† **아리오스토** Ariosto, Ludovico, 1474.9.8~1533.7.6 : 이탈리아의 시인.
르네상스기를 대표하며, 페라라의 에스테 후작 집안 가신의 맏아들이다. 인문주의적인 교양을 몸에 익히고, 대학에서는 법률을 배웠다. 당시 페라라는 에스테 후작 집안의 후원으로 문예활동이 활발하였다. 시작활동과 외교활동에서 기반을 굳히고, 한평생 에스테 후작 집안에서 일하였다. 아리오스토는 《광란의 오를란도 Orlando furioso》만을 쓴 작가로 여겨지고 다른 작품은 대작의 준비라 생각된다.

의로 취한 하찮은 동기를 의지에게 강요하여 의지를 자극하고 이를 통해서 지능이 이 동기를 취하도록 하여 지능이 활동을 개시하도록 한다. 이러한 동기는 그 효력이 일의 형편에 따라 달라지기 때문에 참되고 자연스러운 동기에 비하면 은화에 대한 지폐와도 같은 것이다. 그런데 이러한 동기가 되는 것은 이러한 목적을 위해서 만들어진 카드놀이 등이다. 이런 놀이를 하지 못하게 되면 저급한 두뇌를 가진 인간은 닥치는 대로 무엇이든 취하여 미친 듯이 떠들며 그 시간을 모면하는 것이다. 담배 등도 그러한 인간에게는 사상을 대신할 수 있는 절호의 물건이다. 이렇게 해서 그 어느 나라에서나 사교계의 주요한 일은 카드놀이가 되어버렸다. 카드놀이는 사교계의 가치를 재는 척도이자 모든 사상의 결여를 나타내는 파산선고이다. 즉 그들은 서로 교환할 만한 사상을 가지고 있지 못하기 때문에 카드를 교환하면서 상대의 돈을 뜯어내려고 하는 것이다. 아, 이 얼마나 비참한 무리들인가? 하지만 나는 카드놀이에 대해서도 굳이 편견을 가질 생각은 없기 때문에 한편으로는 다음과 같은 생각도 한다. 카드놀이를 함으로써, 자기 힘으로는 어찌해볼 도리가 없는 우연히 주어진 상황(자신이 받은 카드)을 교묘하게 이용하여 어떻게 해서든 그것을 유용하게 사용하려 하고, 그 목적을 위해서는 상황이 좋지 않더라도 명랑한 표정을 지어 보이는 등의 방법으로 본심이 겉으로 드러나지 않도록 하는 습관을 들일 수 있다는 의미에서 그것이 사회생활의 예행연습이 될 수 있다는 점을 들어 어쨌든 카드놀이를 변호하려면 변호할 수도 있다. 하지만 바로 그렇기 때문에 한편으로 카드놀이는 풍기문란적인 면을 가지고 있는 것이다. 카드놀이의 정신은 즉 어떻게 해서든 온갖 계략과 술수를 동원하여 타인이 가지고 있는 것을 빼앗는 것이다. 그런데 이러한 방법으로 놀이를 즐기는 습관을 들이면 그것이 실생활에 뿌리를 내리고 점점 퍼져나가서 결국에는 소유권 쟁탈 등의 경우에도 이러한 방법을 사용하게 된다. 그래서 자신의 수중에 이익이 남는 일이라면 법률적으로 허용이 되는 한 어떤 수단을 쓰든 상관 없는 것이라고 생각하게 되어버린다. 이러한 일들은 우리 주변에서도 매일 찾아볼 수 있지 않은가? 이렇게 열 명 중 아홉 명은 자유로운 여가 때문에 어떻게 손을 써볼 수도 없는 인간, 자신을 주체하지 못하고 지독한 무료함 때문에 고민하는 무리로 변해버리는데 앞서 말한 바와 같이 자유로운 여가가 있어야만 인간은 자신의 자아를 움켜쥘 수 있게 되는 것이니 자유로운 여가는 각 인간 생활의 개화, 아니 결실이며 따라서 그러한 때에 진실된 무엇인가를 구비한다면 행복한 사람이라는 칭송을 받기에 부족함이 없을 것이다. 바로 그렇기 때문에 "그런즉 형제들아 우리는 계집종의 자녀가 아니요 자유하는 여자의 자녀니라."(「갈라디아서」 4장 31절)와 같은 상황을 기뻐하는 것이다.

한편, 다른 나라로부터 물건을 수입할 필요가 거의, 혹은 전혀 없는 나라가 가장 행복한 나라인 것처럼 내면의 부를 충분히 가지고 있어 자신을 위로하는 데 외부로부터 구할 것이 거의, 혹은 전혀 필요하지 않은 인간이 가장 행복하다. 그것은 이러한 공급이 수많은 비용을 필요로 하며 수입국을 종속적인 위치에 서게 하고, 위험을 가져다주며, 불만을 품게 하면서도 결국 자국의 영토에서 나온 생산물을 제대로 대체하지 못하기 때문이다. 즉 일반적으로 타인이나 외부로부터는 무슨 일에 있어서나 크게 기대를 할 수 없기 때문이다. 사람이 타인을 통해 가질 수 있는 것에는 극히 좁은 한계가 있다. 결국은 각자가 혼자인 것이다. 그렇다면 지금 홀로 있는 자는 어떤 인물인가 하는 것이 중요해지는 것이다. 따라서 무슨 일에 있어서나 결국은 각 개인이 자기 자신에게로 돌아가도록 되어 있다고 기회가 있을 때마다 읊은 괴테의 견해나, 올리버 골드스미스†의 다음과 같은 말은 옳은 것이라 할 수 있다.

언제 어디서나, 믿을 수 있는 것은 너 하나이다.
네 행복은 네가 쌓은 것이다, 네가 발견하는 것이다.
『나그네 행』

누구나 자신에게 가장 좋은 것, 가장 중요한 것은 자기 자신이며 가장 좋은 일, 가장 중요한 일을 해주는 것도 자기 자신이다. 이 가장 좋고 중요한 것이 많으면 많을수록, 즉 향락의 원천을 자기 자신 속에서 얻을 수 있을수록 그만큼 행복해진다. 따라서 아리스토텔레스가 "행복은 스스로 만족스럽다고 생각하는 사람의 것이다."라고 한 말은 참으로 경청할 만하다. 행복과 향락의 외부적인 원천은 모두 그 성질상 전혀 의지할 구석이 없는 불확실하고 덧없는 것으로 우연에 의해 좌우되기 때문에 제아무리 유리한 상황에 있다 하더라도 자칫 막혀버리기 쉽다. 아니, 외부적인 원천은 아무리 생각해도 언제나 손이 닿는 곳에 있다고는 할 수 없기 때문에 이를 얻지 못하거나 잃는 일을 피할 수는 없다. 그리고 나이를 먹게 되면 이런 종류의 원천은 씨가 말라버린다. 나이를 먹어감에 따라서 애정도, 멋스러움도, 여행을 떠나고 싶다거나 말을 타보고 싶다는

---

† **올리버 골드스미스** Goldsmith, Oliver, 1728.11.10~1774.4.4
아일랜드 출생의 영국 시인 · 소설가 · 극작가.

롱포드 출생. 더블린의 대학을 졸업한 다음, 에든버러와 라이든 대학에서 의학을 공부하였다. 그 후 유럽 각국을 떠돌아다녔는데, 1756년 런던에서 돌아왔을 때는 빈털터리였다. 이 무전여행에서 얻은 것은 세계인으로서의 인생관이었으며, 이는 후일 《세계의 시민》이라는 책으로 출판되었다. 작가로서 성공하기까지는 여러 잡지에 잡문을 기고하다가, 1761년에 문단의 원로인 S. 존슨의 호의로 그의 문학 그룹인 '더 클럽'의 회원이 되었다. 선량한 시골 목사 집안의 파란을 유머와 경쾌한 풍자를 곁들여 묘사한 소설 《웨이크필드의 목사》가 존슨의 노력으로 60파운드에 팔림으로써 빚 때문에 투옥될 뻔한 위기를 모면하게 되었다는 일화도 있다. 이를테면 그는 그럽 스트리트(싸구려 文士) 출신의 작가였던 것이다. 시로서는 《나그네》와 《한촌행》이 대표작이다. 희곡은 희극 《호인》, 《지는 것이 이기는 것》 등이 유명하다.

마음도 사라져버려 사교계에 나가서도 멋지게 행동할 수가 없다. 친구도 친척들도 저승사자에게 끌려가버린다. 그렇게 되면 지금보다도 훨씬 더 인간이 근본적으로 소유하고 있는 것이 중요해지게 된다. 왜냐하면 가장 오랫동안 견딜 수 있는 것은 사람이 근본적으로 소유하고 있는 것이기 때문이다. 더불어 나이에 상관없이 사람이 근본적으로 소유하고 있는 것이야말로 행복의 참된 원천이자 유일하고 영속적인 원천이라는 사실에도 변함이 없다. 그 증거로 인간 세계 그 어디를 가보아도 그다지 대단한 것은 얻을 수 없다. 인간 세계에는 곤궁과 고통이 넘쳐나고 있다. 게다가 대부분은 사악함이 인간 세계의 지배권을 쥐고 있으며, 우매함이 커다란 발언권을 가지고 있는 형편이다. 운명은 잔혹하며 인간은 가엾다. 이러한 세상에 근본적으로 소유하고 있는 것이 커다란 사람이 존재한다는 것은 차가운 겨울밤 눈에 갇혀버린 마을에 밝고 따뜻하며 화려한 크리스마스 트리를 달아놓은 방이 있는 것과 같다. 이렇게 생각을 해보면 풍부하고 뛰어난 개성, 특히 고매한 정신을 가지고 있다는 것은 그것이 겉으로 어떻게 드러나든지 간에 이 세상의 인간으로서는 가장 행복한 소유물을 가진 것임에 틀림없다. 그렇기 때문에 겨우 19세였던 스웨덴의 크리스티나 여왕이 당시 네덜란드에서 20년이나 외롭게 살고 있던 데카르트[†]에 대해서, 한 편의 논문과 사람들에게서 전해들은 이야기를 통해서만 알고 있었음에도 불구하고 "데카르트 선생은 가장 행복한 사람입니다. 그 사람이 부럽다는 생각이 듭니다."라고 말한 것은 참으로 현명했다. 단, 데카르트의 경우도 마찬가지였지만, 이 행운이 외부의 상황에 의해서 유리하게 전개되어 실제로 자기를 활용하고 자기를 즐길 수 있는 계기가 될 필요가 있다. 일찍이 성경에 "지혜는 유업 같이 아름답고 햇빛을 보는 자에게 유익하도다."(「전도서」 7장 11절)라고 기록

---

† 데카르트 Rene Descartes, 1596.3.31~1650.2.11

프랑스의 철학자 · 수학자 · 물리학자. 근대철학의 아버지.

투렌라에 출생. 근세사상의 기본틀을 처음으로 확립함으로써 근세철학의 시조로 일컬어진다. 그는 세계를 몰가치적(沒價値的) · 합리적으로 보는 태도(과학적 자연관)를 정신의 내면성의 강조(정신의 형이상학)와 연결 지어 이를 이원론(二元論)이라고 하였다. 이원론은 동시에 근세사상 전체에 통하는 이원성의 표현이다. 프랑스 중부의 관료귀족 집안 출신으로 생후 1년 만에 어머니와 사별하고 10세 때 예수회의 라 플레슈학원에 입학, 프랑수아 베롱에게 철학을 배웠다. 1616년 푸아티에 대학에서 법학을 공부했다.

1629년 이후에는 네덜란드에 은거하며 철학연구에 몰두하여 형이상학 논문 집필에 종사하였으나, 같은 해 3월 제자로부터 환일(幻日) 현상의 해명을 요청받고 중도에 자연연구로 전향, 결국 자연학(自然學)을 포괄하는 《우주론 Le Traitede la monde》의 구상으로 발전하였다. 그러나 이 논문의 완성단계에 G.갈릴레이의 단죄사실(斷罪事實)을 듣고, 지동설을 주내용으로 한 이 책의 간행을 단념, 그 대신 1637년 《방법서설(方法敍說) Discours de la mehode》 및 이를 서론으로 하는 《굴절광학》,《기상학》,《기하학》의 세 시론(試論)을 출간하였다.

1641년 형이상학의 주저 《성찰록 Meditationes de Prima Philosophia》, 1644년에는 《철학의 원리 Principia philosophiae》를 출간하였다. 이를 전후하여 데카르트 사상의 혁신성이 세상의 주목을 받기 시작, '자유로운 나라' 였던 네덜란드도 캘빈파(派) 신학자들의 박해로 살기 어려운 곳이 되었다. 그 무렵 스웨덴의 크리스티나 여왕으로부터 초청을 받아 1649년 가을 스톡홀름으로 가서 지내던 중 폐렴에 걸려 생애를 마쳤다.

†† 마이 케너스 BC 74년(64년)~BC 8년.

로마 황제 아우구스투스를 섬긴 문예보호자로 알려져 있다.

된 것도 바로 그런 의미이다. 자연과 운명에게서 이러한 혜택을 받았으니 내부에 있는 샘물을 긷고 싶을 때는 언제나 길어 올릴 수 있도록 철저하게 감시를 늦춰서는 안 된다. 이에 필요한 조건은 독립과 여가이다. 그렇기 때문에 지혜로운 사람은 다른 사람과는 달리 향락의 외부적인 원천에 의지할 필요가 없는 만큼 절제와 절약을 통해 이 조건을 획득하려고 할 것이다. 따라서 관직과 금전, 인기와 갈채를 얻을 기회가 있어도 자기 자신을 내던지면서까지 세인들의 저열한 의도와 취향에 영합하려고 하는 유혹에는 걸려들지 않을 것이다. 만일의 경우에는 호라티우스가 마이 케너스[††]에게 보낸 서간에서 볼 수 있는 것과 같은 행동을 취할 것이다. 대외적인 이익을 얻기 위해서 대내적인 손실을 부르는 일, 즉 부귀영화, 출세, 호화로운 사치, 존칭, 명예를 위해서 자신의 안정, 여가와 독립을 완전히, 혹은 완전히라고는 할 수 없지만 그 대부분을 희생하는 일이야말로 어리석기 그지없는 일이다. 그런데 굳이 이것을 행한 사람이 바로 괴테였다. 나는 나 자신의 본성에 따라서 단호하게 다른 길을 취해왔다고 생각한다.

　여기서 논한 바와 같이 인간 행복의 주요한 원천은 인간 자신의 내면에서 솟아나는 법이라는 진리는, 바로 향락은 어떤 능력을 활용한 행동을 전제로 하는 것이며 이것 없이는 존립할 수 없는 것이라는 니코마코스 윤리학[†††]에서 볼 수 있는 아리스토텔레스의 참으로 정확한 말에 의해서도 뒷받침되고 있다. 인간의 행복은 자신의 뛰어난 능력을 자유자재로 발휘하는 데 있다고 한 아리스토텔레스의 말을, 스토바이오스도 소요학파†의 윤리학을 서술하면서 그대로 사용했다. 예를 들어 행복이란 바라던 바대로 성공을 거둘 수 있는 일에 종사하면서 덕에 합당한 활동을 하는 것이라고 말하고, 그 '덕'이란 숙련된 기능이라는 주석까지 달아놓았다. 한편, 자연이 인간에게 부여한 능력의 참된 사명은 주위로부터 압박해오는 곤란과 싸우는 것에 있다. 하지만 싸움이 끝나면 더는 쓸 곳이 없어진 능력을 주체하지 못하게 된다. 그래서 이번에는 그 능력을 활용할 대상으로 아무런 목적 없는 놀이를 필요로 하게 된다. 그렇게 하지 않으면 곧 인간 고뇌의 또 다른 원천, 즉 무료함의 포로가 되어버리기 때문이다. 따라서 이러한 무료함에 그 누구보다도 시달리는 것은 신분이 높은 사람이나 부자들이다. 이러한 자들의 한심한 모습은 오래 전에 로마의 시인 루크레티우스가 묘사한 바 있는데 오늘날에도 대도회지에서는 하루도 빠짐없이 곳곳에서 이 묘

---

††† **니코마코스 윤리학 Ethika Nikomacheia** : 아리스토 텔레스의 저서.
전(全) 10권. 세계 최초의 체계적인 윤리학서이다. 학두(學頭:교장) 시대의 강의 초고(講義草稿)이며, 그의 만년의 가장 원숙한 사색을 나타낸 책이다. 아들 니코마코스가 편집하였기 때문에 이렇게 불린다. 원리론(제1권~제3권 5장)과 덕의 현상론(제3권 6장~제10권)으로 이루어졌다.
†**소요학파** : 아리스토텔레스 및 그 문하의 학파. 소요(逍遙)하면서 강의를 했기 때문에 이렇게 이름 붙여졌다.

사가 정확하다는 것을 확인할 수 있다.

집에 있는 것이 싫다며 거대한 저택을 뒤로하고
몇 번이고 거리로 뛰쳐나오지만, 거리에서도 무엇 하나
재미있는 것이 없다며, 집으로 돌아온다.
마치 불을 끄러 달려가는 듯한 발걸음으로
말을 달려 별장으로 향해보지만,
문턱을 넘자마자 무료함에 커다란 하품.
마을로 돌아가기가 귀찮다며,
꾸벅꾸벅 졸면서 무아의 경지에 빠져든다.

이러한 명사들이 젊었을 때는 근력과 생식력에 모든 일의 뒤처리를 맡긴다. 하지만 시간이 지나면 남게 되는 것은 정신적인 능력뿐이다. 이때 정신적인 능력이 부족하거나, 그 발달이 부족하여 활동에 필요한 재료가 충분하게 축적되어 있지 않으면 크게 한탄하게 된다. 이제 의지만이 끊임없이 솟아나는 유일한 힘이 되었기 때문에 이번에는 의지가 정열의 흥분에 의해서, 예를들자면 불명예스럽기 그지없으며 죄악과도 같은 커다란 운을 건 승부에 의해서 자극을 받는다. 그런데 일반적으로 개성을 발휘할 만한 일이 주어지지 않으면 각각 그 개성이 가지고 있는 주요한 능력의 종류에 따라서 볼링이나 장기, 사냥, 회화, 경주, 음악, 카드놀이, 문학, 문장학, 철학 등과 같은 어떤 놀이를 일 대신 선택하는 법이다. 뿐만 아니라 인간 능력의 모든 발현의 근원으로 거슬러 올라가 문제를 계통적으로 검토해볼 수도 있다. 그 근원이란 세 가지 생리학적인 근본 능력을 말하는 것이다. 따라서 이 세 가지 근본 능력이 목적 없이 행하는 놀이를 고찰해보아야 한다. 이 경우 그 근본 능력은 마땅히 있어야 할 세 가지 향락의 원천이 된다. 인간은 각각 세 가지 근본 능력 중 어느 것이 내면의 주류를 이루는가에 따라서 향락 중에서 자신에게 적합한 것을 선택하는 것이다. 그중 첫 번째는 재생력과 관련된 향락이다. 음식, 소화, 휴식, 수면 욕구가 이에 속한다. 심지어는 어떤 나라의 국민 전체가 이런 종류의 향락을 이른바 국민적 쾌락으로 삼고 있다는 사실이 국제적인 이야깃거리가 되고 있다. 두 번째는 자극 감성과 관련된 향락이다. 달리기, 뜀박질, 격투, 무용, 검도, 승마, 등 모든 운동 경기, 사냥, 심지어는 투쟁과 전쟁을 즐기고자 하는 욕구가 이에 속한다. 세 번째는 정신적 감수성과 관련된 향락이다. 탐구, 사유, 감상, 시작, 회화 및 조각, 음악, 학습, 독서, 명상, 발명, 철학적 사색 등에 대한 욕구가 이에 속한다. 이 세 종류의 향락이 지닌 각각의 가치, 정도, 지속성에 대해서 여러 가지 고찰을 해볼 수 있겠지만 그것은 독자들의 몫으로 남겨놓겠다.

어쨌든 향락은 반드시 자신의 능력을 활용하는 것을 전제조건으로 삼고 있으며, 이 향락이 끊임없이 반복되는 것에 행복이 있는 것이기 때문에 향락의 전제조건이 되는 능력이 고상한 것일수록 우리의 향락, 나아가서는 우리의 행복이 그만큼 커진다는 사실은 그 누구라도 명백하게 알 수 있을 것이다. 이 점에 있어서 인간이 다른 모든 종류의 동물들보다 뛰어난 점으로 단연 압도적으로 많이 갖추고 있는 정신적 감수성이, 인간과 동등하거나 그 이상으로 동물에게 갖춰져 있는 다른 두 가지 생리학적 근본 능력에 비해서 우위에 있다는 사실 역시 그 누구도 부인하지 않을 것이다. 정신적 감수성은 우리의 모든 인식 능력에 구비되어 있는 것이다. 따라서 정신적 감수성이 압도적으로 크면 인식하는 것을 본질로 삼는 향락, 즉 정신적 향락이 가능하게 되며, 그만큼 커다란 정신적 향락을 얻을 수 있다.[†] 평범하고 정상적인 사람이 어떤 일에 강렬하게 관심을 갖게 된다면 이는 온전히 그 일이 그 사람의 의지를 자극하고 그 사람에게 흥미를 불러일으켜서이다.

그런데 어떤 종류의 의지이든 쉼 없이 끓어오르면 고통스럽기 마련이다. 의지를 의도적으로 자극하는 수단으로써 매우 사소한 흥미에 호소해서 크게 지속적인 고통을 일으키지 않고, 극히 일시적인 가벼운 고통만을 동반하는 것들이 있다. 그것은 전국 방방곡곡의 '상류 사회'를 풍미하는 행사가 되어버린 카드놀이이다.[††]

이와는 반대로 정신적인 능력이 압도적으로 뛰어난 사람은 의지를 전혀 개입시키지 않고 오직 인식만으로 가장 강렬한 관심을 품을 수가 있다. 더 나아가 오히려 이러한 관심을 필요로 하기도 한

† **(원주)** 자연은 끊임없이 향상한다. 우선 무기물계의 역학적·화학적 작용에서 식물계 및 그 둔감한 자기 향락으로 향상하며, 거기서 동물계로 향상한다. 동물계와 함께 지력과 의식이 시작되며, 미약한 초기 상태에서부터 드디어 서서히 한 단계씩 상승하여 결국에는 마지막이자 최대의 한 걸음을 거쳐서 인간에 오르게 된다. 그렇기 때문에 인간의 지성에까지 오게 되면 자연은 그 모든 생산활동의 정점·목적지에 도달하게 되며, 따라서 자연은 그 생산할 수 있는 것 중에서는 가장 완성도가 높고 가장 복잡한 것을 만들어내게 된다. 하지만 같은 인간이라는 종의 내부에서도 지성은 더욱 많은 등급을 뚜렷하게 보이고 있는데 최고의 지성, 참으로 높은 지성에 도달하는 경우는 매우 드물다. 그렇기 때문에 참으로 높은 지성은 더욱 좁고 더욱 엄밀한 의미에서 자연의 가장 복잡하고 가장 높은 소산이며, 따라서 세상에서 볼 수 있는 것들 중에서 가장 드물고 가장 귀중한 것이다. 이러한 지력(知力)에는 가장 명민한 의식이 나타나며, 따라서 세계가 그 어디에서보다도 더 명료하게, 그 어디에서보다도 더 완전하게 여기서 모습을 드러낸다. 그렇기 때문이 이러한 지력을 갖춘 사람은 지상에서 가장 고귀하고 가장 귀중히 여겨야 할 것을 소유하고 있는 것이며, 따라서 다른 모든 향락의 하찮음과는 비교할 수도 없을 정도의 향락의 원천을 가지고 있는 것이다. 그렇기에 그 무엇에도 방해받지 않고 자신이 소유하고 있는 이 재산을 즐기고 자신이 품고 있는 보석을 갈고 닦을 여가를 필요로 하지만, 그 외에는 외부로부터 특별히 아무 것도 필요로 하지 않는다. 왜냐하면 다른 모든 지적이지 못한 향락은 저급하기 때문이다. 다시 말하자면 그 목표가 무엇이든지 간에 결국 종착점은 전부가 의지의 활동, 즉 소망·기대·집념·도달이며, 그것도 고통을 동반하지 않고서는 결코 계속할 수 없고 게다가 진리가 더욱 명료해지는 지적 향락과는 반대로 도달과 동시에 대부분은 많든 적든 간에 환멸의 비애를 느끼게 한다. 지력의 영토에는 고통이 없다. 모든 것이 인식이다. 하지만 지적 향락은 그 누가 얻는 것이라 할지라도 모두 그 사람 자신의 지력을 매개로 하는 것이기 때문에 그 지력에 따라서 얻을 수 있을 뿐이다. 무릇 이 세상에 있는 정신은 정신을 전혀 가지고 있지 못한 사람에게는 무용지물이기 때문이다. 하지만 이러한 장점에도 현실적인 결점이 한 가지 수반되어 있다. 그것은 자연계의 전반적인 경향으로서, 지력의 수준이 높아져감에 따라서 고통을 느끼는 능력도 또한 높아져 가는 경향이 있으며 따라서 가장 높은 수준의 지력에 있어서는 이 능력도 결국 최고의 단계에까지 이르게 된다는 점이다.

다. 그런 경우 사람은 이러한 관심에 의해서 본질적으로는 고통을 모르는 경지로 들어가게 된다. 그것은 거침없이 살아가는 신들의 분위기와도 같은 것이다. 그러나 세상의 평범한 사람들은 일신의 안위와 관계되는 구구한 이해에만 노력을 기울이고, 그 덕분에 온갖 종류의 어두운 면에 주의를 빼앗겨 재미도 없이 빈둥빈둥 살아가기 때문에 이러한 목적의 추구가 일단락을 고하고 미친 듯이 날뛰는 번뇌의 불꽃이 흐르지도 않고 고여 있는 웅덩이를 조금 흔들 뿐, 결국 자기 자신에게로 되돌아오게 되면 곧 참을 수 없는 무료함을 느끼게 되지만, 이에 반해서 압도적으로 풍부한 정신적 능력을 갖춘 사람은 사상적으로 내용이 풍부한, 시종일관 발랄하고 의

††(원주) 저급함이란 결국 의식 속에서 의욕이 인식을 완전히 압도해버리는 것을 말한다. 이것이 심해지게 되면 오로지 의지가 필요로 하는 일을 위해서만 인식이 나타나게 되며, 그 결과 이 일의 형편에 따라서 필요로 하지 않는 경우, 즉 커다란 동기도 작은 동기도, 다시 말하자면 아무런 동기도 존재하지 않는 경우에는 인식이 완전히 정지하며, 따라서 사상 내용을 전혀 갖지 못하는 공허가 생겨난다. 그런데 인식이 없는 의욕이라는 것은 모든 것들 중에서 가장 열등한 것이다. 통나무라 하더라도 인식이 없는 의욕은 가지고 있다. 적어도 쓰러질 때에는 이러한 의욕을 보이지 않는가? 따라서 이러한 상태는 저급성을 구성하는 법이다. 이런 상태에 있으면서도 여전히 활동하고 있는 것은 감각기관과 감각기관에 주어진 사상(事象)을 통각(統覺)하는 데 필요한 오성의 행동뿐이다. 그 결과 저급한 인간은 어떠한 인상도 끊임없이 받아들일 수 있는 자세를 취하며, 따라서 신변에서 일어나는 일은 무엇이든 바로 지각하기 때문에 아무리 작은 소리라도, 아무리 하찮은 상황이라도 마치 동물과 마찬가지로 바로 그의 주의를 끄는 것이다. 이러한 상태는 그대로 그의 얼굴이나 외모 전체에 생생하게 나타나며 그렇게 되면 저급한 풍모가 나타나게 되는데, 그 인상은 대부분의 경우 이 인간의 의식을 독점하고 있는 의지가 저열하고 이기적이며 원래 사악한 것이기 때문에 더욱 비천한 인상을 준다.

미 있는 생활을 하게 된다. 고상하고 흥미진진한 소재에 자신을 몰입할 수 있는 기회를 얻게 되면 물론 그 일에 종사하겠지만, 그런 것이 없다 하더라도 자기 내부에 이미 최고급 향락의 원천을 가지고 있다. 외부로부터 받는 자극이라고는 대자연의 소산과 인간 세계의 움직임에 대한 관찰뿐이다. 때로는 모든 시대, 모든 국가를 아울러 특별히 천부적인 재능을 가지고 있던 사람들의 다양한 업적에서 자극을 받기도 한다. 이것을 완전하게 이해하고 영감을 얻을 수 있는 사람은 주변에 아무도 없기 때문에 이러한 업적은 결국 혼자서 완전하게 향유할 수 있는 것이다.

따라서 그 사람 혼자만을 위해서 이러한 현자나 위인들이 살아 있었던 셈이 된다. 결국 그들은 그 한 사람에게만 호소해준 것이다. 그 이외의 사람들은 일부분을 어렴풋이 이해하는 것에 불과한, 지나가는 방관자에 지나지 않는다. 물론 그렇게 되기까지 그 사람은 다른 사람과는 다른 욕망을 한 가지 가지고 있다. 그것은 배우고, 보고, 연구하고, 명상하고, 연마하기를 바라는 욕망을 충족할 만한 자유로운 여가를 바라는 욕망이다. 하지만 볼테르가 정확하게 지적하고 있는 것처럼 참된 욕망이 없으면 참된 쾌락도 없는 것이기 때문에 이 욕망은 다른 사람이 얻을 수 없는 향락을 자신만이 마음대로 할 수 있는 전제 조건이 되는 것이다. 다른 사람들에게는 자연과 예술의 여러 아름다움, 온갖 정신의 소산을 주위에 산처럼 쌓아놓는다 하더라도 결국 창녀가 백발 노인을 대하는 것과 같은 것이다. 그 결과 이러한 장점을 갖춘 사람에게는 신변을 둘러싼 일상 생활 외에 또 다른 하나의 생활, 즉 지적인 생활이 있다. 세상의 평범한 사람들은 이 천박하고 공허하며 슬픔 많은 일상 생활 자체가 목적이라고 인정할 수밖에 없지만, 그에게는 지적인 생활이 점점 근본 목적이 되기 때문에 일상 생활은 그저 근본 목적을 위한 수단으로 보게 된다. 따라서 주요한 삶의 보람은 이 지적인 생활로부터 부여받게 된다. 지적인 생활은 통찰과 인식이 끊임없이 풍부해짐에 따라서, 마치 완성 과정에 있는 예술작품과 마찬가지로 형태를 갖추게 되고 끊임없이 향상하여 점점 원숙한, 하나의 완전한 형태를 가진 것으로 완성되어간다. 다른 사람들이 추구하는 그저 실제적인 면만을 고려한 생활, 그저 일신의 안녕만을 목표로 하는 생활, 깊이에 대한 진보가 없고 그저 현실적인 영역만 넓혀가는 생활은 이 지적인 생활과는 비참한 대조를 이루는 것이지만 그에게 있어서는 단순한 수단에 지나지 않는 이러한 생활을, 세상의 평범한 사람들은 앞서 말한 것처럼 그 자체를 목적으로 삼을 수밖에 없는 것이다.

　더욱 자세하게 말하자면, 우리의 현실 생활은 번뇌에 의해서 움직여지는 것이 아니라면 무료하고 의미 없는 것이 되어버린다. 하지만 번뇌에 의해서 움직이게 되면 곧 고통스러운 것이 된다. 그렇기 때문에 자신의 의지가 필요로 하는 일을 할 수 있는 것 이상의 지성을 어떤 형태로든 부여받은 자만이 행복한 인간이라고 말할 수 있다. 그것은 현실 생활 외에 또 다른 하나의 지적인 생활을 영위하며 이 지적인 생활이 고통을 수반하지 않을 뿐만 아니라 발랄한 일과 위안을 부여하기 때문이다. 단, 여가가 있다는 것만으로는, 즉 지성이 의지가 필요로 하는 일을 하는 데 시달리지 않는다는 것만으로는 아직 부족하다. 그러기 위해서는 능력이 실제로 풍부하게 남아돌아야 할 필요가 있다. 왜냐하면 실제로 능력이 풍부하게 남아돌아야 의지가 필요로 하는 일이 아닌 완전한 정신적인 일을 할 수 있으며, "정신 활동을 수반하지 않는 여가는 죽음이며, 인간을 생매장하는 것"(세네카)이기 때문이다. 한편 이렇게 남아도는 능력의 크고 작음에 따라서 현실 생활 외에 영위해야 할 지적 생활에는 밑으로는 곤충, 조류, 광물, 화폐 등을 그저 수집하여 기록하는 일로부터 위로는 문학과 철학의 가장 뛰어난 업적에 이르기까지 수많은 단계가 있다. 이러한 지적 생활은 무료함에 대한 예방이 될 뿐만 아니라 무료함에 의해서 발생하게 되는 유해한 결과까지도 예방하게 된다. 즉 나쁜 친구와 어울리지 않을 구실도 되며 행복을 현실 세계에서만 추구하게끔 되는 수많은 위험, 재앙, 손실, 낭비에 대한 예방도 된다. 이러한 이유로, 예를 들어 내 철학은 내게 이익을 가져다준 적은 없지만 상당한 쓸데없는 일들을 피하는 방편은 되었다.

그런데 평범한 인간들은 특히 인생의 향락에 관해서는 자기 외부에 있는 사물에 의존한다. 재산이나 지위에 의존하며 가족, 친구, 사교계 등에 의존한다. 이러한 것들에 의해서 그가 느끼는 인생의 행복이 지탱되고 있는 것이다. 따라서 이러한 것들을 잃거나, 이러한 것들에 환멸감을 느끼게 되면 인생의 행복은 무너져버리게 된다. 이러한 인간의 중심은 그의 외부에 있다는 말로 이 관계를 표현할 수 있을 것이다. 따라서 그 사람이 바라는 것은 끊임없이 동요하며 변덕스러운 것이다. 재력이 허용하는 한, 별장을 사거나 향연을 베풀거나 여행을 하는 등 굉장한 사치를 하려고 하는 것은 다름 아닌 외부로부터의 만족을 추구하기 때문이다. 건강과 체력의 참된 원천이 자기 자신의 활력에 있음에도 쇠약한 인간이 야채즙이나 약제 등으로 건강과 체력을 회복하려고 하는 것과 마찬가지인 것이다.

이야기를 또 다른 극단으로 몰고 가기 전에 위에서 말한 것과 같은 인간과 비교해서 정신적인 능력이 그다지 우수하지는 않지만 어쨌든 일반적인 수준보다는 조금 나은 인간들을 등장시켜보기로 하자. 이런 부류의 인간들은 가령 취미로 미술을 공부하거나, 식물학, 광물학, 물리학, 천문학, 역사학 등과 같은 실천적인 학문을 연구하여 자기 향락의 많은 부분을 이곳에서 발견하고 앞서 기술한 외부적인 원천이 말라버리거나, 그러한 원천으로는 만족할 수 없게 되면 미술이나 학문 등에서 편안함을 얻으며 원기를 회복할 것이다. 이러한 의미에서 그의 중심은 부분적으로 그 자신의 내부에 있는 것이라고 말할 수 있을 것이다. 하지만 단순한 취미로써의 예술은 아직 창조적인 활동에는 미치지 못하며, 단순히 실천적인 학문은 상호간의 실용적인 관계에서 한 걸음도 벗어나지 못하기 때문에 일개 인간으로서 그러한 것들 속에 완전히 잠기지 못하며, 자신의 마음이 완전히 그것에 몰두할 수도 없고 따라서 그것 이외의 일에는 전혀 흥미를 갖지 못할 정도로 생활이 그 일과 융합될 리도 없다. 진정 이러한 경지에 도달할 수 있는 것은 통상 천재라고 불리는, 정신적으로 탁월함의 극치에 있는 사람들뿐이다. 정신적인 탁월함의 극치에 있어야만 비로소 사물의 존재와 본질을 전반적이고 무조건적으로 자신의 테마로 취하고 그런 후에 그것에 대하여 철저한 해석을 자신의 개성적인 경향에 따라서 예술이나 문학이나 철학을 통해서 발표할 수 있을 정도로 노력할 것이기 때문이다. 따라서 이런 천재적인 인간들은 그 무엇에도 방해받지 않고 자기를 들여다보고 자기의 사상과 작품을 일로 삼는 것이 간절한 욕구가 되어 고독을 환영하고, 자유로운 여가를 더할 나위 없는 재산으로 여기며 그 이외의 모든 것들은 필요 없는 것, 있으면 오히려 귀찮은 일이 많은 것이라고 생각한다. 따라서 이러한 인간이야말로 중심이 완전히 자기 자신 내부에 있다고 말할 수 있을 것이다. 그리고 이러한 점에서 생각해본다면, 극히 보기 드문 이런 부류의 인간은 비록 매우 선량한 성격을 가진 사람이라 할지라도 친구, 가족, 사회에 대해서 다른 많은 사람들이 품고 있는 것과 같은 한없이 절실한 관심은 갖지 않는다는 사실도 설명할 수 있을 것이다. 즉 이런 부류의 사람들은 오직 자기 자신을 붙들고 있기만 하면 그 어떤 일이 일어난다 하더라도 위로를 얻을 수 있다. 따라서 이러한 부류의 사람들에게는 남들보다 한층 더 고독한 요소가 잠재되어 있다.

그들은 결국 타인에게서는 결코 완전한 만족을 얻을 수 없기 때문에 타인을 자신과 완전히 동등하다고는 생각할 수 없을 뿐만 아니라 누구를 보더라도 언제나 자신과는 질적으로 다른 것이 느껴지기 때문에 사람들이 있는 곳에 나가서도 자신만은 이질적인 존재로서 행동하며 타인을 머릿속에 떠올릴 때도 일인칭 복수인 '우리'가 아니라 삼인칭 복수인 '그들'로서 머릿속에 떠올리는 습관이 자신도 모르게 배어 있기 때문에 그만큼 고립적인 요소가 강하게 작용하도록 되어 있는 것이다.

한편, 이러한 입장에서 보자면 객관계의 작용은 그 종류의 여하에 관계 없이 반드시 주관계를 통해서 비로소 매개된 것, 즉 이차적인 것에 불과하기 때문에 주관계가 객관계보다 명백히 우리들에게 가까운 것인 만큼 지적인 면에서 자연의 은혜를 가장 풍부하게 받은 사람이 가장 행복한 사람이다.

참된 부는 영혼의 내부에 있는 부라네,

그 외에는 이익이 적고 해만 많지.

『루키아노스』[†]

이와 같은 아름다운 시행도 이 사실을 뒷받침하고 있다. 이처럼 내면이 풍부한 인간이 외부에 대해서 요구하는 것은 기껏해야 소극적인 선물 정도이다. 즉 자신의 정신적인 능력을 갈고 닦아 내면의 부를 즐길 수 있는 자유로운 여가를 바랄 뿐이다. 따라서 결국은 평생 동안 시시각각으로 자기 자신의 모습에 철저할 수만 있다면 그 외에 바라는 것은 아무 것도 없다. 자기 정신의 발자취를 전 인류 위에 새기는 일을 사명으로 삼았을 때, 행복과 불행은 오직

[†] **루키아노스 Lukianos, 120?~180? : 고대 로마의 그리스 풍자작가.**
시리아의 사모사타 출생. 직인(職人)의 아들로 태어나 석공 일을 배운 후, 소아시아에서 그리스어(語) 문학을 배웠다. 방랑하는 강연자로서 로마제국의 각 지방을 돌면서 이름이 알려졌다. 40세 이후는 아테네에 정주하면서 대화편(對話篇)을 집필하였고, 만년에는 잠시 이집트의 행정관을 지냈다. 작품은 위작(僞作)을 포함하여 80여 편에 이른다. 작품의 대부분은 대화 또는 편지 형식의 것으로, 당시의 종교·정치·철학과 사회의 우행(愚行)·결함 등을 풍자적으로 날카롭게 공격한 것이었다. 작품은 9세기 이후 비잔틴에서 애독되었고, 15세기에 들어와 서구에 소개되어 D.에라스뮈스와 같은 모방자를 낳게 하였다. 잘 알려진 것은 과장이 넘치는 여행담 《진짜 이야기》로 이는 《걸리버 여행기》와 같은 가공의 여행기를 낳게 하였다.

하나로만 결정된다. 그것은 자신의 소질을 완전하게 신장시켜 자신의 작품이나 사업을 완성할 수 있느냐, 혹은 방해를 받아 그렇게 하지 못하느냐 하는 점에 있다. 그 사람에게 있어서 그 이외의 것은 무척 하찮게 여겨질 뿐이다. 따라서 정신적으로 뛰어난 인물은 어느 시대의 인물이든 자유로운 여가를 무엇보다도 소중하게 생각한다. 어떤 사람에게든 자유로운 여가는 그 사람 자신과 동등한 가치를 가지고 있기 때문이다. "행복은 여가에 있다."고 아리스토텔레스는 말했으며, 디오게네스 라엘티오스(철학사를 서술한 그리스 저술가)의 보고에 의하면 "소크라테스는 여가를 인간이 소유하고 있는 것 중에서 가장 훌륭한 것이라고 칭송했다." 아리스토텔레스가 철학적인 삶의 방식이 가장 행복한 삶의 방식이라고 말한 것도 이와 같은 주지와 일치하는 것이다. 뿐만 아니라 아리스토텔레스는『정치론』에 "행복한 삶이란 활동의 전개를 방해받지 않고 행할 수 있는 삶이다."라고 기술했는데 이것을 근본적으로 해석해보면 '종류 여하를 막론하고 자신의 특기를 그 어떤 것의 방해도 받지 않고 발휘할 수 있는 일이야말로 궁극적인 행복이다.' 라는 의미이다. 따라서 "재능을 받아 재능을 가지고 태어난 자는 이 재능에 따라 사는 것이 가장 아름다운 삶이다."라는, 빌헬름 마이스터에 있는 괴테의 말과도 취지를 같이한다. 하지만 자유로운 여가를 갖는다는 것은 인간의 통상적인 운명과 인간이 갖추고 있는 통상적인 자연성이라는 입장에서 보더라도 생각할 수 없는 일이다. 자신과 자기 가족의 생존에 필요한 것을 획득하는 데 시간을 소비하는 것이 인간 세상의 자연스러운 규정이기 때문이다. 인간은 빈곤의 아들이지 그 본질이 자유로운 지력에 있다고는 말하기 힘들다. 따라서 기교적으로 설정한 여러 가지 가공의 목적을 빌려서 온갖 유희와 오락, 취미 등으로 여가를 보낼 수 있다면 좋겠지만 그렇지 않을 경우 자유로운 여가는 일반적인 사람에게는 부담스러운 시간이 되며 심지어는 고통이 되는 경우도 있다. 또한 같은 이유로 "여가에 안주하기란 어려운 일이다."라는 올바른 말처럼 여가가 오히려 위험을 가져다주는 경우도 있다. 하지만 한편으로는, 정상의 범위를 한참 뛰어넘은 지성이라는 것도 이상하고 부자연스러운 것이다. 그렇지만 이러한 지성이 존재하는 한 그것을 갖추고 있는 인간의 행복을 위해서는 다른 사람이 때로는 주체하지 못하며 때로는 해롭다고 여겨지기도 하는 자유로운 여가가 반드시 필요하다. 왜냐하면 이러한 여가를 갖지 못하면 승천하지 못한 용처럼, 멍에가 씌워진 천마처럼 불우해지기 때문이다. 그런데 자유로운 여가라는 외부적인 부자연스러움과 이상할 정도의 지성이라는 내면적인 부자연스러움이 우연히 만나게 되는 경우는 그야말로 천재일우라고 할 수 있다. 이러한 기우를 갖게 되는 사람은 한층 더 뛰어난 생활을 영위하게 될 것이다. 이에 대해 이야기하자면 인간의 고뇌 중에서도 상반되는 두 가지 원천인 곤궁과 무료함, 즉 생존을 위해서 억척스럽게 살아가는 삶과 여가(자유로운 생존 그 자체)를 주체하지 못하는 삶 모두로부터 해방된 인간의 생활이다. 평범한 인간이 이 두 가지 재앙에서 벗어나려면, 이 두 가지가 서로 중화되어 상쇄되는 방법을 강구할 수밖에 없다.

하지만 한편으로는 이러한 사실의 이면에 다시 한 번 생각해볼 점이 있는데, 위대하고 천부적인 정신적 재능을 부여받은 사람은 신경의 활동이 매우 강렬해져 있기 때문에 어떠한 형태이든 고통에 대한 감수성이 극도로 예민하며 또한 이러한 재능에는 정열적인 기질이 전제조건이 됨과 동시에 한편으로는 모든 관념이 다른 사람들보다는 훨씬 더 완전한 모습을 갖추고 있기 때문에 관념에 의해서 일어나는 희로애락의 감정-그것도 쾌적한 감정보다는 불쾌한 감정이 많지만-도 다른 인간과는 비교가 안 될 정도로 강렬하다는 점, 또한 원래 갖추고 있는 것이 많으면 많을수록 다른 사람과 접하여 얻는 것이 적기 때문에 위대하고 천부적인 정신적 재능을 가지고 있는 사람은 자신 이외의 인간과는 소원해지게 된다는 점이다. 세인들이 커다란 만족을 느끼는 수많은 사상도 천박하고 하찮게 여겨진다. 그래서 어디에서나 볼 수 있는 균형의 법칙이 여기에도 작용하고 있는 것인지도 모른다. 정신적으로는 가장 저열한 인간이 결국에는 가장 행복하다는 사실도 귀에 못이 박힐 정도로 들어왔으며 또한 실제로 그렇게 보이기도 한다. 하지만 누구도 그러한 행복을 부러워하는 자가 없다는 것만은 명백한 사실이다. 이 문제에 대해서는 소포클레스†조차도 전혀 모순되는 두 가지 말을 하고 있으니 나는 쓸데없이 앞질러 나가 문제의 최종적 결정을 내릴 생각은 없다. 소포클레스는 다음과 같이 이야기했다.

"행복의 가장 커다란 조건은 머리가 좋아야 한다는 것이다."

그러나 한편으로는 다음과 같이 이야기하기도 했다.

"무의식중에 한가로이 사는 것이, 가장 즐겁다."

구약성경에서 볼 수 있는 철학자들도 역시 그 의견을 서로 달리하고 있다. 다음과 같이 말한 자가 있다.

"어리석은 자의 삶은 죽음보다 괴롭다."
『구약위전』, 예수 시랍바

한편으로는 다음과 같이 말하는 자도 있다.

"지혜가 많으면 번뇌도 많으니"

「전도서」, 1장 18절

그런데 여기서 꼭 덧붙여 두어야 할 것이 한 가지 있다. 그것은
지성의 능력이 완전히, 혹은 정상적인 수준에 머물러 있기 때문
정신적인 욕망을 갖지 않는 인간이야말로 독일어에서 '필리스텔
(속물)'이라고 부르는 사람들의 부류에 속한다고 말할 수 있을 것
이다. 필리스텔은 독일어에만 존재하는 특유의 단어로, 대학 생활

---

† **소포클레스 Sophocles, BC 496~BC 406 : 고대 그리스의 3대 비극 작가.**
아테네 교외의 콜로노스 출생. 아버지가 부유한 무기 상인이었으므로 최고의 교육을 받았다.
집안이 기사(騎士)신분에 속하였으므로 작가로서, 그리고 시민으로서 명예로운 일생을 보냈
다. 음악을 란프로스에게, 비극을 아이스킬로스에게서 각각 사사하였다. 정치가로서도 탁월한
식견을 지녔으며, 신앙심도 두터워 아스클레오피스의 신전을 자기 저택 내에 세웠다고도 전해
진다.
BC 468년, 28세 때 비극 경연대회에 응모하여 스승인 아이스킬로스를 꺾고 첫 우승한 이후로,
123편의 작품을 씀으로써 18회(일설에는 24회)나 우승하였다. 자기 후배인 에우리피데스가 사
망하였다는 통지를 받았을 때는 배우와 합창대의 관(冠)을 벗게 하고 자기 자신도 상복으로 갈
아입어, 참석자들이 눈물을 흘렸다고 한다. 외국의 초청도 거절하고 평생을 아테네에서 살았
는데, 이러한 애국심과 진지한 인품은 온 시민의 경애의 대상이 되었다. 그의 비극 작법은 3기
로 나눌 수 있는데, 초기는 아이스킬로스풍의 장중 화려한 작품이고, 중기는 엄밀한 기교주의
이며, 후기는 원숙기로서 등장 인물의 성격과 일치하는 문체로 씌어 있다. 현존하는 7편을 연
대 순으로 보면 《아이아스 Aias》《안티고네 Antigone》《오이디푸스왕 Oidipous Tyrannos》
《엘렉트라 Elektrai》《트라키스의 여인 Trachiniai》《필로크테테스 Philoktetes》《콜로노이의
오이디푸스 Oidipous epi Kolonoi》인데, 《콜로노이의 오이디푸스》는 원숙기에 속하는 것이
지만, 《아이아스》와 《안티고네》만은 중기의 특징을 남기고 있다. 이 밖에 사티로스극(劇) 《추적
자》 외에 많은 단편이 남아 있다.

에 기원을 두고 있는데 대학생이 아닌 일반 서민을 뜻하던 것이 좀 더 고급스러운 의미로 쓰이게 되어서도 시의 여신인 뮤즈의 아들(넓게는 시를 해석하는 사람, 좁게는 대학생을 뜻함)과는 반대되는 인간을 가리킨다는 점에서는 여전히 원래의 의미와 상통하고 있다. 즉 필리스텔은 뮤즈와는 인연이 없는 사람이다. 한편, 나는 한층 더 높은 위치에 서서 필리스텔이란 현실 아닌 현실에 언제까지고 열심히 집적거리는 사람이라는 식으로 정의를 내려보고 싶지만, 그렇게 하면 자칫 선험적인 정의가 되어버릴 수 있기 때문에 내가 이 책에서 취하고 있는 통속적인 입장에는 어울리지 않는 것이 되며 따라서 그 어떤 독자로부터도 이해를 얻지 못할지도 모른다. 이에 반해서 앞서 기술한 필리스텔의 정의라면 여기에 특수한 해설을 덧붙이기도 수월할 뿐만 아니라 이야기의 요점, 즉 속물이기에 가지고 있는 속물의 모든 특성의 근원까지도 충분히 제대로 표현할 수 있다. 이에 의하면 속물이란 정신적인 욕망을 가지고 있지 않은 인간이다. 한편, 이 정의로부터는 실로 여러 가지 결론을 도출해낼 수 있다. 속물인 사람에 대해서 보자면 첫 번째로, 앞서 기술한 '참된 욕망이 없다면 참된 쾌락도 없다.'는 원칙대로 정신적인 향락을 갖지 못한다. 인식과 통찰을 인식과 통찰 그 자체를 위해서 추구하려고 하는, 참으려야 참을 수 없는 충동도 없고, 또한 이것과 매우 밀접한 관계에 있는 참된 미적 향락을 추구하려는 충동도 없기 때문에 이러한 것들에 의해서 생활이 활기를 띠게 되는 일도 없다. 그리고 유행이나 권위와 같은 것들 때문에 이러한 종류의 향락을 어쩔 수 없이 강요받게 되는 경우에도 일종의 고통으로 여기고 가능한 한 빨리 끝을 내려고 할 것이다. 속물들에게 있어서 현실의 향락은 관능적인 향락뿐이다. 즉 관능적인 향락으로 자리 메꿈을 하고 있는 것이다. 따라서 샴페인에 굴과 같은 것을 인생의 낙으로 삼으며 육체적인 쾌락에 기여하는 것이라면 무엇이든 손에 넣는 것이 인생의 목적이다. 이 목적을 위해서 이래저래 바쁘게 움직이면 그것으로 꽤 행복한 것이다. 그 증거로 이러한 재산이 처음부터 주어져 있으면 주체할 수 없는 무료함에 빠져버린다. 그렇게 되면 춤, 연극, 사교, 카드놀이, 도박, 승마, 여자, 술, 여행 등 무엇이든 닥치는 대로 해서 무료함을 모면해보려고 한다. 하지만 그 어떤 일을 해본다 하더라도 정신적인 욕망이 없기 때문에 정신적인 향락을 즐길 수가 없어서 무료함을 달래보려는 목적을 충분히 달성하지 못한다. 따라서 속물에게는 동물들이 가지고 있는 진지함과도 비슷한, 무감각하고 무미건조한 진지함이 항상 따라다니게 되는 것이다. 무슨 일이 일어나도 기뻐하지 않고, 자극도 느끼지 못하며, 관심을 끄는 일도 없다. 관능적인 향락은 곧 바닥을 드러내고, 비슷한 속물들이 모인 사교계는 곧 따분해지며, 카드놀이에서는 결국 피로함을 느낄 뿐이다. 하지만 아직 속물에게는 속물 나름대로의 허영심에 대한 향락이 있다. 부나 지위, 권세, 위력 등으로 타인을 능가하여 그것으로 타인의 존경심을 사려는 허영심이 있는가 하면, 하다 못해 같은 속물들 중에서도 걸출한 사람과 사귀어 호랑이의 위세를 빌린 여우와 같은 기분에 잠겨보려는 허영심도 있다. (영어의 스놉 'snob'이라는 것이 바로 그것이다.) 위에서 든 속물의 근본적인 특성에서 비롯되는 두 번째 모습은 자세히 살펴보면 속물은 정신적인 욕망을 가지고 있지 않으며 육체적인 욕망만을 가지고 있기 때문에 그가 만나고자하는 상대도 정신적인 욕망을 만족시켜줄 사람이 아니라 육체적인 욕망을 성취시켜줄 사람이라는 것이다. 따라서 타인에 대한 요구 중에도 정신적인 능력에 중점을 둔 요구가 포함되는 일은 더더욱 없다. 아니, 오히려 정신적인 능력을 보이게 되면 혐오감, 심지어는 증오감마저도 느끼게 될 정도이다. 왜냐하면 그럴 경우에는 단지 참을 수 없는 열등감을 느끼게 될 뿐만 아니라 마음속으로 은연중에 잠재의식적인 질투심을 느끼게 되는데 가능한 한 그것을 억눌러 오직 숨기려고만 들기 때문에 오히려 그러한 질투심이 더욱 커져서 때로는 무언의 원망이 되는 경우조차 있기 때문이다. 따라서 자신이 행하는 인물 평가나 존경심을 이러한 특성을 기준으로 해서 평가하려고 하는 마음은 절대로 생기지 않는다. 부와 권세야말로 유일하고 참된 미덕이라고 보고 자신도 그 점에 있어서 걸출하게 보이기를 바라기 때문에 인물 평가나 존경심도 오직 부나 권세에 의해서만 평가하려고 한다. 하지만 이러한 것들은 전부 자기 스스로 정신적인 욕망을 가지고 있지 않은 인간이라는 사실에서 비롯되는 것이다. 모든 속물들의 커다란 고민은 이상에 의해서 위로받지 못하며 무료함에서 벗어나려면 반드시 현실을 필요로 한다는 점에 있다. 하지만 한편으로 현실은 곧 바닥을 드러내게 마련이기 때문에 그러한 경우 현실은 위로가 되기는커녕 오히려 피로의 씨앗이 되며 한편으로 현실로부터 온갖 재앙을 떠안게 되는 것이다. 이에 반해서 이상은 바닥을 드러내는 법이 없으며, 원래부터 죄도 없고 해도 없는 것이다.

지금까지 인격이 가지고 있는 특성 중에서 우리들의 행복에 기여하는 것에 대해 고찰해봤는데 여기서는 육체적인 특성에 이어서 지적인 특성에 대해서 다루어보았다. 한편 이 외에도 도덕적 탁월성이 어떻게 인간을 직접적으로 행복하게 하는가 하는 점에 대해서는 내가 예전에 기술한 도덕의 기초에 관한 수상논문 중에 설명을 해놓았으니, 그것을 참조하기 바란다.

제3장

인간의 소유물에 대하여

인간의 소유물에 대하여

ೲೲ

위대한 행복론자 에피쿠로스는 인간의 욕망을 세 부류로 나눴는데 이는 매우 정확하고 뛰어난 분류이다. 첫 번째, 자연스럽고 없어서는 안 될 욕망. 이것은 충족시키지 못하면 고통의 원인이 되는 욕망이므로 이에 해당하는 것은 먹을 것과 입을 것에 대한 욕구뿐이다. 이것을 충족시키기란 매우 쉽다. 두 번째, 자연스럽기는 하지만 꼭 필요하지는 않은 욕망. 이것은 성적 만족에 대한 욕망이다. 하지만 디오게네스 라엘티오스의 보고에 의하면 에피쿠로스는 이런 말을 하지 않은 것으로 되어 있다.(나는 여기서 에피쿠로스의 설을 조금 정리하고 퇴고해서 기술하고 있음을 사전에 밝혀둔다.) 두 번째 욕망은 첫 번째 욕망보다 충족시키기가 어렵다. 세 번째,

자연스럽지도 않고 필요하지도 않은 욕망. 이것은 사치, 탐닉, 부귀영화에 대한 욕망이다. 끝이 없으며 충족시키기가 매우 어렵다.

재산을 갖고자 하는 소망은 어디까지가 합리적인지 그 한계를 결정하는 것은 불가능하지는 않지만 그리 수월한 문제는 아니다. 그 이유는 누구에게 있어서나 인간이 재산을 통해서 얻는 만족은 절대량에 기초하는 것이 아니라 오직 상대적인 양, 즉 요구와 재산과의 비례에 기초하기 때문이다. 따라서 재산만을 떼어놓고 생각한다는 것은 분모가 없는 분자처럼 무의미한 것이다. 나보다 백 배나 더 많은 재산을 가지고 있는 사람이 자신이 원하는 것이 단 한 가지 부족하다고 해서 불행하다고 생각하고 있음에도 불구하고, 나와 같은 재산을 갖고 있다 하더라도 더 바랄 게 없다면 그것이 없어서 곤란하다고는 생각하지 않으며 다른 것이 없더라도 충분히 만족스럽다고 생각하게 되는 것이다. 이러한 점에서 사람들에게는 각자 어쩌면 얻을 수 있을지도 모르는 것으로 자신의 시야에 들어오는 사물의 범위가 정해져 있다. 이 시야의 범위가 그대로 그 사람이 요구하는 대상의 범위가 된다. 이 시야 속에 있는 어떤 객체가 획득 가능할 것처럼 보이면 행복을 느끼지만 어떤 어려움이 발생하여 그 객체를 얻을 가능성을 빼앗기게 되면 불행하다고 느끼게 된다. 이 시야 밖에 있는 사물은 인간에게 아무런 작용도 하질 못한다. 따라서 가난한 사람은 부자들의 막대한 재산을 보고서도 마음이 움직이지 않는데 부자는 어떤 계획이 실패로 돌아가면 지금까지 모아둔 천만금의 부로도 위로를 얻지 못한다.(부는 바닷물과 같은 것으로 마시면 마실수록 목이 마르다. 이러한 점에 있어서는 명성도 마찬가지다.) 재산을 잃고 난 뒤, 한동안 지속되는 고통을 극복하고 나면 평소 기분이 다시 예전과 크게 다를 바 없이 되는 것은 운명에 의해서 재산이 축소되어버리면 스스로 자신의 요구를 그 정도 수준으로 끌어내리게 되기 때문이다. 하지만 갑작스러운 재난으로 재물을 잃게 되면 이러한 거친 치료법은 매우 고통스럽게 느껴진다. 이 거친 치료가 끝난 뒤에는 고통이 점점 작아져서 결국 더는 그런 느낌을 받지 못하게 된다. 즉 상처에 딱지가 앉은 듯 무뎌지는 것이다. 반대로 행복한 경우에는 요구를 억누르는 압착기가 위로 들어올려져 요구가 팽창된다. 바로 여기에 기쁨이 있는 것이다. 하지만 이 기쁨도 들어올려지는 조작이 완전히 종료되어버리면 그 이상은 지속되지 않는다. 즉 확장된 요구의 범위에 익숙해져서 그 범위에 일치하는 재산에 대해서도 무관심해져버리게 되는 것이다.

　생각해보면 지상에 살고 있는 인간의 마음은 아직도
　인간과 신인 아버지가 은혜를 베풀었던 먼 옛날과 다를 바가 없다.

이런 말로 끝을 맺은 호메로스의 시구는 오래 전에 이런 뜻을 나타냈던 것이다. 요구에 대한 계기를 끊임없이 새롭게 끌어올리려고 하지만 재산에 대한 계기가 움직이지 않기 때문에 어떻게 해보지 못한다는 점에 우리들 불만의 원천이 있다.

곤궁함에 번뇌하는, 욕망 덩어리와도 같은 인류의 일원으로서 살아가면서 경제적인 부가 그 어떤 것보다도 노골적인 주목을 받고 있다는 사실, 아니 주목을 받고 있다고 하기보다는 오히려 노골적인 존경의 표적이 되어 권력까지도 부의 수단이 되고 있다는 사실을 조금도 의아해할 필요는 없다. 그리고 눈앞의 이익을 위해서 모든 것들이 소홀히 여겨지고 방치된다는 사실, 예를 들어서 철학이 철학 교수라고 칭해지는 무리에 의해서 어지러워지는 것도 이상하게 여길 필요가 없다. 인간이 주로 금전을 소망하고, 무엇보다도 금전을 사랑한다는 사실에 종종 비난이 가해지기도 하지만 언제라도 자유자재로 우리들 인간의 변화무쌍한 소망과 가지각색의 욕망에 따라 재빨리 효용성을 발하는 금전을 사랑하는 것은 자연스러운 모습이며 확실히 피하기 어려운 일이기도 할 것이다. 왜냐하면 다른 재화는 제아무리 많이 취한다 하더라도, 음식은 배고픈 사람에게만, 술은 건강한 사람에게만, 약은 병든 사람에게만, 모피는 겨울에만, 여자는 젊은 남자에게만 도움이 되는 것으로 오직 한 가지 소망과 욕망만을 만족시켜주기 때문이다. 따라서 그것들은 모두 상대적으로 좋은 것에 지나지 않는다. 오직 금전만이 구체적으로 하나의 욕망에만 일치하는 것이 아니라 추상적으로 욕망 전반에 일치하는 것이기 때문에 절대적으로 좋은 것이다.

실제로 존재하는 재산은 수많은 불의의 재앙이나 사고에 대비한 방책으로 보아야지, 세상의 쾌락을 불러들이는 허가증이라든지 쾌락을 즐기지 않으면 안 된다는 의무적인 명령이라고 생각해서는 안 된다. 태생은 가난하지만 오로지 자신의 재능으로 자수성가해 커다란 돈을 벌 수 있는 위치에 달한 사람은 자신의 재능이 고정자본이 된 것이니 벌이는 그것에서 발생하는 이자라고 자만을 하게 되기 십상이다. 따라서 그러한 경우에 벌이의 일부를 남겨 고정자본을 쌓아두려고는 하지 않고 번 만큼 지출을 해버린다. 하지만 가령 대부분의 예술적 재능을 봐도 알 수 있듯이 재능 그 자체는 덧없는 성질의 것으로 바닥을 드러내게 되면 돈벌이도 갑자기 꺾이거나 완전히 막혀버리게 되는 경우도 있는가 하면, 특수한 유행이나 경기 덕분에 드디어 재능을 발휘하게 되었는데 이러한 사정이나 경기가 끝나버리게 되는 경우도 있기 때문에 시간이 지나면 대부분 가난한 자가 되어버린다. 장인匠人이라면 어쨌든 제품을 만드는 기술이 쉽게 없어지는 것이 아니며, 고용한 직공의 손을 빌려 보완할 수도 있고, 또한 제품이 세상 사람들의 욕망의 대상이기 때문에 언제든지 팔 수가 있으니 어쩌면 앞서 기술한 바와 같은 삶도 괜찮을 것이다.

그렇기 때문에 "수공업은 돈이 나는 나무"라는 속담은 참으로 옳은 말이다. 하지만 예술가나 그 외 각 분야의 숙련자들은 그럴 수가 없다. 그들이 고액의 보수를 받고 있는 것도 바로 그런 이유에서이다. 그렇기 때문에 불손하게도 자신이 얻은 돈을 완전히 이자라고 생각하고 일신상의 파멸을 부르기보다는 얻은 돈을 자신을 위한 자본으로 돌려야 할 것이다. 그런데 상속에 의해서 얻은 재산을 가지고 있는 사람들은 적어도 어느 것이 자본이며, 어느 것이 이자인지를 금방 확실하게 알 수 있기 때문에 그들 대부분은 자본 확보를 위해 노력하고 상속받은 재산에는 결코 손을 대지 않으며, 나아가서는 가능한 한 하다 못해 이자의 8분의 1 정도는 남겨둬서 미래에 있을지도 모를 부진에 대비하려고 한다. 따라서 대체로 부를 잃어버릴 만한 짓은 하지 않는다. 위에 기술한 내용은 상인에게는 해당되지 않는다. 상인에게는 금전 자체가 더 많은 이익을 얻기 위한 수단으로, 말하자면 장인들의 도구와 같은 것이기 때문이다. 따라서 완전히 혼자 힘으로 금전을 얻은 경우에도 그것을 이용해서 유지, 증식시키려고 노력한다. 그렇기 때문에 상인 계급만큼 진정한 부를 일구는 계급도 없는 것이다.

하지만 일반적으로 보자면, 글자 그대로 고생, 결핍과 싸워온 경험이 있는 사람은 고생과 결핍을 남의 일로만 인식하는 사람들에 비해서 이것을 두려워하는 마음이 훨씬 적기 때문에 낭비하는 경향이 남들보다 강하게 마련이다. 어떤 행운에 의해서, 혹은 어떤 종류이든 관계없이 특수한 재능에 의해서 비교적 급속하게 빈곤에서 벗어나 부유해진 사람들은 모두 전자에 속하며, 이에 반해서 부유한 집안에서 태어나 부유한 채로 살아온 사람은 후자에 속한다. 후자는 전자에 비해서 전반적으로 미래를 생각하며 따라서 경제 활동에 능숙하다. 이러한 점에서 생각해보더라도 곤궁함이라는 것이 외부에서 바라보는 것만큼 힘든 것이 아니라는 결론을 내릴 수 있을 것이다. 하지만 진짜 이유는 오히려 태어나면서부터 물려받은 부를 가지고 있는 자에게 부는 없어서는 안 될 것, 유일하게 활용 가능한 생활 요소, 이른바 공기와도 같은 것이기 때문에 자신의 생명을 소중하게 지키는 것처럼 그 부를 지키며, 따라서 대체로 정돈하기를 좋아하고 세심하며 검소하다는 점에 있는 것이다. 그러나 가난한 환경에서 태어난 사람에게 빈곤은 자연스러운 것으로 받아들여지며 따라서 후에 어떤 계기로 부가 굴러들어오게 되어도 그것은 덤과 같은 것, 오로지 향락과 방탕을 위한 것으로 여겨버리기 때문에 그 부가 없어지게 되면 그것으로 그만, 다시 예전처럼 생활하며 오히려 걱정거리가 하나 사라져버린 것이라고 여긴다. 이것이야말로 다음과 같은 셰익스피어의 말 그대로인 것이다.

거지에게 말을 주면 죽을 때까지 탄다고 한 옛말이 그대로 맞아떨어졌
구나.

『헨리 6세』[†]

그리고 이런 부류의 사람들은 운명이라는 것에 대해서나 궁핍과
빈곤으로부터 벗어날 수 있었던 자신의 수단에 대해서 흔들림 없
는 신뢰감을 지적으로도 감정적으로도 지나치게 품고 있기 때문에
부유한 가운데서 태어난 사람들의 생각과는 달리 궁핍과 빈곤의
바닥이 끝이 없는 것이라고는 생각지 않고 바닥까지 떨어지면 다
시 떠오르게 되어 있다고 생각한다는 점은 새삼스레 언급할 필요
도 없을 것이다. 태생이 가난했던 부인이 거액의 지참금을 가지고
온 부인보다 화려하고 낭비벽이 심한 경우를 곧잘 볼 수 있는데 이

[†] **헨리6세 Henry VI, 1421.12.6~1471.5** : 랭커스터 왕가 출신. 헨리 5세의 아들. 어머니는
프랑스 왕 샤를 6세의 딸 카트린. 1422년 8월 생후 9개월 만에 즉위, 그 해 10월 프랑스 왕 샤
를 6세가 죽자 트루아조약에 따라 프랑스왕을 겸하였다. 미성년 시절에는 숙부인 베드퍼드 공
(公) 존과 글로스터 공 험프리가 왕권을 대행하였다. 백년전쟁 말기의 프랑스에서 잔 다르크의
출현으로 열세를 만회한 프랑스 측이 샤를 7세의 대관식을 프랑스에서 올리자, 1431년 그도 프
랑스 왕으로서 파리에서 대관식을 올렸다. 그러나 1453년에는 칼레 이외의 영토를 모두 잃고
대륙에서 추방되어 백년전쟁이 종결되었다. 한편 친정(親政) 뒤에는 대불(對佛) 평화정책을 취
하였는데, 요크 공 리처드를 중심으로 하는 귀족들이 반란을 일으켜 장미전쟁이 시작되었다.
헨리는 이 당시 자주 정신착란을 일으켰으며, 잡혀서 런던탑에 유폐되었다. 그러나 랭커스터파
가 에드워드 군을 격파하고 프랑스로 몰아내자, 1470년에 왕위에 복귀하였다. 이듬해 에드워드
가 세력을 만회하고 귀국함으로써 다시 잡혀 런던탑 안에서 요크파에게 살해되었다.

것도 위에서 설명한 인간의 근본적인 성격으로 설명할 수 있다. 즉 대부분의 경우 부잣집 딸은 단지 재산을 지참해올 뿐만 아니라 가난한 집 딸에 비해서 재산을 유지하려는 열의, 아니 재산을 유지해야겠다는 본능적인 천성까지도 지참해오는 것이다. 하지만 이것과 반대되는 주장을 하려는 사람은 아리오스토의 일곱 가지 풍자 중 첫 번째 풍자를 근거로 삼을 수 있을 것이다. 이에 반해서 영국의 유명한 저술가 존슨 박사는 내 의견에 찬성하여 "재산이 있는 여자는 금전의 사용에 익숙하기 때문에 사려 깊게 사용한다. 하지만 결혼을 해서야 비로서 금전적으로 자유로워진 여자는 돈을 쓰는 것이 재미있어서 견딜 수가 없기 때문에 매우 대담하게 덥썩덥썩 써버린다."고 말했다. 어쨌든 가난한 여자와 결혼하려는 사람에게 충고하고 싶은 것은 아내에게는 자본을 물려주지 말고 이윤만을 물려줄 것, 특히 아이들의 재산이 아내의 손에 넘어가지 않도록 처치해야 할 것이라는 점이다.

여기서 자신이 획득하거나 상속 받은 재산을 유지하는 마음가짐에 대해서 설명했다고 해서 나의 펜이 더러워지리라고는 조금도 생각지 않는다. 가족들은 제외하고 자기 혼자서라도 진정으로 독립된, 즉 일하지 않고서도 한가롭게 살아갈 수 있을 정도의 재산을 처음부터 가지고 있다는 것은 측량하기 어려운 강점이다. 이것이야말로 인간 생활에 언제나 따라다니게 마련인 궁핍과 고난으로부터의 방면이며 지상의 아들에게 자연스럽게 주어진 규율이라고 말할 수 있을, 모든 사람에게 부과된 임무로부터의 해방이기 때문이다. 운명으로부터 이 정도로 좋은 대우를 받고 있다면 그것이야말로 참된 자유인으로 태어난 것이라고 말할 수 있을 것이다. 왜냐하면 그렇게 되어야만 비로소 참으로 독자적인 입장에서 자기의 시간과 능력을 자유롭게 활용할 수 있는 인간이 되어, 매일 아침마다 "오늘 하루도 나의 것이다."라고 말할 수 있게 되기 때문이다. 이와 똑같은 이유로 천 타렐을 연금으로 받는 사람과 십만 타렐을 연금으로 받는 사람의 차이는 천 타렐을 연금으로 받는 사람과 한푼도 연금을 받지 못하는 사람의 차이에 비하면 그 얼마나 미미한 것인지 모른다.

하지만 부모로부터 물려받은 재산이 최고의 가치를 발휘하는 순간은, 마침 그것을 물려받은 사람이 높은 수준의 정신적 능력을 갖추고 있어서 경제적인 이윤과는 그다지 관계없는 일을 하는 경우이다. 즉 그러한 경우에는 운명으로부터 두 가지 선물을 받은 것으로 자신의 본질적인 재능에 따라서 살아갈 수 있게 되는 것이다. 한편, 인류에 대해서도 타인이 이루지 못할 업적을 성취하여 전 인류의 복지, 아니 명예라고도 할 수 있는 것을 낳음으로써 채무를 백 배로 갚게 될 것이다. 그리고 이렇게 특별한 경우에 처해서 박애적인 사업을 통해 인류에 공덕을 쌓는 사람도 있을 것이다. 하지만 이러한 일은 조금도, 시험적으로라도 하지 않는 사람, 하다 못해 어떤 학문 하나 정도는 철저하게 공부해서 학문 발달의 계기라도 만들어보려는 노력조차 하지 않는 사람은 다행히 부모님께서 물려주신 재산이 있어도 그저 밥만 축내는 경멸해야 할 사람이다. 게다가 이러한 인간은 행복해질 수가 없다. 왜냐하면 곤궁에서 해방되었기 때문에 불행의 또 다른 극점인 무료함의 포로가 되어 시달리게 되기 때문이다. 오히려 곤궁에 쫓겨 바쁜 편이 훨씬 더 행복했을 것이라고 생각될 정도이다.

결국 이 무료함 때문에 오히려 방탕의 길로 빠지고 그 결과 처음부터 그에게는 어울리지 않았던 그 강함을 잃어버리게 되기 쉽다. 실제로 돈이 있었을 때 덮쳐오는 듯한 무료함을 순간적으로 모면하고자 돈을 써버렸기 때문에 나중에는 가난함에 발버둥치게 된 사람들은 헤아릴 수도 없이 많다.

하지만 목적이 관리로서 출세하는 데 있다면 일은 전혀 다른 양상으로 전개된다. 이러한 경우에는 그 목적에 따라서 은사, 친구, 인맥 등을 얻고, 이런 연줄을 바탕으로 단계적으로 승진하여 때에 따라서는 중추적인 지위에 오를 수 있도록 노력할 필요가 있다. 즉 이러한 경우에는 결국 재산을 전혀 가지지 않고 살아가는 것이 좋을 것이다. 특히 고귀한 집안 출신은 아니지만 어느 정도 재능을 가지고 있는 사람은 알거지인 편이 오히려 참된 강함이 되며 추천

할 만한 가치가 있는 장점이 될 것이다. 모든 사람들이 즐겨 취하는 점은 상대가 자신보다도 열등하다는 점인데 그러한 현상을 형식적인 사귐에서도 볼 수 있을 정도이니 사회 활동에 있어서는 더욱 심할 것이다. 그런데 자신이 어떤 면에서 보더라도 단연, 철저하게 열등하며, 딱히 취할 만한 가치가 없는 인간이라는 사실을 사회생활에서 필요로 하는 정도로 확신하고 있으며, 그런 기분에 완전히 잠겨 있는 사람은 알거지와 같은 사람 정도밖에 없다. 그런 사람이 아니라면 몇 번이라도, 언제까지라도 머리를 숙이고 있을 리가 없으며 그런 인간이 아니라면 허리를 90도로 꺾어서 인사를 하지도 않을 것이다. 무슨 일을 당하더라도 굽실굽실 따르며 웃음을 짓는 것도 바로 이런 사람들뿐이다. 자신의 공적이 전혀 가치 없는 것이라는 사실을 자인하는 것도 이런 무리들뿐이다. 이런 무리들은 상사나 그 외의 어떤 의미에서든 세력이 있는 사람이 쓴 졸렬한 글을 공공연하게 걸작 취급하며 큰소리로 떠들고 다니거나 대서특필하기도 한다. 구걸하는 요령을 터득하고 있는 자들도 바로 이런 인간들이다.

비굴함을
책망하거나 할 필요는 없다.
세상이 뭐라 하든

비굴함은 무시하기 힘든 강점이니.

『서동시집』

그렇기 때문에 괴테가 위와 같은 말로 폭로한 그 숨기기 어려운 진리를 젊었을 때 재빠르게 체득할 수 있는 것도 바로 그런 사람들뿐이다. 이에 반해 태어나면서부터 생활에 어려움이 없는 사람은 대체로 건방지고 반항적이다. 거드름을 피우며 걷는 버릇이 있고, 앞서 기술한 것과 같은 요령은 한 가지도 배우지 못했으며, 거기다가 재능이라도 가지고 있다면, 그것의 불충분함을 평범하고 비굴한 사람들보다도 인식하지 못한 채 대책없이 자랑스럽게만 여길지도 모른다. 혹은 상사가 자신보다 열등한 인물이라는 사실을 알게 되지 말라는 법도 없다. 그리고 모욕을 당하게 되면 엉덩방아를 찧거나 겁을 집어먹는다. 그래서는 입신출세를 할 수 없다. 결국에는 후안무치한 볼테르의 말을 흉내 내어 "우리들의 수명은 이틀 정도밖에 되지 않는다. 그런데도 경멸해야 할 악당들에게 머리를 숙이며 보낸다는 것은 이치에 맞지 않는다."고 떠벌리게 된다. 덧붙여서 말해두겠는데 경멸해야 할 악당이라고 말하고 싶은 사람은 이 세상에 헤아릴 수도 없이 많다.

재능의 발휘가 가정의 불우함에 의해서

저지당하게 되면 출세는 힘들어진다.

따라서 로마의 시인 유베날리스†의 위와 같은 말은 보편적인 활동을 하고 있는 자들의 이력보다는 하나의 기술, 하나의 예술에 뛰어난 사람들의 이력에 해당하는 말이라는 사실을 알 수 있다.

인간의 소유물 속에 처자식을 넣지 않은 것은 사람이 처자식을 거느리기보다는 오히려 처자식이 그를 거느린다고 할 수 있기 때문이다. 그렇다면 친구를 거기에 넣을 수도 있을 것이라는 생각이 든다. 하지만 이도 역시 친구를 소유하는 것과 마찬가지로 자신도 타인의 소유물이 되기도 하는 것이다.

---

† 유베날리스 Decimus Junius Juvenalis, 50?~130? : 고대 로마의 시인.
캄파니아의 아퀴눔 출생. 로마에서 활약하였는데 대략 트라야누스 황제와 하드리아누스 황제의 시대가 그의 활약 시기였음은 분명하나 자세한 전기는 전혀 알 수가 없다. 같은 시대의 시인으로 친교가 있었던 마르티알리스와 마찬가지로 빈곤한 속에서 시작(詩作)을 하였던 듯하다. 또 도미티아누스 황제의 노여움을 사서, 추방당하여 불행한 만년을 보냈다고도 한다. 작품 《풍자시집(諷刺詩集) Saturae》은 5권으로 나뉘어 현존하고 있으며, 그가 죽은 후 평가가 높아졌다. 모두 풍자시로서 당시의 부패한 사회상에 대하여 격렬한 분노를 보이고 있다. "건전한 정신은 건전한 육체에 깃든다."라는 말은 그의 시 가운데서도 가장 유명한 말인데, 이것은 원래 어디까지나 소망이었으며 격언으로서 현대에 이해되고 있는 것처럼 진리를 말했던 것은 아니다.

제 4 장

사람이 주는 인상에 대하여

사람이 주는 인상에 대하여

꙼꙼꙼

   사람이 주는 인상, 즉 타인의 마음에 비친 우리의 생활방식은 우리의 본성이 가지고 있는 특수한 나약함 때문에 일반적으로 과대평가를 받고 있다. 하지만 잠깐 생각해보는 것만으로도 이것이 그 자체만으로는 우리의 행복에 있어서 매우 하찮은 것에 지나지 않는다는 사실을 알 수 있을 것이다. 따라서 타인의 호평을 얻고 있다는 구체적인 증거를 발견하고 어떤 형태로든 허영심이 충족되면 그럴 때마다 인간은 누구나 내심 기뻐한다는 사실을 나는 도무지 이해할 수가 없다. 고양이는 쓰다듬어주면 반드시 목에서 소리를 내는데 인간도 또한 자신이 자랑으로 삼고 있는 분야에서 남들로부터 칭찬을 받게 되면 그것이 입에 발린 거짓말이라 하더라도 말로 표현하지 못할 정도로 얼굴이 밝아진다. 실제로는 불행하다 하더라도, 혹은 지금까지 논의해온 행복의 두 가지 커다란 원천이 제아무리 불안정하더라도 타인이 찬동하고 갈채를 보내고 있다는 구체적인 증거가 있으면 그것으로 위안을 얻는다. 그와는 반대로 어떤 의미로든 어떤 정도로든 어떤 관계에서든 가령 자신의 공명심에 상처를 받거나, 가볍게 여겨지거나, 홀대를 당하거나, 무시를 당하게 되면 모욕감을 느끼며 심각한 타격을 받게 되는 일도 흔히 볼 수 있다는 사실에는 놀라지 않을 수 없다. 이런 특성에 바탕을 두고 명예나 체면을 중요하게 여기게 될 터이므로 그런 의미에서 이 특성이 대부분의 경우 도덕적 품성의 대체물로써 한 인간이 태도를 올바로 갖추는 것에 커다란 영향을 미칠 것이지만, 그 인간 자체의 행복, 특히 행복의 중대한 요소인 마음의 안정과 자주독립에는 유익하기는커녕 오히려 불리하고 해로운 영향을 미치게 되는 것이다. 따라서 지금까지 기술한 점에 입각해 보면 이 특성에는 제한을 가해 재산의 가치라는 것을 충분히 숙고하고 올바로 평가함으로써 타인의 마음에 대해서나 이 특성에 영합迎合하는 언동에 대해서, 혹은 이런 마음에 상처를 줄 만한 언동에 대해서도 앞서 기술한 것과 같은 극도의 민감한 반응은 가능한 한 완화하는 것이 현명하다. 왜냐하면 이 두 종류의 언동은 모두 같은 계통의 것이기 때문이다. 그리고 인간은 시종일관 타인의 의견, 타인의 마음의 노예가 되어 있는 것이다.

칭찬을 갈구하는 마음은
이다지도 하찮은, 이다지도 사소한 일에
꺾이기도 하고 일어서기도 한다.

따라서 인간 자체의 모습과 자신의 눈으로 보는 모습의 가치를 단순히 타인의 눈에 비친 모습과 비교하여 올바르게 평가한다면 그것은 우리의 행복에 크게 기여할 것이다. 전자에 속한 것은 우리 자신의 생존 기간에 포함되는 모든 내용, 생존의 내면적 실질, 즉 '인간의 모습'과 '인간의 소유물'이라는 표제어로 앞서 고찰한 모든 재산이다. 어째서 이런 것들이 전자에 속하는가 하면 이들의 작용 영역이 존재하는 장소가 우리 자신의 의식이기 때문이다. 이에 반해서 타인의 눈에 비친 모습이라는 것이 존재하는 장소는 타인의 의식이다. 즉 그것은 우리가 타인의 의식 속에 비치는 모습의 표상과 그 표상에 대해 적용된 개념이다.[†] 하지만 이런 것들은 직접적으로 우리 자신에게 존재하는 것이라고는 절대로 말할 수 없

[†] **(원주)** 화미(華美), 장려, 영달, 영화의 극치를 누리며 온갖 허영을 부리는 최고의 지위·권문에 있는 사람은 "우리들의 행복은 완전히 우리들 자신 외부에 있다. 우리의 행복이 있는 곳은 타인의 두뇌이다."라고 말한다.

으며, 우리에게는 단지 간접적으로 존재하는 것에 지나지 않는다. 즉 우리에 대한 타인의 언동이 이것에 의해서 규정된다는 의미에서 우리 자신에게 존재한다고 말하는 것에 지나지 않는 성질의 것이다. 그리고 우리에 대한 타인의 언동도 결국은 우리 자체로서의, 그리고 자신의 눈에 보이는 자기 모습을 변하게 할 수 있는 어떤 계기에 영향을 미치는 경우에 한해서만 문제가 되는 것에 지나지 않는다. 게다가 타인의 의식 속에서 일어나는 일 같은 것은 원래 우리의 입장에서는 아무래도 좋은 성질의 것이며 한편, 우리도 대체로 인간의 머릿속에 있는 사상의 천박함과 미숙함, 개념의 저열함, 정조의 편협함, 가치관의 혼란, 수많은 오류를 잘 알고 있는 데다가 어떤 인간이 더는 두렵지 않은 존재가 되었거나 그 인간의 귀에는 들어가지 않게 하겠다고 결심한 경우에는 매사에 그 사람을 매우 경멸하는 듯한 말을 하게 되곤 한다는 사실을 자신의 경험을 통해서 알 것이다. 심지어는 아무리 위대한 인물에 대해서라도 어리석은 인간이 다가와서 비난의 말을 퍼붓는 것을 듣게 되는 경우에 타인의 의식 속에서 일어나고 있는 일에는 자신도 모르게 무관심해지게 될 것이다. 그렇다면 사람의 생각에 지나치게 큰 의미를 부여하고 있는 사람이 타인에게 과도한 경의를 표하는 이유도 이해할 수 있을 것이다.

어쨌든 자신의 행복을 앞서 기술한 두 가지 부류에 속하는 재산에서 추구하지 못하고 이 세 번째 부류에서 추구할 수밖에 없는 사람, 즉 자신의 현실의 모습이 아니라 타인의 눈에 비친 자신의 모습에서 행복을 찾는 것 외에는 달리 방법을 모르는 인간은 의지할수 있는 자원이 빈약하다고 할 수 있다. 일반적으로 봐서 우리 인간의 본질의 기초, 즉 행복의 기초를 이루는 것은 틀림없이 우리의 동물적인 자연성이다. 따라서 우리의 복지에 있어서는 건강이 가장 중요하며, 건강 다음으로는 생존을 유지하는 수단이 중요하다. 즉 정신적으로 피로하지 않은 생활을 유지하는 것이 중요하다. 명예나 영광, 지위, 명성 등은 그것을 제아무리 중히 여기는 사람이 있다 하더라도 이러한 본질적이고 중요한 재산과는 비교할 수도 없으며, 또한 이를 보완해주지도 못한다. 오히려 본질적인 재산을 위해서 필요하다면 아무런 미련도 없이 그런 것들을 희생해야 할 것이다. 따라서 인간 각자는 결국 현실적으로는 이른바 자신의 피부에 감싸여 살아가고 있는 것이지 타인의 생각 속에서 살아가고 있는 것이 아니라는 사실, 즉 건강이나 기질, 능력, 수입, 가족, 지인, 주거 등에 의해서 규정되는 우리의 현실적·개인적인 상태가, 어떻게 해야 자신이 타인의 마음에 들까 하는 문제보다도 우리의 행복에 몇 배나 더 중요한 영향을 미친다는 매우 간단한 깨달음을 빨리 얻는 편이 몸의 행복을 위한 자산이 될 것이다. 이것과 정반대가 되는 미망은 사람을 불행에 빠지게 한다. "생명보다도 귀중한 것은 명예다."라는 말을 곧잘 들을 수 있는데 이 말이 의미하는 것은 결국 '생활이나 무사식재無事息災 등과 같은 것은 가치 없는 것이다. 우리에 대한 타인의 생각이 더욱 커다란 문제이다.' 라는 것이다. 하지만 이 말은 세상에 나아가 생활을 유지하고 몸을 지키기 위해서는 명예, 즉 우리에 대한 세상 사람들의 생각이 꼭 필요한 경우가 많다는 평범한 진리에 바탕을 둔 과장된 표현에 지나지 않는다. 이 문제에 대해서는 후에 다시 언급하기로 하겠다. 이에 반해서 인간이 평생 쉴 틈도 없이 노력해서 수많은 위험과 고난을 무릅쓰고 추구하는 것은 대부분 타인에게 좋은 생각을 심어주려고 하는 것에 궁극적인 목적이 있는 것으로 관직이나 칭호, 공훈 등은 물론 부, 학문†, 예술조차 가만히 따져보면 대부분은 이러한 목적을 위해서 추구되며, 타인으로부터 조금이라도 더 존경받으려는 것이 궁극적인 목적이라는 실상을 알게 되면 유감스럽게도 인간의 어리석음은 더욱 자명해질 뿐이다. 타인의 생각에 너무나도 커다

† **(원주)** 네가 알고 있는 것은 네가 그것을 알고 있다는 사실을 사람들도 또한 알고 있지 않으면 가치가 없다.

†† **(원주)** 로마의 전설. 천 명의 부하를 거느린 루키우스 비르기니우스에게는 미모의 딸이 있었다. 십대관(十大官) 중 한 명인 압피우스 클라우디우스는 그녀의 아름다움에 미혹되어 식객 중 한 사람을 부추겨 그녀를 잡아다 노예로 만들어주길 바란다고 청했다. 하지만 압피우스가 식객에게 유리한 판결을 내리려고 하자 비르기니우스는 비수로 딸을 찔러 죽였다. 일이 커져 소란스러워지자 십대관은 실각하고 말았다. 호민관으로 선출된 비르기우스에 의해 투옥된 압피우스는 감옥 속에서 자살한다.

란 비중을 둔다는 사실은 일반적으로 볼 수 있는 미망이다. 이 미망은 우리의 본성에 뿌리를 두고 있는 것인지도 모른다. 아니면 사교계와 문명과 함께 발생한 것인지도 모른다. 어쨌든 이 미망은 우리의 언동 전체에 필요 이상의 영향을, 특히 우리의 행복에 있어서는 해로운 영향을 미치고 있다. 이러한 영향을 따라가보면, 이른바 '세상의 소문'에 노예가 되어 괴로워하는 경우도 있다. 그런가 하면, 심지어는 비르기니우스로 하여금 자신의 딸의 심장에 비수를 꽂게 하기도 하고[††], 사후의 명성을 위해 현재의 안식과 부, 건강, 심지어는 생명까지도 바치게 된다. 사람을 지배하거나 그 외의 어떤 의미에서든 사람을 인도하는 입장에 있는 사람들에게 이 미망이 좋은 수단이 된다는 사실은 새삼스레 말할 필요도 없다. 사람을 훈련하는 기술에 있어서는 그것이 어떤 종류의 훈련이든 명예심을 끊임없이 왕성하게 갖게 하고 강제로라도 북돋우는 것이 중요하다. 하지만 본서에서 목적으로 삼고 있는 인간 자신의 행복이라는 관점에서 보자면 저절로 전혀 다른 결론에 이르게 될 것이며 오히려 타인의 생각은 그다지 중요하게 여기지 말라는 충고를 하는 게 당연해진다. 하지만 실제로는 사람들은 대부분 무엇보다도 자신에 대한 타인의 생각을 가장 중시하고, 자기 자신의 의식 속에서 일어나며 직접적으로 존재하는 사물보다도 오히려 타인의 생각에 초점을 맞춘다. 그렇게 원래의 자연스러운 순서를 뒤집어 타인의 생각을 자기 현실 생활의 한 부분이라 보고 자신에게 직접적으로 존재하는 것을 단순한 관념적인 부분이라고 보는 경향이 있으며 이로인해 부차적인 것을 핵심적인 것으로 여기고 자신의 본질 그 자체보다도 타인의 두뇌에 자신의 본질이 어떤 영상으로 비치느냐에 오히려 더 큰 관심을 갖게 된다. 우리에게 직접적으로는 전혀 존재하지 않는 것을 이처럼 직접적인 것으로 평가하는 이 어리석음은 예전부터 허영이라고 불려왔는데 '허영'이란 이러한 노력의 덧없음, 내용의 공허함을 나타내는 말이다. 뿐만 아니라 위의 설명을 통해서도 알 수 있듯이 허영이 인색과 마찬가지로 수단 때문에 목적을 잊어버리게 되는 삶의 방법이라는 사실도 쉽게 꿰뚫어볼 수가 있다.

사실 우리가 타인의 생각을 중시하고 그것에 끊임없이 마음을 쓰는 것은 통상적으로 어떤 목적 활동에서도 그와 같은 것을 찾아볼 수 없을 정도로 격렬한, 이른바 세상에 일반적으로 퍼져 있는 것이라기보다는 오히려 인간의 선천적인 강박증에 기인한 것이라고 봐도 좋을 정도의 것이다. 모든 언동에 있어서 가장 먼저라고 해도 좋을 정도로 신경을 쓰는 것이 타인의 생각이다. 자세하게 검토해보면 우리가 지금까지 해온 배려나 걱정의 거의 절반에 가까운 것들은 타인의 생각을 염두에 둔 것이라는 사실을 알 수 있을 것이다. 그렇게도 자주 상처를 받는 자존심이라는 것의 기초에, 모든 허영과 허세, 모든 겉치레와 과장의 기초에는 그렇게도 병적으로 민감한 타인의 생각에 대한 배려가 있다. 이런 병적인 배려와 강박증이 없다면 사치라는 것은 지금의 10분의 1에도 미치지 못할 것이다. 모든 자부심, 체면, 표정 등은 그 종류나 모양새를 막론하고 이런 배려에 바탕을 두고 있다. 게다가 이 배려가 때로는 얼마나 커다란 희생을 요구하는지 그것은 이미 어린아이에게서도 볼 수 있으며, 어떤 연령층에서도 볼 수 있는데 그것을 가장 강렬하게 볼 수 있는 것은 나이 든 후부터이다. 나이 든 후에는 관능적인 향락을 누릴 능력이 시들어버리기 때문에 허영심과 오만함이 인색함과 손을 잡고 표출될 수밖에 없기 때문이다. 대표적인 표본은 프랑스인이다. 그것은 완전히 프랑스인의 풍토병이 되어 딱딱하게 굳어버린 겉치레나 우습기 짝이 없는 애국적 허영심, 수치심을 모르는 대대적인 선전 등과 같은 것을 그 분출구로 삼고 있다. 그렇기 때문에 프랑스인은 아무리 노력을 해도 그 노력은 오히려 스스로를 웃음거리로 만드는 씨앗이 되고, '대국민大國民'이 그들의 별명이 되어버릴 정도로 그 노력은 쓸데없는 것이 되어버린다. 타인의 생각에 지나치게 신경을 쓰는 것이 얼마나 멍청한 짓인지를 더욱 명료하게 드러내기 위해서 인간의 본성에 뿌리내리고 있는 어리석음의 일례를 들어보겠다. 이는 앞서 말한 인간의 성격을 고스란히 드러낸 최고 등급의 실례로, 이로써 인간 본성에 뿌리내리고 있는 이 불가사의하기 그지없는 동기의 강함을 완전히 측정할 수 있기에 여기에 소개하기에 이른 것이다. 어떤 일에 대한 복수로 아버지를 살해한 토마스 위크스라는 직공이 최근 사형에 처해진 일에 대한 자세한 보도 중에, 1846년 3월 31일자 『타임스』에서 다음과 같은 기사를 일부 발췌했다.

"처형이 집행되는 날 아침, 형무소에서 근무하는 목사가 적당한 시간을 봐서 그가 있는 곳으로 찾아갔다. 위크스는 차분한 모습이기는 했지만 목사의 훈계에는 관심을 보이지 않았다. 오히려 그가 신경을 썼던 것은 자신의 부끄러운 마지막을 지켜볼 관중들 앞에서 얼마나 용감한 태도를 유지할 수 있을까 하는 것뿐이었다. 그리고 그는 이 소원을 멋지게 성취했다. 감옥 바로 옆에 설치된 교수대로 걸어가는 도중 정원이 있는 곳에서 그는 '자, 안녕히들 계시오. 나는 곧 도트 박사가 말한 위대한 신비를 알게 될 거요.' 라고

---

† **마테오 알레만 Mateo Alema n 1547.9.28~1614? : 에스파냐의 소설가.**
가톨릭교로 강제 개종한 유대인의 자손으로 교도소 수감자 주치의 아들로 태어나 1564년 세비야 대학을 졸업하였다. 졸업 뒤 4년 동안 살라망카와 알칼라에서 의학을 공부하였지만 개업은 하지 않았다. 회계관을 지내기도 하였으나 무절제한 생활 때문에 채무나 사기죄로 여러 번 교도소 수감생활을 하였다. 1608년 가족과 함께 멕시코로 이주해 온 뒤에야 안정된 생활을 하게 되었다.
탁월한 문장가로, 악한소설(惡漢小說:피카레스크소설) 《구스만 데 알파라체 Guzma n de Alfarache)를 썼는데 주인공 구스만의 일생을 통해 자신의 죄 많았던 생활을 이야기하고 있다. 전 유럽에 번역되어 명성을 얻으며 17세기 최대의 베스트셀러가 되었다.

말했다. 손이 묶여 있었음에도 그는 교수대의 계단을 오르는 데 전혀 사람들의 도움을 받지 않았다. 꼭대기에 오르자 관중들을 향해서 오른쪽, 왼쪽으로 고개를 숙여 인사 했다. 생각했던 대로 그곳에 모여 있던 군중들로부터 우레와 같은 박수를 받았다 ……."

　이것이야말로 참으로 무시무시한 죽음과 그 죽음 뒤에 이어질 영겁의 시간을 눈앞에 두고도 거기에 몰려든 구경꾼들에게 어떻게 보이고 그들의 뇌리에 어떤 인상을 심어놓을지에 대한 고민 외에는 그 무엇에도 신경을 쓰지 않는 명예욕의 좋은 본보기이다. 그리고 같은 해, 프랑스에서 국왕암살미수죄로 처형된 르콩트도 역시, 재판을 받을 때 가장 불만이었던 것은 귀족원에 출두할 때 멋진 복장을 갖추는 것이 허락되지 않았다는 것이었으며, 처형을 당하기 전 수염을 깎을 것을 허락받지 않았다는 점에 가장 큰 불평을 했다. 스페인의 소설가 마테오 알레만†은 자신의 유명한 장편소설 『구스만 데 알파라체의 생애』의 서문에서 기만당한 수많은 범죄자들이 오직 자기 영혼의 구원을 위해서 바쳐야 할 마지막 몇 시간을 축내가며 교수대의 계단 위에서 행할 조그만 설법을 생각해내고 그것을 외우기 위해 기록했다는 사례를 인용했는데 이를 보면 예전도 지금과 다를 바 없었다는 사실을 알 수 있다. 하지만 이런 모습을 보고 우리는 교훈을 얻을 수 있다. 왜냐하면 이처럼 무시무시한 사례가 곳곳에서 그것을 여실히 보여주고 있기 때문이다. 우리가 걱정하거나, 마음에 두거나, 깊이 생각을 하거나, 혼란스러워하거나, 겁을 먹거나, 화를 내거나 하는 것의 대부분은 어쩌면 타인의 생각과 관계 있는 것으로 위의 범죄자들의 경우와 다를 바 없이 불합리한 것일지도 모른다. 마찬가지로 질투나 미움도 앞서 기술한 것과 같은 근원에서 발생하는 것이다.

한편, 우리의 행복은 대부분 마음의 안정과 만족에 바탕을 두고 있는 것이기 때문에 이 행복에 기여하는 데는 이 명예욕이라는 동기를 이성적으로 봐서 타당하다고 수긍할 수 있을 정도로까지 억제하여 끌어내리는 일, 즉 끊임없이 혹독하게 책망하는 가시를 우리의 몸에서 뽑아내는 것이 가장 좋은 방법이라는 것은 명백한 사실이다. 덧붙여 말하자면 이 이성적으로 봐서 타당하다고 수긍할 수 있는 정도란 어쩌면 현재의 50분의 1정도일지도 모른다. 하지만 이는 그다지 쉬운 일이 아니다. 왜냐하면 명예욕이란 워낙 태어나면서 갖게 되는 자연스러운 불합리성이기 때문이다. "명예욕은 현자조차도 포기하기 가장 힘든 것이다."라고 타키투스[†]는 말했다. 인간이 공통으로 가지고 있는 어리석음에서 탈피하는 데 있어서 필요한 유일한 수단은 이 어리석음을 확실하게 어리석음이라고 인식하는 것이다. 이 목적을 위해서는 다음과 같은 것을 알아야 할 필요가 있다. 그것은 인간의 두뇌에 있는 대부분의 의견이 일반적으로 얼마나 불합리하고 터무니없는 것인지, 따라서 이러한 의견은 뒤돌아볼 만한 가치가 없는 것이라는 사실, 그리고 타인의 의견이 대부분 우리에게 미치는 현실적인 영향이 얼마나 적은 것인지, 또한 일반적으로 타인의 의견은 대부분 매우 해로우며 타인이 자신에 대해서 말하는 것을 하나하나 귀담아듣거나 자신에 대해서 어떤 음색, 어떤 말투로 이야기하는가를 신경쓴다면 그것이야말로 화병에 걸리는 지름길이라는 사실, 그리고 명예라는 것도 결국은 간접적인 가치를 가지고 있을 뿐, 직접적인 가치를 가진 것은 아니라는 사실 등을 알 필요가 있다. 이렇게 해서 인간이 공통적으로 가지고 있는 어리석음에서 심기일전하여 탈피할 수 있다면 마음의 안정과 명랑함이 놀랄 만큼 강해져서 한층 더 확고하고 자신 있는 태도를 취하게 되며, 행동 또한 대체로 더욱 담백하고 자연스럽게 되는 효과가 나타날 것이다. 은둔하는 생활이 마음의 안정에 좋은 영향을 미치는 이유는 대개 이런 생활을 하면 언제나 사람들이 지

---

† **타키투스 Publius Cornelius Tacitus, 55 ?~117? : 로마 제정시대의 역사가.**
호민관 · 재무관 · 법무관을 거쳐, 97년에 콘술(집정관)이 되었다. 112~113년 속주인 아시아주의 총독이 되었으며, 그 밖의 일생에 관한 일은 거의 밝혀진 것이 없다. 젊은 시절에 로마 제정의 암흑상을 체험했던 그는 제정(帝政)을 비판한 사서(史書)를 저술하였다.
그의 저술에는 시세(時勢)에 맞지 않아 불우한 일생을 보낸 위인(偉人) G.J.아그리콜라(그의 장인)의 생애를 서술한 《아그리콜라전》과 퇴폐한 로마와는 달리 건전한 사회를 이루었던 북방 만족(蠻族)을 묘사한 《게르마니아》, 그리고 언론의 자유가 보장되었던 공화제 시대와 비교하여 제정시대에는 웅변술이 쇠퇴하였음을 비판한 《웅변론에 대한 대화》 등 소품 3편을 남겼다. 그 밖에 티베리우스 황제의 등극에서부터 도미티아누스 황제의 죽음에 이르기까지의 역사를 연대기식으로 서술한 《연대기》와 《역사》가 있다. 모두가 불완전한 형태로서 현존하고 있다.

켜보는 가운데 살아가면서 타인의 생각에 끊임없이 신경을 쓸 필요가 없어져서 자신에게로 되돌아갈 수 있기 때문이다. 또 완전히 관념적인 노력을 넘어 구제하기 어려운 어리석음 때문에 자신도 모르게 질질 끌려다니는 수많은 현실적인 불행에서도 벗어나게 되며 그만큼 남의 눈치를 보는 데 쓰던 힘을 자신만의 고유한 재산을 쌓는 데 기울일 여지도 생기며 그렇게 되었을 때에는 견실한 재산을 즐기는 일을 방해받게 되는 일도 적어지게 된다. 하지만 흔히 말하듯 고상한 일은 실행하기가 힘들다.

여기에서 묘사한 인간 본성의 어리석음에서 싹 트는 세 가지 주요한 젊은 가지들이 있다. 명예욕, 허영심, 자긍심이 그것이다. 허영심과 자긍심의 구별은, 자긍심은 어떤 점에서 자신이 압도적인 가치를 가졌다는 것에 대해 이미 부동의 확신을 갖는 것임에 반해서 허영심은 이러한 확신을 타인의 마음속에 불러일으키려는 소망이며, 타인의 마음속에 이 확신을 불러일으키면 그 결과 자기 스스로도 이를 자신의 확신으로 삼을 수 있지 않을까 하는 은밀한 기대가 수반된다는 점에 바탕을 두고 있다. 따라서 자긍심은 자기 자신에 대해 내부에서 생겨나는, 따라서 직접적인 평가인 데 반해 허영심은 이러한 평가를 외부에서, 간접적으로 얻으려고 하는 노력이다. 그렇기 때문에 허영심은 사람을 달변가로 만들며 자긍심은 과묵하게 만든다. 하지만 허영심이 강한 사람들에게 충고하자면, 그 어떤 멋진 이야기를 할 수 있다 하더라도 이야기를 하기보다는 가만히 입을 다물고 있는 편이 당신이 얻으려고 하는 타인들의 호평을 훨씬 쉽고 확실하게 얻을 수 있을 것이다. 자긍심은, 이를 갖고 싶다는 의지가 있다고 해서 누구나 가질 수 있는 성질의 것이 아니며, 누구라도 할 수 있는 것은 그저 자긍심을 펼쳐보여 이를 가장하는 정도인데 억지로 짜맞춘 것이 모두 그러하듯 이 또한 금세 바닥이 드러나게 되어 있다. 자신이 매우 뛰어난 장점과 특별한 가치를 가지고 있는 인간이라는 사실을 마음속 깊은 곳에서 확신하고 이 확신이 굳건하고 흔들림 없는 것이어야만 진정한 자긍심을 가질 수 있기 때문이다. 이 확신은 잘못된 확신일 수도 있을 것이며, 단순히 외면과 인습에 바탕을 둔 확신일 수도 있을 것이다. 하지만 이러한 확신이 현실적으로 진지한 것이라면 이는 진정한 자긍심으로서의 가치에 해를 주는 것은 아니다. 그렇다면 확신에 뿌리를 두고 있는 이상, 자긍심은 일반적인 인식과 마찬가지로 우리들 마음에 따라 좌우할 수 없는 것이다. 자긍심에 있어 최대의 적은(그래봐야 최대의 장애물이라는 의미이지만) 바로 허영심이다. 왜냐하면 자신에 대한 인정에 처음부터 완전히 안주하는 것이 자긍심의 전제조건임에 반해 허영심은 우선 어떻게 해서든 타인의 호평을 얻고 나서 이 호평에 바탕을 두고 자신에 대한 인정을 확립하기 때문이다.

한편, 자긍심이라는 것은 세인들로부터 매우 엄격하게 비난받고, 배척당하고 있기는 하지만 추측컨대 그것은 자랑할 만한 것이 전혀 없는 사람들에게서 일어난 것이다. 대다수 사람들의 하룻강아지 범 무서운 줄 모르는 식의 후안무치에 대항하려면 어떤 장점을 가지고 있는 사람은 어쩔 수 없이 그 장점이 완전히 잊혀져버리지 않도록 스스로의 장점을 언제나 의식하는 것이 가장 좋은 방책이다. 왜냐하면 아무런 거리낌도 없이 자신의 장점을 도외시하고 그들과 교제를 하는 데 있어서도 자신이 완전히 그들과 같은 부류라는 태도를 취하거나 하면 그들은 당신이 속편하게 그러는 것이라 착각해버리기 때문이다. 특히 최고 수준의 부류에 속하는 장점, 즉 완전히 그 사람의 인격에 속한 장점은 훈장이나 칭호와는 달리 언제라도 눈과 귀에 호소하여 상대가 그에 대해 떠올리도록 할 수 있는 성질의 것이 아닌 만큼 그러한 장점을 가진 사람들에게는 특히 자신의 장점을 끊임없이 의식하라고 권하고 싶다. 그런 태도를 취하지 않으면 공자 앞에서 문자를 쓰는 것과 같은 경우를 헤아릴 수도 없이 당하게 될 것이다. "노예에게 장난을 걸어보라. 곧 엉덩이를 드러내 보일 것이다."라는 아라비아의 속담이나, 호라티우스의 "공적을 통해서 쟁취한 자긍심은 자신의 것으로 삼아라."라는 말도 매우 현명한 교훈을 지닌 것으로 함부로 버리기 어렵다. 그런데 겸양의 미덕이란 사람을 대할 때 자신을 낮추는 것인데 모든 사람이 이 미덕을 실천하면 세상에는 마치 변변찮은 사람들밖에 없는 것처럼 보이기 때문에 완벽한 획일화가 이루어지는 것이니 겸양의 미덕은 변변찮은 사람들에게는 꽤 쓸 만한 발명이라고 할 수 있다.

이에 반해서 자긍심 중에서도 가장 값싼 것은 민족적인 자긍심이다. 왜냐하면 민족적인 자긍심에 집착하는 사람들은 자랑할 만한 개인으로서의 특성이 부족하다는 사실을 제 스스로가 폭로하고 있는 것이기 때문이다. 즉 개인으로서의 특성이 부족하지 않다면 일부러 자신을 포함한 수백만이라는 인간이 공통적으로 가지고 있는 요소에 호소할 리가 없기 때문이다. 뛰어난 개인적 장점을 갖추고 있는 사람은 언제나 자국민의 결점을 보고 있기 때문에 이 결점을 가장 잘 인식하고 있는 것이다. 하지만 무엇 하나 자랑할 만한 것이 없는 가련하고 어리석은 사람은 자신이 우연히 속하게 된 민족에서 자긍심을 느낀다는 최후의 수단을 생명줄처럼 붙드는 것이다. 그렇게 함으로써 생기를 되찾고, 기쁨에 감격하여 자국민이 가지고 있는 결점이나 어리석음을 처음부터 끝까지 필사적으로 변호하려고 한다. 따라서 예를 들어 영국 사람 50명을 붙들고 영국민 특유의 어리석고 부끄러워해야 할 우상 숭배에 대해 흉을 보면 그 말에 고개를 끄덕이는 사람은 고작 한 사람 정도에 지나지 않을 것이다. 하지만 그 한 사람이 상당히 머리가 잘 돌아가는 자라는 사실에는 틀림이 없을 것이다. 독일인에게는 민족적인 자긍심이라는 것이 전혀 없다. 그렇기 때문에 잘 알려진 독일인 특유의 정직함을 증거하고 있는 것이다. 하지만 독일 사람 중에도 이를 제목으로 삼아 참으로 우습게도 민족적인 자긍심을 펼쳐 보이는 사람이 있어서 소문대로의 정직함을 배반하고 있다. 이는 대체로 민중을 유혹할 목적으로 민중들에게 아첨하는 '독일 학생조합' 무리들과 민주당원들의 짓거리이다. 그렇다. 독일인들은 영리하다고 알려져 있다. 하지만 나는 이 의견에 동의할 수가 없다. 또한 리히텐베르크†는 "국적을 사칭하는 사람이 어떤 국명을 댈 때, 자신은 독일인이라고 말하지 않고 프랑스인이라거나 영국인이라고 말하고 싶어하는 것은 어째서일까?"라는 의문을 제기한 바 있다. 그것은 그렇다

---

† 리히텐베르크 Georg Christoph Lichtenberg, 1742.7.1~1799.2.24
독일의 물리학자 · 계몽주의사상가.
다름슈타트 출생. 괴팅겐대학에서 자연과학을 전공, 1775년 이 대학 자연과학 교수가 되었다. 계몽사조기의 대표적 사상가로서 레싱과 병칭되었다. 전통과 인습에 구속되지 않는 오성과, 인간의 심리를 꿰뚫어보는 눈과, 풍자 · 유머 등의 재능을 겸비하였다. 1777년 '리히텐베르크도형(圖形)'을 발견하였고, 1778년부터 《괴팅겐포켓연감 : Gottinger Taschenkalender》을 발행, 여기에 많은 자연과학 및 철학 논문을 수록 · 발표하였고, 《영국소식》에서 셰익스피어극 배우의 연기를 뛰어나게 분석함으로써, 독일배우 비평의 기초를 닦았다. 《호가드의 동판화 설명 : Ausfuhrliche Erklarung der Hogarthischen Kupferstiche》은 영국의 풍자화가 호가드의 동판화를 해설함으로써 독일 시민사회의 병폐에 일침을 가한 탁월한 문명비평과 사회비평서이다. 대학시절부터 써왔던 《잠언집》은 후에 니체 등에게 많은 영향을 미쳤으며, 심리적 인간관찰의 집대성으로 오늘날에도 높이 평가된다.

치더라도 개성은 민족성보다는 훨씬 더 중대한 것으로 개개인의 경우 민족성에 한 번 주목을 한다면, 개성에는 천 번 주목을 하는 것은 자연스러운 일이다. 민족성은 집단에 관한 표현이기 때문에 정직한 평판을 내린다면 그렇게 좋은 것을 많이 말할 수 있는 것은 아니다. 오히려 인간적인 저열함이나 비합리성, 약점이 나라가 바뀔 때마다 여러 가지 모습으로 형태를 드러내는 것일 뿐으로 이 나라에 따라서 다른 모습을 보이는 것이 바로 민족성이라고 불리는 것이다. 어떤 하나의 민족성이 싫어지면 또 다른 민족성을 칭찬하지만 그것도 역시 싫어지게 되는 법이다. 모든 민족이 서로 조소하고 있지만 어느 민족에게나 변명거리는 있는 법이다.

한편, 이번 장의 논제인 세상에 대해 우리가 주는 인상, 즉 타인의 눈에 비친 우리의 모습은 앞서 한마디로 표현한 것처럼 명예와 지위, 명성으로 나누어볼 수 있다. 대중이나 속물의 눈으로 보자면 지위는 매우 중요한 것일 터이며, 국가 기구의 움직임 속에서의 효용도 클 것이지만 이 책의 목적에서 보자면 그것은 간단히 다루어도 지장은 없을 것이다. 지위는 인습적인 가치이다. 즉 끝까지 파헤쳐 보자면 허구의 가치인 것이다. 지위의 효과는 의태적인 존경에 있다. 따라서 철저하게 대중들에게 보이기 위한 희극인 것이다. 훈장은 여론을 지불인으로 내세워 작성한 환어음이다. 훈장의 가치는 발행인의 신용을 토대로 한 물건이다. 한편, 훈장이 금전적

보상의 대용물로써 국고의 부담을 크게 경감시킨다는 점은 말할 필요도 없지만 이 점을 완전히 도외시한다 하더라도 이는 참으로 잘 만들어진 제도이다. 비록 그 분배법이 현명하고 공정하다는 것을 전제로 하는 이야기이지만. 즉 대중에게는 눈과 귀는 있지만 그이상 많은 능력을 가지고 있지 못하다. 특히 판단력은 민망할 정도로 빈약하며, 기억력조차도 변변치 못하다. 모처럼만의 공적도 일과 성질에 따라서는 완전히 대중들의 이해 밖에 존재한다. 대중이 이해하고 환호하며 받아들이는 공적도 있긴 하지만 그것도 그때뿐, 시간이 지나면 곧 잊혀져버리고 만다. 그렇기 때문에 여러 훈장을 사용하여 '이 자는 너희들과 같은 자가 아니다. 공적을 세운 사람이다.' 라고 언제 어디서나 대중을 환기시키는 것은 참으로 적절한 처치라고 생각한다. 하지만 배분법이 공정하지 못하거나, 조잡하거나, 너무 지나치게 남발하면 훈장의 가치는 사라져버린다. 따라서 상인이 어음에 서명을 할 때처럼 군주는 훈장 수여에 신중을 기해야 한다. 십자훈장에는 '훈공에 따라' 라는 말이 있는데 이는 '말에서 낙마하다' 라는 말과 같은 사족인 것이다. 훈장은 모두 훈공에 따르는 것이 참된 것이기 때문이다. 이것은 말하지 않아도 잘 알려진 사실이다.

지위에 대한 논의보다 훨씬 더 어렵고 귀찮은 것이 명예에 대한 논의이다. 우선 가장 먼저 명예에 대한 정의를 내려야만 할 것이다. 그런데 내가 정의를 내릴 생각으로 '명예란 외면적인 양심이며, 양심이란 내면적인 명예이다.' 라고 말한다면 이를 마음에 들어하는 독자도 있을지 모르겠지만 이는 명료하고 근본적인 설명이라기보다는 많은 사람들을 감탄하게 만드는 멋진 명구에 가깝다. 따라서 '명예란 객관적으로 보자면 우리의 가치에 대한 타인의 생각, 주관적으로 보자면 이 생각에 대한 우리의 두려움이다.' 라고 해두기로 하자. 명예는 이 정의의 후반부의 특성에서 보자면—명예를 중히 여기는 사람에게 있어서는— 결코 순수한 도덕적 효과는 아니지만 어쨌든 매우 유익한 효과를 가지는 경우가 적지 않다. 아직 완전히 타락해버리지 않은 사람이라면 누구의 마음에나 깃들어 있을 명예 · 불명예에 대한 감정, 그리고 명예에 대해서 인정할 수 있는 높은 가치도 그 근본, 그 원천이 어디에 있는가는 다음과 같이 설명할 수 있을 것이다. 인간이 단독으로 행할 수 있는 일은 그다지 많지 않다. 인간은 멀리 떨어진 곳에 있는 작은 섬의 로빈슨이라고 할 수 있다. 다른 인간과 공동의 관계에 있어야만 인간은 비로소 상당한 의의를 갖게 되며 상당한 일을 할 수 있게 된다. 의식이 조금이라도 발달하기 시작하면 인간은 곧 이런 관계를 알게 되며 인간 사회의 유용한 일원, 다시 말하자면 남자라는 신분에 어울리는 협력을 할 수 있게 되며 그에 따라서 인간 사회에서의 이익에 대한 자기 몫을 받을 자격이 있는 일원으로 인정받고 싶다는 욕구가 곧 마음속에서 움직이기 시작한다. 그런데 자기 몫을 하는 사람이 되기 위해서는 우선 세상이 언제, 어떠한 경우에라도 누구에게나 요구하고 기대하는 것만큼의 일을 해치우는 것 외에도 자신이 차지하고 있는 특수한 지위에 걸맞게 세상이 자신에게 요구하고 기대하는 일까지도 훌륭하게 해보여야 한다. 한편 자신이 제 몫을 해낸다는 것을 스스로가 아니라 타인이 인정해주는 것이 중요하다는 사실도 곧 깨닫게 된다. 이러한 일들로 해서 타인으로부터 좋은 평판, 즉 호평을 얻으려고 하는 열정적인 노력이 생기며 타인의 평가를 중시하는 마음이 일어나게 된다. 이런 노력과 마음은 인간의 선천적인 감정에 갖춰져 있는 본원적인 격렬함으로 나타나는데 이 감정은 명예심이라고 불리며 때에 따라서는 부끄러움을 아는 마음이라고 불리기도 한다. 자신은 죄가 없다고 생각하더라도, 우연히 발각된 과실이 그저 상대적이고 일시적인 기분에 의해서 받아들인 책임에 관한 것이라 하더라도 갑자기 타인이 자기에 대한 평가를 나쁘게 하는 결과를 초래하게 되었다는 사실을 느끼게 되면 자신도 모르게 얼굴을 붉히게 되는 그런 선천적인 감정에 의한 것이다. 그런데 한편으로는 타인의 호평을 얻고 있다는 확증을 얻을 수 있거나 새로이 호평을 얻을 수 있는 일이 생기게 되면 이것처럼 사람에게 삶의 보람을 느끼게 하는 것도 없다. 왜냐하면 이러한 확증은 모든 사람들이 힘을 합쳐서 자신을 보호하고 도와줄 것이라는 보증이 되며, 이는 자신이 스스로를 보호하는 것보다 언제 찾아올지 모를 재앙에 대해 매우 강력한 방벽이 될 것이기 때문이다.

인간이 타인과 맺을 수 있는 관계에는 여러 가지 종류가 있으며, 또한 타인이 자신의 어떤 점에 신뢰감을 품고 있는지, 따라서 어떤 점에서 어떤 종류의 호감을 품을 수 있는가 하는 것에도 여러 가지 경우가 있기 때문에 그에 따라서 명예에도 몇 가지 종류가 생겨나게 된다. 자기와 타인의 관계는 첫째, 나의 것과 너의 것이라는 사적 권리 관계, 둘째, 중요한 역할을 책임지고 있는 인간이 담당하는 일, 마지막으로는 성적 관계이다. 이 세 종류의 관계에 대응하는 것은 시민적 명예와 직무상의 명예와 성생활상의 명예이다. 그리고 이것들이 각각 또 다시 몇 개의 종류로 나뉜다.

이 가운데서 가장 넓은 영역을 차지하는 것은 시민적 명예이다. 시민적 명예는 우리가 각 개인의 권리를 절대적 · 무조건적으로 존중하며, 따라서 자신의 이익을 위해서 부정이나 불법적인 수단을 결코 사용하지 않는다는 전제 조건을 그 본질로 삼고 있다. 시민적 명예란 무릇 평화적인 사회에 동료로서 개입한다는 조건을 말한다. 단 한 번이라도 명백하고 심하게 이 조건에 반하는 행위를 하게 되면 시민적 명예를 잃어버리게 된다. 따라서 가령 형벌을 받은 경우에도 명예는 상실되어버리는 것이다. 물론 그것은 형벌의 공정성이 전제되었을 경우에 한하기는 하지만. 그런데 명예라는 것은 반드시 그 궁극적인 뿌리를 도덕적 성격이 불변의 것이라는 확신 위에 바탕을 두고 있는 것으로, 단 한 번이라도 그에 반하는 악행을 저질렀다면 그 후에 그와 비슷한 상황에 놓인 경우의 모든 행위가 역시 도덕적으로 봐서 같은 성질의 것이 되리라는 판정을 내릴 수 있게 되는 것이다. '성격'이라는 뜻의 영어인 character가 '평판', '명성', '명예'라는 의미로도 쓰인다는 것이 이 사실을 뒷받침하고 있다. 따라서 비방·중상, 잘못된 평가와 같은 착오에 의한 경우를 제외하고 한번 실추된 명예는 회복할 방법이 없다. 그렇기 때문에 비방과 괴문서를 단속하는 법률이 있으며, 욕설에도 그것을 규제하는 법률이 있다. 욕설, 즉 단순한 매도까지도 규제하는 것은 그것이 변명의 여지가 없는 총괄적인 비방이기 때문이다. 이 사실은 "욕설이란 총괄적인 비방이다."라는 그리스의 옛말에 잘 나타나 있다고 말하고 싶지만 그리스의 문헌에서 이런 말은 찾아볼 수가 없다. 물론 욕설을 퍼붓는 장본인은 상대에게 불리한 진상은 무엇 하나 들 수가 없다는 사실을 욕설을 함으로써 폭로하고 있는 것이다. 왜냐하면 만약 상대에게 불리한 진상을 알고 있다면 이를 전제로 들고 결론은 편안하게 상대의 판단에 맡길 것임에도 불구하고 결론은 이야기하면서 전제는 이야기하지 않기 때문이다. 그러면서 간결함을 존중한다는 의미에서 그렇게 한 것이라고 듣는 사람이 생각해주기를 바라고 있는 것이다. 시민적 명예라는 명칭은 시민계급으로부터 취한 것이기는 하지만 그 적용 범위는 모든 계급에 무차별적으로 미치고 있다. 최고의 신분·계급도 예외는 아니다. 그 누구도 시민적 명예 없이는 살아갈 수 없다. 시민적 명예는 실로 중대하고 중대한 것이다. 그 누구도 이 중대한 것을 소홀히 하지 않도록 주의해야만 한다. 성실하지 못하고 신용을 배반하는 자는 무엇을 하든, 그 누구이든 성실과 신용을 영원히 잃어버리게 된다. 이것들의 상실에 수반되는 쓸쓸한 결과는 반드시 나타나게 되는 것이다.

명예는 어떤 의미에서 소극적인 성질의 것이다. 그것은 다시 말해 적극적인 성질을 가진 명성에 대비되는 것이다. 그 이유로 생각해볼 수 있는 것은 명예라는 것은 이것을 짊어지고 있는 인물만이 갖추고 있는 특수한 성질에 대한 세상의 평가를 가리키는 것이 아니라 그 누구에게나 통상적으로 자연스럽게 전제되는 성질, 따라서 이 인물에게도 당연히 없어서는 안 될 성질에 대한 세상의 평판을 가리킨다는 점이다. 따라서 명예란, 요컨대 그것을 짊어지고 있는 사람이 예외적인 인물이 아니라는 사실을 나타내는 것이다. 이에 반해 명성이라는 것은 그 장본인이 예외적 인물이라는 사실을 나타내는 것이다. 따라서 명성은 우선 그것을 획득할 필요가 있는데 반해, 명예는 그것을 잃지 않도록 노력하기만 하면 된다. 따라서 명성이 없다는 것은 무명無名이라고 할 수 있는 것으로 소극적인 일에 지나지 않지만 명예가 없다는 것은 치욕이라고도 할 수 있는 것으로 적극적인 면을 가지고 있다. 하지만 여기서 말하는 소극성을 수동성과 혼동해서는 안 된다. 명예는 수동적이기는커녕 완전히 능동적인 성질을 가지고 있다. 즉 명예는 그것을 짊어지고 있는 사람에게서 발생하는 그 사람의 행동에 기반을 둔 것이지 타인의 행동이나 그 사람이 만나는 사상에 기반을 둔 것은 아니다. 그렇기 때문에 명예는 우리에게 의존하는 것이다. 이 점은, 뒤에 설명하겠지만, 진정한 명예가 허울뿐이거나 거짓된 명예와 구별되는 잣대가 되기도 한다. 명예에 가해지는 외부로부터의 침해로는 비방에 의한 침해가 있을 뿐이다. 그 유일한 대항책은 이것에 어울리게 공공연히 비방하는 자의 가면을 벗겨내어 그 비방을 논파하는 것이다.

나이 많은 사람을 공경하는 일의 근거로 젊은이의 명예는 당연한 전제로서 일단 인정을 받고 있지만 아직 시험이 완전히 끝났다고는 할 수 없기 때문에, 결국 신용을 바탕으로 성립되어 있는 반면, 나이 많은 사람들의 경우에는 그 품행을 통해서 명예를 유지했는지 어땠는지가 그 생애 동안에 실증되었다는 점에 있는 듯하다. 그렇다면 동물들도 인간과 마찬가지로 나이를 먹으며 종류에 따라서는 인간보다 훨씬 더 오래 사는 것들도 있으니 연령 그 자체만으로는 어린 사람이 나이 든 사람을 공경해야 할 충분한 근거가 될 수 없으며 또한 단순히 세상의 동정을 자세히 알고 있다는 의미에서의 경험이라는 것도 그럴 만한 충분한 근거는 되지 못하는 것이지만 어린 사람이 나이 든 사람을 공경하는 것은 어디에서나 요구되고 있다. 노년이 되어 약해지기만 한다면 공경하기보다는 오히려 위로하기를 요구할 것이다. 하지만 백발에 대해서 어떤 종류의 경의를 표하고 싶은 기분이 드는 것은 인간의 선천적인 것, 따라서 완전히 본능적인 심정이라는 점은 참으로 이해하기 힘든 부분이다. 백발보다도 주름이 노년의 특징으로써 훨씬 더 확실한 증거가 될 터인데 주름은 공경의 마음을 조금도 불러일으키지 못한다. '존귀한 주름'이라는 말은 전혀 사용되고 있지 않은데 '존귀한 백발'이라는 말은 자주 사용되고 있다.

명예의 가치는 간접적인 것에 불과하다. 왜냐하면 이미 이번 장의 서두에서 말했듯 우리에 대한 타인의 생각은 때때로 우리에 대한 타인의 행동을 규정하는 경우가 있다는 데 우리에게 의미가 있을 뿐이기 때문이다. 하지만 우리가 사람들과 함께, 혹은 사람들 사이에서 살아가는 한 이 사실은 변하지 않는다. 생각건대 문명 개화의 상태에서 안전과 재산은 일률적으로 사회에 의지하여 보장받고 있으며, 무슨 일을 계획하든 타인을 필요로 하며, 타인이 참여하도록 하려면 신용을 얻을 필요가 있기 때문에 우리에 대한 타인의 생각은 우리에게 결국 간접적인 가치밖에 없다 하더라도 매우 가치가 있는 것이다. 하지만 나는 이것의 직접적인 가치를 인정할 수는 없다. 나의 이러한 의견에 부합하듯이 키케로는 "사람들의 평판에 대해서 크리시포스[†]와 디오게네스는 실리의 유무를 떠나서 좋은 평판을 위해서는 손가락 하나 움직여서는 안 된다고 말했는데 나도 이에 전적으로 동의한다."고 말했다. 이와 마찬가지로 엘베시우스(프랑스 계몽사상가)는 자신의 명저 『정신에 대해서』에서 이 진리에 대해 상세하게 논했는데 그 결론은 "우리가 명예를 사랑하는 것은 명예를 위해서가 아니라 오직 명예가 가져다주는 이익 때문이다."라는 것이다. 그런데 수단이 목적보다 가치가 있을 리가 없기 때문에 "명예는 생명보다 귀하다."라는 화려한 격언은 앞서 이야기한 것처럼 과장에 지나지 않는다. 시민적 명예에 대해서는 이 정도로 해두겠다.

직무상의 명예란, 어떤 직무를 관장하는 사람이 그것에 필요한 모든 자질을 갖추고 있으며, 실제로 모든 경우에 있어서 직무상의 임무를 확실하게 수행하고 있다는 사실을 타인이 일반적으로 인정

---

† **크리시포스 Chrysippus, BC 279?~BC 206? : 그리스의 철학자.**
아테네에서 제논의 제자 클레안테스에게 배웠다. 스토아 철학을 처음으로 체계화한 학자로서 '크리시포스가 없었더라면 스토아의 존재는 없었을 것이다.' 라는 평을 들었다. 대단히 많은 다작을 한 철학자로, 논리학을 중심으로 자연학 · 윤리학 등 700여의 저작이 있으나, 그 대부분은 고전을 인용한 것이다.

하는 것을 말한다. 어떤 사람이 한 국가 안에서 역할과 권한이 중요하고 클수록, 즉 그 사람이 서 있는 위치가 높고 유력한 것일수록 그 임무를 수행할 수 있는 지적 능력과 도덕적 특성에 대한 세상의 관심은 그만큼 커질 것임에 틀림없다. 따라서 그런 사람은 그만큼 높은 수준의 명예를 짊어지고 있는 것으로 이를 드러내는 것이 칭호나 훈장, 그들에 대한 타인의 복종적인 태도이다. 그런데 일반적으로 신분이라는 것에 따라서, 위에서와 마찬가지 척도에 준해서 각각의 신분에 독특한 명예의 크기가 결정된다. 하지만 이 크기는 신분의 중요성에 대한 대중들의 판단 능력에 의해 다소 좌우될 여지가 있는 것이다. 그렇지만 어쨌든 특수한 임무를 가지고 이것을 수행해가는 사람이 주로 소극적인 성질에 바탕을 둔 명예를 가지고 있는 일개 시민보다는 많은 명예를 인정받고 있는 것은 사실이다.

그리고 직무를 관장하고 있는 자는 동료와 후배를 위해서, 직무 그 자체에 대해 언제나 예를 다할 것, 그러기 위해서는 앞서도 이야기한 것처럼 자신의 의무를 완벽하게 수행할 것, 또한 그 직무 그 자체에 대한 침해와 직무의 관장자인 자신에게 가해지는 침해, 즉 직무를 성실하게 관장하고 있지 못하다거나, 직무 그 자체가 공공의 복지에 도움이 되지 않는다는 등의 말은 놓치지 말고 법에 따른 형벌을 가해 그러한 침해가 부당한 것이었다는 사실을 증명하는 것도 직무상의 명예가 요청하는 부분이다.

　직무상의 명예에 속하는 것은 관리의 명예, 의사의 명예, 변호사의 명예, 모든 공무원의 명예, 나아가 모든 대학졸업자들의 명예이다. 요컨대 공적인 효력이 있는 문서로써 어떤 종류의 정신적인 일에 적합한 사람이라는 선언을 받고, 또한 스스로도 그 일을 해야할 책임을 받아들였다고 인정하는 사람이라면 누구라도 가지고 있을 명예이다. 따라서 한마디로 말하자면 무릇 중요한 공적 책임을 진 사람들이 당연하게 가지고 있는 명예이다. 따라서 참된 군인의 명예도 이 부류에 속한다. 군인의 명예란 조국을 수호할 의무를 받아들인 자는 그것에 필요한 적성, 즉 무엇보다도 용기와 불굴의 정신과 힘을 실제로 가지고 있으며 조국의 방위를 사수하고 한 번 선서를 한 군기는 무슨 일이 있어도 버리지 않을 정도의 진지한 각오를 가지고 있어야 한다는 것이다. 통상 직무상의 명예라면 시민이 직무 그 자체에 어울리는 경의를 표하는 것을 의미하지만 여기서는 그것보다 훨씬 더 넓은 의미로 해석을 했다.

　성생활 상의 명예에 대해서는 상세하게 고찰하여 거기서 볼 수 있는 원칙을 그 근원까지 환원시켜볼 필요가 있다고 생각한다. 이렇게 함으로써 무릇 명예라는 것이 결국은 공리적인 배려에 바탕을 둔 것이라는 사실을 확증할 수도 있게 된다. 성생활 상의 명예는 그 성질상 여성의 명예와 남성의 명예로 나뉘며 어느 쪽에서 보더라도 당연히 동업자 기질을 가지고 있다. 단결적 정신이다. 여성의 생활에 있어서는 성적 관계가 주요한 부분을 이루고 있기 때문에 이 두 가지 명예 중에서는 여성의 명예가 훨씬 더 중요한 것이다. 한편 여성의 명예란, 미혼 여성의 경우는 아직 그 누구에게도 몸을 허락하지 않았을 것이라는 세상의 생각을 말하며, 기혼 여성의 경우는 자신에게 맡겨진 남성에게만 몸을 허락했을 것이라는 세상의 생각을 말한다. 이러한 세상의 생각의 중요성은 어떤 기초 위에 서 있는 것인지 지금부터 논해보겠다. 여성은 남성에게 온갖 일들, 다시 말해 여성이 염원하고 필요로 하는 모든 사물을 요구하고 기대한다. 남성은 여성에게 당장 직접적으로는 오직 한 가지만을 요구할 뿐이다. 따라서 남성은 여러 가지로 돌볼 의무를 받아들이고, 거기다 결혼을 통해서 얻게 되는 아이들까지도 돌봐야만 비로소 한 가지를 여성으로부터 받게 되는 제도가 생겨나게 된 것이다. 여성 전체에 대한 복지가 이 제도에 걸려 있다. 이 제도를 실현하기 위해서는 아무래도 여성이 단결하여 조합 기질을 발휘할 필요가 있다. 그렇게 되면 여성 전체가 단일체로 긴밀한 대오를 형성하여 공동의 적으로서의 모든 남성에 대항하게 된다. 여성보다 뛰어난 심신 능력에 의해 자연스레 모든 지상의 재산을 장악하고 있는 남성을 정복하고 남성이 장악하고 있는 힘을 통해서 지상의 재산을 장악해야만 한다. 그런데 이 목적을 위해서는 남성이 결혼 외의 동침을 절대로 바랄 수 없는 장치가 되어 있어야 한다는 것이 모든 여성들의 명예의 원리가 된다. 그것은 모든 남자가 일종의 항복이라고도 할 수 있는 결혼을 어쩔 수 없이 하게 되고 그것에 의해서 모든 여성이 보호받는 것이 목적이다. 그런데 이 목적을 완전히 달성하기 위해서는 앞서 기술한 원리를 엄중하게 지키는 것에 의지할 수밖에 없다. 따라서 여성은 하나가 되어 글자 그대로의 조합 기질로 전 조합원 사이에서 이 원리가 유지되도록 감시하고 있다. 그래서 어떤 미혼 여성이 혼전 성관계로 모든 여성을 배반하는 경우, 이런 행위가 일반적인 경향이 되어버리면 여성 전체의 복지가 파괴되어버리기 때문에 그 여자를 모든 여성의 조합에서 추방하고 파렴치한 사람이라는 이름을 붙여주는 것이다. 그렇게 되면 그 여자는 명예를 잃게 된다. 여성이라면 그 누구도 그 여자와 사귀지 못하도록 되어 있다. 말하자면 페스트 환자처럼 기피하게 된다. 간통을 한 여자도 같은 운명을 맞이하게 된다. 간부姦婦는 남편이 승낙한 항복 조건을 지키지 않은 것이며 모든 여성들의 복지가 이러한 항복 위에 세워져 있음에도 불구하고 이러한 사례가 일어난다면 남성은 그것에 두려움을 느껴 항복을 승낙하지 않게 되기 때문이다. 그뿐만 아니라 간부는 그 행위가 중대한 계약 파기이며 사기이기 때문에 성생활 상의 명예를 잃음과 동시에 시민적 명예도 잃게 되는 것이다. 그렇기 때문에 미혼 여성의 경우에는 변호

의 마음을 담아서 '타락한 딸'이라는 말을 하지만 간부의 경우에
는 '타락한 여자'라는 말은 사용하지 않는다. '타락한 딸'이라면
유혹한 남자가 결혼해주기만 한다면 명예를 회복할 수 있게 되지
만 간부가 남편과 이별한 뒤에 간통한 남자가 간통한 여자와 결혼
을 해도 그 명예를 회복시킬 수는 없다. 한편, 이러한 문제를 확실
하게 통찰한 뒤에 조합 기질이라는 것이 여성의 명예라는 원리의
기초를 이루고 있음을 인식하고 이 조합 기질은 유효한, 아니 오히
려 필요한 것이기는 하지만 매우 타산적인 이해에 바탕을 둔 것이
라는 사실도 인식한다면 여성의 명예가 여성의 생활에 있어서 가
장 중요하며, 상대적으로는 커다란 가치를 가지고 있다는 사실은
인정할 수 있지만, 생명이나 인생의 목적과 같은 것보다 귀한 가치
를 가지고 있으며 따라서 생명 그 자체를 내던지면서까지 구해야
할만한 절대적인 가치를 가진 것이라고는 인정할 수가 없을 것이

---

† **루크레티아** : 로마의 전설. 타르퀴니우스 콜라티누스의 정숙한 아내. 섹스투스 타르퀴니우스
에게 능욕을 당하자 남편과 아버지에게 사건을 알리고 불명예에 대한 복수를 부탁한 뒤 자결했
다. 복수의 결과 타르퀴니우스 일가는 로마에서 추방되었으며 왕국을 대신하여 공화국이 수립
되기에 이르렀다.

†† **에밀리아 갈로티** : 독일의 극작가 레싱의 희곡. 앞서 등장한 비르기니우스에서 소재를 얻은
것. 이탈리아의 영주인 과스탈라는 오도아르도 갈로티의 딸 에밀리아 갈로티의 미모에 취해 신
하로 하여금 혼례길에 오른 그녀를 약탈하도록 한다. 과스탈라의 연인 오르시나는 모든 일의
전말을 오도아르도에게 알리고 복수를 위한 단도를 건넨다. 에밀리아의 정조를 구하기 위해서,
그리고 에밀리아도 그것 외에는 길이 없음을 알고 아버지의 칼에 쓰러진다.

다. 이러한 의미에서 섹스투스 타르퀴니우스에게 능욕을 당해 남편과 아버지에게 사건을 알리고 불명예에 대한 복수를 부탁한 뒤 자결한 루크레티아†나 비르기니우스의 행위는 극단으로 치달아 비극적인 신파극으로 전락한 것으로 찬성할 수가 없을 것이다. 바로 그렇기 때문에 정조를 유린당했다는 이유로 아버지에게 살해당한 에밀리아 갈로티††의 결말은 관중을 매우 격앙시키며 그 때문

††† **에그몬트 Egmont** : 괴테의 작품.

에그몬트는 괴테의 희곡. 전형적인 네덜란드의 쾌남아인 에그몬트는 국왕의 사자인 알바 공의 은밀한 사명도 모른 채 오랜 친구처럼 알바 공과 나눴던 이야기 때문에 체포당하게 된다. 마지막까지 국왕과 그 외의 사람들의 선량함을 믿는다. 그의 연인인 클레르헨도 쾌활한 여자로 에그몬트를 구하기 위해서 그 지방 사람들을 선동하기도 한다. 하지만 에그몬트에게 사형이 선고되었다는 사실을 알고는 독을 마시고 에그몬트에 앞서 세상을 떠난다. 이 희곡은 사실과는 조금 다르다.

†††† **바빌로니아의 미리타** : 바빌로니아의 여신. 여성의 다산성을 상징하는 자연신. 역사가인 헤로도토스가 그 예배하는 모습을 서술했지만 바빌로니아의 문헌에는 실려 있지 않다. 헤로도토스에 의하면 미혼 여성은 모두 미리타의 전당에 봉사하며 몸을 허락할 남자가 나타날 때까지 기다리는 것이 의무로 되어 있었다. 남자가 던져주는 금전의 액수는 임의였으며, 한 번 이 의무를 수행한 여성은 그 후에는 절대로 유혹에 넘어가서는 안 되게 되어 있었다. 오래 된 매춘제도의 일례이다.

††††† **토마지우스 Christian Thomasius, 1655.1.1~1728.9.23** : 독일의 철학자 · 법학자.

라이프치히 출생. 1672년에 마기스터(Magister)가 되었고, 1675년 이후 프랑크푸르트 안 데르 오데르에서 법률을 연구, 1679년에 박사학위를 받은 후 법률가로서 활약하였다. 1684~1690년 라이프치히대학 교수로 있었으며, 1687년 처음 독일어로 강의를 하였다. 1694년 할레 대학 창설에 진력하여, 1698년 이후 죽을 때까지 할레 대학 법학교수로 재직하였다. 철학 · 법률 외에 물리학 · 수학 · 역사를 연구하였다. 독일 계몽주의의 선구자 중 한 사람이며, 법률학상으로는 자연법을 주장하였고, 자연과학 사상의 보급에도 공헌하였다. 저서에 《자연법 및 국제법의 기초 Fundamenta juris naturae et gentium》(1705)가 있다.

에 극장을 나설 때는 완전히 혐오감에 빠져버리게 된다. 이에 반해서 『에그몬트†††』에서 연인이 사형선고를 받았다는 소식을 듣고 자결한 클레르헨의 경우는 성생활 상의 명예에는 비난할 만한 점이 있을지 몰라도 동정의 마음을 금치 못하게 하는 부분이 있다. 여성의 명예의 원리를 앞서 제시한 예에서 볼 수 있는 것처럼 극단으로 몰고 가는 것, 이것 역시 세상에서 흔히 볼 수 있는 수단 때문에 목적을 잊어버리는 행위 중 하나이다. 왜냐하면 이처럼 과장함으로써 성생활 상의 명예에 있지도 않은 절대적인 가치를 인정하게 되기 때문이다. 그런데 성생활 상의 명예는 다른 명예에 비해서 그저 상대적인 가치를 많이 포함하고 있을 뿐이다. 아니, 그 가치는 오히려 그저 인습적인 가치에 지나지 않는다. 바빌로니아의 미리타†††† 전당에서 행해진 성매매와 그 외의 예는 말할 필요도 없으며, 토마지우스†††††의 『축첩론蓄妾論』을 봐도 알 수 있듯이 거의 모든 국가, 모든 시대에 있어서 루터의 종교개혁 이전까지는 축첩이 법적으로 승인을 얻고 있었으며 첩이 여전히 명예를 잃지 않았던 것을 보면 이 사실을 수긍할 수 있을 것이다. 그리고 특히 이혼이 인정되지 않는 구교를 국교로 삼는 여러 나라에서는 시민적 관계가 결혼이라는 외형을 취하지 못하게 하는 경우가 있다는 사실은 말할 필요도 없다. 하지만 어떤 나라에서나 지배자들은 결혼이라는 외형을 취하기가 힘들다. 내 생각으로 지배자로서는 사실혼을 하기보다는 첩을 두는 편이 훨씬 더 도덕적인 행위라고 생각한다. 사실혼을 통해서 태어난 자손은 정통 자손의 대가 완전히 끊기면, 후에 무엇인가 요구를 해오는 일도 가끔 있기 때문에 제아무리 걱정할 것 없이 보인다 할지라도 이러한 결혼은 분란의 가능성을 품고 있는 법이다. 그리고 사실상 모든 외부적 관계를 무시하고 맺어진 사실혼은 궁극적으로 여자와 성직자에게 양보를 한 셈이 되는데 어떤 경우에든 여자와 성직자라는 두 계급에게 양보를 하는 일은 가능한 한 경계를 하는 편이 좋을 듯하다. 그리고 잘 생각해봐야 할 것은 나라 안의 남자들은 모두 자신이 선택한 여자와 결혼할 수 있음에도 불구하고 이 자연스러운 권리를 빼앗긴 사람이 한 명 있다는 점이다. 이 가엾은 한 바람이 바로 군주이다. 군주의 손은 나라에 속해 있으며 따라서 그 손을 내밀기 위해서는 국시國是에 따르지 않으면 안 된다. 즉 나라의 복지에 따라야만 하는 것이다. 하지만 군주 역시 인간이기 때문에 때로는 마음이 가는 대로 행동하고 싶어 할 것이다. 따라서 군주가 첩을 두는 것을 방해하거나 비난하려고 하는 것은 옹졸한 도덕관이기도 하며 공정함을 잃은 배은망덕한 행동이기도 하다. 단, 이것은 첩이 정치에 간섭하는 것을 용납하지 않는 경우에만 한정된다는 사실은 말할 필요도 없다. 한편, 이러한 첩은 그녀 자신의 입장에서 보자면 성생활 상의 명예라는 점에서 예외적인 인물, 즉 일반 원칙에서 제외된 자가 되는 것이다. 왜냐하면 서로 사랑하면서도 결코 결혼할 수 없는 유일한 남자에게만 몸을 맡기고 있기 때문이다. 일반적으로 봐서 여성의 명예의 원리가 그 기원에 있어서 자연스러운 것이라고는 결코 말할 수 없다는 사실은, 젖먹이를 죽인다든지 모친이 자살하는 것과 같은 수많은 피비린내 나는 희생이 이 원리를 위해서 바쳐져왔다는 사실에 생생하게 나타나고 있다. 인도에 어긋나는 방법으로 몸을 허락한 딸이 그것 때문에 모든 여성들의 성실함을 배반했다는 사실은 물론 말할 것도 없지만 이 성실함은 암묵 중에 인정되어진 것일 뿐으로 특별히 약속을 한 적이 있는 것이 아니다. 하지만 이러한 일을 하면 대부분 그것 때문에 본인 자신의 이익이 가장 직접적으로 손해를 보기 때문에 나쁜 짓을 했다고 하기보다는 참으로 멍청한 짓을 했다고 하는 편이 옳을 것이다.

남성의 성생활 상의 명예는 여성의 성생활 상의 명예에 의해서, 이것에 대립되는 조합 기질로서 환기되는 것이다. 어떤 남성이 상대방에게 매우 유리한 항복, 즉 결혼을 승낙했으니 이 항복 조항을 상대방이 잘 지키도록 감시하고, 계약의 느슨한 조항이 파괴되어 계약 자체가 동요하고 모든 것을 제공하는 남성이 이에 대한 대가로 얻은 여자에 대한 독점이라는 한 가지 사실조차 보장받지 못하게 되는 일이 일어나지 않도록 해야 한다는 것이 남성 조합 기질의 요청이다. 따라서 남성의 명예는 남성이 아내의 간통을 책망하여 적어도 이혼으로 벌할 것을 요구한다. 동정심을 발휘하여 간통을 용인한다면 남성 사회로부터 불명예스러운 이름을 얻게 된다. 이 불명예는 성생활 상의 명예를 상실한 여성이 당하게 되는 불명예에 비하면 그다지 심각한 것은 아니다. 오히려 사소한 오점에 지나지 않는다. 그것은 남성의 경우에는 그 외에도 더욱 중요한 면이 많아 성적인 면은 종속적인 것에 지나지 않기 때문이다. 근대의 2대 극작가들이 각각 두 번씩 이 남성의 명예를 소재로 삼았었다. 셰익스피어의 『오셀로』와 『겨울 이야기』, 칼데론†의 『나의 명예의 의사』와 『남모를 모욕은 남모를 보복』이 그것이다. 덧붙여서 말하자면 남성의 명예는 여자의 처벌만을 요구하며 그 정부에 대한 처벌은 요구하지 않는다. 정부의 처벌은 참으로 필요 이상의 행동이

---

† 칼데론 데라바르카 Pedro Calderon de la Barca, 1600~1681 : 에스파냐 극작가.
마드리드 출생. 예수회 학교를 거쳐 살라망카 대학에서 신학을 공부하였으나 성직을 택하지 않고, 그의 생애의 태반을 궁정 시인으로서 국왕의 비호를 받았다. 황금 시기의 종말을 고하게 될 그의 죽음까지 120편의 희곡, 80편의 성찬 신비극, 그리고 20편 정도의 막간극과 속요 희극을 씀으로써, 많은 모방자가 나오게 되었고, 그는 장기간 연극계에 군림하였다. 작품의 주제는 사랑과 체면과 가톨릭으로의 절대적인 귀의 및 국왕에 대한 충성심이었으며, 완성된 기교와 서정미가 풍부한, 장중하게 다듬어진 운문에서 그를 능가하는 사람은 없다.
《나의 명예의 의사 El medico de su honra》, 《남모를 모욕은 남모를 보복》은 체면 감정을 다룬 작품이다. 성찬 신비극에서는 《발타사르 왕의 만찬 La cena de Baltasar》, 그리고 국민 사극에서는 《살라메아의 촌장 El alcalde de Zalamea》 등이 대표작이다. 특히 우화적이며 철학적인 종교극 《인생은 꿈 La vida es sueno》은 최고 걸작으로서 널리 알려졌다. 더욱이 에스파냐의 독특한 종교극인 '성찬 신비극'은 칼데론에 의해 완벽한 경지에 도달했다는 정평도 있다.

다. 이 사실만으로도 남성의 명예가 남성의 조합 기질에 기원을 두고 있다는 위의 설명이 확증되어지는 것이다.

이상에서 고찰해본 종류와 원리에 속한 명예는 어느 민족, 어느 시대에서나 보여지며, 일반적인 타당성을 가지고 있는 것이라고 알려져 있다. 하지만 여성의 명예만은 그 원리에 지방적·시대적인 차이가 보인다. 그런데 오직 하나, 이렇게 일반적으로 어디에나 적용되는 명예와는 전혀 다른 종류의 명예가 있다. 이 명예는 중국인이나 힌두교도, 회교도 등에게는 아직까지도 전혀 알려지지 않은 명예이며, 마찬가지로 그리스인과 로마인도 이 명예는 상상도 할 수 없었던 것이다. 그것은 중세에 이르러서 처음으로 발생하여 유럽의 기독교권 내에서만 뿌리를 내렸는데 이 문화권 내에서도 인구의 극히 일부분, 즉 사회의 상류 계급과 그들을 추종하는 계층 사이에만 한정되어 있었다. 그것은 기사적인 명예, 즉 체면 문제라고 할 수 있는 것이다. 기사적인 명예의 원리는 지금까지 논해온 명예의 원리와는 전혀 다를 뿐만 아니라, 예를 들어서 기사적인 명예를 가지고 있는 자가 체면을 중히 여기는 사람임에 반해서 지금까지 논해온 명예의 소유자들은 이른바 명예 있는 사람, 즉 일반적으로 훌륭한 시민인 것처럼 일반적인 명예의 원리와는 부분적으로 반대가 되어 있기 때문에 그 원리를 기사적인 명예의 법전 내지 법규집과 같은 형태로 여기서 특별히 열거해보겠다.

(1) 이런 종류의 명예는 우리의 가치에 대한 타인의 생각에 중심을 두고 있는 것이 아니라 오로지 그러한 생각의 언명言明이나 진술이라는 점에 달려 있다. 과연 진술한 자가 진술한 것과 같은 의견을 가지고 있을까 하는 것은 문제가 되지 않는다. 하물며 그것이 과연 근거가 있는 것인지 어떤지에 대해서도 묻지 않는다. 따라서 우리의 행동을 보고, 그 때문에 타인이 우리에 대해서 제아무리 잘못된 의견을 품고, 제아무리 우리를 경멸해도 아무도 그 사실을 일부러 말하지 않는 한은 이런 종류의 명예는 조금도 손상되지 않는다. 하지만 우리의 특성이나 행동에 의해서 타인이 우리를 매우 존경할 수밖에 없는 경우에도(왜냐하면 우리를 존경하거나 존경하지 않는다는 것은 타인의 변덕스러운 마음에 좌우되는 성질의 것이 아니기 때문이다.), 우리들을 경멸한다는 사실을 표출하는 자가 한 사람만이라도 존재하면 그 사람이 제아무리 악인이라 하더라도, 제아무리 어리석은 자라 하더라도 우리의 명예는 상처를 받는다. 아니 회복할 수 있는 방법을 취하지 않는 한, 영원히 명예를 잃어버리게 된다. 문제는 결코 타인의 생각에 있는 것이 아니라 이러한 생각의 표출에 있다는 사실을 뒷받침하는, 없는 편이 나은 증거가 하나 있다. 그것은 모욕을 철회하고 필요하다면 사과를 할 수 있는 길이 열려 있다는 사실, 그 경우에는 철회나 사과의 결과 모욕이 전혀 일어나지 않았던 것과 같은 상태가 되어야 한다는 사실, 그때

모욕이 발생한 기초가 되는 의견과 생각까지 바뀌었는지, 그리고 어째서 모욕을 한 것인지는 이 이야기와는 아무런 관계도 없다는 사실이다. 진술이 말살되기만 한다면 그것으로 모든 것이 해결되는 것이다. 따라서 이러한 경우에는 정당하게 존경심을 얻는 게 아니라 오로지 존경심을 쟁취하는 것만이 목적이 된다.

(2) 남자들의 명예는, 능동적으로 행하는 바에 기초를 두고 있는 것이 아니라 수동적으로 당하는 바, 우연히 마주치게 되는 것에 기초를 두고 있다. 처음에 논한 일반적으로 통용되고 있는 명예의 원칙에 의하면 명예는 오로지 자신의 언행에 의해서 좌우되는 것이었지만 기사적인 명예는 이와는 반대로 다른 사람의 언행에 의해서 좌우된다. 따라서 기사적 명예는 누구의 손에나 쥐어져 있는, 아니 누구의 혀에나 걸려 있는 셈이다. 그렇기 때문에 누군가가 마음먹고 모함한다면 기사적 명예는 지금 당장이라도 영원히 상실하게 된다. 단, 피해자가 후에 진술하는 회복을 위한 방법에 의해서 이 명예를 억지로 되돌린다면 몰라도 그렇지 않다면 영원히 잃어버리게 된다. 그리고 이것을 되돌리려면 아무래도 생명, 건강, 자유, 재산 그리고 마음의 평정에 위험을 수반하게 된다. 이러한 이유에서 보자면 어떤 인간이 그 행동이 제아무리 청렴하고 강직하며, 고결하고, 그 마음이 제아무리 순결하고, 그 두뇌가 제아무리 뛰어나다 하더라도 그의 명예는 지금 당장이라도 누군가가 그를

비난할 마음을 품기만 한다면 실추될 위험성이 있다. 게다가 비난을 하는 사람이 이 명예의 규정을 어긴 적이 없는 사람이기만 하다면 일고의 가치도 없는 변변치 않은 것이라 할지라도, 세상에서 둘도 없는 망나니라 하더라도, 밥만 축내는 밥벌레라 하더라도, 노름꾼이라 하더라도, 상습적으로 남을 짓밟는 자라 하더라도 상관이 없다. 요컨대 비난을 받는 사람 입장에서 이야기하자면 꼴도 보기 싫은 인간이라 할지라도 상관이 없는 것이다. 게다가 세네카가 정확하게 지적한 바와 같이 "인간은 경멸할 만한 멍청한 인간일수록 말이 많은 법"이기 때문에 타인을 비난하는 마음을 품는 사람은 대부분 오히려 이와 같은 종류의 사람들이다. 게다가 이러한 인간은 오히려 앞서도 이야기한 것과 같은 훌륭한 인물을 흠집내는 데 가장 혈안이 되기 쉬운 법이다. 그것은 상반되는 자들이 서로를 미워하기 때문이기도 하지만 다른 한편으로는 뛰어난 장점을 보이게 되면 일고의 가치도 없는 사람의 마음속에 그들 특유의 은밀한 분노를 일으키게 하는 것이 인지상정이기 때문이다. 그렇기 때문에 괴테는 이렇게 말했다.

적 때문에 한탄을 한들 무슨 소용이겠는가,
적이 아군이 될 조짐도 보이질 않는데.
마음속 은밀하게,
자네의 인격을

한없이 증오하는 그 적이.

여기에 기술한 것과 같이 경멸할 만한 사람들이 이러한 일이라도 없다면 아무리 봐도 자신들이 미치지도 못할 훌륭한 사람들과 같은 수준에 놓이게 되는 것이니 그들이 명예의 원리 덕분에 얼마만큼 득을 보고 있는지를 알 수 있을 것이다. 한편 이런 무리들이 남을 비방했을 경우, 즉 상대방이 어떤 나쁜 성질을 가지고 있는 것처럼 말한 경우 그 말은 우선 객관적으로 옳고, 이유 있는 판단이며, 법적으로 유효한 결정이라고 받아들여진다. 뿐만 아니라 곧 피로써 씻어내지 않는다면 영원히 옳고 유효한 것이 되어버린다. 다시 말하자면 비방을 당한 사람은(모든 '체면이 있는 사람들'의 눈으로 보더라도) 비방을 한 사람(가령 인간 쓰레기라 할지라도)이 말한 대로 되어버린다. 왜냐하면 비방을 당한 사람이 그 말을 '몸으로 받아들였기'(이것이 이 글에 있어서의 술어이다.), 즉 그 말을 참고 견뎠기 때문이다. 따라서 이렇게 되면 '체면 있는 사람들'은 그 사람을 완전히 경멸하고, 페스트 환자처럼 기피하여 예를 들어 그 사람이 참석하는 집회에 가는 것을 공공연하고 확실하게 거절하곤 할 것이다. 이 현명한(?) 견해의 기원은, 중세 15세기까지는 (C. G. 폰 베히테르의 저서 『독일사, 특히 독일 형법사 논고』(1845년)에 의하면) 형사소송에 있어서 원고가 죄를 입증하는 것이 아니라 피고가 그 무죄를 입증해야만 했다는 사실로 거슬러 올라가 생각해볼 수 있다는 것을 나는 확신할 수 있다. 원고가 주장하는 유죄의 증거를 피고가 배제하기 위한 배증선서排證宣誓에 의해서 무죄를 입증하는 일이 용납되고 있었다. 하지만 배증선서를 위해서는 그 외에도 선서보조인이 필요했다. 선서보조인은 피고가 위증을 하지 않을 인물이라는 사실을 확신하고 있다는 내용의 선서를 했다. 피고에게 선서보조인이 없을 경우, 혹은 원고가 선서보증인을 기피하는 경우, 신의 판결이 행해졌다. 신의 판결이란, 통상적으로는 결투에 의한 것이었다. 왜냐하면 피고는 이러한 경우에 '운이 없는 자'가 되어 배증으로 결백함을 증명할 의무가 있었기 때문이었다. 여기서 '운이 없다.'는 개념의 기원을 볼 수 있으며 또한 선서를 생략한 것 이외에는 오늘날에도 그대로 '체면 있는 사람들' 사이에서 행해지고 있는 행사의 기원을 찾아볼 수 있다. '체면 있는 사람들'은 거짓말을 했다는 비난을 받게 되면 누구나 매우 화를 내면서 피비린내 나는 복수를 요구하고 있는데 이것도 앞서 기술한 내용으로 설명할 수가 있다. 거짓말은 언제나 일어나고 있는 것인데 그런 것으로 화를 낸다는 것은 참으로 이해할 수 없다는 생각이 든다. 하지만 특히 영국에서는 이것이 발달하여 미신으로 깊이 뿌리를 내렸다.(거짓말을 했다는 비난에 대해서 죽음으로써 벌하려고 뜨겁게 일어서는 사람은, 누구인지는 모르겠지만 평생 거짓말을 한 적이 없는 사람일 것임에 틀림없다.) 사실, 이 중세의 형사소송에서는 피고가 원고에게 '그것은 당신이 거짓말을 하고 있는 것이다.' 라고 말하는 것이 간략한 형식으로 되어 있었다. 그러한 경우에는 곧 신의 판결이 선고되었다. 따라서 기사의 명예법전에 의하면 거짓말을 했다는 비난에 대해서 곧 무기에 호소를 하도록 되어 있는 것은 여기에서 시작된 것이다. 매도에 대한 설명은 이것으로 마치겠다. 그런데 매도보다도 더욱 좋지 않은 성질의 행위도 있다. 이 행위는 최대의 악, 이 세상 해악 중의 해악으로 죽음에 이르는 죄보다도, 영겁의 죄보다도 무겁기 때문에 '체면 있는 사람들' 은 이것을 머릿속에 떠올리는 것만으로도 온몸에 소름이 끼치며, 온몸의 털이 곤두선다는 사실을 알고 있는 만큼 기사적인 명예의 법전 속에서 이것을 언급하는 것만으로도 '체면 있는 사람들' 에게 사과를 해야 할 정도로 무시무시한 것이다. 말하기도 두렵지만 이는 한 사람의 인간이 다른 사람에게 구타를 당하는 일이다. 이것은 참으로 무시무시한 일이며 그 결과 명예가 완전히 소멸되어버리기 때문에 다른 모든 명예훼손이 어차피 유혈에 의해 씻겨지는 것이라면 이 방법에 의한 명예훼손을 철저하게 씻기 위해서는 완전한 박살撲殺이 요구되는 것이다.

(3) 이런 종류의 명예는 인간의 바람직한 모습이 어떠한 것인지, 도덕적인 성질이 변할 수 있는지, 그 외의 모든 현학적인 논의와는

아무런 관계도 없다. 명예가 훼손되거나 일단 이를 잃어버리게 된 경우 신속하게 손을 쓰기만 한다면 결투라는 유일한 만병통치약을 통해서 곧 완전히 회복할 수 있다. 하지만 훼손을 한 자가 기사적인 명예의 법전을 신봉하지 않는 신분에 속해 있거나, 지금까지 이 법전을 배반한 적이 있는 경우, 특히 명예훼손이 폭력에 의한 것일 때는 물론 비록 말에 의한 것이라 할지라도 무기를 가지고 있다면 그 자리에서 바로, 그렇지 않더라도 한 시간 정도 후라도 그 자를 찌르면 된다. 그렇게 하면 명예는 회복될 수 있다. 그 외에도 이러한 경우나, 이러한 처치에서 발생하는 귀찮은 일들을 고려하여 이것을 피하고 싶다든지, 모욕을 한 자가 기사적인 명예의 규율에 따르는 사람인지 아닌지를 잘 모르겠다는 점만이 문제인 경우에는 '압도법壓倒法'이라는 임의의 수단이 있다. 압도법이란 모욕한 자가 난폭하게 행동하면 자신은 그것 이상으로 난폭하게 행동하는 것이다. 욕설을 퍼붓는 것만으로는 부족할 경우에는 폭력을 사용한다. 똑같이 폭력을 사용할 때에도 뺨을 맞게 되면 몽둥이로 상대를 때림으로써 위안을 얻으며, 몽둥이로 맞았다면 사냥개 등을 후려칠 때 쓰는 채찍으로 상대를 때림으로써 위안을 얻는다. 그리고 채찍으로 맞은 경우에는 상대에게 침을 뱉는 것이 효과가 있다며 추천하는 경향도 있다. 이러한 수단으로조차 효과를 볼 수 없는 경우가 되어버리면 결국 피비린내 나는 처지에 이르지 않을 수 없게 된다. 이러한 즉각적인 방법은 결국 다음에서 설명하는 원리에 바탕을 두고 있다.

(4) 비난을 받는 것이 치욕이라면 그것과 마찬가지로 비난을 하는 것은 명예이다. 예를 들어 상대방에게 진리와 정의와 도리가 있다고 하자. 그런데 내가 비난했다고 하자. 그러면 진리와 정의와 도리는 진을 뜯어 철수해야 한다. 정의와 명예는 나에게 있다. 이에 반해 상대방은 명예를 회복하기까지는 일단 명예를 잃게 된다. 명예의 회복은 정의와 도리에 의해서가 아니라 총을 쏘거나 칼로 찔러서 회복하는 것이다. 따라서 난폭함이라는 것은 명예 문제에서는 다른 어떠한 성질을 대신할 수 있는 것이다. 아니, 다른 그 어떠한 성질도 압도하는 것이다. 가장 난폭한 자의 말이 어쨌든 통하게 마련이다. 무엇에든 다변을 활용한다. 제아무리 어리석은 짓, 제아무리 무례한 짓, 제아무리 사악한 짓을 하더라도 난폭하게 굴기만 한다면 그것 자체가 말소되며 곧 합법화된다. 어떤 논의나 대화를 할 때, 타인이 우리보다도 일에 대해서 정확한 지식을 가지고 있고, 철저하게 진리를 사랑하고, 건전한 판단력과 풍부한 분별력을 가지고 있다는 사실을 나타내거나 일반적으로 타인이 우리를 압도하는 정신적인 장점을 나타내는 경우, 우리가 모욕적이고 난폭한 태도를 취하기만 한다면 이러한 모든 우월성, 그리고 그것에 의해서 밝혀진 우리 자신의 빈약함조차도 동시에 말살할 수 있으

며 그렇게 되면 반대로 우리가 우월한 위치에 설 수 있게 된다. 왜냐하면 폭행이 어떠한 논증에도 승리하며, 정신의 빛을 완전히 가려버리기 때문이다. 따라서 상대방이 그것에 응해서 더욱 심한 폭행으로 보복을 하고 그 결과 압도법의 장렬한 경연을 연출하기에까지 이르지 않는다면 어디까지나 우리가 승리자이며 명예는 우리에게 있게 된다. 진리도, 지식도, 분별력도, 정신도, 기지도 모두진을 뜯어 철수해야 하기 때문에 숭고한 난폭함에 패주해버리게된다. 따라서 이른바 '체면 있는 사람들'은 누군가가 자신과 다른의견을 말하거나, 심지어는 자기들 사이에서는 자랑할 수 없을 정도의 분별력을 보여주는 것만으로도 바로 예의 투쟁 수단을 사용하겠다는 듯이 분노의 빛을 띠며, 또한 논쟁 중에 반증을 들지 못하면 무엇이든 난폭한 수단을 찾아내려고 하는데 그것은 난폭한수단이 반증과 같은 역할을 할 뿐만 아니라 반증보다도 난폭한 수단을 찾아내기가 훨씬 더 쉽기 때문이다. 그렇게 되면 그들은 승리를 얻어서 의기양양하게 그 자리에서 물러설 수 있게 된다. 명예의원리를 사회에 있어서 인의仁義가 세련미를 갖춘 것이라며 매우소중하게 여기는 것도 당연한 일이라는 사실을 이것만으로도 잘알게 되었으리라 믿는다. 그런데 이 원리는 모든 법전의 참된 근본원리 및 그 중추를 이루고 있는 다음의 원리에 기반을 두고 있다.

(5) 일, 명예에 관한 한, 그 누구를 상대로 한 어떠한 싸움이라도

소송을 제기할 수 있는 최고법정은 완력, 즉 금수성禽獸性이라는 법정이다. 모든 폭력 사건은 결국 금수성에 호소한 것이기 때문이다. 즉 폭력 사건은 정신적인 능력이나 도덕적인 정의의 싸움이 심판의 권한을 가지고 있지 않다는 사실을 선언하고 육체적인 능력의 싸움으로 이것을 대신하게 한다. 단, 프랭클린이 인간을 도구를 만드는 동물이라고 정의한 것처럼 인간에게는 이 싸움이 인간 특유의 무기를 사용하는 결투라는 형식으로 행해지며 두 번 다시는 되돌릴 수 없는 결정을 수반하게 되는 것이다. 이 근본 원리는 잘 알려진 바와 같이 한마디로 '완력권(주먹의 정의)'이라고 불리고 있는데 이 말은 '원숭이 지혜'라는 말과 같이 풍자적이라고 할 수 있다. 따라서 '완력권'이라는 단어를 기준으로 보면 기사적인 명예는 '완력의 명예'라고 불러야 옳을 것이다.

(6) 시민적 명예가 소유권이나 일단 승낙한 의무, 약속이라는 점에 지나치게 연연한다는 사실을 앞서 설명했는데 여기서 고찰할 법전은 이에 반해서 이 점들에 대해서는 참으로 관대하다. 즉 틀려서는 안 되는 말은 오직 하나밖에 없다. 그것은 이른바 '명예를 걸고 한 선언', 즉 '명예를 걸고'라는 전제를 달고 선언한 사실이다. 이 사실을 바탕으로 생각해봐도 그것 이외의 선언은 잘못되어도 상관이 없다는 추정이 성립되는 것이다. 뿐만 아니라 명예를 걸고 한 선언이 잘못되었을 때라도 결투라는 만병통치약을 사용한다면

어떻게든 명예를 회복할 수 있게 된다. 이 경우에는 우리에게 '자네는 명예를 걸고 한 선언을 지키지 못하지 않았는가?' 라고 주장하는 사람들을 상대로 한 결투이다. 또한 꼭 갚아야만 하는 채무도 오직 한 가지밖에 없다. 그것은 승부에 의해서 생겨난 채무이다. 따라서 그 이름도 '명예를 건 채무' 라고 불리고 있다. 그 이외의 것은 그 어떤 채무라 할지라도, 상대가 기독교인이든, 유대교인이든 갚지 않아도 상관없다. 그러한 일은 기사적인 명예에는 아무런 장해도 되질 않는다.

이처럼 기묘하고 야만적이며 어리석은 명예법전이 인간의 근본적인 본성이나 건전한 인간 사이에서 태어난 것이 아니라는 사실은 공명정대한 사람이라면 누구나 한눈에 알아볼 수 있을 것이다. 뿐만 아니라 이 사실은 통용되는 범위가 극단적으로 좁다는 사실로도 증명되고 있다. 즉 그 범위는 오직 유럽에 한정되어 있으며, 그것도 중세 이후의 일로 귀족과 군인, 그리고 그들에게 아첨하려는 사람들 사이로 더욱 한정되어 있다. 그 증거로 그리스인, 로마인, 고도의 문화를 지닌 고금의 아시아 민족들 모두 이런 종류의 명예 및 그 원리에 대해서는 아무 것도 아는 바가 없다. 그들은 모두 처음에 설명한 명예 이외의 다른 명예는 알지 못한다. 남자가 남자로서 인정을 받는 것은 오직 자신의 행동에 의한 것이지, 말많은 사람들이 제멋대로 떠들어대는 소문에 의한 것이 아니라는 것이 그들 모두의 생각이다. 사람의 언동이 자신의 체면을 깎는 일은 있어도 타인의 명예를 손상시키는 일은 없다고 그들은 생각하고 있다. 그들의 입장에서 보면 구타는 어디까지나 구타에 지나지 않는다. 구타라면 말이나 당나귀가 훨씬 더 강력한 타격을 줄 것이다. 때와 장소에 따라서는 구타가 상대를 화나게도 하고, 그 자리에서 보복을 당하게 될지도 모르지만 명예와는 아무런 상관도 없다. 한편으로는 구타나 욕설을 기록하고, 다른 한편으로는 그것과 나란히 자신에게 주어진 '보상'이나 회수해야 하지만 아직 회수하지 못한 '보상'을 장부에 적는 일은 결코 하지 않는다. 용감함과 몸을 아끼지 않는 패기는 그들도 기독교의 지배 하에 있는 다른 유럽 민족에게 뒤지지 않는다. 그리스인도, 로마인도 틀림없이 뛰어난 영웅이었다. 하지만 체면에 관한 문제에서는 전혀 달랐다. 그들 사이에서 결투는 국민 중에서도 고귀한 사람들이 해야 할 일이 아니라, 돈을 받고 싸우는 검투사나 법의 보호를 받지 않는 노예, 판결을 받은 범법자 등과 같은 사람이 하는 것으로 이런 무리들을 야수와 교대로 서로를 자극하게 하여 민중의 위안거리로 삼았던 것이다. 기독교를 받아들이고부터 검투사의 경기는 폐지되었다. 하지만 그 대신 기독교 시대에는 신의 판결이라는 것이 매개가 되어 결투가 생겨나기 시작했다. 전자가 일반인들의 호기심을 위해서 바쳐진 잔혹하기 그지없는 산 제물이었다면, 후자는 일반인들의 편견 때문에 바쳐진 잔혹한 산 제물이다. 하지만 후자는 전자처럼 범죄자나 노예, 포로를 산 제물로 삼는 것이 아니라 자유민과 고귀한 사람들을 산 제물로 삼는 것이다.

고대인들에게는 이러한 편견이 없었다는 사실을, 우리에게 남겨진 수많은 기록들이 증명해주고 있다. 예를 들어 토이톤인 추장이 로마의 장군 마리우스에게 결투를 신청했을 때, 영웅 마리우스는 "추장님께 목숨이 필요 없으시다면 목을 매다는 것이 낫겠습니다."라고 대답을 한 뒤, 훌륭하게 자신의 임무를 수행한 검투사를 격투 상대로 추천했다고 한다. 또한 플루타크†를 읽어보면 이런 이야기가 쓰여 있다. "함대 사령관인 에우리 비아데스는 테미스토텔

---

† **플루타크영웅전**

로마의 전기 작가 플루타르코스(플루타크는 영어 발음)의 만년의 작품.

원제명은 《대비열전(對比列傳)》이다. 테세우스와 로물루스, 알렉산드로스와 카이사르, 데모스테네스·키케로와 같이 그리스와 로마의 정치가로서 서로 유사한 점이 있는 인물들을 대비해 가면서 서술했다. 23조(組), 즉 46명의 인물들의 대비적인 전기이며 각 조의 끝에는 원칙적으로 그 두 인물의 비교평론이 서술되었으며, 이 밖에 4명의 전기가 별도로 실려 있다.

없어진 부분도 있는 것으로 추정된다. 위인들의 훌륭한 언행은 물론, 사악한 인물들의 행동에서도 역설적인 의미에서 독자들에게 윤리적 덕성을 가르칠 수 있다고 생각한 저자가 이 작품에서 의도한 바는 정확한 역사가 아니라 '대사업이나 투쟁의 기술은 타인에게 맡기고, 각 인물들의 마음의 특징에 입각해서 그들의 생활을 묘사하는 것'이었다.

당시 대표적인 문화인으로서 폭넓은 지식을 동원하여 고금의 서적으로부터 민간에 전해 내려오는 이야기에 이르기까지 모든 자료를 구사하여 대상 인물의 일생을 표리 양면으로 부각시켜 서술하였다.

근대에 프랑스의 자크 아미요의 완역에 의하여 널리 보급되어 고전 연구의 입문서 역할을 하였고, 셰익스피어·괴테·나폴레옹에 큰 영향을 끼쳤다.

레스와의 언쟁을 벌일 때, 그를 때리려고 곤봉을 치켜들었는데 그러자 테미스토텔레스는 검을 뽑아들었다."라고는 쓰여 있지 않다. 그러기는커녕 "테미스토텔레스는, '때리십시오. 하지만 제 말도 좀 들어보십시오.' 라고 말했다."라고 쓰여 있다. 여기에 덧붙여서 "아테네의 장교단은 곧, '앞으로는 테미스토텔레스와 같은 사람 밑에서 일할 수는 없다.' 라는 성명을 냈다."는 보고가 실려 있지 않은 것을 보고 '체면 있는' 독자들은 틀림없이 불만을 품었을 것이다. 하지만 근대 프랑스의 한 문필자가 "데모스테네스는 체면을 중히 여기는 사람이었다고 말하는 사람이 있다면 웃음거리가 될 것이다. 키케로 역시 체면을 중히 여기는 사람이 아니었다."라고 말했는데 참으로 옳은 말이다. 그리고 플라톤에게 가해진 학대에 관한 건을 보더라도 이러한 일들에 대해서 고대 사람들은 기사적인 명예 문제와 같은 것은 전혀 알지 못했다는 사실을 충분히 엿볼 수 있다. 소크라테스는 끊임없이 논쟁을 했기 때문에 폭행을 당하는 경우가 종종 있었지만 아무렇지도 않게 그것을 견뎌냈다. 한번은 선 채로 가만히 참고 있었다. 그리고 그런 모습을 이상히 여기는 사람들에게 "당나귀에게 맞았다고 해서 과연 내가 그 당나귀를 고소하겠는가?"라고 말했다. 그리고 한번은 어떤 사람이 소크라테스에게 "저 사람은 당신을 욕하고 모욕을 주고 있질 않은가?"라고 말했더니 "아닐세. 저 사람이 하는 말은 하나도 내게 해당하지 않으니 말일세."라고 대답했다. 스토바이오스는 무소니우스[†]의 긴 문장을 우리에게 남겨주었는데 그것을 보면 고대인이 명예훼손에 대해서 어떻게 생각하고 있었는지를 알 수 있다. 고대인은 재판에 의한 보상 이외의 다른 보상은 알지도 못했다. 그리고 현명한 사람들은 재판에 의한 보상조차도 탐탁지 않게 여겼다. 고대인이 구타에 대해서 재판에 의한 보상밖에 알지 못했다는 사실은 플라톤의 『고르기아스』 편을 보면 확실하게 알 수 있다. 거기에는 이것에 대한 소크라테스의 의견도 적혀 있다. 루키우스 웨라티우스라는 사내에 대한 겔리우스[††]의 기록에도 같은 사실이 명백하게 나타나 있다. 루키우스 웨라티우스는 거리에서 지나가는 로마 시민을 아무런 이유도 없이 구타하는 장난을 했다. 그로 인해 일어나는 분쟁을 피하기 위해서 동화를 가득 담은 자루를 노예에게 들려서 따라오게 했다. 노예는 이 불의의 일격을 당한 사람들에게 그 자리에서

[†] **무소니우스** : 기원전 1세기경의 스토아 학파 철학자로 에픽테토스의 스승.

[††] **겔리우스 Aulus Gellius, 123?~165?** : 고대 로마의 수필가.
그의 전기(傳記)는 분명하지 않으나, 아테네에서는 학문 · 예술의 보호자였던 헤로데스 아티쿠스 등과 친교를 맺었다. 귀국 후에는 민사소송의 사법관이 되어 법률업무에 종사하면서도 연구와 집필을 계속하였다.
그가 유명해진 것은, 아테네에 있을 때 수필집의 자료를 수집하고 이에 따라 집필하기 시작했던 《아티카 야화 Noctes Atticae》 때문이다. 이는 독서나 전문한 바에 따라 법률 · 언어 · 문법 · 역사 · 전기 · 문헌비판 등 여러 가지 문제를 다룬 것으로, 특히 흩어져 없어진 그리스 · 로마의 원전에서 인용한 것이 많아, 예로부터 많은 작가들이 전거(典據)로 삼았다. 모두 20권이었는데 8권이 없어지고 12권이 현존한다.

25아스라는 법정 위자료를 지불했다. 금욕주의인 키닉 학파^{†††}의 유명한 클라테스는 음악가인 니코드로모스에게 심하게 구타를 당해 얼굴이 붓고 피가 나왔다. 그러자 클라테스는 "니코드로모스가 한 일이다."라고 적은 조그만 판을 이마에 붙였다. 그래서 아테네의 모든 시가 자애로운 아버지로 떠받들던 사람에게 그렇게 잔혹한 짓을 한 허풍쟁이 니코드로모스는 명예에 심각한 상처를 입게 되었다. 시노페의 디오게네스^{††††}는 심하게 취한 아테네 시민들에

---

††† **키니코스학파 Cynics : 키닉학파라고도 한다.**
소크라테스의 제자 안티스테네스가 창설한 고대 그리스 철학의 학파로, 견유학파(犬儒學派)·시니시즘이라고도 한다.

이 파 사람들은 소크라테스의 극기적인 철학의 일면을 계승하여 덕만 있으면 족하다 하여 정신적·육체적인 단련을 중요시하였으며, 쾌락을 멀리하고 단순하고 간소한 생활을 추구하였다. 일반적으로 자족자제, 개인의 도덕적 책임과 의지의 우월성을 존중하였으며, 권력이나 세속적인 일에 속박되지 않는 자유를 원하였고, 세계시민으로 자칭하여 헬레니즘 세계로 설교여행을 다니기도 하였다.

키니코스라고 부르게 된 것은 안티스테네스가 교편을 잡았던 학교가 아테네 교외의 키노사르게스에 있었기 때문이라는 설도 있으나, 그보다는 시노페의 디오게네스(BC 412?~BC 323)로 대표되는 '개와 같은 생활(kynicos bios)'에서 유래한 듯싶다. 가진 것이라곤 남루한 옷과 지팡이, 목에 거는 수도사의 주머니밖에 없으며, 나무통을 집으로 삼아 살아가는 거지 철학자는 스스로 '개와 같은 디오게네스'라고 이름하였다. '아무것도 필요로 하지 않는 것이 신의 특징이며, 필요한 것이 적을수록 신에 가까운 자유로운 인간'이라는 것이 그들의 입버릇이었다.

이 학파의 생활방식은 나중에 스토아학파 등에도 영향을 주었다. 이 학파는 BC 3세기경에 융성하였고 그 이후에는 쇠퇴하였으나 로마제국이 도덕적으로 타락하였던 1세기경에 다시 융성하였다. 루키아누스(Lucianus)는 키니코스학파 사람들의 거지와 같은 생활 태도나 무교양을 비판하였다.

†††† **디오게네스 : BC 412?~BC 323.** 키닉 학파의 철학자로 나무통 속에서 생활했다.

게 맞은 일에 대해서 메레시포스에게 보낸 편지를 남겼는데, 이는 대단한 문제가 아니라고 적었다. 세네카는 『현자의 의연한 부동不動에 관하여』라는 저서 마지막 부분에서 모욕에 대해 자세하게 고찰하고 현자는 모욕을 문제 삼지 않는다는 것을 밝히려고 했다. 그 책 14장에서 "하지만 주먹으로 맞았다면 현자는 어떻게 해야 할 것인가? 카토가 얼굴을 맞았을 때 취한 태도를 취해야 할 것이다. 카토는 화를 내지 않았다. 모욕에 대해서 복수도 하지 않았다. 모욕을 용서하지도 않았다. 그는 단지 '모욕 같은 것은 전혀 없었다.' 라고 단언했던 것이다."라고 말했다.

'그건 당연하다. 그런 사람들은 현자였으니까.' 라고 여러분은 외칠 것이다. 그렇다면 여러분은 스스로 어리석은 자라고 외치는 꼴이 되는 것이다. 그렇다. 참으로 지당한 말씀이다.

그렇기 때문에 고대인들은 무슨 일에 있어서나 공정하고 자연스러운 견해에 언제까지고 충실했으며, 따라서 이처럼 무시무시한 형상을 한, 구제하기 어려운 찡그린 얼굴은 납득을 할 수 없었기 때문에 애초부터 기사적인 명예의 원리 같은 것은 전혀 알지 못했다. 그래서 고대인들은 얼굴을 맞아도 그것은 단지 그것일 뿐인 일, 즉 사소한 신체적 침해라고 생각할 뿐, 그 이외의 의미로 생각지 않았다. 그런데 근대인에게 있어서 얼굴을 맞는다는 일은 매우 중대한 일이 되었으며, 비극의 소재가 되기도 했다. 예를 들어 코르네유의 『루 시드』에서도 볼 수 있으며, 또한 최근의 어떤 독일 시민 비극에서도 보여지고 있다. 이 시민 비극은 『경우의 힘』이라는 것인데 『편견의 힘』이라고 제목을 붙여야 할 것 같다. 하물며 파리의 국민의회에서 구타 사건이라도 일어난다면 전 유럽이 떠들썩해지는 것이다. 그런데 위에서 예로 든 고대의 고전적인 생각들이나 인용에 거북함을 느꼈을 것임에 틀림없을 '체면 있는' 분들은 해독제로서 디드로[†]의 걸작 『숙명론자 자크와 그의 주인』을 펼쳐, 근대의 기사적인 명예 존중의 뛰어난 전형으로서 그 속에 등장하는 데그랑 씨의 이야기를 읽고 스스로를 위로하기 바란다.

위의 인용으로 기사적인 명예의 원리가 결코 인간의 본성 자체에 뿌리내린 본원적인 원리일 수 없다는 사실이 매우 명백해졌다. 따라서 이것은 인위적인 원리이며 그 기원을 찾아내기란 그다지 어려운 것이 아니다. 그것은 명백하게 두뇌보다도 완력이 단련되고, 성직자가 이성을 꽁꽁 묶어두고 있었던 시대의 산물, 즉 영예

[†] **디드로 Denis Diderot, 1713.10.5~1784.7.31 : 프랑스의 철학자. 문학자.**
18세기 프랑스의 대표적인 계몽주의 사상가이다. 랑그르와 파리의 예수회 학교에서 초등 교육을 마친 후, 파리대학교에서 인문학·철학 등을 고학으로 전공했다. 1745년경부터 철학적인 저서를 쓰기 시작했다. 1746년경 어떤 출판업자가 영국의 W.체임버스 백과사전의 프랑스어 번역을 그에게 의뢰하였는데, 이때 그는 새로운 《백과전서 Encyclopedie》를 출판할 것을 제안하고 이에 착수하였다. 그 내용은 종교·교회의 비판, 중세적 편견의 타파, 전제정치의 비판 등을 반영한 것이어서 도중에 수많은 탄압과 발행정지 명령을 받았으며, 1759년 이후에는 비밀리에 편집·인쇄를 실시하기도 하였다. 그는 생애의 대부분을 이 사업에 바쳤다.

로운 중세시대와 중세 기사도의 산물이다. 즉 당시 사람들은 스스로 신에게 은혜를 입고 있었을 뿐만 아니라 신의 재판까지도 받고 있었다. 따라서 귀찮은 법률사건은 신의 판결에 의해서 결정되었다. 그런데 신의 판결이란 약간의 예외를 제외한다면 결투를 의미하는 것이었다. 결투는 결코 기사들만의 전유물이 아니었으며 시민들 사이에서도 행해졌다. 셰익스피어의 『헨리 6세』에서 볼 수 있는 적당한 예에서도 이 사실이 입증되었을 뿐만 아니라 재판관의 판결이 어떤 것이든 간에 그 후에 더욱 상급심인 결투, 즉 신의 심판에 언제라도 호소할 수 있었다. 따라서 결국에는 체력과 몸의 민첩함, 즉 인간의 동물적인 자연성이 이성을 대신해서 재판관의 위치에 올랐으며, 그랬기 때문에 법인지 불법인지, 공정인지 불공정인지를 결정하는 것은 사람이 저지른 행위가 아니라 사람이 우연히 마주치게 된 일이었다. 이것이야말로 지금도 행해지고 있는 기사적인 명예의 원리와 조금도 다를 바가 없는 것이다. 결투라는 제도의 이러한 기원이 아직도 의심스럽다면 J. G. 메링겐의 『결투사』(1849년)를 읽어보기 바란다. 뿐만 아니라 아직도 기사적인 명예의 원리에 영향을 받고 있는 사람들은, 일반적으로 가장 교양이 있는 사색적인 사람이 아니기 때문에 결투의 결과를 보고 정말로 신이 그 결투의 원인인 투쟁을 재판하신 것이라고 착각하기도 한다. 그것이 전통적으로, 대대로 전해내려오는 의견에 의한 것이라는 사실은 물론 말할 필요도 없다.

기사적인 명예의 원리의 이러한 기원은 차치하고라도 이 원리가 의도하는 바는, 우선 참된 존경을 얻는 것을 귀찮아하거나 무용지물로 여기는 경우에 육체적인 힘으로 협박하여 이러한 존경을 할 수 없이 외형적으로 표명하게 만들려고 하는 것이다. 말하자면 온도계의 수은을 손으로 따뜻하게 해서 수은이 올라가는 것을 보여주고, 내 방은 난방을 충분하게 하고 있다고 말하는 것과 같은 것이다. 자세하게 고찰해보자면 문제의 핵심은 다음과 같은 것이 된다. 즉 시민적 명예가 타인과의 평화로운 관계를 시야에 넣기 위해 우리가 그 누구의 권리라도 무조건 존중하는 인간으로서 완전한 신뢰를 받을 자격이 있다는 사실을 상대에게 심어주는 것을 주안점으로 삼는 데 반해 기사적인 명예는 우리가 자신의 권리를 절대로 지키겠다고 결심한다면 마땅히 매우 두려워해야 할 인간이라는 사실을 상대에게 심어주어야 한다는 것을 주안점으로 삼고 있다. 각자가 자신을 방어하고 자신의 권리를 자력으로 지켜야만 하는 자연 상태에 생존하고 있는 것이라면 인간의 정의나 공정함은 그다지 의지할 만한 것이 되지 못하니 신뢰를 받기보다는 두려움을 심어주는 것이 중요하다는 원리는 그다지 틀린 것도 아니다. 하지만 이 원리는 국가가 우리의 신체적 재산에 대한 보호를 맡고 있는 문명의 상태에서는 더는 적용할 길이 없으며, 완력권 시대의 요새나 망루와 같이, 윤기 있게 개간된 밭이나 인마가 끊임없이 오가는 국도나 철도 사이사이에 아무 짝에도 쓸모 없이 쓸쓸하게 서 있을 뿐이다. 따라서 이 원리를 고수하는 기사적인 명예가 열을 올리며 제시하는 인신人身에 대한 침해도 무척 하찮은 모욕이거나 때로는 단순히 비웃음거리밖에 되지 않는 정도에 지나지 않기 때문에 국가로서는 매우 가볍게 벌하거나 '법률은 사소한 일을 취급하지 않는다.'는 원칙에 따라 전혀 벌하지 않는 정도의 침해에 지나지 않는 것이 그 실상이다. 하지만 인신에 대한 침해라는 일에 대해서는 기사적인 명예가 점점 형태를 갖추게 되어 인간의 본성, 성질, 선천적인 성질과는 전혀 어울리지 않을 정도로 인신에 대한 가치를 지나치게 높이 평가하여, 신성의 영역으로까지 끌어올렸고 따라서 국가의 경미한 처치로는 도저히 만족할 수 없기 때문에 이것에 대한 처벌을 스스로 맡기에 이르렀다. 그리고 그 처벌이라는 것은 반드시 모욕을 한 사람의 신체·생명에까지 영향을 주게 마련이다. 그 근저에는 명백하게 인간으로서의 신분도 완전히 잊은, 인간의 절대 불가침과 거기에 완전무결함을 주장하는 가장 극단적인 착각과 무례하기 그지없는 오만함이 깃들어 있다. 하지만 이 착각과 오만함을 끝까지 밀고 나가겠다는 결심을 품고 그것에 따라서 '나를 욕하거나 구타를 하는 녀석은 죽음이다.'라는 등의 자신의 분에 넘치는 원리를 공언하는 자는 사실 한시라도 빨리 그것만으로도 외

국으로 추방을 해버려야만 한다.†

사실 이러한 불손한 착각을 뜯어고치기 위해 여러 가지 방법이 실행되고 있다. 두 사람 모두 완고한 인간인 경우 어느 쪽도 지려들지 않기 때문에 매우 사소한 사고에서 매도나 비난, 그리고 폭력으로, 결국에는 죽음으로 발전하는 것은 필연적인 일이며 따라서 풍기 단속상 중간 단계는 생략하고 처음부터 무기를 사용하는 편이 낫다고 주장하는 사람들이 있다. 이 생각을 바탕으로 이런 경우의 세세한 절차를 규칙화하여 엄숙하고 확고한 제도로 만들어놓았

---

† **(원주)** 기사적인 명예는 착각과 어리석음의 산물이다. (이 기사적인 명예에 대해서 이것과 반대가 되는 주장을 가장 명확하게 표명한 것은 『의연한 왕자』(스페인의 문인 칼데론의 희곡명. 칼데론은 1600 ~ 1681년. 120편의 희곡이 있다.)의 "이것이야말로 남자의 조상 아담이 남겨준 유산이다."라는 말이다.) 이 최고급의 착각이 신자들에게 가장 커다란 겸허를 의무로 가르치는 종교에 속한 사람들 사이에서만 한정적으로 보인다는 것은 고대에도, 다른 대륙에서도 이와 같은 기사적인 명예의 원리가 없는 만큼 더욱 눈에 띄는 사실이기는 하지만 이 원리는 종교에 귀속되어져야 할 것이 아니며 봉건제도에 귀속되어져야 할 것이다. 봉건제도에 있어서는 각 귀족이 스스로 소주권자(小主權者)라는 생각으로 자기 위에 재판관이라는 인간이 있다는 사실을 인정하지 않았고, 따라서 자신의 신체에 완전한 불가침과 신성을 인정하게 되었기 때문에 자신의 일신을 침해하려고 하는 모든 계획, 따라서 모든 구타나 매도·비난이 죽음에 값하는 죄라고 생각하게 되었다. 그렇기 때문에 명예의 원리와 결투는, 처음에는 귀족들만의 문제였으나 그것에 따라서 후대에는 사관인 군인들의 문제가 되었고, 그보다 더욱 후에는 다른 상류계급도, 결코 전부가 다 그랬던 것은 아니지만, 군인과 같은 명예를 갖고 싶은 마음에서 때때로 군인들 사이에 끼어들게 되었다. 결투는 신의 재판에서 시작된 것이기는 하지만 신의 재판은 명예의 원리의 근거가 아니라 명예의 원리에서 발생한 결과이며 그것의 응용인 것이다. 즉, 심판자의 존재를 인정하지 않는 자는 심판자인 신에게 호소하는 것이다. 신의 재판 자체는 기독교 특유의 것이 아니라 힌두교에서도 널리 인정을 받고 있다. 단, 대부분은 고대의 일이지만 아직도 그 흔적을 찾아볼 수 있다.

는데 이 제도야말로 가장 점잖은 것처럼 보이는 신파극으로 참으로 어리석기 그지없는 것이다. 그런데 이 근원 원칙 자체가 잘못되어 있다. 사건이 사소한 경우(사건이 중대한 경우에는 반드시 재판소에 판결을 맡긴다.), 완고한 두 사람 중 한쪽, 즉 영리한 사람이 양보를 할 것은 말할 필요도 없는 사실이다. 단순한 타인의 생각은 그대로 내버려두는 것이 보통이다. 이 사실을 여실히 증명하고 있는 것이 민중이다. 아니, 실은 기사적인 명예의 원리를 신봉하고 있지 않은 모든 계급이다. 따라서 이런 계급 사이에서는 싸움이라는 것에 자연스러운 경로가 있다. 그들 사이에서는, 국민 전체의 대략 천 분의 일 정도에도 미치지 못하는 이 원리의 신봉자들에 비해도 죽음에 이르는 빈도는 백 분의 일 정도에 지나지 않을 것이며, 서로 폭력을 사용하는 일조차도 매우 보기 드문 일일 것이다. 또한 사회의 미풍양속은 이 명예의 원리와 그것에 기반을 두고 있는 결투를 그 궁극적인 근본 지주로 삼고 있는 것으로 결투는 난폭함과 무례함에서 발생하는 돌발 사건을 막아주는 방패라고 주장하는 자도 있다. 하지만 아테네와 코린트와 로마에서는 훌륭한 사회, 그것도 진정으로 훌륭한 사회를 볼 수 있으며 또한 미풍양속도 볼 수 있다는 사실은 말할 필요도 없다. 그렇다고 해서 그 배후에 이 기사적 명예라는 괴물이 숨어 있었던 것은 아니다. 한편, 현재의 유럽과는 달리 여자가 사회의 주도권을 쥐고 있지는 않았다. 여자가 사회의 주도권을 쥐게 되면 무엇보다도 먼저 말이 경박해져서 알맹이가 있는 이야기는 완전히 추방되어버리고 말 것이다. 그리고 오늘날의 상류사회에서는 개인적인 용기가 다른 모든 성질보다도 우위를 점하고 있는데 이것도 틀림없이 여자의 주도권에서 생겨난 결과라는 사실 역시 이론의 여지가 없을 것이다. 하지만 개인적인 용기라는 것은 결국 지극히 낮은 덕목으로, 그저 하사관에게나 어울리는 덕목인 것이다. 이 덕목에 있어서는 동물들이 우리들보다 뛰어나다. 그렇기 때문에 실제로 '사자와 같은 용맹심'이라고 말하는 것이다. 그리고 앞서 펼친 주장과는 반대로 기사적인 명예의 원리는 종종 크게는 부실함과 사악함이, 작게는 무례함과 방약무인과 야비함이 안주하는 곳이 되곤 한다. 그것은 귀찮기 그지없는 무례함 등을 책망하기 위해서 자신의 목을 내거는 취흥자도 없을 뿐만 아니라 그러한 무례함의 대부분이 암묵 중에 용서받고 있기 때문이다. 위의 설명을 증거하기라도 하듯, 정치적 · 재정적인 방면에서 참된 명예를 존중하는 마음이 부족해 보이는 국민들 사이에서는 오히려 결투가 활발하게 진행되고 있으며, 피에 굶주린 듯한 진지함을 보이며 행해지고 있다. 이러한 국민들의 사적인 관계에 있어서의 명예 존중이 어떤 상태에 있는지는 그것을 실제로 경험한 인간에게 물어보면 알 수 있을 것이다. 그러한 국민들의 화려한 도시 생활이나 사회적 교양은 나쁜 의미의 전형으로서 예전부터 유명했다.

따라서 이러한 방법들은 모두 기초가 튼튼하지 못하다. 개를 보고 소리치면 개는 우리를 보고 짖으며, 몸을 쓰다듬으면 개도 우리에게 몸을 비벼오는데 인간의 본성은 적의를 품은 행동에 대해서는 적의를 가지고 대응하며, 경멸과 증오를 노골적으로 드러내면 화를 내고 분개하는 법이라는 점을 강조하는 편이 정확할 것이다. 따라서 오래 전에 키케로는 "매도라는 것은 분별력이 있고 명예를 중히 여기는 사람들에게 가장 견디기 어려운 일종의 가시를 남기는 것이다."라고 말했다. 사실 세계 어느 곳에도 (약간의 경건한 종파는 별개로 하고) 매도, 비난과 구타를 아무렇지도 않게 참아 넘기는 곳은 없다. 하지만 인간의 자연스러운 본성은 피해에 대해서 그에 어울리는 보복을 원하기는 하지만 그 이상의 것은 절대로 바라지 않는다. 거짓말을 했다거나, 멍청하다거나, 비겁하다거나 하는 비난을 죽음으로써 벌하지는 않는다. 그렇다면 "구타에는 비수로 답하라."라는 고대 독일의 원칙은 실로 불쾌하기 짝이 없는 기사적 미신이다. 하지만 모욕에 대한 복수나 보복은 어디까지나 분노에 관한 문제이지 결코 기사적인 명예의 원리에 따라서 이야기되어지는 명예나 의무에 관한 문제는 아니다. 오히려 비난이라는 것은 그것이 과연 얼마나 사실에 가까운가에 따라서 그 사실에 해당하는 정도밖에 상대를 침해하지 못하는 것이라는 사실은 전혀 의심의 여지가 없다. 아주 가볍게 암시한 것이라 할지라도 그것이 사실이라면, 제아무리 중대한 사실무근의 탄핵보다도 훨씬 더 심각한 타격이 된다는 사실로 이를 명백히 알 수 있다. 따라서 비난이 정확하지 않다는 사실을 진정으로 자각한 사람은 비난을 아무렇지도 않게 무시하는 것이 당연하며, 또한 실제로도 무시할 것이다. 그런데 명예의 원리는 이러한 사람들조차 전혀 가지고 있지 않은 감수성을 발휘하여 타격이 되지도 않을 모욕에 대해 피비린내 나는 복수를 해야 한다는 것이다. 그리고 자신의 가치에 흠집을 내려고 하는 타인의 진술을 성급하게 덮어버려 그것이 사람들의 귀에 들어가지 않도록 하는 것은 자신의 가치에 자신이 없다는 증거이다. 따라서 매도를 당해도, 진정으로 자신을 중히 여기고 있다면 전혀 아무렇지도 않을 것이며, 또한 자신을 중히 여기는 마음이 없어서 전혀 아무렇지도 않게 있을 수 없는 경우라 할지라도 지혜와 교양이 있다면 어쨌든 평상심을 가장하여 분노를 숨길 것이다. 따라서 우선 기사적인 명예의 원리라는 미신에서 탈피하고, 그 결과 매도로 타인의 명예를 얼마간 손상시키거나 자신의 명예에 얼마간이라도 득을 볼 수 있게 할 수 있다는 등의 사실을 맹신하는 자가 사라지고, 스스로 보상을 받으려고 하는 태도, 즉 그를 위해서 서로 폭력을 휘두름으로써 어떠한 부정, 난폭함, 폭행도 곧 합법화되어 버리는 일만 사라진다면 사람에게 모욕을 주거나, 비난을 할 때는 이 싸움에서 진 자가 사실은 승자이며, 이탈리아의 시인 몬티가 말한 것처럼 명예훼손은 반드시 출발점으로 돌아오는 교회의 행렬, 행진과 같은 것이라는 사실을 일반인도 곧 깨닫게 될 것이다. 따라서 그렇게 된다면 깨달음과 분별이 지금과는 전혀 다른 형식으로 나타나게 될 것이다. 현재는 깨달음과 분별이 그저 모습을 나타내는 것만으로도 저열함과 우둔함에 커다란 공황을 가져다주어 분노를 사게 되기 때문에 깨달음과 분별은 저열함과 우둔함의 측면에는 어떤 형태로든 싫어하는 마음을 품게 하여 깨달음과 분별이 깃들어 있는 두뇌가 저열함과 우둔함이 자리잡고 있는 얄팍한 두개골과 맞붙게 되는 결과가 되지나 않을까 하는 일을 무엇보다도 먼저 고려해야만 한다. 따라서 세상이 앞서 기술한 것처럼 된다면 육체적인 우월함과 가볍게 포장한 병사와도 같은 만용이 지금의 시대에서 점하고 있는 엄연한 우위를 정신적인 우월이 자신에게 어울리는 것으로서 사회 속에서 점하게 될 것이다. 그 결과로 가장 우수한 인간들이 사회에서 물러나야만 하는 이유가 지금보다 적어도 한 가지는 줄어들게 될 것이다. 따라서 이러한 변화가 일어난다면 참된 미풍양속이 찾아올 것이며, 아테네와 코린트에 있었을 것으로 생각되는 참으로 선한 사회가 실현될 가능성이 부여될 것이다. 이런 사회를 한 번 보고 싶다고 생각하는 사람에게는 크세노폰†의 『향연』을 읽어볼 것을 권한다.

한편 기사적 법전에 대한 최후의 변호는 언제나 '아니, 그렇게 되면 누구라도 타인을 구타해도 상관없이 되어버리지 않는가?' 라는 말일 것이다. 이에 대해서 나는 '기사적 법전을 승인하지 않는 사회의 1,000분의 999까지는 이러한 구타가 빈번하게 발생했다. 하지만 누구 하나 그것 때문에 죽은 자는 없다. 이에 반해서 기사적 법전을 신봉하는 자들 사이에서 구타는 치명적인 구타가 되는 것이 일반적이다.' 라는 한마디로 대답을 해도 좋겠지만 이것을 조금 더 자세하게 이야기해보도록 하겠다. 구타는 두려운 것이라는 확신이 인간 사회의 일부 인간들 사이에서는 흔들림 없는 확신이 되어 있기 때문에 나는 이 확신을 뒷받침할 만한 확고한, 혹은 적

† **크세노폰 Xenophon, BC 430?~BC 355? : 그리스의 군인, 역사가.**
아테네의 훌륭한 가문에서 태어나 일찍이 소크라테스 문하생이 되었으나, 스승이 가르치는 깊은 진리는 이해하지 못하였던 것 같다. BC 399년 소크라테스가 처형되고, 제자들은 아테네에서 뿔뿔이 흩어졌다. 그도 소아시아에서 스파르타왕 아게실라오스와 친교를 맺게 되고, 코로네아 전투에서는 스파르타군의 일원으로 참가하여 조국을 배반하게 되었다. 이 때문에 그는 조국에서 추방이 선고되었다. 그러나 스파르타는 그에게 보상으로 올림피아에 가까운 스킬루스에 넓은 영지를 주었다. 여기서 그는 저술에 전념할 수 있게 되었다. 이곳에서의 그의 생활은 《가정론》, 《수렵론》, 《마술(馬術)》 등의 소품에도 잘 나타나 있다.
크세노폰의 작품은 일찍부터 아티카 산문의 모범으로 존중되었기 때문에, 그의 전 작품이 남아 있다. 《아나바시스》 외의 중요한 것으로는 《소크라테스의 추억》이 있다. 이 책은 스승의 추상기이지만, 그 속에는 자신의 생각이 상당히 곁들여져 있다. 그의 《그리스 역사》는 투키디데스의 저술의 뒤를 이은 BC 411~BC 362년의 그리스 역사이다. 단 그의 필치는 선배에게는 미치지 못하였으며 또한 종종 공정치 못하여 그의 마음은 스파르타 측에 가담하고 있다. 《키루스의 교육》은 그 일생의 야심작으로서, 고대 페르시아 제국 건설자 키루스 2세를 주인공으로 한 역사소설이다.

어도 수긍할 수 있을 만한 근거, 즉 단순히 말에 그치는 것이 아니라 명료한 원리로 귀착할 수 있을 만한 근거를 인간의 동물적 본성이나 이성적 본성에서 끄집어내려고 몇 번이고 고생을 해보았지만 헛수고로 그치고 말았다. 구타는 어디까지나 사소한 육체적 재해이다. 이 재해는 그 누구나 다른 사람에 대해서 일으킬 수 있지만 그 사람은 이것으로 인해서 단지 자신이 강하거나 민첩하다는 사실, 혹은 상대가 멍하니 있었다는 사실을 증명할 수 있을 뿐이다. 제아무리 분석을 해보아도 그 이상의 결론은 무엇 하나 나오지 않는다. 다음으로 인간의 손에 의한 구타를 재해 중에서 가장 큰 재해라고 생각하는 기사가, 자신의 말에 채여서 열 배나 더 강렬한 타박을 받아 아픔을 참고 다리를 절름거리면서 "뭐, 그리 대단한 건 아니야."라고 말하며 그 자리에서 떠나는 모습을 본 적이 있었다. 그때 문제는 인간의 손에 있는 것이라고 생각했다. 그런데 바로 그 기사가 인간의 손에 의해서 전투 중에 단검에 찔리거나 군도에 베였으면서 '사소한 일이다. 크게 떠들 정도의 일이 아니다.' 라며 과장되게 자신감을 내보이는 것을 보기도 한다. 다음으로 칼날의 옆부분으로 내려치는 일격은 막대기로 내려치는 일격에 비하면 훨씬 나으며 따라서 최근까지 사관 후보생들은 칼날의 옆부분으로 맞는 일은 있어도 막대기로 맞는 일은 없다는 말을 들은 적이 있다. 심지어 기사의 칭호를 내릴 때 칼날의 옆부분으로 내리치는 의식은 최대의 명예이다. 그렇다면 내가 생각할 수 있는 심리적·도덕적인 근거는 바닥이 드러나버리고 만 것이다. 나는 이 문제를 낡고 전통적인 미신, 즉 인간에게 여러 가지 것들을 그럴 듯한 것으로 믿을 수 있게 할 수 있다는 사실을 나타내는 수많은 사례 중 하나라고 생각하는 것 외에 달리 길이 없다.

중국에서는 대나무 몽둥이로 때리는 것이 매우 평범한 시민적 형벌, 그것도 모든 등급의 관리에 대한 형벌로도 이용되고 있다는 사실은 같은 인간의 본성이 높은 수준으로 개화된 경우에서조차 중국에서는 같은 사고방식을 보이고 있지 않다는 사실로 미루어볼 때, 앞서 설명한 미신설을 뒷받침하는 것이라고 말할 수 있을 것이다. 몽둥이로 20, 30대 정도 엉덩이를 때리는 일은, 중국에서는 흔히 있는 일이다. 이것은 아버지로서 집안의 기강을 세우기 위한 것이었는데 모욕적인 요소는 전혀 포함되어 있지 않았고 감사하는 마음으로 받아들여졌다. (『유익하고 흥미로운 편지』제2권, 1819년판.) 뿐만 아니라 인간의 본성을 공정한 눈으로 바라보면, 야수에게 있어서는 물어뜯는 것이 자연스러운 일이며 뿔이 달린 짐승에게는 뿔로 받는 것이 자연스러운 일인 것과 마찬가지로 인간에게는 때리는 것이 자연스러운 일이라는 사실을 알 수 있다. 인간은 때리는 동물인 것이다. 따라서 흔치 않은 일이기는 하지만 어떤 사람이 다른 사람을 깨물었다는 말을 들으면 화가 나는 것이다. 이에 반해서 어떤 사람이 구타를 했다거나 당했다는 사실은 자연스러운, 흔히 있을 법한 일이다. 교양 있는 사람들이 서로의 자제력으로 이러한 일로부터도 벗어나려고 하는 마음은 쉽게 설명할 수 있지만, 국민 전체에 대해서는 물론 한 계급에 대해서라도 구타라는 것이 살해나 박멸을 필연적으로 수반할 정도로 무시무시한 불행이라고 생각하게 하는 것은 잔혹한 짓이다. 이 세상에는 참된 해악이 지나칠 정도로 많기 때문에 이를 불러일으키는 가공의 해악을 새로이 늘려나가는 것과 같은 어처구니없는 짓을 해서는 안 된다. 그런데도 이 어리석고 악한 미신은 이 어처구니없는 짓을 굳이 하고 있는 것이다. 따라서 나는 정부와 입법단체가 문인과 무인에게 모든 구타형을 철폐해야 한다는 사실을 열심히 주장하는 것은 이 미신을 후원하고 있는 것과 같은 것이기 때문에 도무지 찬성을 할 수가 없다. 정부와 입법단체는 그렇게 하는 것이 인도적인 처사라고 생각하고 있지만 사실은 그와 정반대로 오히려 그렇게 함으로써 이미 수많은 희생자를 낸 이 제어할 수 없는 반자연적인 미신을 더욱 확고하게 하는 것이다. 가장 중대한 범죄를 제외한 모든 범죄에 대해서 사람의 마음속에 가장 먼저 떠오르는 자연스러운 형벌은 구타이다. 도리에 대한 자각이 없었던 사람은 구타에 대해서는 두려움을 가지고 있을 것이다. 재산이 없기 때문에 재산형을 가할 수 없는 사람과 본인의 일이 중요하기 때문에 자유형에 처하면 오히려 국가의 손실이 되는 사람들을 적당한 구타형에 처하는 것은 공정할 뿐만 아니라 자연스러운 것이기도 하다. 그리고 이것에 반대할 만한 이유는 전혀 거론되고 있지도 않으며, 거론되고 있는 것은 '인간의 존엄'에 대한 공허한 말들뿐인데 이 말들 또한 명료한 개념에 바탕을 두고 있는 것이 아니라 앞서 기술한 바 있는 유해한 미신에 바탕을 두고 있는 것에 지나지 않는다. 이 미신이 이러한 사실의 기초가 되고 있는 것은, 얼마 전까지만 해도 군대에서 구타형 대신 영창형(삼각형으로 자른 나무로 바닥을 깐 영창에 넣었다.)을 사용했었다는 사실로 입증되는데 이와 같은 것은 대부분 어처구니없는 것이다. 영창형도 육체적인 고통을 일으킨다는 점에서 구타형과 전혀 다를 바가 없는데 이것이라면 명예를 침해하여 존엄성을 모독하는 일이 아니라는 것이다.

법률에 의해서 결투를 폐지하려는 노력이 행해지고 있다. 적어도 표면적으로는 이러한 노력을 하고 있는 것처럼 보이지만, 한편으로는 이처럼 앞서 기술한 미신을 장려하면 그것이 다시 기사적인 명예의 원리를 조장하고, 동시에 결투를 조장하는 결과가 되어버린다(정부는 결투를 억압하기에 열심히 노력하고 있는 것처럼 보이지만 사실은, 특히 대학 같은 데서는 억압하기 매우 쉬움에도 불구하고 결과가 바람직하지 않다는 식의 태도를 취하고 있는데 그 참된 원인은 다음과 같은 것이다. 국가는 군인 및 문관의 근무에 대해서 금전적으로 만족스러운 보상을 하지 못한다. 따라서 봉급의 나머지 절반을 칭호와 제복과 훈장으로 상징되는 명예로써 지불한다. 그런데 근무에 대한 이 관념적인 보상의 주가를 높은 수준에서 유지하기 위해서는 어떻게 해서든 명예심을 함양·강화하고, 어쩔 수 없는 경우에는 조금 지나치게 자극을 하는 것도 필요하다. 그런데 시민적인 명예는 모두에게 공통되는 것이라는 점에서만 보더라도 이 목적을 달성하기에는 불충분한 것이기 때문에 기사적인 명예의 도움을 빌려 앞서 말한 것과 같이 이를 유지하는 것이다. 영국에서는 군인 및 문관의 봉급이 대륙보다도 훨씬 더 비싸기 때문에 앞서 말한 것과 같은 숨막히는 수단을 필요로 하지 않는다. 특히 지난 20년 동안 영국에서는 결투가 거의 흔적을 감췄으며, 지금은 극히 드물게 행해지고 있고 가끔 일어나도 어리석은 행위로서 웃음거리가 되는 것은 전부 이러한 이유에서이다. 물론 귀족이나 육해군 장관을 회원으로 다수 보유하고 있는 커다란 조직인 반결투협회가 이것에 기여한 바는 결코 적지가 않다. 이렇게 되면 괴신怪神 모로크(고대 페니키아의 태양신으로 자녀를 산 제물로 요구했다.)라고도 말할 수 있는 기사적인 명예는 산 제물을 얻지 못하고 도망을 칠 수밖에 달리 길이 없을 것이다. 사실 그 결과로 예의 완력권의 단편이 가장 조잡한 중세시대부터 19세기까지 영향을 남겼고, 19세기가 되어서도 여전히 제멋대로 날뛰면서 공공연하게 추태를 부리고 있다. 이제 이러한 것은 애초부터 수치스러운 추방에 처해도 좋을 듯한 때이다. 요즘은 개나 닭을 계획적으로 자극하여 싸우게 하는 일조차도 허용되지 않는 시대이다(적어도 영국에서는 이런 종류의 싸움을 시키면 벌을 받는다.). 그런데 인간이 어리석게도 기사적인 명예라는 불합리한 원리를 미신적으로 믿고 이 미신을 옹호하는 완고한 관리자들에 의해 사소한 일에도 싸워야 할 의무가 지워져 원하지도 않으면서 서로에게 치명적인 싸움을 하게 된다. 따라서 나는 우리 독일의 국어 순화론자들에게 '결투', 즉 '두엘' [이 말은 틀림없이 라틴어의 두에름(두 사람의 싸움)에서 온 것이 아니라 스페인어의 두에로, 즉 슬픔, 한탄, 고통에서 왔을 것이다.]이라는 말 대신에 '리테르헤체', 즉 '기사들의 성질 돋우기' 라는 명칭을 제안하는 바이다. 이 어리석은 행사의 엄숙한 진행 방법은 원래 웃음거리밖에 되지 않을 법한 것인데, 이 원리와 그 불합리한 법전이 나라 속의 또 다른 나라를 형성하고 있다는 데는 의분을 금치 못하겠다. 이 나라 속의 또 다른 나라는 완력권 이외의 권리는 승인하지 않고 매우 쉽게 얻을 수 있는 동기를 붙들어 누구나 그 어떤 사람이라도 소환해서 생사를 건 재판을 자신과 상대 사이에 발동시키는 앞잡이 노릇을 할 수 있는 신성비밀재판을 개방하여 이 나라 속의 또 다른 나라에 복종하는 계급을 폭군적으로 지배하고 있다. 한편, 제아무리 혐오스럽고 극악무도

한 인간이라도 자신이 이 계급의 어딘가에 속해 있기만 하다면 그로서는 필연적으로 밉살맞은 녀석이라고 생각할 수밖에 없는 고결하고 선량한 인간에게, 그가 제아무리 고결하고 선량한 인간이라 할지라도 그에게 겁을 주고 심지어는 그를 죽일 수 있다는 것은 이 비밀재판이 그가 몸을 숨기기 위한 절호의 장소가 되기 때문이라는 사실은 말할 필요도 없다. 오늘날은 이미 악당이 길 한복판에서 우리들에게 '지갑을 줄 테냐, 목숨을 줄 테냐?'라며 제멋대로 날뛸 수 없는 데까지 사법권과 경찰의 힘이 이르렀으니, 마찬가지로 더 이상 악당이 평화적인 협상 중에 우리에게 '명예냐 목숨이냐?'라고 제멋대로 묻지 못하도록 하는 데까지 건전한 이성의 힘에 의해서 이르게 되어도 좋을 것이라고 생각한다. 그리고 타인이 제멋대로 행해온 무례함과 폭행, 사악함에 대한 책임을 언제, 누가 목숨을 걸고 지게 될지 모르는 데서 오는 불안이 상류 계급 사람들의 마음속에서 제거되어도 좋을 것 같다. 쉽게 끓어오르며 경험이 없는 두 청년이 우연히 언쟁을 벌이게 되면, 그들의 피나 건강, 생명을 놓고 이것을 보상하도록 되어 있는 그런 장치는 그 누구도 용납할 수 없는 커다란 오욕이다. 이 나라 속의 또 다른 나라의 포악함이 얼마나 격렬하고 이 미신의 힘이 얼마나 강한지는 기사적인 명예에 상처를 받았으면서도 모욕한 자의 신분이 너무 높다거나 너무 낮다거나, 혹은 그 인간의 성질이 상대로 삼기에는 어울리지 않기 때문에 명예를 회복할 길이 없어 절망한 끝에 스스로 목숨을 끊는, 희비극적인 최후를 맞이한 인간이 얼마나 많았는가 하는 것으로 측량해볼 수가 있다. 모든 거짓과 불합리한 일이 정점에 달하게 되면 오히려 그것과 모순되는 결과가, 마치 그곳에서 피는 꽃처럼 나타나기 때문에 대부분의 경우 그 허위와 불합리의 가면이 결국은 벗겨지게 되는 법인데 그 모순은 결국 여기서도 매우 이율배반적인 모습으로 나타나고 있다. 즉 사관들은 결투를 하지 못하도록 되어 있지만, 그럼에도 불구하고 막상 결투를 게을리하면 파면이라는 벌을 받게 되는 것이다.

그럼, 어차피 이야기를 시작했으니 이 노골적인 이야기를 조금만 더 계속해보도록 하겠다. 확실하게 편견을 배제하고 고찰해보면 동등한 무기를 가지고 하는 공공연한 싸움으로 적을 쓰러뜨렸는지 아니면 매복을 하고 있다가 암살을 했는지에 대한 구별이 매우 중대하게 취급되고 있으며, 거드름을 피우고 있기는 하지만 이 구별은 앞서도 이야기한 것처럼 이 나라 속의 또 다른 나라가 강자의 권리, 즉 완력권 이외에는 어떠한 권리도 승인하지 않고 이 권리를 떠받들어 신의 재판으로 삼고, 이것을 법전의 기초로 삼아왔다는 사실 위에 서서야 비로소 의미 있는 구별이 되는 것이다. 그 증거로 동등한 무기를 가지고 하는 공공연한 싸움으로 적을 쓰러뜨렸다는 것만으로는 아무래도 자신이 강자이고 더 실력 있다는 사실을 증명하는 것에 불과하기 때문에 공공연한 싸움에서 이겼다는 사실을 통해서 자신의 정당성을 구하기 위해서는 강자의 권리가 진정으로 옳은 권리라는 사실이 전제가 되어 있는 것이다. 그런데 상대방의 방어법이 허술하다는 사실은 내게 상대방을 죽일 수 있는 가능성을 부여하기는 하지만 상대방을 죽여도 좋다는 올바른 권리를 부여하는 것은 아니라는 것이 진상이다. 올바른 권리, 즉 도덕적인 정당성은 상대방의 목숨을 빼앗는 것에 대해서 내가 소유하고 있는 동기에 바탕을 둘 수 밖에 없다. 그런데 이러한 동기

† **루소 Jean-Jacques Rousseau, 1712.6.28~1778.7.2 : 프랑스의 사상가 · 소설가.**
스위스 제네바에서 출생하였다. 가난한 시계공의 아들로 태어나, 어머니가 루소를 낳다가 죽자 아버지에 의해 양육되었다. 10세 때는 아버지마저 집을 나가 숙부에게 맡겨졌으며, 공장의 심부름 따위를 하면서 소년기를 보냈다. 16세 때 제네바를 떠나 청년기를 방랑생활로 보냈는데, 이때 바랑 남작부인을 만나 모자간의 사랑과 이성간의 사랑이 기묘하게 뒤섞인 것 같은 관계를 맺고, 집사로 일하면서 공부할 기회를 얻었다.

서간체 연애소설 《신 엘로이즈 Nouvelle Heloise》, 인간의 자유와 평등을 논한 《민약론 Du Contrat social》, 소설 형식의 교육론 《에밀 Emile》 등의 대작을 차례로 출판하였다. 그러나 《에밀》이 출판되자 파리대학 신학부가 이를 고발, 파리 고등법원은 루소에 대하여 유죄를 논고함과 동시에 체포령을 내려 스위스 · 영국 등으로 도피하였다. 영국에서 흄과 격렬한 논쟁을 일으킨 후, 프랑스로 돌아와 각지를 전전하면서 자전적 작품인 《고백록 Les Confessions》을 집필하였다.

평생 동안 많은 저서를 통하여 지극히 광범위한 문제를 논하였으나, 그의 일관된 주장은 '인간 회복'으로, 인간의 본성을 자연 상태에서 파악하고자 하였다. 그리하여 인간 본래의 모습을 손상시키고 있는 당대의 사회나 문화에 대하여 통렬한 비판을 가하였으며, 그 문제의 제기 방법도 매우 현대적이었다. 한편, 그의 작품 속에 나오는 자아의 고백이나 아름다운 자연묘사는 19세기 프랑스 낭만주의 문학의 선구적 역할을 하였다.

가 실제로 존재하고 그것이 진정으로 충분한 동기가 된다고 가정해보자. 그렇게 되면 상대방이 나보다도 사격이나 격검을 잘하는지 아니면 내가 더 잘하는지에 따라서 새삼스레 일을 결정해야 할 이유는 어디에도 없다. 그렇게 되면 어떤 방법으로 상대의 목숨을 빼앗을 것인지, 뒤에서부터 빼앗을 것인지 정면에서 빼앗을 것인지는 문제가 되지 않는다. 왜냐하면 도덕적으로 봐서 기묘한 꾀에 의해 살해에 응용되는 교활한 자의 권리에 비해서 강자의 권리가 더욱 가치가 있는 것은 아니며 따라서 이 경우 완력권과 동등한 무게는 두뇌권頭腦權에도 있기 때문이다. 뿐만 아니라 격검을 할 때 이용하는 속임수 동작(적을 찌르는 시늉을 하는 동작)도 원래는 전부 기묘한 꾀이니 결투의 경우에도 완력권뿐만 아니라 두뇌권도 허용되고 있다는 사실을 부언해두겠다. 사람의 목숨을 빼앗는 일에 대한 정당성이 여전히 내게 있는 것이라면 이제 와서 새삼스레 상대방과 나의 사격이나 격검 실력으로 일을 결판내려고 한다는 것은 어리석은 짓이다. 그랬다가 만약 상대방이 나보다 실력이 뛰어난 경우에는 이미 상대방으로부터 침해를 받은 데다가 거꾸로 목숨마저 빼앗겨버리게 된다. 모욕에 대한 복수는 결투로 하지말고 암투로 해야만 한다는 것이 루소†의 의견인데 루소는 그의 저서인 『에밀』 제4편에서 매우 수수께끼와도 같은 표현으로 기록한 21번 주 속에서 이 의견을 매우 조심스럽게 암시했다. 하지만 루소는 기사적인 미신에 깊이 사로잡혀 있었기 때문에 거짓말을 했다는 비난을 받는 것만으로도 암투를 벌일 만한 정당한 이유가 되는 것이라고 생각하고 있었다. 하지만 인간이란 누구나 이런 거짓말을 했다는 비난을 받을 자격을 평생을 통해서 몇 번 얻을지 헤아릴 수도 없을 정도이며, 하물며 자신이 그 첫 번째 인물이라는 사실 정도는 루소 자신도 잘 알고 있었을 것이다. 그런데 모욕한 자를 죽여도 좋다는 정당성이 동등한 무기를 가지고 하는 공공연한 싸움에 의해서 주어진다고 하는 편견은 명백하게 완력권을 참으로 올바른 권리로 보고 결투를 신의 재판이라고 보는 것이다. 이에 반해서 이탈리아인은 분노에 타오른 채로 모욕한 자를 그 자리에서 갑자기 칼로 덮치는데 적어도 이 방법은 앞뒤가 들어맞는 자연스러운 방법이다. 즉 이탈리아인들이 결투를 하는 사람들보다 영리한 것으로 그것을 악성惡性이라고 말할 수는 없는 것이다. 내가 결투에서 적을 살해했을 경우 적이 나를 죽이려고 했다는 것으로 나의 입장이 정당화되는 것이라고 주장한다면 그것에 대해서는 내 쪽에서 도전을 하여 적을 긴급 방어의 위치에 놓은 것이라고 말할 수 있을 것이다. 이처럼 서로가 상대를 긴급방어의 위치에 놓는다는 것은 결국 살해에 대한 가장 그럴듯한 구실을 찾으려는 것에 불과한 것이다. 그보다는 차라리 '스스로 일을 즐기는 자에게는 불법이 행해진 것이 아니다.' 라는 원칙에 의한 정당론이 당사자들이 서로의 합의에 의해서 이 승부에 목숨을 걸었다는 의미에서는 더 합당한 것이다. 하지만 이 논의에 대해서는 기사적인 명예의 원리와 그 불합리한 법전의 포악한 전제가 마치 하수인처럼 양 전사, 적어도 한쪽을 이 피비린내 나는 비밀재판에 억지로 끌어낸 것이니 그 '스스로 일을 즐기는 자'라는 말이 옳지 않은 것이라고 말할 수 있을 것이다.

기사적인 명예에 대해서 길게 이야기했는데 특별히 악의가 있어서 그런 것은 아니고 이 세상의 도덕적·지적 괴물에 대항하는 유일한 용자는 철학이기 때문이다. 새로운 시대의 사회 상태를 고대의 사회 상태와 구별하고 새로운 시대의 사회 상태에 어두운 그림자를 드리우고 있는 두 가지 주요한 것이 있다. 그 두 가지가 신시대의 사회 상태에 비통하고, 음울하며, 험악한 색조를 더하고 있는 것에 반해서 고대에는 이러한 색조가 전혀 없이 마치 청춘처럼 명랑하고 천진난만했다. 이 두 가지라는 것은 기사적인 명예의 원리, 그리고 그와 잘 어울리는 화류병이다. 이 두 가지가 서로 손을 잡고 인생의 투쟁과 사랑을 더럽혔다. 즉 화류병은 일반적으로 알려져 있는 것보다도 더욱 넓은 범위에 그 영향을 미치고 있다. 그것은 단순히 육체적인 영향뿐만 아니라 그와 동시에 도덕적인 영향이기 때문이기도 하다. 사랑의 신 아모르의 화살집에 독화살이 섞이기 시작하면서부터 남녀관계에 이질적인, 적의가 담긴, 심지어는 악마적이기까지 한 요소가 섞여들기 시작했다. 그 때문에 남녀 관계에는 음울하고 불안한 의심이 일관되게 흐르고 있다. 그리고 무릇 인간 사회의 토대에서 볼 수 있는 이러한 변화의 간접적인 영향은 많든 적든 간에 다른 사회 관계에도 미치고 있다. 하지만 이것을 여기서 검토하는 것은 너무나도 옆길로 빠져버리는 일이 되어버릴 것이다. 전혀 성질이 다른 것이라고는 하지만 이것과 비슷한 것은 기사적인 명예의 원리, 고대인이 알지 못했던 진지한 신파극이 미치는 영향이다. 가볍게 던진 말이 하나 하나 파헤쳐지고 있으니 그 점만 놓고 보더라도 근대 사회는 고대에 비해서 이 신파극 때문에 어색하고 비통하며 불안한 것이 되어버렸다. 하지만 사태는 거기서 그치는 것이 아니다. 이 원리는 전 지역에 걸쳐 서 있는 괴물이다. 고대의 괴물 미노타우로스†에게는 아테네의 한 나라가 산 제물을 바칠 뿐이었지만, 이 근대의 미노타우로스에게는 유럽

---

† 미노타우로스 Minotauros : 그리스 신화에 나오는 우두인신(牛頭人身)의 괴물. '미노스의 소'라는 뜻. 크레타의 왕 미노스는 해신 포세이돈에 대한 약속을 지키지 않아 그의 노여움을 산 결과, 왕비 파시파에는 해신이 보내온 황소를 사랑한 끝에 머리는 황소이고 몸뚱이는 사람의 모양을 한 괴물 미노타우로스를 낳았다. 그러자 미노스 왕은 건축과 공예의 명장 다이달로스에게 명하여 라비린토스(labyrinthos:迷宮)를 짓게 한 후, 미노타우로스를 그곳에 가두었다.
반인반우의 괴물로 그레타 섬의 미궁에 갇혀서 9년마다 아테네인들이 바치는 7명의 처녀들을 잡아먹었다. 그리스의 영웅 테세우스가 자원하여 이 7명 속에 들어가 결국에는 이 괴물을 퇴치했다.

각국으로부터 해마다 수많은 양가의 자제들이 바쳐지고 있다. 따라서 이제는 고대의 미노타우로스처럼 이 괴물도 과감하게 퇴치할 때가 온 것이다. 부디 앞서 든 두 가지 근대의 괴물이 이 19세기를 기점으로 멸망하기를 바란다. 앞서 열거한 괴물은 의학자들이 예방법을 강구하여 곧 퇴치할 수 있을 것이라는 희망을 버리고 싶지 않다. 두 번째 괴물을 처치하는 것은 사물에 대한 사고를 개선함으로써 이루어야 할 철학자들의 임무인 것이다. 정부가 법률을 개정한다 하더라도 아직까지는 성공할 조짐이 보이지 않으며, 게다가 사물에 대한 사고를 개선하는 방법으로만 비로소 해악의 근본을 잘라낼 수 있기 때문이다. 하지만 만일 정부가 결투를 폐지하기 위해서 진심으로 노력을 하는데도 실제로는 무능하기 때문에 노력이 그다지 결실을 맺지 못하는 것이라면 내게 한 가지 방법이 있다. 내가 제안하는 법률이 성공할 것이라는 사실은 내가 보장한다. 그것도 교수형이나 종신금고라는 살벌한 처치를 하고 않고서. 그것은 오히려 가벼운 이열치열과도 같은 방법이다. 즉 타인과의 결투에 도전장을 내밀거나 청하는 자는 중국식으로 백주에 유치장 앞에서 형리가 곤봉으로 12대 구타를 하고, 결투장을 전달한 사람과 결투에 입회한 사람에게는 6대 구타를 가하는 것이다. 결투가 이미 끝난 결과로 일어난 만일의 결과에 대해서는 일반적인 형사처벌이 있으니 이는 상관없을 것이다. 그런 형벌을 집행한다면 '체면

있는 사람' 중에는 권총으로 자살을 하는 사람이 있을지도 모른다
고 기사적 정신의 지주가 항의할지도 모르겠다. 그에 대해서는 그
런 멍청한 사람은 사람을 죽이기보다는 권총으로 자살을 하는 편
이 나을 것이라고 답을 해두겠다. 하지만 결국 정부가 결투의 폐지
에 적극적으로 나서고 있지 않다는 사실은 나도 잘 알고 있다. 문
관과 군인의 봉급은(최고 지위를 제외한다면) 그들이 하는 일의 가
치에 비해서 너무나도 낮은 수준에 머물러 있다. 따라서 나머지 절
반은 명예로 지불을 하고 있다. 명예는 결국 칭호와 훈장으로 표현
되고 있는데 넓은 의미로는 일반적인 신분적 명예로 표현되고 있
다. 그런데 이 신분적인 명예에 있어서 결투라는 것은 매우 적절하
고 부리기 쉬운 수하인 셈이다. 그렇기 때문에 대학에서부터 결투
에 대한 예비훈련이 행해지는 것이다. 따라서 결투의 희생자들은
자신의 피로 봉급의 부족분을 지불하고 있는 셈이 된다.

덧붙여 민족적인 명예에 대해 말해보자면 이 명예의 항목에는
체면이 완전하게 갖춰지게 된다. 민족적인 명예란 모든 민족에 의

---

† 유피테르 Jupiter : 로마 신화의 최고신.
'주피터'는 영어 발음이다. 원래는 천공(天空)의 신이며, 그리스신화의 제우스에 해당한다. 온
갖 기상 현상을 지배하며, 비와 폭풍과 천둥을 일으키는 신이다. 로마에서는 예로부터 카피톨
리노언덕 위에 유피테르의 큰 신전이 건립되어 있어, 집정관(콘술)이 취임하면 우선 이 신전에
참배하였으며 또 원정에서 돌아온 장군의 개선행렬도 이 신전으로 향하는 것이 관례로 되어 있
었다.

해 이루어지는 공동체의 일부로서의 한 민족 전체에게 주어지는 명예를 말한다. 모든 민족으로 이루어지는 공동체에는 이른바 무력의 법정 이외에는 아무런 법정도 없으며 따라서 공동체의 각 성원, 즉 민족이 스스로 자신의 권리를 지켜야만 하기 때문에 한 민족의 명예는 신용할 수 있는 민족이라는 평가를 얻을 뿐만 아니라 무시무시한 민족이라는 평가도 얻는 것이라는 사실을 주안점으로 삼고 있다. 따라서 민족은 자신의 권리를 침해받았을 때 이를 벌하지 않고 방치해두어서는 절대 안 된다. 즉 민족은 시민적인 명예의 체면 문제와 기사적인 명예의 체면 문제를 함께 가지고 있는 것이다.

앞서 사람들에게 주는 인상 즉 세상의 눈에 비친 모습의 마지막으로 명성을 들었다. 따라서 명성이라는 것에 대해서 더욱 고찰해 보아야 할 것이다. 명성과 명예는 쌍둥이이다. 하지만 그리스 신화의 주신인 유피테르†의 쌍둥이 중에서 폴룩스가 불사신이고 카스토르가 사신死身이었던 것처럼 불사신인 명성은 사신인 명예와 형제이다. 하지만 이것은 최고급의 명성, 즉 제대로 된 진짜 명성에만 한정되는 얘기다. 물론 명성에도 덧없는 것들이 여러 가지 있다. 한편, 명예는 같은 사정에 있는 모든 사람들에게 요구되는 성질에만 관계되는 것이지만 명성은 누구에게도 요구해서는 안 될 성질에만 관계되는 것이다. 명예는 누구나 공공연하게 자인해도 상관없는 성질에 관한 것이지만 명성은 누구도 자인해서는 안될 성질에 관한 것이다. 우리의 명예는 우리에 관한 보도가 도달할 수 있는 범위와 같은 범위까지는 도달하지만, 이에 반해서 명성은 우리에 관한 보도보다도 훨씬 앞서서 명성 자체가 도달하는 곳까지는 우리에 관한 보도를 전달해준다. 누구나 나에게는 명예가 있다고 주장할 권리는 있지만 나에게는 명성이 있다고 주장할 수 있는 것은 예외적인 인물들뿐이다. 명성은 비범한 공적에 의해서 비로소 얻을 수 있는 것이기 때문이다. 그런데 이 공적은 선행인 경우가 있고 역작인 경우가 있다. 따라서 명성을 얻는 데는 두 가지 길이 열려 있는 것이다. 선행의 길로 접어들 수 있는 것은 주로 뛰어난 인격에 의해서이며 역작의 길에 접어들 수 있는 것은 뛰어난 두뇌에 의해서이다. 이 두 가지 길에는 각각 장점과 단점이 있다. 커다란 차이는 선행은 일시적으로 끝나버리는 데 반해서 역작은 영원히 남는다는 점이다. 제아무리 뛰어난 선행도 일시적인 영향을 갖고 있을 뿐이다. 이에 반해 천재적인 역작은 세상에 이익을 주고 사람의 마음에 힘을 주며 대대로 살아서 움직인다. 선행에서 남는 것은 추억뿐이다. 추억은 점점 약해지고, 일그러져 감흥이 없는 것이 되어버린다. 뿐만 아니라 역사적인 사건으로 취급되고 화석화된 상태가 되어서 후세에 전해지지 못한다면 추억은 점차적으로 소멸되어버린다. 이에 반해 역작은 그것 자체가 불사신이다. 특히 문서에 의한 것이라면 영원히 계속해서 살아 있을 수가 있다. 알렉산드로스 대왕은 이름과 추억이 남아 있다. 하지만 플라톤과 소크라테스, 호메로스, 호라티우스는 아직도 본인들이 현존하며 직접 살아 움직이고 있는 것이다. 『베다』와 『우파니샤드』는 현존하고 있지만 그 당시에 행해졌던 선행에 대해서는 어떤 보도도 전해지지 않는다.(역작에 '공적'이라는 존칭을 바쳐서 경의를 표하는 것이 유행인데 앞서 기술한 견해에 따르면 이것은 어울리지 않는 존칭이다. 왜냐하면 역작은 공적보다도 훨씬 더 수준이 높은 것이기 때문이다. 공적은 반드시 동기에 의한 행위이며 따라서 개별적 · 일시적인 것이다. 즉 세계의 보편적이고 본원적인 요소인 의지에 속한 것이다. 이에 반해서 뛰어난 역작은 보편적인 의의를 가지고 있기 때문에 영원한 것이며, 지력이 의지의 세계에서 마치 향기와도 같이 피어오르는 죄 없는 순수한 지력에서 싹트는 것이다.) 선행의 또 다른 단점은 그것은 기회를 얻어야만 비로소 발생하는 것이므로 우선은 기회가 있어서 선을 행할 수 있는 가능성이 생길 필요가 있다는 점이다. 그리고 선행에 의한 명성은 선행 그 자체에 깃들어 있는 가치에만 의한 것이 아니라 선행의 중요성과 영광을 더하는 주위의 상황에도 영향을 받는 것이다. 게다가 선행이 완전히 개인적인 선행이라면 명성은 소수 목격자들의 진술에 의해 좌우된다. 목격자는 언제나 있는 것이 아니며 또 있다 하더라도 반드시 공정한 목격자들뿐이라고는 말할 수 없다. 하지만 한편으로 선행은 어쨌든 무엇인가를 실행하는 것이니 인간의 일반적인 판단 능력의 범위에 속하는 것이며 선행을 구성하는 사실이 이 판단 능력에 올바르게 전달되기만 한다면 곧 공정한 판단을 받게 된다는 장점이 있다. 하지만 어떤 행위를 이해하는 데는 행위의 동기를 알 필요가 있기 때문에 선행의 동기가 시간이 지나서야 비로소 인식되거나, 공정하게 평가를 받게 되는 경우에는 별개의 이야기가 되어버린다. 역작의 경우는 이와 반대이다. 역작의 성립은 기회를 기다리지 않으며 그것은 오직 그 제작자에 달려 있는 것이다. 역작은 그것이 존속하는 한, 역작 본래 그것 자체로서의 독립적인 모습을 잃지 않는다. 역작의 경우, 난점은 판단에 있다. 역작이 고급일수록 이 난점은 그만큼 커진다. 적절한 심판자가 없는 경우가 많다. 또는 공정하고 정직한 심판자가 없는 경우가 많다. 그런데 다른 한편으로 역작의 명성은 단 한 번의 심판으로 결정되는 것이 아니라 상소라는 것이 행해진다. 이는 앞서 기술한 바와 같이 선행은 단지 그 추억이 후세에 전해지며, 그것도 그 선행이 행해졌던 시대 사람들이 전달한 대로밖에는 전달되지 않는 데 반해 역작은 그 자체가, 그것도 부족한 단편 등을 제외한다면 있는 그대로의 모습으로 후세에 전해진다. 따라서 사실적인 데이터의 왜곡이라는 것이 없으며, 그것이 발생했을 당시에 있었던 환경의 불리한 영향 등도 후에는 사라져버린다. 오히려 시간이 흐름에 따라서 소수이기는 하지만 적절한 심판자가 하나둘 나타난다. 적절한 심판자라는 것 자체가 이미 예외에 속할 뿐만 아니라 더욱 예외라고 할 수도 있는 역작을 재판하는 것이기 때문이다. 이러한 심판자들이 차례로 중대한 한 표를 던지며, 이렇게 해서 때로는 몇 세기나 지난 뒤에야 완전히 공정한 판단이 성립된다. 그렇게 되면 이제 그 이후의 시대에서 이 판단이 뒤집어지는 경우는 없다. 이렇게 확실하고 필연적으로 도래하는 것이 역작의 명성이다. 하지만 제작자 자신이 이 명성을 직접 경험하느냐 못하느냐는 외부의 상황과 우연에 의해 좌우된다. 역작이 수준 높고 난해한 부류에 속하는 것일수록 제작자 스스로가 직접 명성을 경험하는 경우는 드물다. 이런 의미에서 세네카는, 형상에는 반드시 그림자가 따르는 것과 마찬가지로 공로에는 반드시 명성이 따르지만 이것 또한 그림자와 마찬가지로 명성은 종종 공로 뒤에 따라오는 것에 지나지 않는 경우가 있다는 것은 말할 필요도 없다는 사실을 비할 데 없이 아름다운 언어로 기술하였으며, 이 설명 다음에 "너와 함께 살아가는 사람들에게는 질투가 침묵할 것을 강요하지만, 소홀히 여기지도, 공연히 편들지도 않고 판단을 내려줄 사람들이 나타나게 될 것이다."라고 덧붙였다. 즉 이 말을 통해서 알 수 있는 것은 악을 권장하기 위해서 대중으로부터 선을 숨길 목적으로 악의가 담긴 침묵과 무시로 사람의 공적을 억압하려는 방법은 현대의 무뢰한들과 마찬가지로 세네카가 살았던 시대의 무뢰한들 사이에서도 이미 행해지고 있었다는 사실, 또한 현대의 무뢰한들과 마찬가지로 당시의 무뢰한들도 질투심 때문에 입을 다물고 이야기하지 않았다는 사실이다. 가장 뛰어난 것은 그 무엇에도 의존하지 않고 서서히 숙성해가는 것인데 명성 또한 영원히 계속되는 것일수록 그만큼 늦게 나타나는 것이 일반적이다. 사후에나 인정받을 만한 그런 명성은 씨앗에서 매우 천천히 성장하는 떡갈나무 같은 것이며, 일시적인 가벼운 명성은 성장이 빠른 일년생 풀과 같은 것이고, 거짓 명성은 순식간에 자랐다가 순식간에 근절되어버리는 잡초와도 같은 것이다. 왜냐하면, 결국 어떤 인간이 사후 세계에 속해 있을수록, 즉 결국 인류 전반에 속해 있을수록 그가 제작한 것은 특히 그 사람이 속한 시대에만 바쳐지는 것이 아니며, 다시 말해 시대 그 자체라기보다는 오히려 인류의 일부라는 의미에서 그 시대에 속한 것에 불과한 것이고 따라서 시대의 국부적인 색조에 물들어 있지 않기 때문에 그만큼 그 시대에서 바라보면 친숙해지기 어려운 것이 되기 때문이다. 하지만 그 결과 시대가

---

† 에피카르모스 Epicharmos, BC 530?~BC 440 : 그리스의 희극작가.
시칠리아풍 희극 작가로 알려졌다. 출생지는 분명하지 않으나 시칠리아 섬의 메가라와 시라쿠사에서 활약하였다. 시칠리아의 희극은 사회적 풍자의 색채가 강한 아티카 희극에 비하여 단순한 해학을 주로 한 소극(笑劇)에 불과했으나, 그는 이것에 '줄거리'를 도입하고 대사를 세련되게 만들었다고 한다.

그 인간에게 친밀해지지 못하고 간과해버리는 경우가 곧잘 일어나게 된다. 시대로부터 높은 평가를 얻는 자는 오히려 그 시대에서만 짧은 시간 동안에 관심과 시간의 변덕에 봉사하며, 전적으로 시대에 소속되어 시대와 함께 살아가며, 시대와 함께 죽는 사람이다. 따라서 인간 정신의 최고 수준의 공적은 대부분 냉담하게 받아들여지며 오랜 기간 동안 냉대를 받지만 곧 높은 수준의 정신을 가진 자가 접근하여 이 공적에 공감하고 그 가치를 칭송하게 되면 이렇게 해서 얻은 권위를 바탕으로 그 후에는 예술사·문학사가 일관되게 가르쳐 이 가치를 기리게 되는 것이다. 그런데 왜 이렇게 되는가 하면, 근본적으로 인간은 누구나 자신과 동질적인 사물 외에는 이해하고 평가하지 못하기 때문이다. 그런데 평범한 인간에게는 평범한 것, 저급한 인간에게는 저급한 것, 두뇌가 명민하지 못한 인간에게는 혼란스러운 것, 저능한 자에게는 무의미한 것이 동질적인 것으로, 모두에게 자신의 역작은 자신과 완전히 동질적인 것이기 때문에 누구나 가장 마음에 드는 것은 자신의 역작이다. 바로 그렇기 때문에 고대의 전설적인 인물 에피카르모스[†]는 이렇게 노래했다.

  나는 내가 말하고 싶은 것을 마음껏 말한다. 저들은 저들대로 자신이 자신의 마음에 들고,

자신은 세상의 칭찬을 받을 만하다고 자만에 빠져 있다. 이것은 조금도 이상한 것이 아니다.

개에게는 개가, 소에게는 소가, 당나귀에게는 당나귀가

그리고 돼지에게는 돼지가, 절세의 미남으로 보이는 법이다.

제아무리 팔이 건장하다 하더라도 가벼운 물체를 던질 때는 물체 자체에 이질적인 힘을 받아들일 만큼의 구체적 재료가 되는 내용물이 없기 때문에 멀리까지 날아가서 쿵하고 부딪힐 만한 운동을 하게 할 수가 없고 바로 가까이에 맥없이 떨어져버리게 되는데 아름답고 뛰어난 사상이나 천재의 걸작은 더욱더 그것을 받아들일 두뇌가 조잡하거나, 두부 같거나, 조금 모자란 것들뿐이라면 역시 같은 운명을 맞이하게 될 것이다. 이를 한탄하는 각 시대 현자들의 목소리가 저절로 조화를 이뤄 합창하고 있다. 이는 "바보를 상대로 이야기하는 것은 잠들어 있는 자와 이야기하는 것과 마찬가지이다. 이야기가 끝나면 '방금 무슨 일이 있었지?' 라고 묻기 때문이다."라는 옛말과 통한다. 그리고 햄릿은 "농담이 멍청한 자의 귓속에서 잠들어버린다."고 말했고, 괴테는 이렇게 말했다.

제아무리 뛰어난 표현이라도

듣는 귀가

일그러져 있으면 비웃음뿐.

또한 이렇게 말하기도 했다.

발버둥치지 말라. 무슨 일을 하든 전부 헛수고이다.
비관할 필요 없다.
늪 속의 돌을 보라.
파문을 일으키지 않는다.

또한 리히텐베르크는 "머리와 책이 부딪히면 털썩 하는 텅 빈 소리가 들리지만 과연 책 속에는 전부 그런 내용이 담겨 있는 것일까?"라고 말했으며, 또 "저서라는 것은 거울과 같은 것으로 원숭이가 들여다보면 천사의 얼굴은 비치지 않는다."라고도 말했다. 그리고 우리에게 친숙한 시인 겔레르트 아저씨가 이 사실에 대해서 읊조린 아름답고 감동적인 감탄은 여기서도 감상해볼 가치가 있을 것이다.

이 세상의 뛰어난 재능을
칭찬하는 자 왜 이다지도 적단 말인가?
세상의 평범한 사람들을 보면,

하찮은 것을 소중히 여긴다.

언제나 하는 불평이지만,

이 폐해를 어떻게 해보자.

이 해독의 추방이

과연 가능할 것인가?

그 방법은 오직 하나,

그것도 상당히 어렵다.

바보가 현명해지면 된다.

바보가 현명해질 수 있을까?

사물의 가치도 알지 못하고,

머리는 쓰지 않고 대강 어림잡는다.

제대로 된 지식도 없이

남의 흉내를 내는 것만 칭찬하고 있다.

인간의 이러한 지적 무능을 두고 괴테는 "뛰어난 것을 발견하는 일이란 원래부터 드문 일이지만, 뛰어난 것이 인식되어지고 그에 상당한 평가를 얻는 것은 그 이상으로 드문 일이다."라고 말했는데 이러한 경우에도 다른 일반적인 경우와 마찬가지로 지적 무능함 위에 인간의 도덕적인 사악함이 가해지게 된다. 그것은 질투라는 형태로 나타나는 사악함이다. 즉 어떤 사람이 명성을 얻게 되면,

바로 그것 때문에 자기와 같은 수준의 사람보다도 뛰어난 사람이 한 명 더 증가하게 되고 따라서 그 외의 사람들은 그만큼 가치가 떨어지기 때문에 모든 뛰어난 공적이 명성을 얻기 위해서는 공적이 없는 사람들이 희생되어야 하는 법이다.

> 타인이 명예를 얻게 되면
> 나는 존엄을 잃게 된다.
>
> 『서동시집』

그렇기 때문에 어떤 종류에 있어서나 뛰어난 것이 나타나면 그렇게도 많은 평범한 무리들이 이 뛰어난 것에게 기회를 주지 않으려고 하며, 심한 경우 이것을 목 졸라 죽이려고 곧 대동단결하여 음모를 맹세하는 일마저도 벌어지는 것이다. 이 무리들의 암호는 '공적을 타도하라' 이다. 그런데 자신도 공적을 세워서 이미 명성을 얻은 사람도 새로운 명성의 출현을 기뻐하지 않는다. 새로운 명성의 빛 때문에 자신의 명성이 그만큼 빛을 잃기 때문이다. 그래서 괴테조차도 이렇게 말했다.

> 태어나도 좋다는 말을 들을 때까지
> 태어나기를 주저한다면,

지금까지도 아직 세상에서 살지 못했을 것을.

나를 부인하여 조금은

자신을 빛나게 해보려고 하는 무리들의

행동을 보고 있으면,

과연 그렇군 하며 고개를 끄덕이게 된다.

그렇기 때문에 명예에는 대체로 공정한 심판자가 있어서 질투 때문에 손상을 입는 경우가 없을 뿐만 아니라, 명예는 누구에게나 신용대출과 같은 형태로 미리 주어져 있음에 반해 명성은 타인의 질투와 선망에 대항해서 쟁취하지 않으면 안 되는 것으로, 그 영광은 자신에게 매우 불리한 심판자들로 구성된 법정으로부터 주어지는 것이다. 왜냐하면 명예는 우리가 모든 사람들과 공동으로 짊어질 수 있으며 우리 또한 모든 사람들과 함께 공동으로 명예를 짊어질 것을 바라고 있는 데 반해 명성은 누군가가 이것을 얻게 되면 그만큼 남은 범위가 좁아져 새로이 그것을 얻기가 어려워지기 때문이다. 한편 역작을 창조해 명성을 얻는 일의 어려움은 이러한 역작의 대상이 되는 민중을 구성하는 사람들의 숫자에 반비례한다. 그 이유는 쉽게 알 수 있을 것이다. 따라서 오락을 제공하려는 역작보다도 교화를 제공하려는 역작이 더 명성을 얻기가 어렵다. 명성을 얻기 가장 어려운 것은 철학적인 역작이다. 왜냐하면 철학적인. 역작이 제공하려고 하는 교화는 한편으로는 의지할 만한 것이 못되면서 다른 한편으로는 물질적인 이익을 수반하지 않기 때문에 결국 철학적 역작의 상대가 되는 독자층은 자신도 또한 이러한 역작을 만들어내고 싶어하는 경쟁 상대들뿐이라는 사정에 의한 것이다. 명성의 획득을 방해하는 위와 같은 종류의 어려움을 생각해본다면 명성을 얻기에 충분한 역작을 만들어내려고 하는 사람이 역작 자체에 대한 애정과 그로써 얻을 수 있는 자신의 기쁨 때문에 제작에 종사하는 것이 아니라 명성과 격려를 얻기를 기대했다면 불멸의 역작은 거의, 혹은 전혀 인류에게 주어지지 않았을 것이다. 오히려 훌륭하고 본격적인 역작을 제작하고 졸작을 피하는 것을 사명으로 삼고 있는 사람이라면 대중과 그들의 대변자들의 비판에 대항하고 그들을 무시할 필요가 있다. 오솔리우스는 자신의 저서 『명성에 대해서』에서 "명성은 명성을 추구하는 사람들을 피하고, 명성을 되돌아보지 않는 사람을 따른다."고 역설했는데 이 말의 정당함도 앞서 설명한 바에 기반을 두고 있다. 왜냐하면 명성을 추구하는 사람은 동시대인들의 취향에 영합하며, 명성을 돌아보지 않는 자는 이것에 대항하기 때문이다.

따라서 명성은 얻기는 힘들지만 유지하기는 쉽다. 이 점에 있어서도 명성은 명예와 반대이다. 명예는 누구에게나 주어진다. 신용대출조차도 가능하다. 따라서 누구나 자신의 명예를 잃지 않도록 하기만 하면 되는 것이다. 하지만 한 번이라도 하찮은 행위를 하면 명예를 잃어 두 번 다시는 회복할 수 없게 되기 때문에 명예를 잃지 않도록 하는 것이 무엇보다도 중요한 임무가 되는 것이다. 이에 반해 명성은 원래 결코 잃어버리는 일이 없는 것이다. 즉 명성을 얻은 원인이 되는 선행이나 역작은 영원히 부동한 것이며 이것에 수반되는 명성은 특별히 새로운 명성을 부가하지 않아도 선행을 행한 사람이나 제작자의 명성으로서 지속되는 것이다. 하지만 명

† 헤겔 Georg Wilhelm Friedrich Hegel, 1770.8.27~1831.11.14 : 독일의 철학자.
칸트 철학을 계승한 독일 관념론의 대성자이다. 슈투트가르트 출생. 뷔르템베르크 공국의 재무관 아들로 1788년 튀빙겐 대학교 신학과에 입학하였다. 졸업 후 7년간 베른 · 프랑크푸르트에서 가정교사를 한 뒤 1801년 예나로 옮겨 예나 대학교 강사가 되었다. 1816년 하이델베르크 대학 교수로 취임, 그 동안 《엔치클로페디 Enzyklopadie der Philosophischen Wissenschaften im Grundrisse》(1817)를 발표하였으며, 1818년에는 프로이센 정부의 초청으로 베를린 대학 교수가 되었고 곧 마지막 주저 《법철학 강요 Grundlinien der Philosophie des Rechts》를 내놓았다.
베를린 시절은 헤겔의 가장 화려한 시절로서 유력한 헤겔학파가 형성되었으며, 그의 철학은 국내외에 널리 전파되었으나 1831년 콜레라에 걸려 사망하였다.
헤겔 철학의 역사적 의의는 18세기의 합리주의적 계몽사상의 한계를 통찰하고 '역사'가 지니는 의미에 눈을 돌린 데 있다. 헤겔은 장대한 철학체계를 수립하였는데 그 체계는 논리학 · 자연철학 · 정신철학의 3부로 되었으며, 이 전체계를 일관하는 방법이 모든 사물의 전개를 정(正) · 반(反) · 합(合)의 3단계로 나누는 변증법이었다. 정신이야말로 절대자이며 반면 자연은 절대자가 자기를 드러 낸 것에 불과하다. 그리고 논리학에서는 자연 및 정신에 대하여 고루 타당한 규정이 다루어졌다. 그의 철학은 그 관념론적 형이상학으로 인하여 많은 비판과 반발을 받기도 하였지만, 역사를 중시하였다는 점에서는 19세기 역사주의적 경향의 첫걸음을 내디딘 것으로 평가할 수 있으며, 또 변증법이라는 사상으로도 후세에 다대한 의의를 가진다 하겠다. 1995년 기독교한국루터회가 선정한 '세계를 빛낸 10인의 루터란'의 한 사람이다.

성이 실제로 그 울림을 감추고 본인의 생전에 그 모습을 감춘다면 그 명성은 참된 것이 아니었던 것이다. 즉 이유 없이 얻은 명성으로 일시적인 과대평가 때문에 생겨났던 것이다. 이러한 명성의 극치는 헤겔†이 얻었던 것과 같은 명성이다. 헤겔의 명성에 대해서 리히텐베르크는 "우의적인 닥터 후보생들의 한 무리가 요란스럽게 떠들어대고 있으며, 머리가 텅 빈 녀석들의 성원이 메아리치고 있다. 하지만 후세 사람들이 우연히 그 오색찬란한 언어로 쌓아올린 외곽 건축이나, 유행의 근원지가 된 요란한 장식으로 치장한 둥지나, 지금은 흔적도 없이 사라져버린 앞잡이와의 협정이 숨겨져 있던 집을 방문해보면 모든 것들이 빈 껍데기로 이 방문에 대해서 자신을 가지고 '들어오세요!' 라고 대답할 수 있을 만한 사상의 편린도 존재하지 않는다는 사실을 알고서 틀림없이 냉소를 퍼부을 것이다."라고 묘사했다.

명성이라는 것은 원래 다른 모든 사람과 비교를 한 후 어떤 사람의 모습에 기반을 두고 있는 것이다. 따라서 명성은 본질적으로는 상대적인 것으로 그런 의미에서 또한 상대적인 가치밖에 없는 것이다. 명성을 얻고 있는 사람 이외의 모든 사람들이 만약 그 사람과 같은 모습의 인간이라면 명성은 전혀 성립될 수 없을 것이다. 절대적인 가치를 가지는 것은 어떤 상황 하에서도 절대적인 가치를 잃지 않는 것뿐이다. 즉 이 경우에는 직접 있는 그대로를, 그리고 그 사람만 떼어냈을 경우의 사람의 모습뿐이다. 따라서 뛰어난 인격, 뛰어난 두뇌의 가치와 행복이란 바로 이런 모습에 있을 것이다. 그렇다면 명성에 가치가 있는 것이 아니라 명성을 정당하게 얻을 수 있었던 원인이 되는 것에 가치가 있는 것이라고 할 수 있겠다. 왜냐하면 명성을 정당하게 얻을 수 있었던 원인이 되는 것이 일의 실체이고, 명성은 일의 일시적인 성질에 지나지 않는 것이기 때문이다. 오히려 명성을 얻은 사람에 대해서 끼치는 명성의 작용은 주로 그 사람이 자기 자신에 대해서 스스로 품고 있는 높은 평가를 뒷받침하는 외부적인 징후로서의 작용인 것이다. 따라서 빛이 물체에 반사되지 않으면 전혀 보이지 않는 것과 마찬가지로 무

---

† 레싱 Gotthold Ephraim Lessing, 1729.1.22~1781.2.15 : 독일의 극작가. 비평가.
작센주의 그리스도교 목사의 가정에서 태어났다. 고향 마을의 장학금을 타서, 라이프치히 대학 신학과에 들어갔다. 여기서 '세계의 축도'에 접하고 이 무렵부터 연극에 열렬한 관심을 보였다. 1748년 베를린에서 저널리스트로 출발, 1755년에는 독일에서 처음으로 정통 비극에 시민생활을 도입한 《미스 사라 샘프슨》을 발표하여 주목을 끌었다.
최고의 업적으로 꼽히는 《라오콘 Laokoon》, 《미나 폰 바른헬름 Minna von Barnhelm》 등의 구상에 기여하고 소재를 제공하였다. 베를린으로 돌아가, 1766년 함부르크에 창립된 국민극장의 고문으로 취임하였다. 이 극장은 그의 기대와는 반대로 곧 경영부진 때문에 해산되었지만, 매호마다 그의 평론을 실은 기관지를 통해 불후의 유산을 후세에 남길 수 있었다. 오늘날 《함부르크 연극론 Hamburgische Dramaturgie》으로 알려져 있는 이 평론집은 이미 《현대문학 서간》에서 밝혀진 입장을 한층 세밀하게 발전시킨 것으로 독일 근대극에 큰 영향을 끼쳤다. 1772년에는 희극 《미나 폰 바른헬름》과 쌍벽을 이루는 비극 《에밀리아 갈로티 Emilia Galotti》를 완성하였다. 그의 생애는 부단한 사상투쟁의 연속이었으나, 독일의 계몽사상가 중에는 그 유례를 볼 수 없는 확고부동한 확신과 명석한 지성의 소유자였다. 독일 근대 시민정신의 기수로 평가된다.

릇 탁월성이라는 것은 명성에 의해서 비로소 참된 자신감을 가지게 되는 것이라고 말할 수 있을 것이다. 하지만 공적을 수반하지 않는 명성이나 명성을 수반하지 않는 공적도 있을 것이니 명성이 한 치의 오차도 없는 징후라고는 할 수 없을 것이다. 따라서 "유명한 사람도 있는가 하면, 유명해져도 좋을 사람도 있다."고 한 레싱†의 말에는 매우 적절한 울림이 담겨 있다. 또한 타인의 눈에 어떻게 보이는가에 따라서 가치가 결정되는 삶은 비참한 삶이라고 말할 수 있을 것이다. 영웅이나 천재의 삶이 명성, 즉 타인의 찬동에 가치를 둔다면 비참한 삶이 될 것이라고 말할 수 있을 것이다. 하지만 실제로 무릇 살아 있는 것들은 자기 자신을 위해서 생활하고 생존한다. 따라서 본질적으로는 자신만의 독자적인 생활이며 생존이다. 어떤 모습이든 그 사람의 모습이야말로 그 사람의 본질적이고 주요한 독자적인 존재이기 때문에 그 모습에 대단한 가치가 없다면 결국에는 대단할 것이 없는 사람이 되어버리고 만다. 이에 반해서 타인의 두뇌에 비친 사람의 본질적인 영상은 파생적이고 우연에 지배되는 것으로 참된 본질과는 극히 간접적인 관계를 맺고 있는 것에 지나지 않는다. 그리고 대중의 두뇌란 참된 행복이 머물기에는 너무나도 비참한 무대이다. 거기서 얻을 수 있는 것 또한 가공의 행복에 지나지 않는다. 이 세속적 명성의 전당에는 참으로 잡다한 무리들이 모여 있다. 장군도 있고, 대신도 있고, 허풍쟁이

의사도 있고, 사기꾼도 있고, 무도가도 있고, 가수도 있고, 백만장자도 있고, 유대인도 있다. 그리고 대다수의 사람들이 형식적인 말을 믿고 평가하는 것에 불과한 정신적인 장점, 그중에서도 특히 수준 높은 정신적 장점에 비해서 이 전당에서는 앞서 든 사람들의 장점이 훨씬 더 솔직하고 상당히 실감에 바탕을 둔 평가를 얻고 있다. 따라서 행복론적으로 보자면 명성은 우리들의 자부심과 허영심에 부여되는 가장 보기 드문 최고 수준의 산해진미에 불과한 것이다. 그런데 대부분의 사람들은 단지 숨기고 있을 뿐이지 사실은 자부심과 허영심을 너무도 많이 지니고 있다. 그리고 어떤 점에서 명성을 얻을 만한 공적이 있는 사람은 자부심과 허영심을 어쩌면 가장 강렬하게 갖추고 있을지도 모른다. 따라서 그런 사람들은 자신이 가지고 있는 압도적인 가치를 발휘하여 그것을 인정받을 기회가 오기까지는, 대체로 그 가치를 의식하면서도 오랫동안 그것에 자신을 갖지 못하고 그러는 동안에는 어떤 부당한 취급을 받고

---

† 홉스 Thomas Hobbes, 1588.4.5~1679.12.4 : 영국의 철학자.
맘즈베리에서 출생하였다. 무명의 목사 아들로 태어나 옥스퍼드 대학교에서 스콜라철학을 전공하였다. 인류의 원시 상태는 만인의 만인에 대한 투쟁이라고 주장했다.
그는 F.베이컨과는 달리 귀납법만이 아닌 연역법도 중시하여, 양자의 상즉적(相卽的) 관계에 의하여 이성의 올바른 추리인 철학이 성립된다고 생각하였다.
주요 저서인 《철학원리》는 베이컨 학설보다 더 체계적으로 구축되었다. 《리바이어던 Leviathan》에서 전제군주제를 이상적인 국가형태라고 생각하였다. 그 밖의 저서로 《자연법과 국가의 원리》 등이 있다.

있는 것이라는 생각이 은근히 드는 것이다. 하지만 일반적으로 보자면 이번 장의 첫 부분에서 논한 것처럼 인간은 자신에 대한 타인의 생각에 매우 불합리하고 어울리지 않는 가치를 두고 있다. 따라서 홉스†가 그런 사정에 대해서 "무릇 마음의 기쁨이라든가 마음의 젊음이라는 것은 자신을 높이 평가할 수 있을 만한 상대가 있다는 사실에 바탕을 두고 있는 것이다."라고 한 말은 상당히 격한 표현이기는 하지만 참으로 옳은 말일지도 모르겠다. 평범한 사람이 명성에 커다란 가치를 두고 있고, 곧 명성을 얻을 것 같다는 기대를 가질 수 있게만 된다면 그것만으로도 섣불리 희생을 바칠 각오까지도 하게 되는 이치는 이것으로 설명할 수 있다.

고귀한 마음도 공명심을 이기지 못한다.
명민한 마음도 공명심의 자극을 받아,
쾌락을 천히 여기고 나날이 일에 힘쓴다.

그리고 이런 말도 있다.
공명이 빛나는 전당의 높은 준령으로 오르는
길의 험난함……

그리고 세계에서 가장 허영심이 강한 국민들이 입버릇처럼 영예를 말하며 영예를 뛰어난 선행과 뛰어난 역작을 낳는 주요한 동기라고 보고 있는 것도 이러한 사실로 설명할 수가 있다. 하지만 명성이 부차적인 것, 즉 공적의 단순한 반향, 영상, 그림자, 징후에 불과하다는 사실은 이론의 여지가 없는 것이며 아무리 생각해보아도 칭송하는 일보다는 칭송을 받는 대상에 가치가 있는 것임에 틀림없으니 참으로 사람을 행복하게 할 수 있는 것은 명성에 있는 것이 아니라 명성을 얻는 이유가 되는 것, 즉 공적 그 자체, 좀더 자세하게 말하자면 공적을 낳는 원천이 된 지조와 능력(도덕적인 지조·능력과 지적인 지조·능력)에 있을 것이다. 왜냐하면 누구나 자신의 최선의 모습을 드러낼 수 있는 것은 필연적으로 자신뿐이기 때문이다. 이 최선의 모습이 타인의 두뇌에 어떻게 비칠지, 인간이 타인의 생각 속에서 어떤 가치를 발견할 수 있을지는 지엽적인 문제로 그 인간에게는 부수적인 흥미밖에 일으키지 않을 것이다. 따라서 명성은 얻지 못했다 하더라도 당연히 명성을 얻을 만한 자격이 있다고만 한다면 중요한 부분만은 손에 쥐고 있는 것이니 자신이 손에 쥐고 있지 않은 부분은 포기하고 중요한 부분으로 스스로를 위로할 수가 있다. 왜냐하면 기만당하기 쉽고 무비판적인 대중들에게 위대한 인물로 보인다고 해서 선망의 대상이 되는 것이 아니라 실제로 자신이 훌륭한 인물이기 때문에 선망의 대상이 되는 것이며, 또한 후세 사람들이 자신에 대해서 알게 될 것이라는 사실이 커다란 행복이 아니라, 몇 세기 동안이나 보존된 뒤에 새로이 사색되어질 만한 가치가 있는 사상이 자신 속에서 태어난다는 사실이 커다란 행복이기 때문이다. 그리고 이러한 행복은 빼앗길 염려가 없는 것이다. 이 행복은 '우리의 손아귀에 있는 것'이며, 이에 반해서 명예에 의한 행복은 '우리의 손아귀에 없는 것'이다. 그런데 칭송하는 일 자체가 중요한 것이라면 칭송 받는 대상은 중요한 것으로서의 가치를 잃게 된다. 사실 거짓 명성, 즉 이유 없이 얻게 된 명성은 앞서 설명한 대로이다. 명성이라는 것은 어떤 것의 징후, 어떤 것의 단순한 반영일 터인데 거짓 명성을 얻은 사람은 명성을 얻을 만한 중요한 것을 실제로 가지고 있지 않은 채로 그저 명성만을 얻게 된다. 이때 자기애 때문에 여러 가지로 자기를 기만해보지만, 애당초 자신에게는 어울리지 않는 높은 지위에 올라서 현기증이 나는 일도 있으며, 또한 자신은 금화라는 평을 듣고 있지만 실제로는 동화가 아닐까 하는 생각이 들어서 명성 그 자체에까지 상처를 입히게 되는 경우가 많을 것이다. 그럴 경우 특히 자신보다 현명한 사람들의 이마에 자신에 대한 후세 사람들의 비판이 미리 생생하게 나타나기라도 한다면 정체가 탄로날지 모른다는 불안한 예감과 굴욕감을 느끼게 된다. 따라서 그러한 사람은 가짜 유언을 바탕으로 재산을 소유한 자와 같은 것이다. 가장 진정한 명예, 즉 사후의 명예는 본인의 귀에 들어가는 일은 결코 없지만 그 사람은 행복한 사람으로 여겨진다. 그렇다면 행복은 명성을 얻게 된 이유인 뛰어난 성질 그 자체에 있으며 또한 그 사람이 이 성질을 발휘할 기회를 잡았다는 사실, 즉 자신에게 어울리는 행위를 하거나, 마음에 드는 좋아하는 일에 종사할 수 있는 경우를 맞이할 수 있었다는 점에 있는 것이다. 왜냐하면 마음 가는 대로 좋아서 만들어내지 않고서 사후의 명성을 얻은 역작은 지금까지 없었기 때문이다. 즉 이러한 사람의 행복은 뛰어난 인격이나 지성의 풍부함에 있었다는 것이 된다. 이 지성을 옮겨놓은 것이 역작이라는 형태로 후세기의 칭송을 얻게 되는 것이다. 행복은 사상 그 자체에 있었던 것이다. 그리고 이 사상에 대해서 새로이 사색하는 것이 상상할 수도 없이 먼 미래의 가장 우수한 사람들의 일이 되었고 향락이 되었던 것이다. 따라서 사후의 명성의 가치는 이것을 자신의 공적에 의해서 얻게 된다는 점에 있다. 자신의 공적에 의해서 사후의 명성을 얻는 것이 곧 그 노력 자체에 주어진 보수인 것이다. 그런데 사후의 명성을 얻은 작품이 동시대 사람들로부터도 명성을 얻었는가 하는 점은 우연한 상황에 따른 것으로 그다지 중요한 의미는 갖지 못한다. 그 증거로 대부분의 사람들은 독자적인 판단력을 갖고 있지 못하며, 특히 고급스럽고 난해한 업적을 평가할 수 있는 능력은 전혀 갖추고 있지 못하기 때문에 이러한 경우에는 반드시 뭐가 뭔지도 모를 권위를 추종하게 되고 따라서 명성, 특히 고급에 속하는 명성은, 그러한 명성을 구가하는 자 100명 중 99명은 잘못된 줄 알면서도 따르는 신용에 바탕을 둔 명성이다. 따라서 동시대 사람들이 입을 모아 찬동한다 하더라도 사색적인 사람은 반드시 그것이 매우 소수의 목소리를 반향시켜놓은 것에 지나지 않으며, 게다가 이 소수의 목소리도 지금까지 자주 들어왔던 종류의 목소리라는 사실을 알고 있기 때문에 그러한 찬동에 그다지 큰 의미를 두지 않을 것이다. 예를 들어서 음악의 청중이 한두 사람을 제외하고는 전부가 귀머거리라고 하자. 그런데 그들은 그 한 사람의 예외적인 인물이 손을 움직이는 것을 보고 열심히 박수를 쳐서 서로에게 자신의 결함을 숨기려 한다면 명수라고 불릴 정도의 사람이 청중의 우레와도 같은 갈채를 과연 기뻐하겠는가? 게다가 앞장서서 자리에서 일어나 박수를 친 사람이 엉터리 바이올린 연주자에게 갈채를 보내기 위한 목적으로 매수되는 경우가 많다는 사실을 안다면 어떻겠는가? 동시대 사람들 사이에서 얻은 명성이 그대로 사후까지 이어지는 경우가 극히 드문 이유도 이 때문이다. 따라서 달랑베르는 문학적 명성의 전당을 뛰어난 필치로 묘사하며 "전당의 내부에 사는 자는 생전에는 이곳에 들어와 본 적이 없는 사자死者들뿐으로 거기에 살아 있는 자들이 소수 섞여 있지만 그들도 대부분은 죽으면 쫓겨날 것만 같은 자들이다."고 말했다. 여기에 한마디 덧붙이자면 어떤 사람을 위해 생전에 기념비를 세우는 것은, 이 사람에 대해서는 후세를 기대할 수 없다는 사실을 명백하게 보여주는 것과 같은 일이다. 하지만 사후의 명성으로까지 이어질 명성을 생전에 구가하는 자도 있는데 그것도 고령이 되기 전에 얻는 경우는 극히 드물다. 그런데 예술가나 시인 중에는 이 원칙에서 벗어난 예외자들도 있다. 철학자 중에는 이러한 예외자가 극히 드물다. 역작에 의해서 유명해진 인물의 초상은 대부분 명성을 얻게 된 뒤에 비로소 그려진 것이기 때문에 이러한 초상을 보면 앞서 기술한 원칙이 옳다는 것을 알 수 있는데, 즉 그러한 인물 특히 철학자는 일반적으로 나이 든 백발로 묘사되어 있다. 하지만 행복론적으로 보자면 이는 당연한 것이다. 명성과 젊음을 동시에 겸비하는 것은 분수에 넘치는 일이다. 우리 인간의 일생은 재물이 궁핍한 것이 정상이기 때문에 평생의 재산이 가장 경제적으로 배분될 필요가 있다. 젊은이에게는 젊음 자체로의 부가 충분히 있는 것이니 그것만으로 만족해도 충분한 것이다. 하지만 나무들이 겨울에 말라버리는 것처럼 모든 향락과 희열이 죽어버리는 노인이 되면 명성의 나무가 마치 진짜 상록수인 노루발풀처럼 푸른 잎을 무성하게 맺을 절호의 시절이 도래하는 것이다. 또한 명성을, 여름에 자라지만 열매는 겨울이 되어야 먹을 수 있는 만종의 배에 비유할 수도 있을 것이다. 나이를 먹게 되면, 몸은 늙었지만 결코 늙지 않는 역작에 청춘의 힘을 모두 쏟아 부어버렸다는 일만큼 위로가 되는 것도 없다.

　지금 우리에게 가장 가까운, 학문의 세계에서 명성을 얻게 되는 과정을 좀더 자세하게 고찰해보도록 하겠다. 여기서는 다음과 같은 원칙을 세워볼 수 있다. 학문적인 명성에 의해서 표현되는 지적인 우월성을 사람들에게 나타내는 길은 끊임없이 어떤 소재를 새로이 조합하는 일이다. 그런데 조합되는 소재에는 수많은 종류가 있다. 하지만 소재 자체가 누구나 알 수 있는 잘 알려진 것일수록 그 조합에 의해서 그만큼 커다란, 그만큼 넓은 범위의 명성을 얻을 수가 있게 된다. 예를 들어 그 소재가 몇몇 숫자나 곡선, 혹은 어떤 특수한 물리학이나 동물학이나 식물학이나 해부학에 속하는 사실이거나 고대의 저자가 남긴 파손된 문구나 반쯤 마멸된 비석이나 현재에는 존재하지 않는 알파벳으로 쓰여진 문구라거나, 아직 애매한 역사적 사실이라면 올바른 조합에 의해서 얻어지는 명성은 그러한 소재 자체에 대한 지식이 보급된 범위 이상으로는 파급되지 않는다. 즉 이와 같은 명성은 대체로 은둔적인 생활을 영위하며 전문 분야에 있어서의 명성에 질투심을 품는 소수의 사람들 사이에서만 얻을 수 있을 뿐이다. 이에 반해서 소재적인 사실이 전 인류에게 알려진 것이라면, 예를 들어 인간의 오성이나 정조에 관한 만인 공통의 본질적인 특성이라든가, 끊임없이 목격되며 기능이 완전히 알려진 자연의 힘이라든가, 우리가 잘 알고 있는 자연계의 일반적인 움직임이라면 어떤 새롭고 중요하고 자명한 조합을 이끌어내 소재에 광명을 비췄다는 명성은 순식간에 거의 전 문명 세계로 퍼져갈 것이다. 틀림없이 이처럼 소재적인 사실이 누구에게나 잘 알려진 것이라면 그 조합도 대부분은 누구나 잘 알 수 있을 것이기 때문이다. 하지만 결국 이러한 경우에도 명성의 크기는 반드시 극복한 어려움에 비례할 것이다. 왜냐하면 잘 알려진 소재일수록 헤아릴 수도 없이 많은 사람들이 이것에 대해서 지혜를 짜내서 이런저런 조합을 해왔을 터이니 새롭고 정확하게 조합을 한다는 것은 그만큼 어려운 것이기 때문이다. 이에 반해 사실 자체가 매우 어려운 길을 지나지 않으면 얻을 수 없는 것으로 일반 대중들은 알지도 못하는 사실이라면 대체로 언제나 새로운 조합을 이끌어낼 여지가 있다. 따라서 올곧은 이해력과 건전한 판단력, 즉 일반적인 정신적 우월성으로 이러한 사실을 대한다면 운 좋게도 새롭고 올바른 조합을 이끌어낼 수도 있는 것이다. 하지만 이렇게 해서 얻어지는 명성은 그 소재에 관한 지식의 보급 범위와 거의 같은 한도에 그치게 될 것이다. 하지만 이는 당연한 이야기로 앞서 설명한 것과 마찬가지로 가장 크고 범위가 넓은 명성을 얻을 수 있을 만하다면 소재가 어려움 없이 주어지는 데 반해 여기서 예로 든 것과 같은 종류의 문제를 해결하기 위해서는 그 소재에 관한 지식을 얻는 데만도 대단한 연구와 고심이 필요한 것이다. 하지만 앞서 설명한 종류의 문제는 고심을 할 필요가 없는 반면 그만큼 많은 재능, 아니 천재적인 능력을 필요로 하며 이 천재적 재능에 비한다면 어떤 고심, 어떤 연구도 그 가치 평가의 점에서는 비교할 바가 못되는 것이다.

한편, 이러한 일들에서 도출되는 귀결로서 훌륭한 이해력과 올바른 판단력은 가지고 있지만 최고 수준의 정신적 자질에는 자신이 없는 사람은 크게 연구에 힘써 계속되는 고심을 두려워하지 말고 이 연구와 고심에 의해서 잘 알려진 소재를 상대로 하는 수많은 사람들 속에서 벗어나 철학적인 근면으로 탐구하지 않으면 얻을 수 없는, 중심에서 벗어난 방면에 손을 대는 것이 좋을 것이다. 왜냐하면 경쟁 상대가 훨씬 적은 방면이라면 조금 뛰어난 두뇌이기만 하다면 어떤 소재에 대해 새롭고 올바르게 조합할 기회를 바로 잡을 수 있을 것이며, 거기에 발견으로 인한 공적은 한편으로는 그러한 소재를 손에 넣는 것의 어려움에도 의할 것이기 때문이다. 하지만 이렇게 해서 이러한 길의 전문가에게만 한정된 같은 학계 사람들 사이에서 얻어낸 찬동이 대중의 귀에 들어간다 하더라도 그것은 멀리서 이를 듣는 것과 같은 정도의 것이 되어버린다. 하지만 여기서 거칠게 기술한 길을 철저하게 파헤칠 마음만 있다면 특이한 소재를 손에 넣기가 상당히 어렵다는 사실을 이유로 조합을 기다릴 필요도 없이 그 사실만으로 명성을 얻을 근거가 되기에 충분한 단계가 존재한다는 사실을 알게 될 것이다. 이러한 역할을 가능하게 해주는 방법은 거의 찾는 사람이 없는 아주 먼 지방에 가보는 것이다. 자신의 생각에 의해서가 아니라 자신이 본 것에 의해서 유명해지는 것이다. 게다가 자신이 생각한 것보다도 자신이 본 것을 사람들에게 보고하는 것이 훨씬 더 쉬우며 이해하기도 더 수월하니 자신이 생각한 것보다도 자신이 본 것이 훨씬 더 많은 독자를 얻을 수 있다는 점에 이 방법의 커다란 강점이 있다. 이는 예전에 독일의 시인 아스무스[†]가 다음과 같이 말한 것과 같은 맥락이다.

여행을 하면
화제가 생긴다.

한편, 이런 종류의 저명인과 개인적으로 친분을 쌓게 되면 "바다를 건너는 자는 마음을 바꾸는 것이 아니라 기후를 바꾸는 것이다."라는 호라티우스의 말을 떠올리게 되는 것도 역시 이러한 의미에서이다. 한편, 이번에는 뛰어난 능력을 갖춘 두뇌에 대해서 한마디 하겠는데, 이러한 두뇌야말로 보편적이고 전체적인 것에 관계되는 커다란 문제, 따라서 가장 어려운 문제의 해결에 단호하게 뛰어들 자격이 있는데 이런 종류의 두뇌를 가지고 있는 사람은 자신의 시야를 가능한 한 넓히는 것이 좋다는 것은 말할 필요도 없지만 모든 방면에 대해서 언제나 균등하게 시야를 넓혀 매우 극소수의 사람들밖에 알지 못하는 특수한 영역에 너무 깊이 들어가지 않도록, 즉 어떤 하나의 개별 과학의 전문 분야에 깊이 파고들거나 지엽적인 부분에까지 관여하지 않도록 하는 것이 좋다. 더군다나 몰려드는 경쟁상대를 피하기 위해서 손에 넣기 어려운 제재에 손을 댈 필요는 없으며, 누구의 눈에나 보이는 것이 오히려 새롭고 중요하고 참된 조합을 낳는 소재가 되기 때문이다. 한편, 그런 만큼 이러한 사람의 공적은 어떤 소재에 대해 잘 알고 있는 모든 사람들, 즉 인류의 폭넓은 사람들로부터 가치를 인정받게 될 것이다. 시인이나 철학자들이 누리는 명성과 물리학자, 화학자, 해부학자, 광물학자, 동물학자, 언어학자, 사학자 등이 얻는 명성 사이에 커다란 차이가 있는 것은 이러한 점에 기초하고 있기 때문이다.

제 5 장

훈화와 금언

훈화와 금언

꧁⟡꧂

　앞선 장들에서도 넓은 범위에 걸쳐서 논술할 생각은 없었지만 특히 이번 장에서는 더 그렇다. 만약 넓은 범위에 걸쳐서 논술하려고 한다면, 멀리는 테오그니스[†]나 가짜 솔로몬[††]에서 가까이는 라로슈푸코[†††]에 이르는 모든 시대의 사상가가 노래한 수많은 처세에 대한 훈계―그중에는 뛰어난 훈계도 있지만―를 되풀이하게 되며 그렇게 되면 지금까지 수없이 사용되어온 수많은 틀에 박힌 문구를 피할 수 없을 것이다. 하지만 넓은 범위에 걸쳐서 서술하는 방법을 쓰지 않는다면 계통에 따른 배열도 바랄 수 없을 것이다. 넓은 범위에 걸친 서술과 계통에 따른 배열이란 이런 종류의 문제에 있어서는 거의 예외 없이 무료함을 수반하기 때문에 이런 의미에서 두 가지가 결여되어 있음을 알아주시기 바란다. 때마침 머리에 떠오른 것, 서술할 만한 가치고 있다고 인정되는 것, 내가 기억하고 있는 한 적어도 완전한 형태로, 그것도 내가 말하려고 하는 대로의 형태로는 아직 서술된 적이 없는 사항들만을 들기로 했다. 즉 이 끝도 없이 넓은 분야에서 다른 사람들이 지금까지 거둔 성과에 보충을 하는 정도로 그쳤다.

하지만 어쨌든 이 분야에 속하는 수많은 견해나 충고를 조금이나마 정돈하는 의미에서 이것을 일반적인 것, 우리 자신에 대한 우리의 태도에 관한 것, 타인에 대한 우리의 태도에 관한 것, 세상과 운명에 대한 우리의 태도에 관한 것으로 분류하기로 하겠다.

---

† 테오그니스 Theognis, ?~? : BC 540년경에 활약한 그리스의 비극 시인. 1,389행의 시에 그의 이름이 붙어 있으나, 사실은 BC 7세기에서 BC 5세기에 걸쳐 많은 시인들이 남긴 시와 격언들이 그의 이름으로 전해지는 것이다. 정치시·격언·연애시·주연가 등이 들어 있다. 귀족제 사회의 붕괴에 대한 지적인 증오, 편협에 가까운 민중모멸을 부르짖으면서도, 우애의 위대함과 귀족의 긍지와 자존심을 역설하고, 진정한 귀족의 고결함을 몸소 실천하였다.

†† 솔로몬 : 구약성경 전도서는 기원전 4~3세기에 성립, 솔로몬이 예언자로서 설교한 것으로 되어 있지만 이것은 후세의 위작이다. 이스라엘의 왕 솔로몬(기원전 970~930)이 현군이었기 때문에 후세에 속하는 많은 저술이 그의 작품이라 여겨지기에 이르렀다. 이 외에도 구약성경의 아가, 잠언, 시편 72 및 127, 경외전인 「솔로몬의 지혜」가 있으며 또한 성경과는 별개로 전해지는 「시편」과 「송(頌)」이 있다.

A. 일반적인 견해와 충고

1. 나는 아리스토텔레스가 『니코마코스의 윤리학』에서 기회가 있을 때마다 표명한 "현자는 쾌락을 추구하지 않고 고통이 없음을 추구한다."라는 명제가 무릇 처세 철학의 최고 원칙이라고 생각한다. 이 명제의 진리성은 모든 향락이나 행복이라는 것이 소극적·부정적인 성질의 것임에 반해 고통이 적극적·긍정적인 성질의 것이라는 점에 바탕을 둔 것이다. 이 기초가 되는 명제에 대한 자세한 설명과 기반은 나의 저서 『의지와 표상으로서의 세계』 제1편 제58절에 있다. 하지만 여기서는 이 명제를 나날이 관찰되는 한 가

†††라 로슈푸코 Francois de La Rochefoucauld 1613~1680
프랑스의 고전작가·공작.
프랑스의 명문에 속하며, 우수한 문화인을 집으로 불러모았다.
파리 출생. 명문 귀족의 아들로 전통에 따라 군복무를 마친 후 궁정에 돌아갔다. 순정다감한 성질의 소유자로 자주 정치적 음모에 휘말려들어, 루이 13세의 왕비가 계획한 반 리슐리외의 음모에 가담하여 투옥되는가 하면, 프롱드의 난에서는 반란군의 지휘를 맡아 싸우다가 1649년 파리 성 밖의 전투에서 목에 중상을 입는 등, 파란 많은 반생을 보냈다. 1659년 가까스로 오랜 세월에 걸친 근신에서 풀리고 8,000루블의 연금을 받게 되자, 정치적 야심을 버리고 파리의 이름 있는 살롱에 출입하며 사색과 저술로 후반생을 보냈다.
《잠언과 성찰》은 504개의 잠언이 실려지게 되었는데, 간결·명확한 문체로 인간 심리의 미묘한 심층을 날카롭게 파헤치고 있다.
믿을 수 없는 인심의 허실을 남김없이 체험한 저자의 눈은 시종일관 신랄하고 염세적이며, 모든 위선을 날카롭게 벗기고 있다. "우리의 미덕이란 가장 자주 위장되는 악덕에 지나지 않는다."라는 그의 머리말처럼 인간의 행위란 한 꺼풀만 벗기면 모두가 이기심이나 자애심에서 나온다는 것이 이 페시미스트의 근본사상이다.

지 사실을 통해서 밝혀보자. 전신이 건강하지만 어디 한 군데 부상을 입었거나, 어떤 이유로 조그만 부분이 아픈 경우 전신의 건강은 특별히 의식되지 못하고 신경이 끊임없이 부상당한 곳의 아픔으로만 쏠려 생명력에서 오는 쾌감을 잃게 된다. 이와 마찬가지로 모든 일들이 생각대로 풀리지만 단 한 가지 의지에 어긋나는 일이 있을 경우, 이 한 가지가 제아무리 사소한 것이라 할지라도 끊임없이 머릿속에 떠오르게 된다. 끊임없이 그것에 대해서 생각하며, 그것보다 중요하고 생각한 대로 되어가는 일에 대해서는 거의 생각하지 않는다. 그런데 이 두 가지의 경우 어쨌든 침해를 받는 것은 의지이다. 한편은 객관화되어 인간의 신체가 된 의지, 다른 한편은 객관화되어 인간의 의향이 된 의지이다. (의지는 세계의 본체本體, 사물의 실체라고 여겨지고 있다.) 어느 경우를 보더라도 의지의 만족은 언제나 소극적·부정적인 작용을 가지고 있을 뿐이어서 직접적으로는 느껴지지 않는다. 느껴진다 하더라도 반성이라는 길을 거쳐서 의식되는 것이 고작이라는 사실을 알 수 있다. 이에 반해 의지의 저해는 적극적·긍정적인 것이어서 저해는 저해로서 사람의 의식에 나타난다. 향락은 모두 이 저해의 제거, 저해로부터의 해방을 본질로 삼는 것에 불과한 것이며, 따라서 기간이 짧다.

그렇기 때문에 인생의 향락·쾌락에 주목하지 말고 가능한 한 인생의 수많은 재액을 피하는 일에 주목해야 한다는 사실을 가르치고 있는 앞서 기술한 아리스토텔레스의 규범은 위에서 설명한 점을 그 기초로 삼고 있는 것이다. 만에 하나 이 방법이 올바른 방법이 아니라면 "행복은 환상에 지나지 않지만, 고통은 현실이다."라는 볼테르의 말도 잘못된 것이 되겠지만 이 말은 역시 진리인 것이다. 따라서 일생의 총결산을 행복론적인 입장에 서서 이끌어내려고 할 경우, 자신이 즐긴 기쁨에 의해서 계산을 해야 하는 것이 아니라 벗어난 재앙에 의해서 계산을 해야 한다. 오히려 행복론이라는 명칭 그 자체가 장식적인 표현이기 때문에 '행복하게 살아간다' 는 것은 '그다지 불행하지 않게', 즉 견딜 수 있을 정도로 살아간다는 의미로 해석해야 한다는 의미에서 행복론의 가르침이 시작되어야만 하는 것이다. 라틴어인 degere vitam(생활을 영위하다), vita defungi(생활에서 벗어나다)이나 이탈리아어인 si scampa cosi(그럭저럭 헤쳐나가고 있다)라든지, 독일어인 man muss suchen durchzu-kommen(어떻게든 헤쳐나가야 한다), er wird schon durch die Welt kommen(어떻게든 헤쳐나갈 수 있을 것이다) 등 수많은 표현도 이러한 의미를 나타내고 있다. 뿐만 아니라 평생의 노고를 완전히 정리했다는 사실이 고령이 되어서는 하나의 위안이 된다. 그런데 이런 의미에서 생각해본다면 가장 행복한 운세를 타고난 사람은 정신적으로도 육체적으로도 그렇게 극단적으로 격렬한 고통을 모르고 평생을 보낸 사람이지, 최고로 격렬한 기쁨이나 커다란 향락을 맛본 사람이 아니다. 최고의 기쁨이나 향락으로 일생의 행복을 재려고 하는 사람이 있다면 그것은 잣대를 잘못 사용하는 것이라고 말해야 할 것이다. 왜냐하면 향락은 어디까지나 소극적이고 부정적인 것이기 때문이다. 즉 향락이 사람을 행복하게 한다는 사고방식은 질투하는 마음이 품는 미망이며 질투하는 마음이 이 미망을 품는 것은 질투하는 마음이 받는 당연한 천벌인 것이다.

이에 반해서 고통은 적극적·긍정적으로 느껴지며 따라서 고통이 없다는 것은 인생의 행복을 재는 잣대이다. 고통이 없고 거기에 무료함이 없다면 대체적으로 지상의 행복을 달성한 것이라고 봐도 좋다. 그 이외의 것은 모두 가공이기 때문이다. 그런데 여기서 도출되는 귀결로서 향락을 고통으로 사들이는 것은 물론, 고통을 만나게 될지도 모를 위험을 감수하고 향락을 사들이는 것조차 소극적·부정적이고 가공적인 것을 얻고자 적극적·긍정적·현실적인 것을 대가로 지불하는 것이 되기 때문에 그런 일은 결코 해서는 안 된다. 이에 반해서 고통에서 벗어나기 위해서 향락을 희생하는 경우는 여전히 이익을 잃지 않은 것이 된다. 이 두 가지 경우 모든 고통이 향락 뒤에 오는지 앞에 오는지는 물을 필요가 없다. 이 비탄의 무대인 사바세계를 황홀경으로 바꾸려는 생각으로 가능한 한 고통을 없애는 대신 향락과 기쁨을 목표로 하는 것은 더할 나위 없이 심각한 문제인데 이 문제를 일으키고 있는 사람은 실로 많다. 차라리 극단적일 정도로 염세적인 시선으로 이 세상을 지옥이라고 생각하고 이 지옥 속에서 업화를 견딜 수 있는 방을 하나 만들기에 전념하는 사람이 훨씬 더 방황이 적은 인간이라고 말할 수 있을 것이다. 어리석은 사람은 인생의 향락을 추구하다가 기만을 당한다. 현자는 재앙을 피한다. 만약 불행하게도 재앙을 피하지 못한다면 그것은 운명 때문이지 어리석음 때문이 아니다. 하지만 다행스럽게도 피할 수 있었다면 이렇게 피한 재앙은 극히 현실적인 것이기 때문에 그만큼 기만당하지 않은 것이 된다. 가령 재앙을 극단적으로 피했기 때문에 불필요할 정도로 향락을 희생했다 하더라도 조금도 손해가 될 것은 없다. 왜냐하면 향락은 모두 가공적이며 이를 놓쳤다고 한탄하는 것은 비웃어야만 할 심정이기 때문이다.

낙천주의의 영향으로 이 진리를 간과하는 것이 거듭되는 불행의 근원인 것이다. 즉 고뇌가 없는 동안에는 평지에 거친 파도를 일으키는 욕망이 존재하지도 않는 행복이라는 환영을 진실인 듯 펼쳐 보여 우리를 유혹하고 이것을 좇게 하려 한다. 그렇기 때문에 우리는 부인할 여지도 없이 현실적인 고통을 스스로 초래하며 그 결과 문득 떠오른 악한 마음 때문에 잃어버린 낙원처럼 지금은 과거의 것이 되어버린 고통 없는 상태를 상실한 것을 슬퍼하며, 옛날로 되돌아갈 방법이 없을까 생각하지만 이제는 어찌해볼 도리가 없이 되어버렸다. 이 때문에 욕망의 환영을 사용하여 더할 나위 없는 현실의 행복인 고통 없는 상태에서 끊임없이 우리를 이끌어내려는 악마가 있는 것이 아닐까 하는 생각이 들 정도이다. 젊은이는 깊이 검토도 해보지 않고 세계는 즐기기 위해서 존재하는 것이며, 적극적이고 긍정적인 행복이 깃드는 곳이기에 이를 놓치는 것은 이것을 수중에 넣을 만한 실력이 없는 인간이라고 생각한다. 젊은이들의 이와 같은 생각이 소설이나 시에 의해서 더욱 강화되며, 또한 조금 뒤에 이야기하겠지만 세상 어디에서나 일반적으로 볼 수 있는 외관상의 겉치레를 이용해서 행해지고 있는 위선적인 장식에 의해서도 강화되고 있다. 이렇게 된 뒤로의 삶은 적극적인 행복―당연히 적극적인 향락에 의해서 이루어진 것이라고 생각되어지는―을 목표로 다소나마 사려 깊게 행하기를 추구하는 생활이다. 이 경우 몸은 위험에 노출되지만 이 위험에 도박을 걸게 된다. 이렇게 되면 결국에는 있지도 않은 사냥감을 목표로 하는 이 추구는 언제나 극히 현실적이고 적극적인 불행을 불러오게 된다. 이러한 불행이 고통, 고뇌, 질환, 손실, 우려, 빈곤, 치욕 등 수많은 곤란이 되어 나타난다. 환멸을 느끼게 되지만 이미 때는 늦었다. 이에 반해서 여기에서 고찰한 원칙을 지키고 평생의 계획을 세우는 데 있어서 고뇌의 회피, 즉 결핍, 질환 등 어려움의 제거를 목표로 삼는다면 이것이야말로 현실적인 목표가 된다. 그렇게 되면 어쨌든 소기의 목적을 달성하게 된다. 그리고 적극적인 행복과 같은 환영을 좇으려고 하는 노력 때문에 이 계획이 방해받지 않는다면 그만큼 많은 성과를 얻을 수 있게 된다. 괴테가 『친화력』에서 끊임없이 타인의 행복을 위해서 분주히 돌아다니는 미트레르라는 인물을 통해서 한 말, 즉 "재앙을 피하려고 하는 자는 어쨌든 자신이 바라는 것을 자각한 인간이지만 지금 가지고 있는 것보다도 더 나은 것을 바라는 자는 완전히 장님이다.(아무리 좋은 것이 있어도 좀더 좋은 것이 있으면 엉망으로 만들어버린다. 즉 좋은 것을 바라는 마음에는 끝이 없다. 달은 차면 기울고 더 큰 것을 바라는 것은 어리석다는 뜻)"라는 아름다운 프랑스의 격언을 생각나게 한다. 뿐만 아니라 나의 저서 『의지와 표상으로서의 세계』 제2권 제16장에서 말한 것처럼 견유학파의 근본 사상조차도 여기에서 도출해낼 수가 있다. 견유학파가 모든 향락을 배제한 동기는 향락과 고통의 긴밀한 관계에 크고 작은 차이는 있지만 향락에는 어쨌든 고통이 따른다는 사실을 생각하여 향락을 얻기보다는 고통을 피하는 편이 훨씬 더 낫다고 생각했다는 점이 아니면 무엇이겠는가? 견유학파는 향락의 소극성·부정성과 고통의 적극성·긍정성을 마음속 깊이 절실하게 깨닫고 있었기 때문에 그 당연한 귀결로서 재앙을 피하기에 전력을 다하고 그를 위해서는 우리에게 고통을 겪게 하는 덫으로 밖에 생각되지 않는 향락을 의식적이고 전면적으로 배제할 필요가 있다고 생각했던 것이다.

실러†의 말처럼 우리들은 모두 목가적인 아르카디아에서 태어난 것이다.(아르카디아는 펠로폰네소스 반도의 산지로 양치기들이 사는 평화로운 지역이었다.) 다시 말해 우리가 이 세상에 태어났을 때는 행복과 향락을 마음껏 욕구하고 이 욕구를 관철시키려는 어리석은 희망을 품고 있다. 하지만 대부분은 그러는 동안 운명이 다가와서 우리를 거칠게 붙들고, 우리의 것은 무엇 하나 없으며, 모두는 운명의 것이라는 사실, 우리의 모든 재산이나 이득도, 가족도, 손발과 귀와 눈까지도, 뿐만 아니라 얼굴의 중앙에 있는 코를 요구할 권리조차도 운명이 쥐고 있다는 사실을 알게 된다. 어쨌든 조금 시간이 지나면 경험이 생기기 시작해서 행복과 향락이 멀리

† **실러** Johann Christoph Friedrich von Schiller, 1759.11.10~1805.5.9
독일의 시인 · 극작가.
　바덴뷔르템베르크주의 마르바흐에서 출생하였다. 아버지는 외과의사로 군의관이었으며, 어머니는 조용하고 정숙한 여성이었다. 14세 때 영주의 명령으로 칼사관학교에 입학하여 처음에는 법률을 공부하였으나 후에 의학으로 바꾸었으며, 이때부터 시와 희곡을 쓰기 시작하였다. 엄격한 기숙사 생활과 구속받던 젊은 시절에 셰익스피어 · 레싱 · 호메로스 · 괴테 등의 작품을 읽으며 습작을 계속하였다.
1794년 실러가 기획한 잡지 《호렌 Die Horen》에 괴테가 협력함으로써 그 후 그가 죽을 때까지 문학 · 사상면에서 보기 드문 우정을 유지하였다. 1797년 편집한 《연간시집》에 괴테와 공동으로 지은 단시 《크세니엔》 414편을 발표하였다. 작품마다 새로운 수법을 구사하며 내면적인 자유의 테마를 추구하였으며, 민족극 《빌헬름 텔》을 마지막 작품으로 남기고 1805년 바이마르에서 사망하였다.

서는 보이지만 가까이 다가가면 사라져버리는 신기루라는 사실을 알게 되며 그 대신 고뇌와 고통이 현실성을 갖게 되고 그것이 그대로 실재적인 것이어서 특별히 착각을 매개로 나타난다든가 예기된 곳에만 나타나는 것이 아니라는 사실을 깨닫게 된다. 드디어 이 교훈이 열매를 맺게 되면 행복과 향락을 추구하는 것을 그만두고 오히려 고통과 고뇌가 다가오는 길을 가능한 한 막으려고 마음을 쓰게 된다. 그렇게 되면 이 세상으로부터 받게 되는 최선의 것은 고통이 없이 조용한, 어쨌든 견딜 수 있을 정도의 생활이라는 사실을 알게 되어 우리의 요구를 이러한 생활에만 국한시키고 그에 의해서 이러한 생활을 더욱 확실하게 실행하려고 한다. 그도 그럴 것이 매우 불행해지지 않도록 하기 위해서는 특별히 행복해지기를 바라지 않는 것이 가장 확실한 방법이기 때문이다. 괴테의 젊은 시절 친구였던 메르크는 "행복, 그것도 꿈과 같은 행복을 얻으려는 추악한 욕망이 이 세계의 모든 것을 해치는 것이다. 이 욕망에서 벗어나 눈앞에 있는 것 외에는 무엇 하나 바라지 않는다면 어떻게든 간신히 빠져나올 수 있는 법이다."(『메르크의 왕복서간집』)라고 기술했는데 역시 메르크도 이 사실을 깨닫고 있었던 것이다. 따라서 행복과 영화와 향락을 추구하려는 노력과 고투야말로 대재앙을 불러오는 것이니 향락·재산·지위·명예 등에 대한 요구는 극히 적은 수준으로 끌어내리는 것이 현명하다. 한편, 극심한 불행에 빠지기는 매우 쉽지만 커다란 행복을 얻기는 어려운 것이 아니라 완전히 불가능한 것이니 이러한 점에서 보더라도 위와 같은 방법을 쓰는 것이 현명하고 가장 좋은 방법일 것이다. 따라서 처세술의 시인 호라티우스가 다음과 같이 노래한 것은 참으로 지당한 이야기라고 할 수 있겠다.

중용의 미덕을 사랑하는 자는
빈곤의 더러움에 물들지 않고, 현명하게도,
사람들이 부러워하는 저택의 화려함도 좋아하지 않는다.
소나무가 클수록 바람은 더욱 거세며,
산이 높으면, 번개는 먼저 이것을 때리고,
탑이 높으면 더욱 참담하게 무너진다.

내가 말한 철학적 가르침을 받아들여 우리 인간의 모든 존재가 오히려 없는 것이 나은 것으로 이것을 부정하고 거부하는 것이 최선의 지혜라는 것을 알게 된다면 어떤 일에도, 어떤 사태에도 커다란 기대를 걸지 않고, 이 세상의 그 어떤 것도 정열적으로 추구하지 않으며, 모든 것을 잃었다며 크게 슬퍼하며 울지도 않게 된다. 플라톤이 "게다가 인간 세계에 존재하는 사물 중에 혈안이 되어 추구할 만한 가치가 있는 것은 무엇 하나 없다."고 한 말에도 철저할

것이며,

　내 것으로 삼았던 세계가 덧없이 사라져도,

　한탄하지 말라, 세계는 원래 공허한 것이니.

　세계가 진정으로 내 것이 되어도,

　기뻐하지 말라, 세계는 원래 공허한 것이니.

　고통도 환희도, 한순간에 지나가 버린다.

　관여하지 말라, 이 세계에 세계는 원래 공허한 것이니.

　안와리 소헤이리[†] [사디[††] 교훈시의 「굴리스탄[†††]」의 제사題詞를 보라.]

라는 정신에도 철저할 것이다. 마음의 양식으로 삼아야 할 만한 이
러한 통찰을 얻는 것이 특히 어려운 것은 앞서 말한 세상의 위선적
인 장식 때문이다. 따라서 젊은이에게는 빨리 이 위선의 가면을 벗
겨 보이는 것이 좋다. 화려한 행사의 대부분은 우선 무대 장식과
같이 그저 보이기 위한 것으로 거기에는 본질이라는 것이 없다. 예
를 들어 깃발과 화환으로 장식한 선박이나, 축포나, 조명이나, 징
과 나팔, 환호, 갈채 등과 같은 것은 모두가 기쁨을 나타내는 간판

---

† **안와리 소헤이리, 1116?~1189** : 페르시아의 서정시인.
†† **사디, 1213?~1292.** : 페르시아의 시인.
††† **굴리스탄** : 〈장미원〉이라는 뜻으로 교훈시의 제목.

과 같은 것이며, 상징이며, 상형문자이다. 하지만 대부분 기쁨은 그 자리에는 모습을 나타내지 않는다. 기쁨만은 축하의 자리에 참석하기를 거절한다. 기쁨이 실제로 모습을 드러낼 때는 초대받지도 않았고 사전에 연락도 없이, 거드름을 피우지도 않고 홀연히, 오히려 살금살금 다가오는 것이 보통이며 일상적으로 흔히 벌어지는 일에, 정말 아무것도 아닌 기회에, 오히려 전혀 빛나지도 않고 형식적이지도 않은 기회에 곧잘 나타난다. 기쁨은, 오스트레일리아의 금광처럼 변덕스러운 우연의 뜻에 따라 규칙도 없고 법칙도 없이 대부분은 아주 미세한 입자와 같은 모양으로 여기저기에 산재해 있으며 커다란 덩어리로 뭉쳐 있는 경우는 거의 찾아볼 수가 없다. 하지만 앞서 기술한 여러 가지 행사는 여기에 기쁨이 와 있다고 사람들에게 믿게 하는 것만이 목적이다. 타인의 머릿속에 비치는 이 거짓 영상이 목적인 것이다. 슬픔이라는 것도 기쁨과 사정은 다르지 않다. 그 길고 완만한 장례 행렬은 얼마나 음울한 것인가? 이어지는 마차의 행렬은 언제 끝날지도 모른다. 그리고 시험삼아 한번 마차 속을 들여다보아라. 마차는 전부 텅 비어 있다. 다시 말해 죽은 자가 마을의 모든 마부들에게 무덤까지 배웅을 받고 있는 것일 뿐이다. 이것이 세상의 우정과 경의의 단적인 표출이다. 바로 이것이 인간 행동의 성의 없음, 공허함, 위선인 것이다. 축하할 자리에 초대를 받아 화려한 옷을 입고 모여든 수많은 하객들도 또한 위와 같은 예 중의 하나이다. 그들은 이른바 상류계급·상류층의 사회성을 나타내는 간판이다. 하지만 그들이 단 한 사람도 남김 없이 가슴에 훈장을 달고 있다 하더라도 많은 손님들이 모이는 곳에서는 반드시 유상무상의 집합을 볼 수 있는 법이니 대부분의 경우 거기에 모습을 나타낸 것은 실은 그들 본인이 아니라 그들을 대신하여 억지스러움과 난처함과 무료함이 참가한 것이다. 왜냐하면 참으로 훌륭한 사교 동료란 어떠한 경우에라도 필연적으로 극히 소수이기 때문이다. 원래 화려한 형식을 갖춘 소란스러운 축하의 자리나 행사라는 것은 우리 인간의 생존의 초라함, 빈약함과는 완전히 대조되는 것이라는 점에서 생각해보더라도 반드시 그 내용이 공허하고 부조화라는 사실을 알 수 있다. 이 대조가 오히려 이 결론의 진실성을 더욱 부각하고 있다. 그런데 외부적으로 보자면 그러한 행사에는 여러 가지 효과가 있는데 바로 그것이 결국 목적이 되는 것이다. 따라서 샹포르가 "사교계나 클럽, 살롱, 즉 상류사회라고 불리는 것은 알고 보면 빈약한 각본 같은 것, 기계나 의상, 장식 때문에 다소간의 화려함은 있지만 조금도 재미있지 않은, 어설픈 오페라 같은 것이다."라고 한 말은 참으로 재미있다. 그런데 아카데미나 철학의 강좌제講座制도 또한 뛰어난 지혜의 간판이고 장식이다. 하지만 뛰어난 지혜 또한 대부분의 경우에는 이러한 곳에 얼굴 내밀기를 사양하고 전혀 엉뚱한 다른 곳에 존재한다. 되풀

이해서 종을 울리고, 법복을 입고, 깊은 믿음을 가지고 있는 듯이 행동하고, 엄숙한 동작을 보이는 것은 믿음의 간판, 믿음을 가장한 외관이다. 그 외에도 이러한 일들은 얼마든지 있다. 그렇기 때문에 이 세상의 거의 대부분은 속이 텅 빈 호두라고 말할 수 있는 것이다. 원래 알맹이라는 것이 매우 드문 것이다. 그리고 알맹이가 껍데기 속에 들어 있는 경우는 더욱 드물다. 알맹이를 찾기 위해서는 어딘가 전혀 엉뚱한 곳을 찾아봐야만 하며, 대부분은 아주 우연히 찾아낼 수 있을 뿐이다.

2. 어떤 사람의 상태가 어느 정도로 행복한가를 가능해보려면 그 사람이 어떤 것을 즐기는가를 묻기보다는 어떤 것에 슬퍼하는지를 물어야 할 것이다. 사소한 일에 민감해지는 데는 모든 일이 잘 풀리는 상태에 있어야 한다는 것이 전제조건이 되기 때문에 불행한 상태에 있다면 사소한 일은 전혀 느끼지 못할 터이니 슬퍼하는 일 자체가 하찮은 것일수록 그만큼 그 사람은 행복한 것이다.

3. 생활에 대해 여러 가지를 요구하고 자기 인생의 행복을 넓은 기초 위에 세우려고 하는 방법은 가능한 한 피하도록 주의하는 것이 좋다. 넓은 기초 위에 세우면 그 때문에 행복은커녕 더욱더 많은 재난을 부르는 기회를 맞이하게 되며, 이러한 재난은 일어나지 않고 그냥 넘어가는 것이 아니기 때문에 인생의 행복은 가장 무너지기 쉽게 되는 것이다. 즉 다른 건물은 모두 토대가 넓으면 가장

안정되지만 인간의 행복이라는 건물은 이 점에서는 그와는 반대가 된다. 따라서 자신이 가지고 있는 모든 수단과의 균형이라는 면에서 보자면 요구를 가능한 한 낮추는 것이 커다란 불행을 면하는 가장 확실할 길이다.

일반적으로 자신의 일생에 대해서 만반의 준비를 갖춘다는 것은 그것이 어떠한 것이든 가장 눈에 띄는 최대의 어리석은 행동 중 하나이다. 이러한 준비를 할 때에는 무엇보다도 먼저 한 인간으로서의 완전한 한평생이라는 것을 염두에 둔다. 하지만 그러한 일생을 보내는 사람은 손가락을 꼽을 수 있을 정도밖에 되지 않는다. 또운 좋게도 그렇게 오랫동안 살아본다 한들 세운 계획에 비해서는 너무나도 짧다. 계획을 수행하는 데는 생각했던 것보다도 훨씬 더 많은 시간이 걸리기 때문이다. 그리고 계획은 인간의 모든 일이 그런 것처럼 실패의 위험이나 장해에 노출되어 있는 경우가 많기 때문에 목표를 달성하는 경우는 극히 드물다. 마지막으로 결국 모든 것이 달성된 뒤에도 시간의 변화가 우리에게 가져다주는 변화를 도외시하고 이를 계산에 넣지 않았던 것이다. 즉 그 성과를 훌륭하게 유지하기 위해서도, 또한 그것을 향락하기 위해서도 우리의 능력이 생애를 통해서 변함 없이 유지되는 것이 아니라는 점을 충분히 고려하지 않은 것이다. 노력의 목표로 삼고 있던 것을 간신히 손에 넣었는데 이제 우리에게는 쓸모없어진 것인 경우가 곧잘 일어나는 것도, 또한 어떤 역작의 준비과정에 시간을 보내는 동안 자신도 모르는 사이에 역작 자체를 완성할 만한 힘이 사라져버리는 경우가 있는 것도 바로 이 때문이다. 이러한 이유로 오랜 시간의 노고와 수많은 위험을 감수하면서 얻은 부를 즐기지 못하고 결국에는 남을 위해 일한 결과가 되거나, 오랫동안의 노력을 통해서 얻은 지위를 훌륭하게 수행하기를 더 이상은 바랄 수 없게 되는 경우를 흔히 볼 수 있는데 이런 것들은 모두 소원 성취가 너무 늦었기 때문인 것이다. 또한 반대로 소원을 성취한 인간이 일을 늦게 완성한 경우도 있다. 즉 업적이나 제작물과 같은 경우이다. 시대의 취향이 변하거나, 그것에 흥미를 갖고 있지 않은 새로운 세대가 자라났다거나, 다른 사람이 지름길을 통해서 먼저 도달한 것과 같은 경우가 그런 것이다.

어찌 노력을 할 필요가 있겠는가?
유구한 계획에 견디지 못할 것을.

호라티우스의 이 말도 앞서 기술한 사항을 염두에 두고 한 말이다. 종종 볼 수 있는 이런 잘못의 원인은 피할 수 없는 마음의 눈의 착시에 있다. 그것은 인생이라는 것이 출발점에 서서 바라보면 끝없이 먼 것으로 보이지만 그 종착점에서 되돌아보면 매우 짧은 것으로 보인다는 착각이다. 단, 이러한 착각이 없다면 위대한 사업을 전혀 성취할 수 없을 것이니 그 착각에는 나름대로 좋은 효능이 있다는 사실도 부인할 수 없다.

길음을 옮길 때마다 나그네의 눈에는 모든 풍물이 멀리서 봤을 때와는 다른 모습으로 보이며 점점 다가감에 따라서 변화를 하게 되는데 결국 인생도 그런 것이다. 그중에서도 우리 인간의 소망이 바로 그렇다. 처음 원하던 것과는 전혀 다른, 아니 그것보다 나은 것을 발견하게 되는 경우가 곧잘 있는 법이다. 또한 찾고 있던 것을 처음 더듬어가기 시작한 길에서는 발견하지 못했는데 전혀 다른 길에서 발견하게 되는 경우도 적지 않다. 특히 향락이나 행복, 기쁨을 원했는데 그 대신에 계발이나 통찰, 인식, 즉 겉만 번지르르하고 덧없는 재물 대신에 언제나 진실된 재산이 주어지는 경우도 흔히 있다. 괴테가 쓴 『빌헬름 마이스터』에 일관되게 흐르고 있는 기초 저음이라고도 말할 수 있는 사상도 바로 이런 것이다. 『빌헬름 마이스터』는 지성적인 소설로, 다시 말하자면 인간의 본성을 단순하게 의지라는 면에서만 해석을 하고 있는 데 불과한 월터 스콧의 소설에 비해도 훨씬 더 고급이라고 할 수 있을 것이다. 마찬가지로 괴이하기는 하지만 중요하고 다의적인 상형문자라고도 할 수 있는 『마적』에도 이와 같은 근본 사상이 무대 장치와 같이 거대한 윤곽으로 나타나고 있다. 마지막 부분에서 밤의 여왕으로부터 자신의 딸 파미나를 구해줄 것을 부탁 받은 타미노가 파미나를 얻고 싶다는 욕망을 버리고 파미나를 얻는 대신에 지혜의 전당에서 오직 영감만을 바라 그 바람이 이루어지고, 필연적으로 타미노와 대조될 수밖에 없는 인물인 파파게노에게는 이와 반대로 그가 바라던 바대로 요녀 파파게나가 주어진다는 줄거리로 이야기를 바꾼다면 이 근본 사상이 한층 완전하게 상징되어졌을 것이다. 인격이 고결한 뛰어난 인물이라면 곧 이 운명에 의한 교화를 깨닫고 감사하는 마음으로 진솔하게 이를 따를 것이다. 즉 이 세상에서 교훈은

† **페트라르카** Francesco Petrarca, 1304.7.20~1374.7.19
이탈리아의 시인 · 인문주의자.
토스카나주 아레초 출생. 아버지 페트라코로는 피렌체의 서기였으나, 귀족옹호파인 흑당(黑黨)으로부터 추방당했으므로 페트라르카는 망명지에서 태어났다. 몽펠리에 및 볼로냐 대학에서 법학을 공부한 후 아비뇽으로 돌아가 교황청에서 직업을 얻었다. 여기서 시인으로서 성장하는 데 결정적인 영향을 받은 것은 연애 경험이었다. 또한 교황청의 방대한 장서를 탐독함으로써 교양을 쌓았다.
G.보카치오도 그의 제자 중의 한 사람이며, 이후 두 사람의 우정은 이탈리아 문학사에서 기본적인 것을 형성하였다. 1341년 로마에서 계관시인의 영예를 안았다. 이듬해 프로방스에서 그의 사생아가 태어나 주교였던 그의 동생 계랄도의 개입으로 그에게 정신적 위기가 찾아왔다. 이때 성아우구스티누스와 대화형식으로 자기의 고민을 고백한 라틴어 작품 《나의 비밀 》을 집필하였다. 만년에 단테의 《신곡》을 모방한 이탈리아어 작품 《승리》를 집필하고 그곳에서 죽었다. 당시 속어였던 이탈리아어 작품을 경시했던 그를 불멸의 시인으로 만든 것은, 1342년경부터 집필한 이탈리아어로 된 서정시 《칸초니에레》이다. 지상의 것에 집착한다는 것은 신에 대한 전면적 헌신과 양립하지 않는다는 그의 고민에 찬 의문이 발생한다. 그런데 그의 미녀 찬양과 쪼아 다듬은 시풍은 소네트의 한 극치로서, 후년 '페트라르카 시풍' 이란 이름으로 서유럽 각국의 시인의 규범으로 숭앙되기에 이르렀다.

얻을 수 있지만 행복은 얻을 수 없다는 사실을 깨닫게 되고, 그 결과 소망을 버리고 그 대신에 깨달음을 얻는 것이 습관이 되어 그것으로 만족하게 되며, 결국에는 페트라르카†와 함께 이런 말을 하게 되는 것이다.

배우는 것 이외에서는 아무런 행복도 느끼지 못한다.

이러한 사람들은 자신의 소망이나 지원하는 바를 추구한다 하더라도 그것은 이미 외견뿐인 거의 유희에 가까운 추구이며 솔직하게 말하자면 진의는 오로지 교화를 기대하는 경지에까지 이르는 경우도 있다. 이렇게 되면 명상적이고 천재적인 기품 있는 품격을 갖추게 된다. 이러한 의미에서는 오로지 황금을 구하려다가 화약, 자기, 의약을 발명하고 심지어는 자연법칙까지도 발견한 연금술사의 운명이 마치 우리의 운명이라고도 말할 수 있는 것이다.

B. 자기 자신에 대한 태도에 대해서

4. 건축 공사의 보조적 노동에 종사하는 기능공은 전체 설계에 관여하지 않으며, 만약 관여한다 하더라도 끊임없이 그것을 염두에 두고 있는 것은 아니다. 일생의 나날, 매시간을 더듬어나가야

하는 인간도 자신의 생애 및 그 성격과 양상의 전모에 대해서는 이와 같은 관계에 서게 된다. 자신의 생애가 당당하고, 무게를 가지고 있으며, 계획적이고 개성이 강한 것일수록 그 축소판과 같은 윤곽, 즉 설계가 눈앞에 생생하게 나타나는 기회를 때때로 맞이하게 된다는 사실은, 그만큼 필요한 일이기도 하고 유익한 일이기도 하다. 원래 그를 위해서는 "너 자신을 알라."는 말을 조금이라도 마음에 둘 필요가 있다. 즉 자신이 무엇보다도 가장 우선적으로 바라는 것이 무엇인가, 다시 말해 자신의 행복에 있어서 가장 본질적인 것은 무엇인가, 그리고 그것에 이어서 두 번째, 세 번째를 점하고 있는 것은 무엇인가 하는 점을 알 필요가 있다. 또한 자신의 직무, 역할, 세상에 대한 위치가 전체적으로 봐서 어떤 것인가를 인식하는 것도 필요하다. 그런데 이 직무, 역할, 세상에 대한 위치가 현저하게 위대한 사람이라면 생애의 설계를 축소판처럼 만들어 바라보는 것이 무엇보다도 더욱 힘을 주며, 격려가 되고, 분발하게 하며, 활동에 필요한 기력을 부여하며, 사악한 길에 빠지는 것을 막아줄 것이다.

나그네가 언덕 위에 도착해서야 비로소 지금까지 걸어왔던 구불구불한 길을 전체적으로 바라보며 이것을 인식할 수 있는 것과 마찬가지로 우리도 생애의 어떤 시기의 마지막에는, 그리고 전 생애의 마지막 순간에는 자신이 남긴 선행이나 업적, 역작의 종합적인 참된 관계, 그 세밀한 일관성이나 맥락, 나아가 그 가치조차도 인식하게 되는 것이다. 직접 일에 관여하고 있을 동안에는 언제나 자기 성격의 변하지 않는 특성에 따라, 동기가 주어지는 대로, 능력의 정도에 따라서 행동하고 있는 것에 지나지 않는다. 따라서 모두가 필연성에 의해서 행해지는 행동에 지나지 않는다. 매순간마다 그저 그 순간에 타당하고 적당하다고 생각되는 일을 실행하는 것일 뿐이다. 결과를 보고서야 비로소 그것이 어떻게 되었는지를 알 수 있으며, 전체의 관련성을 되돌아보고서야 비로소 그것이 어떻게 행해졌으며, 무엇에 의해서 행해졌는가를 명확하게 알 수 있다. 또한 그래야만 우리는 제아무리 뛰어난 선행, 불멸의 역작이라 할지라도 그것을 수행하거나 제작하는 동안에는 이것이 뛰어난 선행, 불멸의 역작이라고 의식하지 못하고, 단지 현재의 목적에 합당한 것, 눈앞의 의도와 일치하는 것, 따라서 지금의 시대에 타당한 것이라고만 의식을 하게 된다. 하지만 전체의 종합적인 관련을 봐야만 비로소 자신의 성격과 능력이 명백해지는 것이다. 그렇게 된 뒤에 개별적인 점들을 바라보면 수많은 사악한 길에서부터 마치 영감에 이끌리듯이 자기 자신의 본질에 이끌려서 유일하게 올바른 길을 갈 수 있게 되는 것이다. 위에서 말한 점은 인간의 이론적인 면에도, 실천적인 면에도, 또한 이와는 반대로 악이나 실패라는 면에도 적용되는 것이다.

5. 우리 주의의 일부는 현재에, 일부는 미래에 쏠려 있는데 언젠가는 한편이 다른 한편을 해치지 않도록 양자를 적당하게 배분하는 일도 처세 철학의 중요한 점 중 하나이다. 과도하게 현재에만 주의를 기울이고 있는 사람이 많다. 경솔한 사람들이 바로 그렇다. 과도하게 미래에만 주의를 기울이고 있는 사람도 있다. 소심하고 근심 걱정이 많은 사람들이 바로 그렇다. 엄정하고 타당하게 배분하고 있는 사람은 아마도 없을 것이다. 노력과 희망에 의지하여 미래만을 바라보고 끊임없이 앞을 바라보며, 미래에 속한 일만이 참된 행복을 가져다주는 것이라고 생각하여 서둘러 이를 받아들이고, 그와는 반대로 현재를 되돌아보지도 않고, 맛보려 들지도 않고 지나쳐 가는 사람이 있는데 이러한 사람은 나이에 어울리지 않게 영리해 보이는 얼굴을 하고 있지만 머리에 묶여 있는 봉에 매달려서 끊임없이 눈앞에서 어른거리고 있는, 지금 당장이라도 먹을 수 있을 것 같은 여물에 끌려서 걸음을 서두른다는 이탈리아의 당나귀에 비유할 수 있을 것이다. 그러한 사람들은 죽을 때까지 결국에는 언제나 당면한 일에만 국한된 삶을 영위하는 것으로 스스로를 속이면서 일생을 비웃게 되는 것이다. 그렇기 때문에 언제나 미래에 대한 계획과 배려에만 모든 마음을 기울이거나, 과거에 대한 동경에 빠지거나 하지말고 현재야말로 유일하게 현실적이고 확실한 것이라는 사실, 이에 반해 미래는 거의 대부분 우리가 상상하고 있

는 것과는 다르게 전개된다는 사실, 심지어는 과거조차도 우리의 상상과는 달랐다는 사실, 그리고 미래와 과거 모두 전체적으로 보자면 겉모습만큼 대단한 것이 아니라는 사실을 절대로 잊지 말아야 한다. 육안에는 대상을 작게 보이게 하는 간격이 있으며 심안心眼은 대상을 크게 보이게 하는 법이다. 진실하고 현실적인 것은 현재뿐이다. 현재야말로 현실적으로 충실한 시간이며 우리의 현실생활은 오직 현재 속에만 존재한다. 그렇기 때문에 언제나 명랑하게 현재를 받아들여야 할 것이다. 따라서 직접적인 불쾌함이나 고통을 수반하지 않고서 어떻게든 견딜 수 있을 정도의 한때가 좋든 싫든 주어진다면 그것을 그대로 의식적으로 즐기는 것이 좋다. 다시 말해 과거에 품었던 희망에 대한 좌절이나 미래에 대한 우려 때문에 씁쓸한 표정으로 이 한때를 숨막히게 생각해서는 안 될 것이다. 지난 일에 화를 내거나 미래에 대한 걱정 때문에 이처럼 좋은 현재의 한때를 뒷전으로 밀쳐내거나, 혹은 경솔하게도 이것을 망치는 것은 참으로 어리석은 짓이다. 걱정을 하는 일은 물론, 회한에 잠기는 일에도 일정한 시간만을 할애하도록 하는 편이 좋을 것이다. 이러한 관점에서 봐서 이미 일어난 일은,

제아무리 마음이 아파도, 이제는 지나버린 일로 치부하자.
제아무리 괴로워도 잠겨드는 마음을 진정시키자.

라고 생각하고, 미래의 일은

　그것은 신의 뜻에 달린 것이다.

라고 생각하고, 현재는 "하루 하루를 일생이라고 생각하라."(세네카)는 말에 따라서 이 유일하게 현실적인 시간을 가능한 한 즐거운 것으로 만드는 것이 좋다.

　미래의 재앙 중에서 우리가 당연히 불안을 느껴도 괜찮은 것은 올 것이 확실하며 또한 오는 시기까지 확실하게 알고 있는 재앙이다. 하지만 이러한 재앙은 그 숫자가 매우 적을 것이다. 즉 재앙이라는 것은 단지 일어날지도 모른다, 기껏해야 아무래도 일어날 것 같다는 정도이거나, 그도 아니면 일어날 것은 확실하더라도 일어날 시기가 전혀 불확실한 정도이다. 그런데 이런 종류의 재앙을 하나 하나 상대하고 있다가는 한시도 마음이 쉴 때가 없을 것이다. 따라서 불확실한 재앙이나 시기가 정확하지 않은 재앙 때문에 생활의 평화를 잃지 않으려면 불확실한 재앙은 절대로 오지 않는 것이라고 생각하고 시기가 정확하지 않은 재앙은 절대로 그렇게 금방은 찾아오지 않는 법이라고 생각하는 습관을 들여야만 한다.

　한편 공포심이 떠나고 마음이 편안해지면 소망이나 욕망, 요구가 더욱 마음을 혼란스럽게 한다. "자신이 의지할 만한 곳은 추구하지 않고."라는 호평을 얻었던 괴테의 노래가 말하고 싶었던 것은 결국 인간은 모든 욕구에서 벗어나서 꾸밈없는 알몸 상태의 생존으로 돌아가야만 비로소 행복의 기초를 이루는 마음의 안정을 다소나마 얻을 수 있는 것으로 현재를, 심지어는 모든 생애를 즐길 수 있는 경지에 도달하는 데는 이 안정이 필요하다는 것이다. 다름아닌 이 목적을 위해서는 오늘이라는 날이 단 한 번뿐으로 두 번다시 찾아오지 않는다는 사실을 언제나 명심해두는 것이 좋을 것이다. 그런데 우리는 오늘이라는 날이 내일 또 오는 것이라고 생각하고 있다. 내일 역시 내일로서 한 번밖에 오지 않는 또 다른 하루인 것이다. 그런데 우리는 하루 하루가 인생의 주요한 부분이며 따라서 무엇과도 바꿀 수 없는 부분이라는 사실을 잊고, 오히려 개체가 총체적인 개념에 포함되는 것과 마찬가지로 하루 하루가 일생속에 포함되어 있는 것이라고 생각한다. 이와 마찬가지로 병에 걸리거나 슬퍼할 때에는 고통도 없었고 불편함도 없었던 시기가 수많은 추억이 되어 전부가 한없이 부러운 것으로 보이며 잃어버린 낙원처럼 생각되어 참된 친구에 대해서 인식이 부족했던 것처럼 후회를 하게 되는데 그러한 사실을 아무런 탈이 없을 때에도 언제나 의식한다면 현재에 대해서 평가를 좀더 잘 하고 이것을 즐길 수 있을 것이다. 하지만 즐거울 때는 그것을 깨닫지 못한 채로 보내다가 좋지 않은 때가 찾아와서야 비로소 옛날로 되돌아갈 수 있다면 좋겠다는 생각을 한다. 마음 편하고 명랑한 때는 얼마든지 있었지만 제대로 맛보지도 즐거움을 얻지도 못한 채 불쾌한 얼굴로 지내버리다가 나중에 괴로운 때가 찾아왔을 때 그것을 동경하며 덧없이 긴 탄식만을 내뱉을 뿐이다. 그보다는 차라리 지금 차갑게 보내고 있는 현재, 한시라도 빨리 가버렸으면 좋겠다며 초조하게 뒤에서 떠밀어서라도 쫓아내버리고 싶은 이 현재가 만약 조금이라도 견딜 만한 정도의 것이라면 비록 평범하고 일상적인 현재라 할지라도 그것은 저 신비한 과거 속으로 지금 막 옮겨가려고 하는 것으로 신비한 과거 속으로 편입된 뒤에는 영원불멸한 광명에 싸여 끝없이 기억에 남아서, 후일 특히 고난에 빠져서 기억이 그 돛을 올렸을 때 절실한 동경의 대상이 되어 나타날 것이라는 사실을 깊이 명심해두고 이 현재에 경의를 표하도록 하는 것이 좋을 것이다.

6. 모든 사물을 국한하는 것이 행복해지는 방법이다. 우리의 시계, 활동 범위, 접촉 범위가 좁으면 그만큼 우리들은 행복하며, 그것이 넓으면 우리를 괴롭혀 불안한 마음을 갖게 하는 것도 그만큼 많아진다. 그 범위가 증가하고 확대할수록 우려와 소망, 공포도 증가하고 확대되기 때문이다. 따라서 장님도 우리가 처음부터 틀림없이 불행할 것이라고 상상하는 것만큼 불행하지는 않다. 얼굴에 나타나 있는 부드러움, 마치 명랑함과도 같은 편안함이 무엇보다

도 커다란 증거이다. 또한 결국에는 생애의 후반이 전반보다도 슬프게 끝나버리는 것도 일부는 이 원칙에 바탕을 두고 있는 것이다. 왜냐하면 나이를 먹어감에 따라서 우리가 품는 목적이나 타인과 맺는 교섭의 범위가 점점 넓어지기 때문이다. 유년 시절에는 매우 친근한 환경과 매우 좁은 환경에 한정되어 있다. 청년 시절이 되면 이미 그 범위가 훨씬 더 넓어진다. 장년 시절에는 시야가 모든 생애를 그 범위에 놓을 뿐만 아니라 세계의 국가나 민족이라는 가장 먼 사회 관계에까지도 미치는 경우가 적지 않다. 노년 시절이 되면 자손들의 일까지도 그 범위에 포함된다. 사물을 국한하는 것은 비록 그것이 정신적인 것의 국한이라 할지라도 우리의 행복에 도움이 되는 것이다. 의지를 자극하는 것이 적으면 그만큼 고뇌가 적어지는 법이며, 게다가 우리가 알고 있는 것처럼 고뇌는 적극적인 것이지만 행복은 소극적인 것에 지나지 않기 때문이다. 활동범위를 한정하면 의지를 자극하는 외부적 동기를 의지로부터 떨어뜨려 놓을 수 있게 되고, 정신을 국한하면 그 내부적 동기를 제거할 수 있게 된다. 단, 정신을 국한하는 방법에는 결점이 있다. 즉 정신의 국한은 무료함을 불러오게 된다. 무료함을 달래기 위해서 모든 일에 손을 내밀어 오락이든, 사교든, 사치, 놀이, 음주 등 무엇이든지 간에 여러 가지 일들을 시험해보지만 그러한 것들은 손실과 파멸과 온갖 불행만을 불러올 뿐이기 때문에 무료함은 간접적으로 수많은 고뇌의 원천이 되는 것이다. '한가하게 쉬기는 어렵다.' 이에 반해 외부적인 국한은 실행하면 할수록 인간의 행복에 유익할 뿐만 아니라 오히려 그렇게 해야만 한다는 사실은, 문학 중에서도 행복한 사람들에 대한 묘사를 실험하고 있는 유일한 부문인 목가적 문학이 행복한 사람을 대체적으로 매우 한정된 처지와 환경에 있다고 설정한 후 묘사한다는 점을 보더라도 명백하게 알 수 있다. 이러한 상황이 빚어내는 감정은 풍속화를 보고 느끼는 만족적인 쾌감의 기조가 되기도 한다. 따라서 우리의 처지가 간소할수록 아니 생활 방식이 단조롭기만 해도 생활 자체의 의식, 심지어는 생활에 본질적으로 수반되는 부담의 의식이 가장 적어지는 것이니 그것이 무료함을 불러일으키지 않는 한 우리는 행복해지는 것이다. 이러한 생활은 물결도 소용돌이도 일으키지 않는 작은 강처럼 흘러가는 생활이다.

7. 우리의 행복과 불행은 결국 의식이 어떠한 것을 대상으로 삼고 있는가에 달린 것이다. 그런데 이 점에 있어서는 전반적으로 봐서 성공과 실패가 일정하지 않게 번갈아가며 찾아오는 현실 생활과 이에 수반되는 충격이나 고뇌보다도 순수하게 지적인 일이 이러한 능력을 가지고 있는 사람에게 기여하는 바가 훨씬 더 크다. 단, 이를 위해서는 압도적인 정신적 소질이 필요하다는 것은 말할 필요도 없는 사실이다. 다음으로 여기에 더해서 조심해야 할 점은

외부에 대해서 적극적인 활동을 하는 생활이 연구를 방해하고 신경을 다른 데로 돌리게 하여 연구에 필요한 평정과 침착함을 정신으로부터 빼앗아가는 것과 마찬가지로 지속적인 정신 노동이 많든 적든 간에 현실 생활의 분주한 움직임에 대처하는 능력을 떨어지게 만든다는 사실이다. 따라서 어떤 형태이든 정력적인 실제 활동을 필요로 하는 사정에 맞닥뜨리게 되었을 경우에는 일시적으로 완전하게 정신 노동을 중지하는 것이 가장 좋을 것이다.

　8. 흠잡을 데 없이 사려 깊은 생활을 하고 자신의 경험 속에 포함되어 있는 모든 교훈을 이끌어내기 위해서는 끊임없이 반성을 되풀이하여 자신의 체험, 행동, 경험과 그것에 더해서 느낀 것을 총괄적으로 재검토하고 자신의 이전의 판단을 현재의 판단과 비교하여 자신의 계획과 노력을 그 결과, 그리고 그 결과에 의해 주어진 만족과 비교해볼 필요가 있다. 이 일은 경험이 누구에게나 들려주는 특별 개인지도를 복습하는 것이다. 또한 자신의 경험을 본문이라고 보고, 사색과 지식을 이 본문에 대한 주석이라고 볼 수도 있다. 경험이 적고 사색과 지식이 많은 것은 각 페이지에 본문이 2행, 주가 40행이나 있는 책과 마찬가지이다. 사색과 지식이 적고 경험이 많은 것은 주석이 없어서 알 수 없는 부분이 많은 비퐁티움 판(비퐁티움은 독일의 츠바이브리켄이라는 마을의 라틴어 이름. 1779년 이후 이 마을에서 인쇄된 그리스·로마의 고전 출판물을

말한다)과 같은 것이다.

　밤, 잠들기 전에 하루 동안 있었던 일을 전체적으로 검토해보는 것이 좋다고 한 피타고라스의 규칙도 여기에서 든 충고를 목적으로 한 것이다. 잡일이나 유흥에 빠져서 자신의 과거를 재검토하지도 않고 지내며 그저 분주하게만 인생을 보내는 사람에게는 확실한 사려가 결여되어 있다. 그러한 사람은 마음과 사상이 혼란스러워진다. 그렇게 되면 곧 이야기에 맥락이 없어지고 단편적이 되어마치 짧은 토막처럼 되어버리기 때문에 이 혼란을 숨김없이 드러내게 된다. 외부적인 분주함, 즉 외부로부터 주어지는 인상의 수가늘어나고 정신의 내부적인 활동이 적어지게 되면 앞서 말한 혼란은 그만큼 더욱 커지게 되는 것이다.

　시간이 지나서 우리에게 영향을 미치고 있던 처지와 환경이 과거의 것이 되어버렸을 때에는 그 당시의 처지와 환경에 의해 빚어졌던 마음이나 감정을 불러일으켜 되살릴 수 없게 된다는 사실을여기에 덧붙여두어야 할 것이다. 하지만 이 처지와 환경의 영향으로 하게 되었던 우리의 말은 기억을 해낼 수가 있다. 그런데 이러한 말은 앞서 말한 기분이나 감정의 소산이자 표현이고 척도인 것이다. 따라서 기억이나 종이에 의지해서 기념할 만한 때의 그러한말들을 주의 깊게 보존해두는 것이 좋을 것이다. 이 목적에는 일기라는 것이 매우 커다란 도움이 된다.

9. 자신에게 만족하고 자신에게 있어서 자신이 모든 것이며 그리스의 현인 비아스처럼 "나의 것은 전부 내 몸에 붙어 있다."고 말할 수 있다면 그것이야말로 진정한 행복임에 틀림없다. 따라서 "행복은 자신에게 만족하는 사람의 것이다."라고 한 아리스토텔레스의 말은 몇 번이고 되뇌일 필요가 있다.(또한 내가 이 논문의 서두에서 든 샹포르의 격언이 참으로 재미있게 표현하고 있는 사상도 대체적으로 같은 사상이라고 할 수 있다.) 왜냐하면 조금이라도 안심하고 의지할 수 있는 것은 자신 이외에 없으며, 사교에 뒤따르게 마련인 다툼이나 불이익, 위험, 분노는 헤아릴 수도 없이 많으며 이것을 피할 수 없기 때문이다.

행복으로 가는 길에 있어서 상류 사회의 부어라 마셔라 하는 생활(영어로 high life)만큼 어리석은 것도 없다. 왜냐하면 이러한 생활의 목적은 우리의 초라한 생존을 희열과 향락, 일락逸樂의 연속으로 바꾸려는 데 있지만 그런 행동을 하면 반드시 환멸의 비애를 느끼게 되기 때문이다. 이렇게 바꾸려는 행동의 필연적인 결과로서 서로에게 거짓말을 하게 되는데 이 점에서도 또한 환멸을 맛보게 되는 것이다.(우리의 신체가 의복에 둘러싸여 있는 것처럼 우리의 정신은 거짓에 둘러싸여 있다. 우리의 언사와 행동, 우리들의 태도 전체가 거짓인 것이다. 이 껍데기에서 벗어나야만 때로는 우리의 본심이 품고 있는 이데올로기를 추측해볼 수 있게 되는데 이는 의복 속을 꿰뚫어보고 몸의 형체를 추측해볼 수 있는 것과 같은 것이다.)

사교계라는 것은 모두, 가장 먼저 필연적으로 인간이 서로에게 순응하고 억제할 것을 요구한다. 따라서 사교계는 그 범위가 크면 클수록 운치가 없어지게 된다. 자기 본연의 모습대로 살아도 전혀 문제가 되지 않는 것은 홀로 있을 때뿐이다. 따라서 고독을 사랑하지 않는 자는 자유를 사랑하지 않는 자라고 할 수 있을 것이다. 왜냐하면 인간은 홀로 있을 때만이 자유롭기 때문이다. 무릇 사교에 있어서 강제라는 것은 언제나 따라다니는 것이기 때문이다. 사교는 희생을 요구하는데 개성이 강하면 그만큼 희생이 커진다. 따라서 인간은 각자 자신에게 갖추어져 있는 가치에 정확하게 비례하여 고독을 피하거나, 고독에 견디거나, 고독을 사랑하게 되는 것이다. 왜냐하면 고독에 빠졌을 때 비참한 인간은 그 비참함을, 위대한 인간은 그 위대함을, 즉 각자가 자신의 있는 그대로의 모습을 느끼게 되기 때문이다. 또한 인간은 자연 그대로의 천성의 등급을 나타내는 표에서 우위에 서게 될수록 그만큼 고독해진다. 그것도 본질적으로 불가피한 고독인 것이다. 그러한 경우 정신의 고독에 따라 신체적으로도 고독하다면(부양할 가족이 없는 경우) 이는 더 바랄 것이 없는 상태인 것이다. 신체적으로 고독하지 않다면 자신과는 질적으로 다른 무리들이 헤아릴 수도 없이 몰려들어 방해를 하고, 적대시하기까지 하면서 그 사람의 자아를 앗아가버리지만 이를 보상할 만한 것은 무엇 하나 건네주지 않는다. 또 도덕적인 면이나 지적인 면에서 인간은 저마다 자연 그대로의 천성에 따라 커다란 차이가 있지만 사교계는 이러한 차이를 조금도 생각하지 않고 모든 사람을 동등한 지위에 세워놓는다. 뿐만 아니라 이러한 차이 대신에 인위적으로 신분과 지위에 차별과 단계를 설정해두었다. 그것이 자연 그대로의 천성의 등급을 나타내는 표와 완전히 상반되는 경우를 아주 드물게 볼 수 있다. 이 배열을 보면 자연 그대로의 천성에서 하위에 놓여 있던 자가 좋은 위치를 점하고 있으며, 자연 그대로의 천성에서 높은 위치에 놓여 있던 소수의 사람들이 경시되고 있다. 따라서 이 소수의 사람들은 언제나 사교계에서 물러나며, 어떤 사교계에서도 사람 수가 늘어나면 곧 저열함이 우세하게 되는 법이다. 뛰어난 사람들이 사교에 대한 흥미를 잃게 되는 원인은, 다른 사람들의 능력이 그들에게 미치지 못하며 그 (사회적인) 업적도 그들과 동등하지 않음에도 불구하고 권리의 평등, 즉 요구의 평등이 원칙이 되고 있다는 점에 있다. 상류 사회라고 불리는 곳에서는 온갖 종류의 아름다움과 장점을 인정하지만, 정신적인 아름다움·장점만은 인정하지 않는다. 아니, 정신적인 아름다움·장점은 금지되어 있다. 상류의 사교계에서는 그 어떤 얼간이같은 일, 그 어떤 하찮은 일, 그 어떤 바보 같은 일, 그 어떤 엉터리 같은 일에 대해서도 무한한 인내심을 나타내는 것이 의무이다. 이에 반해 인격에 갖춰진 아름다움과 장점은 고개 숙여 용서를 빌거나 숨어 있어야 하는 것이다. 정신적인 우월은, 특별히 어떤 의지를 드러내지 않는다 하더라도 그것이 눈앞에 있다는 사실만으로도 사람의 기분을 상하게 하기 때문이다. 따라서 상류라고 불리는 사교계는 우리가 칭찬할 수도 사랑할 수도 없는 인간들의 표본이라는 결점이 있을 뿐만 아니라 우리가 자신의 본성과 일치하는 모습을 하고 있다는 사실도 승인해주지 않는다. 오히려 타인과의 조화를 중히 여겨 위축되거나, 심지어는 어쩔 수 없이 자신을 꺾게 되는 경우도 있는 것이다. 기지에 넘치는 변설이나 착상은 기지에 넘치는 사람들 앞이 아니라면 삼가는 것이 좋다. 일반적인 사교계에서 이러한 것은 오히려 미움을 받는다. 즉 일반적인 사교계에서 사람들의 마음을 사로잡으려면 평범하고 머리가 나쁜 사람처럼 행동할 필요가 있는 것이다. 따라서 이러한 사교계에서 우리는 다른 사람들과 비슷비슷한 인간이 되기 위해서 자신을 부인하고, 자신의 4분의 3을 버리지 않으면 안 된다. 그 대신 이러한 경우에는 타인이 우리에게 부여할 수 있기는 하지만 자기 자신에게 가치가 갖춰져 있을수록 이익이 손실을 보충하기에 충분하지 않기 때문에 이 거래가 결국 자신에게 불리한 것이 된다는 사실이 더욱 확실해지게 된다. 왜냐하면 세상 사람들은 대부분 지불할 능력이 없기 때문이다. 즉 그들과의 교제에서 오는 무료함, 이로부터 발생하는 다툼이나 불쾌한 일, 그리고 이 교제에 있어서 의무처럼 되어 있는 자기 부인 등에 대한 보상이 될 만한 것을 아무 것도 가지고 있지 않다. 따라서 사교계라는 것은 대부분 이것을 버리고 그 보상으로 고독을 얻는 편이 유리한 거래가 될 정도인 것이다. 뿐만 아니라 사교계에서는 참된 우월, 즉 정신적인 우월을 좋아하지 않으며 또한 우월함은 쉽게 얻을 수 있는 것이 아니기 때문에 그것에 대한 보충으로써 사교계에서는 이것과는 다른 우월을 제멋대로 채용하고 있다. 그것은 전통적으로 상층 계급 사이에서 전해오는, 저희들끼리의 결정에 바탕을 두고 만들어진, 인습적이고, 거짓된 우월이며, 또한 암호와 마찬가지로 시간과 함께 변하는 우월함이다. 그것은 미풍양속(독일어로는 der gute Ton, 프랑스어로는 bon ton, 영어로는 fashionableness)이라 불리는 것이다. 하지만 이 우월함은 참된 우월함과 한 차례 충돌하게 되면 그 약점을 드러낸다. 그리고 '미풍양속이 나타나면 건전한 상식은 자리를 떠나버린다.'

원래 인간은 누구나 가장 완전하게 융화할 수 있는 것은 자기 자신을 상대할 때뿐이다. 친구와도, 연인과도 완전히 융화할 수는 없다. 개성이나 기분의 차이 때문에 반드시 다소나마 부조화가 발생하기 때문이다. 따라서 마음의 근본적인 참된 평화와 완전한 평정, 즉 건강 다음으로 가장 중요한 이 지상의 재산은 고독 속에서만 추구할 수 있으며 철저한 은둔을 통해서만 지속적인 마음으로 가지고 있을 수 있다. 이러한 경우, 그 인간의 자아가 뛰어나고 풍요롭다면 틀림없이 가난한 지상에서 얻을 수 있는 가장 행복한 상태를 향수할 수 있을 것이다. 좀더 노골적으로 말하면 우정이나 사랑, 부부 관계 등이 사람과 사람을 매우 밀접하게 연결하고 있기는 하지만 누구나 완전히 정직하게 상대하고 있는 것은, 결국 자기 자신뿐이고 그 외에는 기껏해야 자식들 정도일 것이다. 객관적·주관적 조건 덕분에 사람과 접촉할 필요가 적어지면 적어질수록 그만큼 사정은 좋아진다. 고독과 적막 속에 있는 사람은 거기에 있는 모든 재앙을 느끼는 데까지는 다다르지 못한다 하더라도 어쨌든 한눈에 둘러볼 수는 있다. 그런데 사교계는 음험하다. 사교계는 위로와 이야기, 사교적인 향락 같은 것들을 겉으로 드러내고 있지만, 무시무시한 재앙, 대부분은 구제할 길도 없을 정도의 재앙을 뒷면에 감추고 있다. 고독은 행복과 평온한 마음의 원천이기 때문에 고독에 견디는 수행을 하는 것을 젊은 시절의 주요한 연구 제목 중 하나로 삼아야 할 것이다. 그렇다면 지금까지 이야기한 것들로부터 자기 자신에만 의지하고 살아온 사람, 자기 자신이 모든 재산일 수 있는 인간이 가장 행복하다고 결론 내릴 수 있을 것이다. 뿐만 아니라 키케로는 "완전히 자기 자신에게 의존하고 자신 속에만 모든 재산을 갖추고 있는 사람이라면 완전히 행복하지 않다고 말할 수가 없다."라고까지 말하고 있다. 게다가 사람이 근본적으로 소유하고 있는 것이 많으면 그 사람에게 있어서 타인이 소유하고 있는 가치는 그만큼 적어지게 되는 것이다. 가치와 풍부함을 자신의 내부에 갖추고 있는 사람이라면 타인과 공동 관계를 맺기 위해서 그것에 필요한 수많은 희생을 치르거나 심지어는 명백하게 자신을 부정하면서까지 타인과의 공동 관계를 추구하지는 않을 것인데, 그렇게 할 수 있게 하는 것은 자기에 대한 만족감이다. 평범한 인간은 이와 반대되는 기분의 영향 때문에 매우 사교적이며 순응적이 된다. 자기 자신을 견디기보다는 타인을 견디는 편이 더 편하기 때문이다. 그리고 세상에서는 참으로 가치가 있는 것이 중히 여겨지지 않으며, 세상에서 중히 여기고 있는 것은 가치가 없다. 위대하고 뛰어난 사람들이 은둔 생활을 한다는 사실은 이것을 증명하는 일이기도 하며, 이 일에 뒤따르는 결론이기도 하다. 위에서 말한 점들을 생각해본다면, 원래부터 뛰어난 천성을 타고난 사람에게는 필요할 때 오직 자신의 자유를 지키고 확장하기 위해서 자신의 욕구를 제한하고, 따라서 인간 세계와의 필연적인 교섭을 필요로 하는 신변 문제를 가능한 한 간결하게 하는 것이 참된 처세 철학이 될 것이다.

다른 한편으로 인간이 사교적이게 되는 것은 고독에 견디지 못하고 고독한 자기 자신을 견디지 못하기 때문이다. 사교를 추구하는 것도, 타향으로 향하거나 여행을 떠나는 것도 내면의 공허와 권태를 견디지 못하기 때문이다. 그러한 사람의 정신에는 독자적인 운동을 스스로 붙잡을 만한 원동력이 부족하다. 그렇기 때문에 술을 마셔서 그 원동력을 높이려고 한다. 이러한 식으로 결국에는 정말로 술주정뱅이가 되는 사람들이 많다. 그렇게 되면 오히려 그를 위해서 외부로부터의 끊임없는 자극이 필요하게 된다. 그것도 가장 강렬한 자극, 즉 자신들과 같은 술주정뱅이들의 자극이 필요하게 된다. 이러한 자극이 없으면 정신은 자신의 무게를 견디지 못하고 찌부러져버려 덮쳐드는 혼수상태에 빠져들게 되는 것이다.(재앙은 많은 사람들이 하나가 되어 그것을 견뎌나가면 완화된다. 세상에서는 무료함을 이러한 재앙의 하나로 간주하고 있는 듯하다. 따라서 세상 사람들은 서로 모여서 함께 무료해지려고 하고 있다. 홀로 사는 것의 적막함과 심적 괴로움을 자기 의식의 단조로움과 함께 피하려고 하는 것이다. 따라서 이것을 면하기 위해서 저열한 사교계에도 안주하며, 또한 어떠한 사교계에나 필연적으로 따라붙게 마련인 번거로움과 강제까지도 참는 것이다.) 이와 마찬가지로 이러한 사람들은 각자가 인간이라는 것의 조그만 단편에 지나지 않으며 따라서 어쨌든 제대로 된 인간다운 의식이 발생하도록 하려면 타인에 의해서 크게 보충받을 필요가 있다. 이에 반해 하나의 인간이라고 말할 수 있는 사람은 그것만으로도 하나의 단위를 이루는, 단편이 아닌 참된 인간이며, 따라서 원래부터 무엇 하나 부족할 것이 없을 정도의 것을 자신의 몸에 갖추고 있다. 보통 일반적인 사교계는 이러한 의미에서 개개의 금관악기는 하나의 음밖에 내지 않지만 모든 금관악기가 규칙적으로 모여야 비로소 하나의 음악이 완성되는 러시아의 금관취주악에 비유할 수 있다. 즉 대부분의 사람들의 의식과 정신은 이 단음의 금관악기처럼 단조롭다. 그들의 대부분은 애초부터 다른 사상은 무엇 하나 생각하지 못하며 언제까지나 하나의 사상밖에 갖고 있지 않다는 듯한 표정을 짓고 있지 않은가? 이로써 그들이 왜 이렇게 무료한 인간인지 알 수 있을 뿐만 아니라, 그들이 왜 이렇게 사교적인가, 왜 집단 행동을 취하는가도 알 수 있게 된다. '인류의 군생'이라는 것에 대해서 설명을 할 수 있게 되는 것이다. 그들은 모두 자신의 본질적인 성격인 이 단조로움을 견디지 못하는 것이다. '무릇 어리석음이란 자신에 대한 혐오로 고민한다.' 마치 금관악기의 연주자들처럼 서로 모여서 집단을 만듦으로써 비로소 의미를 갖게 되는 것이다. 이에 반해 정신이 뛰어난 사람은 혼자서도 연주회를 열 수 있는 명인에 비유할 수 있다. 혹은 피아노에 비유해도 좋을 것이다. 즉 피아노가 그것만으로도 작은 오케스트라를 이루는 것과 마찬가지로 명인은 자신은 작지만 하나의 세계이며, 앞서 말한 사람들이 전부 협력해야 비로소 발휘할 수 있는 것을 명인은 그저 하나의 의식의 단독성을 통해 발휘하는 것이다. 피아노와 마찬가지로 명인도 교향악의 일부가 아니라 독주獨奏와 고독에 적합한 자이다. 명인이 앞서 말한 사람들과 함께 공동으로 연주하게 되는 경우가 있다면 그것은 피아노와 마찬가지로 반주가 곁들여진 주요한 선율 부분으로서의 공동 연주일 것이다. 만약 성악의 경우라면 이 역시 피아노와 마찬가지로 리드를 한다는 의미에서의 공연에만 국한된다. 한편으로 사교를 좋아하는 사람은 교제 상대가 되는 사람의 질적 부족분을 조금이라도 양으로 보충할 필요가 있다는 원칙을 앞선 비유에서 이끌어낼 수가 있다. 정신이 뛰어난 사람이라면 단 한 사람이라도 교제의 상대로 삼기에 부족함이 없다. 하지만 평범한 사람들밖에 보이지 않는다면 앞서 기술한 금관취주악의 이야기에서처럼 다양성과 협력을 통해서 무엇인가를 만들어내려는 목적으로 그러한 사람들을 매우 많이 상대하는 것이 좋을 것이다. 천제天帝여, 이러한 사람에게 부디 필요한 인내를 하사하길 바란다.

한편 어떤 숭고한 이상을 목표로 비교적 우수한 부류의 사람들이 서로 모여 단체를 결성했다면 그 결말은 어떻게 될까? 마치 벌레들처럼 꿈틀거리며 곳곳의 모든 물건에 꼬여들거나 자신들의 무료함이나 자신들에게 부족한 부분을 모면할 재료로 삼기 위해서 무엇에나 무차별적으로 들러붙으려고 기다리고 있는 저 인류 중의 천민들 중에서도 몇몇이 이 단체에 잠입하거나, 억지로 밀고 들어

와서 곧 전체를 엉망으로 만들어버리게 된다. 아니면 이 무리들이 처음 의도와는 완전히 반대가 될 정도로 모임의 방향을 바꿔버리는 것으로 결말지어지는데 이것도 앞서 기술한 인간 내면의 공허함과 빈약함에 그 책임이 있는 것이라고 봐야 할 것이다.

한마디 더 덧붙이자면, 추위가 극심할 때에 사람들이 서로 모여서 몸을 따뜻하게 하곤 하는데 사교도 이와 같이 인간이 서로 접촉하여 정신적으로 따뜻하게 하는 작용을 하는 것이라고 볼 수도 있다. 하지만 스스로 정신적 따뜻함을 가지고 있는 사람은 이러한 집단을 만들 필요가 없다. 내가 이러한 취지에서 만든 우화를 이 논문까지도 포함하고 있는 졸저 『수필과 이삭줍기』 제2편의 마지막 장 「비유와 이유 언어와 우화」에서 볼 수 있을 것이다.(어느 추운 겨울날 고슴도치들이 서로의 체온으로 몸이 어는 것을 막기 위해서 몸을 딱 붙였다. 하지만 곧 서로 상대방의 몸에 있는 가시 때문에 아픔을 느끼게 되었다. 그래서 다시 몸을 떨어뜨렸다. 그런데 서로의 몸을 따뜻하게 할 필요를 느끼게 되어 다시 모이면 역시 가시 때문에 아픔을 느꼈다. 이렇게 추위와 가시라는 두 가지 고통을 번갈아가면서 맛본 끝에 결국 가장 견디기 쉬운 적당한 거리를 발견했다.) 위에서 이야기 한 바에 의하면 사람의 사교성은 그 사람의 지성적인 가치에 거의 반비례한다. 따라서 '매우 비사교적이다.'라는 말은 무엇보다도 그만큼 '뛰어난 특성을 가지고 있는 사람이다.' 라는 말이 된다.

　지적 수준이 높은 사람은 고독을 통해서 두 가지 이익을 얻을 수 있다. 하나는 자기 자신을 상대로 삼을 수 있다는 이익이며, 다른 하나는 타인을 상대로 삼지 않는다는 이익이다. 무릇 교제라는 것이 어느 정도의 강제와 분쟁, 심지어는 어느 정도의 위험조차도 동반하는 것인가를 잘 생각해보면 이 두 가지 이익은 높이 평가하게 될 것이다. "우리의 불쾌함은 모두 혼자서 있지 못한다는 사실에서 일어나는 것이다."라고 라 브뤼예르(프랑스의 도덕비평가)는 말했다. 사교에 의해서 우리가 접촉하는 사람들의 대부분은 도덕적으로는 악인이며, 지적으로는 우둔하거나 미쳐 있기 때문에 사교는 위험할 뿐만 아니라 유해한 경향을 가지고 있는 것 중의 하나이다. 비사교적인 인간이란 이러한 사교를 필요로 하지 않는 사람이다. 고통의 거의 전부가 사교계에서 발생하는 것이며 건강 다음으로 행복의 가장 본질적인 요소를 이루는 정신의 평온이라는 것이 사소한 사교로 위험에 처하게 되고, 따라서 상당한 정도의 고독이 없으면 존립할 수 없는 것이기 때문에 그런 이유에서 생각해보더라도 사교계를 필요로 하지 않을 정도의 것을 원래 자신의 몸에 갖추고 있다는 것은 커다란 행복이다. 정신의 평온이라는 행복을 얻기 위해서 견유학파 사람들은 모든 재산을 포기했다. 같은 뜻에서 사교계를 포기하는 사람이 있다고 한다면 가장 현명한 방책을 선택한 것이라고 할 수 있다. 베르나르댕 드 생 피에르가 "식사의 절제는 우리들에게 육체적 건강을 주며, 우호의 절제는 정신의 평온을 준다."고 말한 것은 적절한 명언이다. 따라서 일찍부터 고독과 친숙하고 결국에는 고독을 사랑하는 데에까지 이른 사람은 금광을 손에 넣은 것과 다를 바 없는 것이다. 하지만 이것은 결코 누구에게나 가능한 일은 아니다. 처음에는 필요에 의해서 모여든 인간들이, 필요성이 없어진 뒤에는 무료함 때문에 모여들기 때문이다. 인간은 자신의 눈에는 각각 자신만이 중요성, 아니 비할 데 없는 중요성을 지니고 있는 것처럼 보이는데 세상의 거리에서는 이 중요성, 비할 데 없음이 어떤 행동을 할 때마다 무참하게도 부인되며 흔적도 남지 않을 정도로 좁아지기 때문에 환경이 이 중요성, 이 비할 데 없음과 일치하는 것은 고독할 때밖에 없다는 사실을 생각해보는 것만으로도, 가령 필요도 무료함도 없다면 각자가 혼자가 되어 있을 것이다. 이런 의미에서는 고독이 인간 각자의 자연 상태이기도 하며, 고독에 의해서 인간은 이른바 원시인 아담으로서 자신의 본성과 일치하는 원시적인 행복으로 돌아가게 되는 것이다.

하지만 한편으로 아담에게는 아버지도 어머니도 없었다. 그렇기 때문에 다른 한편에서 우리 인간이 태어나면서 혼자가 아니라 부모님과 형제 등 공동체 속에 있었다는 의미에서 고독은 인간에게 자연스러운 것이 아니다. 이렇게 보면 고독을 사랑하는 마음은 본원적인 경향으로서 존재하는 것이 아니라 경험과 숙고의 결과로서 후에 발생하는 것이다. 그것은 자신의 정신적 능력의 발달에 따라서 생겨나는 것인데 한편으로는 나이를 먹어감에 따라서 생기기도 하는 것이다. 따라서 전체적으로 보자면 인간 각자의 사교 본능은 그 연령과 틀림없이 반비례할 것이다. 어린아이는 단 몇 분간이라도 홀로 남겨두면 무서움과 슬픔에 울음을 터뜨린다. 소년에게는 홀로 내버려두는 일이 상당한 벌이 된다. 청년은 걸핏하면 서로에게 다가가고 모이는 경향이 있다. 하지만 그중에서도 우수하고 식견이 높은 사람은 남보다 빨리 고독을 추구하는 경우가 있다. 그래도 하루 종일 혼자 지내는 일은 아직 괴로운 일이다. 이에 반해 장년에게는 그렇게 하는 것이 가능하다. 장년이 되면 오랫동안 혼자 있을 수도 있으며, 나이를 먹을수록 더욱 오래 혼자 있을 수 있게 된다. 지금은 모두 죽어버린 세대에 속한 자로 홀로 살아남아 있을 뿐만 아니라 한편으로는 이제 와서 인생이 향락도 아니며, 다른 한편으로는 그러한 향락과 인연이 멀어져버린 백발의 노인에게는 고독이야말로 그가 원하는 세계이다. 하지만 어쨌든 개개인의 마음속에는 고립과 고독에 대한 경향이 그 인간의 지성의 높이에 따라서 강해지는 듯하다. 왜 그런가 하면 이 경향은 앞서 말한 것처럼 인간의 갖은 욕망에 의해서 직접적으로 일어난 순수하고 자연스러운 경향이 아니라 오히려 자신이 겪어온 경험과 그에 대한 반성에서 발생한 것이며 특히 대부분의 인간이 도덕적으로도 지적으로도 저열하다는 통찰을 얻은 결과에 지나지 않기 때문이다. 특히 개개인의 마음속에서 도덕적인 불완전함과 지적인 불완전함이 무리를 지어 서로를 돕고, 이 때문에 다른 인간과의 교제를 즐겁게 하기는커녕 견딜 수 없는 것으로 만들어버리는 극도의 불쾌한 현상이 여러 가지로 나타나는데 이것이 인간의 처참함 중에서도 최악의 것이다. 사실 이러한 이유로 이 세상에는 수많은 악이 존재하지만, 이 세상에서 가장 좋지 않은 것은 누가 뭐래도 사교계이다. 따라서 사교를 좋아하는 것으로 알려져 있는 프랑스인이면서도 볼테르는 "이 지상에는 말할 만한 가치도 없는 사람들이 득실거리고 있다."고 말한 것이다. 변함 없이 고독을 사랑했던 온후한 성격의 페트라르카도 자신의 이러한 경향을 앞서 말한 것 같은 논거에 의해 다음과 같이 설명했다.

고독한 삶을 나는 언제나 추구해왔습니다.
(들판에게, 숲에게, 시냇물에게 물어보세요.)
머리가 둔한 사람들을 피하고 싶은 마음에서요.
광명의 길을 나아가는 데 의지가 되지 않는 사람들을요.

이 문제를 페트라르카는 그의 명저 『고독한 생활에 대해서』에서 같은 취지로 자세하게 설명하고 있다. 이 책은 또한 오스트리아의 철학자 치머만이 그 유명한 고독에 관한 저술의 표본으로서 삼은 듯하다. 이처럼 비사교적인 마음이 일어나는 것은 부차적이고 간접적인 것에 지나지 않는다는 사실을 샹포르는 풍자적으로 "혼자

† **(원주)** 헤롯 왕은 기원전 1세기 유대의 왕. 이 시는 마태복음 2장을 보면 이해할 수 있기 때문에 여기에 옮겨보겠다. '헤롯 왕 때에 예수께서 유대 베들레헴에서 나시매 동방으로부터 박사들이 예루살렘에 이르러 말하되 "유대인의 왕으로 나신 이가 어디 계시냐? 우리가 동방에서 그의 별을 보고 그에게 경배하러 왔노라."하니 헤롯 왕과 온 예루살렘이 듣고 소동한지라 왕이 모든 대제사장과 백성의 서기관들을 모아 "그리스도가 어디서 나겠느냐?" 물으니 이르되 "유대 베들레헴이오니 이는 선지자로 이렇게 기록된 바 「또 유대 땅 베들레헴아 너는 유대 고을 중에서 가장 작지 아니하도다. 네게서 한 다스리는 자가 나와서 내 백성 이스라엘의 목자가 되리라.」 하였음이니이다." …… 주의 사자가 요셉에게 현몽하여 이르되 "헤롯이 아기를 찾아 죽이려 하니 일어나 아기와 그의 어머니를 데리고 애굽으로 피하여 내가 네게 이르기까지 거기 있으라." 하시니 요셉이 일어나서 밤에 아기와 그의 어머니를 데리고 애굽으로 떠나가 헤롯이 죽기까지 거기 있었으니, …… 이에 헤롯이 …… 심히 노하여 사람을 보내어 베들레헴과 그 모든 지경 안에 있는 사내아이를 …… 두 살부터 그 아래로 다 죽이니…….'

†† **프로메테우스 Prometheus** : 그리스 신화에 나오는 티탄족(族)의 이아페토스의 아들. '먼저 생각하는 사람'을 뜻한다. 주신 제우스가 감추어 둔 불을 훔쳐 인간에게 내줌으로써 인간에게 맨 처음 문명을 가르친 장본인으로 알려져 있다. 제우스는 복수를 결심하고, 판도라라는 여성을 만들어 프로메테우스에게 보냈다. 이때 동생인 에피메테우스(나중에 생각하는 사람이라는 뜻)는 형의 제지에도 불구하고 그녀를 아내로 삼았는데, 이로 인해 '판도라의 상자' 사건이 일어나고, 인류의 불행이 비롯되었다고 한다. 또한 그는 제우스의 장래에 관한 비밀을 제우스에게 밝혀 주지 않았기 때문에 코카서스(카프카스)의 바위에 쇠사슬로 묶여, 날마다 낮에는 독수리에게 간을 쪼여 먹히고, 밤이 되면 간은 다시 회복되어 영원한 고통을 겪게 되었다. 그러다가 마침내 영웅 헤라클레스에 의해 독수리가 사살되고, 자기 자식 헤라클레스의 위업을 기뻐한 제우스에 의해 고통에서 해방되었다고 한다. 한편, 그가 제우스의 노여움을 산 원인에 관해서는, 제물인 짐승고기의 맛있는 부분을, 계략을 써 제우스보다 인간 편이 더 많이 가지도록 했기 때문이라는 설도 있다. 또한 인간을 흙과 물로 만든 것이 프로메테우스라는 전설도 있다.

살고 있는 사람을 보고, 저 사람은 사교계를 좋아하지 않는다고 말하는 경우가 종종 있다. 그것은 어떤 사람을 보고, 본디 숲을 밤에 거닐지 않는다고 해서 그 사람이 산책을 싫어한다고 말하는 것과 같은 것이다."라고 표현했다. 또한 온후한 성격의 기독교인 앙겔루스 질레지우스도 특유의 어조로 「마태복음」 2장의 이야기를 차용하여 이와 똑같은 말을 했다.

헤롯 왕은 악마, 요셉은 지성.
여호와는 요셉에게 꿈으로(이심전심으로) 그 위험을 알렸다.
베들레헴은 속세, 이집트는 고독.
가거라, 나의 마음이여, 빨리 피하거라.
가지 않으면 고뇌 끝에 멸망하리라.[†]

같은 취지에서 요르다누스 브루누스는 "지상에서 천상의 생활을 향수하려고 했던 수많은 사람들은 이구동성으로 '보라, 내가 멀리 날아가서 광야에 머무르리로다.「시편 55편 7절」'라고 말하고 있다.'고 말했다. 같은 취지에서 사디는 자신의 저서 『굴리스탄』에서 자신에 대해서 "다마스커스에 있는 친구들에게도 싫증이 나서 나는 동물 친구들을 방문하려고 예루살렘 근처에 있는 황야로 물러났다."고 말했다. 즉 프로메테우스[††]가 질이 좋은 점토로 만든 인간(즉 뛰어난 인간)은 열이면 열 모두가 같은 뜻의 말을 했다. 이러한 사람들이 일반인과 공동 관계의 기초가 될 만한 어떤 교섭을 하려고 하면, 자신의 본성에 잠겨 있는 가장 수준이 낮은, 가장 저열한 면, 즉 평범하고 천박하며, 무가치한 면만을 취급해야 하며 게다가 일반인들의 입장에서 보자면 이러한 뛰어난 사람들의 수준까지 자신들이 향상되는 것은 바랄 수 없기 때문에 반대로 그들을 자신들의 수준까지 끌어내리는 것 외에 방법이 없고, 따라서 이를 위해 노력하게 될 것이기 때문에 뛰어난 사람들이 이런 일반적인 사람들과 교제한다고 한들 대체 무슨 향락을 얻을 수 있겠는가? 바로 그렇기 때문에 고립과 고독의 경향을 배양하고 기르는 것은 품격 높은 감정이다. 하찮은 인간들은 모두 가엾을 정도로 사교를 좋아한다. 이에 반해서 타인과 접해도 기뻐하지 않고 사교보다는 고독을 더욱 좋아하며, 극히 드문 예외적인 인물을 제외하고 세상에서는 고독과 비속함 중 어느 하나를 선택하는 것 외에 달리 길이 없다는 사실을 나이를 먹어감에 따라서 차차 깨달아가게 되면 그 사람은 수준 높은 사람이라는 사실이 드러나게 되는 것이다. 이렇게 말하면 너무 엄격한 것 같지만 앙겔루스 질레지우스조차 기독교도다운 온화함과 애정을 가지고 있었으면서도 이런 말까지 한 것이다.

고독해지고 싶기는 하지만

　어디에 있든

　비속해지지만 않는다면

　아무도 없는 곳에 있는 것과 같다.

　하물며 위대한 인물에 이르러서는 전 인류의 교사라고도 할 만한 사람으로서 무턱대고 다른 사람들 사이에 끼려고 하지 않는 것은, 교육자가 자기 주위에서 소란을 피우는 아이들의 유희에 동참하지 않으려는 것과 마찬가지임은 말할 필요도 없을 것이다. 다른 사람들을 미망의 대해를 건너서 진리로 향하게 하고, 야만과 저속함의 새까만 늪에서 광명으로, 교양과 향상을 목표로 끌어올리기 위해서 세상에 태어난 이상 위대한 인물도 그들 사이에 끼어 살아갈 필요가 있다고는 하지만 사실은 그들의 동료가 아니다. 그러니 젊었을 때부터 다른 사람들과는 현저하게 다르다는 사실을 깨닫고는 있지만 나이를 먹어감에 따라서 이 사실을 점점 더 확실하게 인식하게 된다. 그렇게 되면 타인과 정신적으로 간격이 있는 데다가 육체적으로도 간격을 두려고 노력하며 애초부터 조금이라도 일반적인 비속함에서 벗어난 사람이 아니고서는 자기에게 접근하지 못하도록 대책을 강구한다.

　따라서 앞서 기술했듯이 고독을 사랑하는 마음은 아무런 매개도 없이 직접적으로, 본원적인 본능으로서 나타나는 것이 아니라 간접적으로, 주로 뛰어난 정신을 가진 사람에게 점차적으로 생겨나는 것이며 그러기 위해서는 자연스러운 사교 본능을 꺾을 필요가 있으며, 때로는 메피스토펠레스의 다음과 같은 속삭임의 반격을 받는 경우도 있다.

밤낮 억울함에 눈물 흘리며 사소한 일에 매달리지 마세요.
매에게 콕콕 쪼아 먹히듯 수명이 단축될 뿐이에요.
제아무리 하찮은 무리라 하더라도, 사귀고 보면
역시 나는
사람과 함께 해야 한다고 뼈저리게 느낄 겁니다.

고독은 무릇 뛰어난 사람들의 운명적인 지분인 것이다. 이러한 고독에 그들은 긴 탄식을 내뱉는 경우도 있겠지만, 두 가지 재앙 중에서는 그래도 가벼운 편이라며 반드시 고독을 선택할 것이다. 하지만 나이를 먹어감에 따라서 이 점에서 현명해지려고 노력하는 것이 점점 수월해지기 때문에 점점 자연스러운 것이 되어 60대가 되면 고독을 추구하려는 충동이 정말로 자연성에 합당하고, 본능적인 것으로까지 되어버린다. 그것은 모든 사정이 일치하여 이 충동을 촉진시키기 때문이다. 가장 강렬한 사교 충동인 호색好色과

성적 본능이 활동을 정지한다. 뿐만 아니라 고령자에게 늘 따라다니게 마련인 성적 초월이 자족감의 기초가 되고 이 자족감이 평소와는 달리 사교 본능 그 자체를 완전히 빨아들여버린다. 헤아릴 수도 없이 많은 오해와 불만으로부터는 해방되었다. 능동적인 생활에는 대체로 종지부를 찍어버렸다. 이제는 기대할 것이 아무 것도 없다. 이제는 계획도 없고 의도도 없다. 자신이 원래 속해 있던 세대 사람들은 이제 살아 있지 않다. 다른 세대 사람들에게 둘러싸인 그 몸은 이제 객관적으로도 본질적으로도 혼자인 것이다. 그리고 시간의 흐름이 빨라졌다. 정신적으로는 아직도 시간을 활용하고 싶다. 두뇌가 그 활동력을 잃지만 않았다면 지금이야말로 지금까지 얻은 지식과 경험, 조금씩 자신도 모르게 고심하고 고심한 끝에 얻어낸 온갖 사상, 수많은 연습을 행해온 모든 능력 등 덕분에 어떤 종류의 연구도 예전보다는 재미있고 쉬운 것이 되었다. 예전에는 아직 애매하고 모호했던 수많은 사물들도 지금은 확실하게 볼 수 있는 눈을 갖게 되었다. 여러 가지 결론도 얻을 수 있으며, 어쨌든 자신의 우월함을 충분히 느낄 수 있다. 세상 사람들은 대체적으로, 친하게 지내면 매력을 느끼는 부류에는 속하지 않기 때문에 오랜 경험 덕분에 세상 사람들에게는 많은 기대를 거는 일도 없어진다. 오히려 아주 운이 나쁘지 않는 한, 결함을 완전히 드러내놓는 사람 이외에는 만날 리가 없다는 사실도 알고 있다. 따라서 더는 일반적인 착각 따위에 빠질 염려가 없다. 누구를 보더라도 바로 원래 어떤 인물인지를 바로 알 수 있기 때문에 친분을 쌓고 싶다는 생각은 거의 일어나지 않는다. 그리고 특히 젊은 시절부터 고독과 친밀하게 지내왔다면 고립되어 자기 자신을 친구로 삼는 습관이 더해져서 이것이 제2의 천성이 되어버린다. 따라서 예전에는 사교 본능과 싸워서 간신히 얻을 수 있었던 고독을 사랑하는 마음이 지금은 아주 자연스럽고 당연한 것이 되었다. 즉 마치 물고기가 물에서 노니는 것과 같이 고독을 누릴 수 있는 것이다. 따라서 무척 뛰어나기에 타인들과는 비슷한 곳이 없는 독립적이고 독보적인 개성을 가지고 있는 사람은 자신에게 있어서 본질적인 이 고립 때문에 젊었을 때는 압박감을 느꼈지만 나이를 먹게 되면 고립 때문에 몸이 가벼워진 듯한 느낌을 받게 된다.

생각건대 고령자들이 가지고 있는 이 현실적인 이점은 결국 누구나 그 지적 능력의 정도에 따라 맛보는 것이다. 따라서 뛰어난 두뇌를 가진 사람이 누구보다도 더욱 이것을 맛본다는 것은 말할 필요도 없다. 하지만 미미하게나마 누구나 이것을 맛볼 것이다. 고령자가 되어서도 변함 없이 예전 그대로의 사교성을 잃지 않는 것은 천성이 매우 빈약한 낮은 수준의 인간들뿐이다. 그러한 사람들은 예전에는 사교계로부터 초대를 받았지만 지금은 사교에서도 없는 편이 낫다고 생각할 정도로 피해를 줄 뿐, 좋게 봐준다 해도 간신히 참을 수 있을 정도인 것이다.

우리의 나이와 사교성의 관계가 서로 반비례한다고 했던 앞의 기술에서는 목적론적인 면도 찾아볼 수가 있다. 인간은 젊으면 젊을수록 그만큼 모든 면에서 공부를 할 필요가 있다. 그런데 인간은 자연의 지시에 따라서 서로 교육을 받을 수 있게 되어 있다. 이 상호 교육이란 자신과 같은 부류의 인간들과 교제하는 과정을 통해서 누구나 받을 수 있는 교육으로 책과 학교가 자연이 세운 계획과는 동떨어진, 인위적인 시설임에 반해 사교계는 이 상호 교육이라는 점에서 보자면 커다란 벨 랭커스터식 교육 기관(앞선 학생들이 교사의 감시 하에 지능이 떨어지는 학생들을 가르치는 상호 교육법)이라고 할 수 있을 것이다. 따라서 젊은이일수록 진지하게 자연의 교육 기관에 다니는 것이 더욱 의미 있는 일이다.

"완벽하게 행복한 것은 아무것도 없다."고 호라티우스는 말했으며, 인도에는 "줄기가 없는 연꽃은 없다."라는 속담이 있다. 사실 고독이라는 것에도 여러 가지 장점이 있는 반면에 사소하기는 하지만 결점과 고뇌가 있다. 하지만 이 결점과 고뇌는 사교계의 결점과 비교해보면 너무나도 사소한 것이다. 따라서 천성이 매우 풍부하다면 결국 사람을 상대하며 살아가기보다는 사람을 상대하지 않고 살아가는 편이 더 편할 것이다. 한마디 더 덧붙이자면, 이 결점 중에서 한 가지, 다른 결점만큼 의식되지 않는 결점이 있다. 계속해서 집에만 있게 되면 몸이 외부의 영향에 대해서 민감해져서 조금이라도 차가운 바람을 맞게 되면 병이 드는 것과 마찬가지로, 오랜 기간 동안 계속된 은둔과 고독 때문에 마음이 민감해져서 아무것도 아닌 일이나 말, 심지어는 단순한 얼굴 표정에도 불안이나 모욕, 명예에 대한 침해를 느끼게 되는 것이 바로 그 결점이다. 하지만 언제나 분주한 세상의 움직임 속에 있는 사람은 그런 일 같은 것에는 전혀 신경을 쓰지 않는다.

한편, 인간에 대해서 당연한 불만을 느끼고, 지금까지도 종종 고독의 세계에 빠진 적은 있었지만 무엇보다도 나이가 어린 탓으로 오랜 기간 동안 고독의 세계의 외로움에 견디지 못하는 사람이 있는데 그러한 사람에게는 사교계에는 나가되 자신의 고독을 어느 정도까지는 유지하는 습관을 들이라고 권하고 싶다. 즉 사교계에 나간 경우라도 어느 정도까지는 혼자 있는 수행을 하는 것이 좋다. 따라서 자신이 생각한 바를 바로 다른 사람에게 이야기하거나, 다른 사람이 하는 이야기를 그대로 받아들이지 않고, 오히려 도덕적으로도 지적으로도 타인이 하는 말에는 그다지 기대를 걸지 않고 언제나 당당하게 관용적인 모습을 가장 확실하게 발휘할 수 있는 무관심한 태도를 철저하게 몸에 지니고 있는 것이 좋다. 그렇게 하면 몸은 타인들과 섞여 지내지만 완전히 타인과의 사교 관계에 빠져드는 법 없이 타인을 볼 때도 완전히 객관적인 태도를 취할 수 있게 될 것이다. 이렇게 되면 사교계와 너무 긴밀하게 접촉하지 않아도 되며 또한 그 때문에 조금이라도 더럽혀지지 않아도 되고, 더 나아가 상처 받을 일도 없어지게 되는 것이다. 이처럼 사교성을 억제하거나, 사교성으로부터 몸을 지키기 위한 보루를 설치하는 모습을 극적으로 묘사한 것 중에서 읽을 만한 것은 모라틴[†]의 『찻집—별명 '신작 희극'』이라는 희극으로 그중에서도 특히 제1막 제2, 3장에 등장하는 페드로의 성격이다. 어떤 의미에서는 사교계를 불에 비유할 수도 있을 것이다. 영리한 사람은 적당한 거리를 두고 불을 쬐지만, 어리석은 사람처럼 손을 불에 넣거나 하지는 않는다. 어리석은 사람은 손을 넣어 화상을 입은 뒤에 차가운 고독으로 도망 와 불이 타고 있어서 곤란하다고 탄식을 한다.

10. 질투는 자연스러운 인간의 감정이다. 하지만 질투는 죄악이

[†] **모라틴** Leandro Fernandez de Moratin 1760.3.10~1828.7.21
에스파냐의 극작가.

마드리드 출생. 극작가 니콜라스 페르난데스 데 모라틴의 아들로 당시의 재상 고드이의 눈에 띄어, 프랑스·영국·이탈리아에서 유학하고 돌아온 후로는 국립도서관의 사서 등 여러 가지 직무를 맡아보았다. 문학과 정치에서 모두 프랑스파였던 모라틴은 나폴레옹군이 에스파냐에서 패주하였을 때, 그 뒤를 따라 프랑스에 망명하였고, 파리에서 객사하였다. 대표작은 희극 《딸들의 예》로, 18세기 에스파냐 연극의 유일한 극작가이다. 《에스파냐 연극의 기원》(사후 출판)은 오늘날에도 가치를 인정받고 있다.

[††] **(원주)** 인간의 질투는 그 사람이 얼마나 자신을 불행하다고 생각하고 있는지를 나타내는 것이다. 타인의 언동에 끊임없이 주의를 기울이고 있다는 것은 그 사람이 얼마나 따분한지를 나타내는 것이다.

자 불행이다.†† 따라서 질투는 행복에 대한 적이자 악마이기 때문에 이것을 퇴치하기에 힘써야 한다. 세네카는 "우리는 자신의 것을 다른 것과 비교하지 말고 기뻐하자. 자신보다 더 행복한 것을 보고 괴로워하는 자는 결코 행복해지지 못한다."라는 아름다운 표현을 사용했으며, 또한 "매우 많은 사람들이 너보다도 앞서 있는 것을 보았다면 얼마나 많은 사람들이 너보다도 뒤쳐져 있는지를 생각하라."라는 말로 질투를 퇴치하는 지침을 제시하고 있다. 따라서 우리보다도 형편이 나은 사람보다도 형편이 좋지 않은 사람을 많이 보아두도록 하는 것이 좋다. 뿐만 아니라 현실적인 재앙이 발생했을 경우 가장 유효한 위안이 되는 것은—원래 이 위안이란 질투와 같은 원천에서 흘러나오는 것이기는 하지만—자신의 고뇌보다도 더욱 큰 고뇌를 바라보는 것이며, 이것 다음으로는 우리와 같은 처지에 있는 사람들, 즉 재앙을 함께 받고 있는 사람들과 사귀는 것이다.

질투의 능동적인 면, 즉 사람을 질투하는 것에 대한 이야기는 이 정도로 하겠다. 질투의 수동적인 면, 즉 사람들로부터 질투를 받는 일에 대해서 이야기해야 할 것으로는 그 어떤 미움보다도 질투가 더욱 누그러지기 어렵다는 사실이다. 따라서 질투심을 유발할 정도로 끊임없이 열심히 노력하는 것은 조금 생각해보아야 할 문제이다. 사람들로부터 질투를 받는다는 이 향락은 다른 많은 향락들과 마찬가지로 위험한 결과를 초래하는 것이라는 사실을 고려하여 오히려 이를 그만두는 것이 좋을 것이다. 세상에는 세 부류의 귀족이 있다. 1) 출생과 지위 상의 귀족, 2) 금권 귀족, 3) 정신 상의 귀족. 이렇게 세 부류이다. 이 중 정신 상의 귀족이 가장 품격 있으며, 충분히 시간만 들인다면 최고의 귀족이라고 인정받을 수 있게 된다. 이미 오래 전에 프리드리히 대왕은 "탁월한 정신은 군주와 같다."고 말하지 않았는가? 이것은 대신이나 장관의 식탁에서 식사를 할 때, 볼테르에게 군주와 왕자들만이 앉을 수 있는 식탁에서 식사를 할 것을 권하자 이를 못마땅하게 여긴 궁내 대신들에게 대왕이 한 말이다. 이 세 종류의 귀족은 모두 그것을 질투하는 수많은 사람들에게 둘러싸여 있다. 그들은 이 귀족에 속한 모든 사람들에 대해서 은밀한 증오심을 품고 있으며, 두려워할 필요가 없는 상대라고 여겨지면 온갖 수단을 다 동원하여 '너라고 해서 우리보다 조금도 나을 바 없는 인간이다.' 라는 사실을 상대가 깨닫게 하려고 열심히 노력한다. 하지만 이러한 획책은 오히려 그들이 상대의 우월함을 확신하고 있다는 사실을 제 스스로 드러내는 것이다. 이에 대해서 질투 받는 사람이 취해야 할 대책은 이러한 무리들에 속해 있는 인간을 단 한 사람도 접근하지 못하도록 하고 그들과의 접촉을 가능한 한 피하여 넓은 고랑으로 그들과의 사이에 간격을 두는 것이다. 그것이 어렵다면 그들의 획책에 대해서 극히 평온한 인내를 취해야 한다. 획책하면 할수록 그 원인이 되는 상대의 우월함을 확증하는 결과가 되어 획책이 아무런 효과도 없어져버리기 때문이다. 이와 같은 획책에 대한 위의 대책은 실제로도 널리 사용되고 있다. 이에 반해 세 종류의 귀족 중 어느 하나에 속한 자는 다른 두 종류의 어딘가에 속해 있는 사람들과도 대체로 서로 질투하는 일 없이 협조하여 잘 지내는 법이다. 그것은 각자가 자신의 우월함을 상대의 우월함에 대항시키기 때문이다.

11. 계획은 그것을 실행에 옮기기 전에 진지하게 재고해보는 것이 좋다. 모든 점을 철저하게 생각해본 뒤에도 인간의 인식이라는 것이 불완전하기 때문에 규명하거나 예견할 수 없는 상황, 그것도 전체의 계산을 엉망으로 만들어버릴 만한 상황이 여전히 남아 있을지도 모르기 때문에 인식 부족이라는 점에 대해서는 조금 양보를 하는 것이 좋다. 이렇게 숙고하면 반드시 국부적인 면에 중점을 두게 되고 중요한 문제에는 필요가 없는 한 절대로 손을 대지 않는 편이 좋다고 생각하게 된다. 즉 비스마르크의 금언 "평지에서 파란을 일으키지 않는다."는 것과 같다. 하지만 한번 결심을 하고 일에 착수한 이상 모든 일이 되어가는 대로 결과를 기다릴 수밖에 없는 것이다. 그러니 이미 실행에 옮긴 일을 끊임없이 수정하거나 일어날지도 모를 위험에 대해서 자꾸만 신경을 쓰며 두려워하지 않는 것이 좋다. 그보다는 오히려 이제는 그 문제를 깨끗하게 잊고 모든

점을 사전에 완벽하게 생각해두었다는 확신에 마음을 편히 하고, 머릿속에 있는 이 문제에 관한 서랍에는 완전히 자물쇠를 채워두는 것이 좋을 것이다. "완벽하게 마구를 갖춘 뒤에 말을 달리게 하라."는 이탈리아의 속담에도 이 충고가 담겨 있다. 괴테는 이 속담을 "확실하게 안장을 얹은 뒤에 편안하게 말을 타라."라고 번역했다. 덧붙여서 말하자면 괴테가 '속담풍' 이라는 표제어 하에 제시한 잠언은 대부분이 이탈리아 속담을 번역한 것이다. 이렇게 했는데도 여전히 나쁜 결과가 나오게 된다면 그것은 인간계의 모든 일들이 우연과 오류의 지배를 받고 있기 때문이다. 세계 제일의 현자 소크라테스는 그저 일신 상의 일을 올바르게 처리하기 위해서, 아니 최소한 실패를 피하기 위해서도 다이모니온(마음의 소리)의 경고를 필요로 했는데 이는 어떠한 인간의 지성이라도 이러한 목적을 완전히는 이룰 수 없다는 사실을 증명하는 것이다. 따라서 우리가 만나게 되는 모든 불행은 적어도 어떤 점에서 우리 자신의 책임이라는 사실을 역대 교황 중 누군가가 말했다고 하는데 이 말은 절대적이고 무조건적이며 어떠한 경우에라도 진리라고는 말할 수 없다. 하지만 대부분의 경우에 있어서는 진리가 되는 것도 사실이다. 뿐만 아니라 세상 사람들이 자신의 불행은 가능한 한 감추고 될 수 있는 대로 만족스러운 표정을 지어 보이는 것도 앞서 말한 책임 의식이 크게 작용을 하고 있기 때문이다. 즉 괴로운 표정을 지어 보이면 아프지도 않은 배를 살펴보지나 않을까 하는 걱정을 하고 있는 것이다.

12. 이미 불행한 사건이 일어나서 이제 어떻게 손써볼 방법도 없는 경우, 이렇게 되지 않았을 수도 있었을 텐데, 또는 어떻게 했어야 미연에 방지할 수 있었을까 등과 같은 생각은 하지 않는 것이 좋다. 그러한 것들을 생각하게 되면 오히려 고통이 더해져서 더는 참을 수 없이 되어버릴지도 모른다. 그 결과 자신이 스스로를 괴롭히게 될 뿐이다. 그보다는 오히려 다윗 왕처럼 하는 것이 좋을 것이다. 다윗 왕은 아들이 병상에 누워 있는 동안에는 쉬지 않고 여호와에게 애원하고 호소하기에 힘썼지만 죽은 뒤에는 "쳇, 무시하기는."이라고 한마디 한 뒤 그것에 대해서 더는 생각하지 않았다고 한다. 그래도 그렇게 가벼운 마음은 갖지 못하겠다면 어떤 일이 일어나는 것은 모두 필연적이니 막을 수가 없는 것이라는 철학의 이치를 잘 살펴서 숙명론적 입장을 취하는 것이 좋을 것이다.

이렇게 말하고 있기는 하지만 이 원칙은 불공평하다. 불행에 빠졌을 때 직접 우리들의 마음을 가볍게 하고 달래는 데는 이 원칙이 참으로 좋은 것이기는 하지만 누가 뭐래도 대부분 우리 자신의 방심이나 무모함에 불행에 대한 책임이 적어도 절반은 있는 것이라고 한다면 어떻게 했어야 이것을 예방할 수 있었을지를 비록 억울하다 할지라도 재고해보는 것이 자숙의 의미에서, 즉 미래의 자신을 위한 유효한 징계가 되는 것이다. 하물며 명백하게 자신이 실수를 저지른 경우 대부분 자신의 마음을 향해서 변명하거나, 수습하거나, 커다란 실수가 아니었던 것처럼 생각하려고 하는 법이지만 그러한 태도를 취하기보다는 깨끗하게 그 실수를 인정하고, 그것을 있는 그대로 확실하게 파악하여 앞으로는 그런 실수를 범하지 않겠다는 결심을 굳히는 것이 좋다. 물론 그렇게 하는 것은 스스로 나서서 자신을 미워해야 한다는 의미에서 상당히 괴로운 경험이 될 터이지만 '징계를 모르는 사람은 교육을 받지 못한 사람이다.'

13. 좋든 싫든 사건, 행복, 불행에 관해서는 모든 점에 있어서 상상력에 제한을 가하는 것이 좋다. 따라서 무엇보다도 먼저 공중누각을 쌓아올리지 않는 것이 좋다. 공중누각은 쌓아올림과 동시에 한숨과 함께 허물어버리지 않으면 안될 성질의 것으로 희생이 너무 크기 때문이다. 하지만 그보다는 단지 일어날지도 모를 뿐인 재난에 대해서 이렇게 될지 저렇게 될지 상상을 해가며 마음을 불안하게 하는 일이 없도록 주의해야 한다. 즉 이 재난이 가령 전혀 정체가 없는 것이거나, 기껏해야 강 건너의 불 정도의 것이었다면 그러한 꿈에서 깬 뒤에는 모든 것이 속임수였다는 사실이 판명될 것이며 그런 만큼 현실이 아직은 더 낫다는 사실에 기쁨을 느끼게 될 것이다. 이것에 의해 무언가를 얻는 것이 있다 하더라도 그것은 일어날지도 모른다고 할 수도 없을 정도로 아직 먼 곳에 있는 재난에

도 조심하라는 훈계를 얻는 정도이다. 하지만 우리의 상상력이 곧잘 가지고 노는 것은 이런 종류의 재난이 아니다. 상상력이 아주 무료한 상태에서 세워 올리는 것은 고작해야 즐거운 공중누각 정도의 것이다. 상상력이 보는 처참한 꿈의 재료가 되는 것은 아득하기는 하지만 조금이나마 현실에 위협이 될 만한 재난이다. 이러한 재난을 상상력이 확대시키고 그 가능성을 실제 이상으로 가까운 것으로 생각하게 하여 어처구니없이 무서운 것으로 그려내는 것이다. 이러한 꿈은 즐거운 꿈과는 달리 잠에서 깨어나서도 곧 떨쳐버릴 수가 없다. 즐거운 꿈은 현실에 의해서 곧 깨지며, 가능성의 끝자락에 엷은 희망을 남기는 것이 고작이다. 이에 반해 음산한 공상(영어로는 푸른 악마)의 포로가 되면 쉽게 떨어지지 않는 그림자를 가까이 끌어들인 결과가 된다. 왜냐하면 이 경우, 일이 일어날지도 모른다는 가능성은 일반적으로 여전히 움직이지 않음에도 불구하고 가능성의 잣대를 대보는 것은 반드시 가능한 일이 아니기 때문이다. 그렇게 되면 가능성은 자칫 개연성, 즉 그럴듯한 것으로 변하게 되어 우리들은 불안의 포로가 되어버린다. 따라서 사건, 행복, 불행은 이성과 판단력의 눈으로만 봐야 하며, 감정이 섞이지 않은 냉정한 숙고에 의한 순전한 개념을 사용하여, 그것만을 추상적으로 보고 대처해야 한다. 이럴 경우에 상상력은 동원하지 않는 것이 좋다. 상상력에서 판단이라는 것을 바랄 수는 없다. 상상력은 단지 사물의 모습을 눈앞에 떠오르게 할 뿐인데 사람의 마음은 사물의 모습에 무익한 충격을 받거나 때로는 매우 괴로움을 당하기도 한다. 상상력을 동원하지 않는다는 이 원칙은 특히 밤에 잘 지키는 편이 좋을 것이다. 어둠 속에 있으면 겁쟁이가 되어 어디를 둘러보아도 귀신이 보이는데, 관념의 애매함도 어둠과 마찬가지로 이러한 역할을 하는 것은, 결론적으로 말해 불확실함이라는 것이 불안을 만들어내기 때문이다. 밤이 되면 마음이 해이해지기 때문에 분별력과 판단력이 주관적인 어둠에 둘러싸이고, 지성이 지쳐 침착함을 잃어 사물을 철저하게 분석하여 생각할 만한 힘이 없어지면 우리의 명상의 대상은, 특히 그것이 신변에 관한 것인 경우에는 자칫 위험하게 보이게 되어 귀신과도 같은 것이 되는 것이다. 밤, 잠자리에 들고난 후부터는 마음이 완전히 풀어지기 때문에 판단력은 자신의 임무를 전혀 수행할 수 없게 되고, 상상력은 여전히 활발하게 활약하고 있기 때문에 이러한 현상이 가장 심해진다. 그러한 때에는 모든 것들이 밤의 어둠처럼 어두운 색조를 띠게 된다. 그렇기 때문에 잠들기 전이나, 밤중에 눈을 떴을 때의 관념은 대체로 꿈과 거의 마찬가지로 사물을 굉장히 왜곡하거나 전도시킨다. 그리고 그것이 신변에 관한 관념이라면 칠흑처럼 어두운 관념으로 오히려 소름이 끼칠만한 관념인 경우가 대부분이다. 아침이 되면 이와 같은 허깨비들은 꿈과 마찬가지로 일제히 퇴각해버린다. "밤에는 색이 물들어 있지만, 낮은 하얗다."라는 스페인 속담은 바로 이런 의미인 것이다. 그런데 등불에 불을 붙일 초저녁쯤이라 할지라도 이미 분별력은 육안과 마찬가지로 낮과 같은 시력을 잃게 된다. 따라서 이 시간에 중대한 문제, 특히 불쾌한 문제를 생각하는 것은 적합하지 못하다. 그런 일을 하기에는 아침이 적당하다. 아침은 일반적으로 정신적인 일을 하기에도, 육체적인 일을 하기에도, 그 어떤 일을 하기에도 적합한 시간이다. 하루 중 아침은 청춘 시대에 해당하며 모든 것이 명랑하고 상쾌하며 경쾌하다. 의욕에 넘치는 기분으로 모든 능력을 유감 없이 발휘할 수가 있다. 늦잠으로 아침 시간을 단축시키거나 바람직하지 못한 일이나 잡담으로 낭비하지 말고, 아침은 인생의 정수라는 사실을 명심하고 이것을 신성시해야 할 것이다. 이에 반해 밤은 하루 중의 만년에 해당한다. 밤이 되면 무기력하고 말이 많아지며 경솔해진다. 하루하루가 조그만 일생인 것이다. 나날의 기상이 조그만 출생, 매일 아침의 상쾌한 시간이 조그만 청춘, 매일 저녁 침상에 누워 잠드는 것이 조그만 죽음인 것이다.

대체로 건강 상태, 수면, 음식, 기온, 기후, 환경 등 각종 외부적인 조건이 우리의 기분에 커다란 영향을 주며, 기분 또한 우리들의 사상에 커다란 영향을 준다. 따라서 어떤 문제에 대한 견해뿐만 아니라 어떤 일을 하는 능력도 시간은 물론 장소에도 지배를 받는다.

그렇기 때문에, 다음 말을 새겨들을 필요가 있다.

상쾌한 기분에 이르는 것은 매우 드문 일,

마음을 다해서 붙잡으라.

『괴테』

객관적인 구상, 객관적이고 오묘한 사상이 태어날지, 태어난다면 언제 태어날지를 애타게 기다리는 일도 필요하지만 단순히 그것만 가지고는 안 된다. 신변의 문제를 철저하게 숙고할 때조차도, 미리 생각할 시간을 예정하고 마음의 준비를 한다 하더라도 과연 그 시간에 제대로 숙고할 수 있을지는 누구도 장담할 수가 없다. 그러한 것들을 숙고하는 데도 그에 어울리는 시기가 있다. 일단 그 시기가 되면 이 사고에 어울리는 사상의 맥락이 저절로 활발하게 움직이기 시작하며 우리는 그저 충분한 관심을 가지고 이 맥락을 따라서 가는 것이다.

예전에 경험한 불법, 손해, 손실, 모욕, 냉대, 불쾌함 등을 새삼스레 생생하게 떠올리는 것은 한동안 잠들어 있던 불쾌함이나 분노 등 여러 가지 좋지 않은 감정을 불러일으켜 마음을 흐리게 하니 상상력이 그런 일에 종사하지 않도록 주의하는 것도 상상력을 제어하는 바람직한 방책 중 하나이다. 왜냐하면 신플라톤파의 프로클로스†가 뛰어난 비유를 들어 말한 바와 같이, 어떤 마을에도 고귀하고 우수한 인간 외에 각양각색의 우민愚民이 살고 있는 것과 마찬가지로 제아무리 고귀하고 기품 있는 사람이라 할지라도 인간성, 아니 짐승의 성질과도 같은 매우 하등하고 저열한 면이 근본적으로 갖춰져 있다. 이 우민을 획책하여 폭동을 일으켜서는 안 된다. 위험한 일을 저지를 것 같은 얼굴을 하고 있기 때문에 창에서 얼굴을 내밀게 해서도 안 된다. 그런데 앞서 말한 것과 같은 공상의 산물은 폭동을 선동하는 자이다. 어떤 사람이나 사물로부터 사소한 불쾌감을 느낀 경우라도 그 불쾌감을 끊임없이 생각하며 강렬한 색채를 더해 과장되게 상상하면 기절초풍할 정도의 괴물이 되어버리는 경우가 있는데 이것 역시도 이러한 부류에 속하는 것이다. 모든 불쾌한 것은 가능한 한 가볍게 흘려버릴 수 있도록 차

---

† **프로클로스 Proklos, 410~485** : 아테네에서 활약한 그리스의 철학자.
콘스탄티노플(지금의 이스탄불) 출생. 그리스도교의 감화력이 강한 시대에서 끝까지 그리스철학의 전통을 옹호함으로써 '디아도코스(전통계승자)'라는 칭호를 얻었다. 시리아노스의 문하생으로 신플라톤주의 철학을 닦아 이론은 물론, 실천에서도 '일자(一者:絶對者)'와의 신비적 합일을 추구하였다.
동서고금에 걸친 해박한 내용과 열렬한 구도심(求道心)이 결부된 저서가 많이 전하며 중세, 특히 르네상스기(期)의 플라톤주의 부흥운동에 큰 영향을 미쳤다. 대표작에 《신학원론》, 《플라톤신학》 등이 있다. 그 밖에 플라톤의 《티마이오스》, 《국가》, 《파르메니데스》 등에 대한 주석과 그리스 수학자인 유클리드, 니코마코스 및 프톨레마이오스 등의 업적에 대한 수학적·천문학적 연구에도 힘을 기울였는데, 유클리드의 《기하학원론》(13권) 중 제1권에 대한 주석은 고대과학사 연구에 있어 불가결한 자료로 평가된다.

라리 매우 산문적이고 냉정한 시선으로 보는 것이 좋다.

조그만 물체라도 눈 가까이 갖다대면 시야를 가려서 다른 세계를 가려버리는데 이와 마찬가지로 신변에 있는 인간이나 사물은 제아무리 가치가 없고 하찮은 것이라 할지라도 예상 밖으로 아무런 재미도 없이 우리의 주의와 사고를 자극하여 중요한 사고思考나 문제를 밀쳐내는 경우가 많으니 주의해야 한다.

14. 무엇이든 자신이 가지고 있지 않은 것을 보면, 자칫 그것이 자신의 것이었다면 얼마나 좋을까하는 생각을 하게 되기 때문에 부족함을 느끼게 된다. 그것보다는 오히려 자신이 가지고 있는 것을, 이것이 내 것이 아니라면 어떨까 때때로 자문해보는 것이 좋을 것이다. 즉 재산이든 건강이든 친구나 연인, 가족, 말, 개 등 자신이 가지고 있는 것을 무엇이든 잃는다고 한다면 그것이 자신의 눈에는 이렇게 비칠 것이라고 하는 각도에서 때때로 바라보도록 노력해야 한다. 대부분 잃어버리고 난 뒤에서야 비로소 사물의 가치를 알게 되기 때문이다. 하지만 여기서 말한 것과 같은 견해로 사물을 바라보면, 첫 번째로는 그것을 소유하고 있다는 사실 자체가 지금보다도 더욱 행복하게 느껴지며, 두 번째로는 어떻게 해서든 상실을 예방하게 된다. 즉 재산을 위험에 노출시키지도 않게 되며, 친구를 화나게 하지도 않고, 아내의 정조를 유혹에 노출시키지도 않으며, 아이의 건강을 살피는 일도 게을리 하지 않게 된다. 투기

적으로 유리한 전망을 가지고 지금의 우울함을 밝게 하려고 여러 가지 가공의 희망을 생각해내는 경우가 종종 있는데 이와 같은 가공의 희망은 모두 환멸을 품고 있으며 그 희망이 엄격한 현실에 부딪혀 부서지면 그 환멸을 피할 수 없게 된다. 불리한 전망이라면 얼마든지 있으니 그것을 예상하며 행동하는 것은 한편으로는 그것을 방지하는 조치를 강구하는 일도 되는 것일 뿐만 아니라 다른 한편으로는 그와 같은 불리한 전망이 실현되지 않고 끝나는 경우 뜻밖의 기쁨이 되기도 한다는 의미에서 그렇게 하는 편이 나을 것이다. 조그만 불안을 견디고 난 뒤에는 틀림없이 눈에 띄게 명랑해지기 때문이다. 뿐만 아니라 어쩌면 맞이하게 될지도 모를 커다란 재난을 기회가 있을 때마다 상상해보는 것은 바람직한 일이라고도 말할 수 있을 것이다. 즉 그렇게 하면 나중에 실제로 일어나게 될 훨씬 더 작은 재난은 한층 더 용이하게 견딜 수 있게 되며, 상상하고 있었던 것만큼의 커다란 재난이 일어나지 않았다는 사실에 위로를 얻게 된다. 하지만 이 원칙 때문에 앞선 항목에서 이야기한 원칙을 소홀히 여겨서는 안 된다.

15. 우리와 관계가 있는 문제나 사건은 완전히 따로따로, 무질서하게, 상호 관계도 없이, 매우 불규칙하게, 즉 모든 것이 우리들의 문제라고 하는 점 이외에는 아무런 공통점도 없이 나타나 복잡하게 얽혀 있으니 문제에 대한 우리들의 사고나 배려를 문제에 적합

하게 하려면 그러한 사고나 배려도 역시 불규칙한 것이 될 수밖에 없다. 따라서 다른 일에는 전혀 신경을 쓰지 말고 일을 하나 하나씩 그 자리에서 처리하고 향수하며 견뎌나가기 위해서 하나의 일을 할 때에는 다른 어떤 것도 안중에 두지 말고 초연한 자세를 보여야 한다. 따라서 우리의 생각을 분류해서 정리해둘 서랍을 갖추고 하나의 서랍을 열 때는 다른 서랍은 전부 닫아두어야 한다. 그렇게 하면 무겁게 짓누르는 걱정거리 하나로 현재 가지고 있는 조그만 향락까지 완전히 해를 입게 되어 마음의 평정을 전부 빼앗기거나, 하나의 숙고가 다른 숙고를 밀쳐내거나, 어떤 중대한 문제에 대한 배려 때문에 작은 문제를 전부 소홀히 여기는 일도 없어지게 된다. 특히 고상하고 뛰어난 견해를 가질 수 있는 능력을 갖추고 있는 사람은 신변의 문제나 저급한 배려에 완전히 마음을 빼앗겨 고상하고 뛰어난 견해를 갖게 될 여지를 잃어버리게 되어서는 안 된다. 바로 그것이야말로 '생활 때문에 유일한 인생의 보람을 잃는 경우'가 되는 것이다. 이처럼 우리가 스스로를 어떤 방향, 또는 하나의 방향에서 다른 방향으로 유도하는 데는 다른 많은 경우와 마찬가지로 자제심이 필요하다는 사실은 새삼스레 말할 필요도 없을 것이다. 하지만 사람들은 모두 어떤 생활에나 없어서는 안 될 외부로부터의 커다란 강제를 상당 부분 참지 않으면 안 되며, 예를 들어 원을 중심에 가장 가까운 곳에서 작게 잘라낸다 해도 그 작은 원은 원주와 가까운 곳에 있는 백 배나 더 큰 원과 같은 모습을 하고 있는 것과 마찬가지로 조그만 자제심도 그것이 적소에서 쓰이게만 된다면 후에 외부로부터의 커다란 강제를 예방하는 것이 된다는 사실을 숙고하고 그에 따라서 자제심을 강화해야 할 것이다. 무엇보다도 자제심으로 외부로부터의 강제를 피하는 것이 가장 좋다. "모든 것들을 네게 따르게 해야겠다고 생각한다면, 너 자신을 이성에 따르게 하라."는 세네카의 말은 바로 이런 의미인 것이다. 그리고 자제심은 언제라도 적당히 발휘할 수 있기 때문에 자신이 가장 싫어하는 점에 대해서 자제심을 발휘하는 경우에는 이것을 느슨하게 하는 것도 자기 마음이다. 이에 반해 외부로부터의 강제는 가차없으며 무자비하다. 따라서 자제심으로 외부로부터의 강제에 대해 선수를 치는 것은 현명한 대책이라고 할 수 있다.

16. 모든 바라는 것들 중에서 개인이 얻을 수 있는 것은 전체의 극히 작은 일부분에 지나지 않지만 재앙은 누구에게나 헤아릴 수도 없이 많이 내리는 법이라는 사실을 언제나 명심하여 소망에는 한계를 두고, 욕망의 고삐를 당기고, 분노를 억제하는 것, 즉 절제와 인내는 그것들을 생활의 원칙으로 지키지 않는다면 재산이 있고 권력이 있다 하더라도 우리의 비참함에 조금도 영향을 주지 못한다.

일을 하는 사이사이에

책을 펼쳐들고 성현에게 물으라,

'지칠 줄 모르는 욕망과

득이 없는 것에 연결되는 소망과

공포심 등에 쫓겨

괴로움을 겪지 않고

조용히 살아가기 위해서는

어떻게 하면 좋을지'를.

이렇게 말한 호라티우스의 의도도 거기에 있다.

17. 아리스토텔레스는 "생명은 운동에 있다."고 말했는데 참으로 옳은 말이다. 따라서 육체적인 생명은 오직 끊임없는 운동을 그 본질로 삼고 있으며, 끊임없는 운동에 의해서만 존립할 수 있는 것과 마찬가지로 내면적·정신적인 생명도 끊임없는 일을 갈구하고 있다. 행위나 사고에 의해서 어떤 일에 종사하기를 바란다. 할 일이 없어서 멍하니 앉아 있을 때 손이나 어떤 도구로 콩콩 두드리는 동작을 하게 되는 것도 바로 그러한 것의 한 증거라고 할 수 있다. 즉 우리의 생활은 본질적으로 쉴 줄 모르는 생활인 것이다. 그렇기 때문에 아무런 활동도 하지 않으면, 그 무엇보다도 무시무시한 무료함에 휩싸여 곧 도저히 견딜 수 없는 상태에 빠지게 된다. 그런

데 이러한 충동을 계통적으로 만족시켜, 즉 조금이라도 나은 만족을 주기 위해 충동을 조절하는 것이 좋다. 따라서 활동이라는 것, 즉 무엇인가를 한다는 것, 가능하다면 무엇인가를 완성한다는 것, 하다 못해 무엇인가를 기억한다는 것은 인간의 행복을 위해서 없어서는 안 될 것이다. 인간의 능력은 끊임없이 사용되기를 바라고 있으며, 인간은 그 사용 성과를 어떤 형태로든 보고 싶어하는 법이다. 그런데 이런 점에서 최대의 만족을 얻을 수 있는 것은 무엇인가를 완성하는 것, 만드는 것이다. 바구니를 짜는 것도 좋고, 책을 집필해도 좋다. 특히 하나의 역작이 자신의 손에 의해 나날이 성장하여 곧 완성되는 것을 보는 일로부터는 직접적인 행복을 느낄 수 있다. 이러한 작용을 하는 것은 예술 작품이나 저술이다. 아니, 매우 일반적인 수공예품조차도 이러한 작용을 가지고 있다. 물론 역작이 고급일수록 향락도 고상한 것이 된다는 사실은 말할 필요도 없다. 중요하고 위대하며 빈틈없는 역작을 만들어낼 만한 능력을 자각한, 재능이 풍부한 사람은 이러한 점에서 보자면 가장 행복한 것이다. 이러한 자각에 의해서 이러한 사람의 생활에는 질적으로 고급스러운 관심이 구석구석에까지 미쳐 타인의 생활에서는 볼 수 없는 높은 향기가 더해지게 된다. 따라서 이러한 생활에 비하면 다른 사람들의 생활은 참으로 깊이가 없는 것이다. 즉 재능이 풍부한 인간에게 이 인생, 이 세계는 누구에게나 공통되는 질적·소재적인 관심 외에도 그것보다 고급스러운 하나의 관심, 즉 형상적·이념적인 관심의 대상이 된다. 즉 인생은 이러한 부류의 인간이 만들어내는 역작에 필요한 소재를 내포하고 있다. 신변에 필요한 것이 충족되어 조금이라도 숨을 돌릴 여유가 생기면 한평생 이 소재를 수집하는 데 종사하는 것이다. 게다가 이러한 사람들의 지성은 양면적인 지성이라고 할 수 있다. 한쪽 면은 다른 인간의 지성과 마찬가지로 세상 일반의 관계(의지와 관계되는 문제)를 대상으로 한 지성이며, 다른 한쪽 면은 사물의 객관적인 해석을 대상으로 삼는 지성이다. 이러한 이유로 양면적인 생활을 하고 있다. 다른 인간들은 모두 연기자가 되어 있는 반면에 이런 부류의 인간은 구경꾼과 연기자를 겸하고 있다. 어쨌든 각자가 자신의 능력에 따라서 무엇인가를 하는 것이 좋다. 계획적인 활동이 없는 경우, 즉 어떤 한 가지 일이라는 것이 없는 경우 그것이 우리에게 얼마나 불리한 영향을 주는지는 오랫동안 한가로이 놀다 보면 알 수 있다. 일다운 일도 없이, 자신에게 알맞은 자연스러운 생활의 기반 속에서 억지로 끌려나온 것과 같은 것이니 스스로 매우 불행하다는 느낌을 갖게 되는 경우가 있다. 땅을 파는 것이 두더지의 욕구인 것과 마찬가지로 있는 힘을 다해서 저항과 싸우는 것이 인간의 욕구이다. 영원히 변하지 않는 향락의 절대 자족감에 수반되는 정체는 인간에게 견딜 수 없는 것이다. 행동할 때 볼 수 있는 장애이든, 학습이나 연구를 할 때 볼 수 있는 정신적인 장애이든 장애를 뛰어넘는 것이 생활을 전폭적으로 향락하게 되는 것이다. 장애와 싸워 이기는 것이 인간을 행복하게 만드는 것이다. 이러한 기회를 맞이하지 못하면, 가능한 모든 방법을 강구해서 기회를 만들어내는 것이다. 개성이 원하는 바에 따라서 사냥을 하거나, 공을 차거나, 또는 본성의 무의식적인 움직임에 조정을 받아 싸움을 걸거나, 음모를 꾸미거나, 사기, 그 외의 여러 가지 악행을 저지르게 되는데 이는 모두 평온한 상태를 견디지 못하고 그것을 방해하려는 것이다. '한가롭게 쉬는 것은 어려운 일'이다.

18. 노력의 최종 목표로 삼아야 할 것은 상상력이 그려내는 영상이 아니라 명민한 사고를 거친 개념이다. 그런데 대부분은 그 반대의 일이 행해지고 있다. 즉 거듭 자세하게 검토를 해보면 일을 결정할 때 결국 마지막 결정인자가 되는 것은 대부분 개념이나 판단이 아니라 상상력이 그려낸 영상으로 그것이 양 선택 항목의 한쪽을 표현하고 대표하고 있다. 볼테르였는지, 디드로였는지 그도 아니면 다른 어떤 이의 장편이었는지 기억나지는 않지만 주인공 청년이 인생의 기로에 서게 되었을 때, 도덕은 언제나 그의 스승이었던 늙은 가정교사가 왼손에는 담배 쌈지, 오른손에는 한 모금분의 담배를 쥐고 도덕에 대해 이야기하는 모습으로 비쳤고, 한편 죄악은 어머니의 시녀의 모습으로 비쳤던 것이다. 특히 젊었을 때 행복

의 목표가 눈앞에 어른거리는 영상으로 고정되어 이 영상이 반평생, 한평생 변하지 않는 경우가 많다. 이러한 영상은 결국 우리를 우롱하는 요괴의 변신인 것이다. 그 증거로 간신히 도착했다고 생각한 순간에 흔적도 없이 사라져버린다. 결국 우리는 영상이 약속을 무엇 하나 지켜주지 않는다는 사실을 경험하게 된다. 가정 생활, 시민 생활, 사회생활, 전원 생활의 장면 장면, 주택, 환경, 훈장, 경례 등의 영상은 전부 이와 같은 종류의 것이다. '광대에게는 각자가 좋아하는 두건이 있다.' 연인의 모습에 대한 생각에도 이런 것이 많다. 우리가 이러한 경로를 더듬는 것은 지극히 자연스러운 일일 것이다.

직관적인 것은 직접적인 것이기 때문에 개념, 즉 추상적인 상상보다도 의지에 대한 작용이 한층 더 직접적이다. 개개의 것들에야 말로 현실성이 내재되어 있는데 개념, 즉 추상적인 사상은 개개의 것들을 제외하고 일반적인 것들만을 나타내기 때문에 간접적으로밖에 의사에 작용을 하지 못한다. 그럼에도 불구하고 언명을 배신하지 않는 것은 개념뿐이다. 따라서 개념만을 신뢰하는 것이 교양이라는 것이다. 하지만 개념이 때로는 몇몇의 형상(영상)에 의해서 예증되고 해설되어야 할 필요가 있다는 것은 말할 필요도 없는 사실이다. 단, 그럴 경우에는 다소간의 분별력을 발휘해야만 한다.

19. 앞 항목에서 든 원칙은 보다 일반적인 원칙에 포함된다. 그

것은 어떠한 경우에라도 눈앞에 있는 직관적인 것으로부터 받는 인상을 억제하는 것이 좋다는 원칙이다. 이러한 인상은 단순하게 생각되고 알게 된 것과는 비교할 수 없을 정도로 강렬하다. 강렬하다는 것은 인상의 소재와 내용에 의한 것이 아니다. 소재와 내용은 극히 빈약한 것이 많다. 그것보다는 인상의 모습, 즉 직관성과 직접성에 의한 것이다. 이 직관성과 직접성이 심정에까지 작용을 하여 그 평정함을 방해하거나 그 결의를 동요케 한다. 결국 눈앞에 있는 것, 직관적인 것은 쉽게 전체를 한눈에 볼 수 있기 때문에 그 강렬함이 언제나 단번에 작용을 한다. 그런데 사상이나 논거라는 것은 조금씩 숙고하는 데 시간의 여유와 마음의 평정을 필요로 한다. 따라서 언제 어떠한 때라도 있는 그대로 전부를 떠올릴 수가 없다. 따라서 숙고의 결과 포기를 한 쾌락의 대상도 그것을 보면 역시 도발된다. 이와 마찬가지로 전혀 근거 없는 비평에도 모욕감을 느끼며, 경멸할 만한 모욕에도 화가 난다. 이와 마찬가지로 어떤 위험한 존재를 부정하는 열 가지 논거도 위험이 현실적으로 존재하는 것처럼 보이는 잘못된 외관에 압도되어 버린다. 이러한 일들은 이 외에도 여러 가지가 있는데 이러한 것들은 우리 인간의 본질이 원래 이성적이지 않다는 사실을 나타내는 것이다. 한편 여자들이 이러한 인상에 압도당하는 경우가 많다. 또한 남자들 중에서도 인상의 작용에 흔들리지 않을 정도로 이성이 우위를 점하고 있는 사람은 매우 드물다. 그런데 단지 사상에 의해서도 인상을 전혀 억제할 수 없다면, 인상을 그것과 반대되는 인상으로 중화시키는 것이 가장 좋은 방법일 것이다. 예를 들어 모욕에 대한 인상은 자신을 높이 평가해주는 사람을 찾아감으로 중화시키고, 위험천만하다는 인상은 그 위험에 대항하는 움직임을 실제로 봄으로써 중화시킨다. 라이프니츠가 말한 예의 이탈리아 사람은 고문을 받는 동안, 만약 자백을 하면 교수대에 매달리게 될 것이라고 생각하고 지난날의 계획대로 교수대의 모습을 한순간의 일그러짐도 없이 계속 생각하였으며 그 때문에 몇 번이나 "보인다, 보여!"라고 외쳤는데 그로 인해 고문의 괴로움에 끝까지 대항했다고 하지 않는가? 이 "보인다, 보여!"라는 말에 대해서 그는 후에 설명했는데 그것은 앞서 말한 것과 같은 취지였다. 자신을 둘러싸고 있는 모든 사람들이 자신과 의견을 달리하고 그 다른 의견에 따라 행동하는 경우, 자신은 모든 인간이 잘못 생각하고 있는 것이라고 확신하고 있다 하더라도 그들 때문에 동요하는 것이 보통이며, 동요하지 않도록 하는 것은 다름 아닌 여기서 말한 이유에서 쉽게 알 수 있다. 추적을 받으며 여행을 계속하고 있는 망명 중의 국왕은 결국 자신이 왕이라는 사실에 의심을 품게 될지도 모르겠지만 그렇게 되지 않기 위해서는 비밀을 맹세한 동반자가 그와 단둘이 남게 되었을 때 몸을 굽히고 머리를 숙여 예를 지키는 행동이 국왕에게 없어서는 안 될 격려가 될 것임에 틀림없다.

20. 우리의 행복에 있어서 무엇보다도 중요한 것이라고 여겨지는 건강이 커다란 가치를 가지고 있다는 사실은 앞선 제2장에서 역설했으니 여기서는 건강의 확립과 유지를 위해서는 어떠한 태도를 취해야 하는지에 대한 매우 일반적인 원칙을 약간 들어보기로 하겠다.

건강할 동안에는 온몸과 신체 각 부위는 잔뜩 긴장시켜서 고통을 주고, 그 어떤 바람직하지 못한 영향에도 대항할 수 있는 습관을 들이도록 단련해야 한다. 하지만 전신이나 국부에 병적인 상태가 나타나면 곧 반대되는 방법을 취해서 병든 신체나 신체 국부를 가능한 한 안정시키고 쉬게 해야 한다. 병이 들어 쇠약해지면 단련을 견디지 못하기 때문이다.

근육은 격렬하게 사용하면 강해진다. 이에 반해 신경은 격렬하게 사용하면 약해진다. 따라서 근육은 언제나 적당하게 긴장을 시켜서 단련해야 한다. 이에 반해 신경은 어떠한 의미에서의 긴장도 하지 않도록 주의해야 한다. 즉 눈은 지나치게 밝은 빛, 특히 반사광에 접하거나 희미한 어둠 속에서 긴장을 하거나, 매우 작은 것을 오랜 시간 계속해서 보거나 하지 않도록, 귀는 극도의 소음을 피하고, 특히 뇌는 강제적인 긴장, 과도하게 지속되는 긴장, 때아닌 긴장을 피하도록 하는 것이 좋다. 따라서 소화 작용을 하고 있는 동안에는 뇌를 쉬게 하는 것이 좋다. 뇌 속에서 관념을 만들어내는 활력이 소화 작용을 하고 있는 동안에는 유미죽(음식물의 영향분을 분해하는 상태)과 림파액을 만들기 위해서 위와 장 속에서 열심히 일을 하고 있기 때문이다. 또한 근육을 활발하게 움직이고 있을 때는 물론 그 후에도 뇌를 쉬게 하는 것이 좋다. 왜냐하면 운동신경은 감각신경과 같은 성질이 있어서 부상 당한 손발이 느끼는 아픔이 사실은 뇌 속에 자리를 잡고 있는 것과 마찬가지로 걷거나 일을 하는 것도 사실은 다리와 팔이 아니라 뇌이기 때문이다. 자세히 말하자면 뇌 중에서도 연수와 척수를 매개로 손발의 신경을 흥분시켜 그것에 의해 손발을 움직이게 하는 부분이다. 따라서 다리나 팔이 느끼는 피로도 사실은 뇌가 느끼는 것이다. 피로한 것은 운동을 마음대로 할 수 있는 근육뿐이다. 즉 뇌를 운동의 출발점으로 삼는 근육뿐이다. 이에 반해 심장처럼 자신의 의사와는 상관없이 움직이는 근육은 피로함을 느끼지 못한다. 그렇다면 뇌에 격렬한 근육 활동과 정신적인 긴장감을 동시에 억지로 강요하는 것은 물론, 양자를 연속해서 행하게 하는 것만으로도 뇌를 해치는 것이라는 사실은 명백해진다. 그렇다고 해서 산책의 처음이나, 일반적으로 단시간에 걸친 보행을 할 때 정신 활동이 고양되는 것을 느끼는 경우가 종종 있다는 사실을 부인하는 것은 아니다. 왜냐하면 이러한 경우에는 앞서 말한 뇌의 일부분에 피로가 아직 나타나지 않았으며 한편으로는 이러한 가벼운 근육 활동과 그에 의한 호흡의 증대로 인해서 산소의 공급 상황이 좋아진 동맥의 혈액이 뇌로 상승하는 것을 돕고 있기 때문이다. 특히 뇌에는 그 사색에 필요한 만큼의 충분한 수면을 취해주는 것이 좋다. 인간에게 수면의 의의는, 시계에 비유하자면 태엽을 감아주는 것과 같은 것이다. 사색에 필요한 만큼의 충분한 수면은 뇌의 발달과 활동이 눈에 띨수록 중요해진다. 하지만 이 정도를 넘어서면 수면 시간만 길어졌을 뿐, 그만큼 깊이 자지 못하기 때문에 시간을 낭비하는 것에 지나지 않는 일이 될 것이다.(수면은 죽음의 단편이다. 죽음의 단편을 빌려와서 그 대신 낮 동안의 일로 소진한 생을 다시 받아 경신한다. '수면은 죽음으로부터의 부채'이다. 수면은 삶은 유지하기 위해서 죽음으로부터 빚을 진다. 또는 죽음 자체가 원금을 지불하는 것이라고 한다면 수면은 그날의 이자이다. 거액의 이자를 규칙적으로 갚는다면 원금을 지불하라는 청구도 그만큼 늦어지게 된다.) 특히 간과하지 말아야 할 점은 사고思考는 뇌의 유기적 기능에 지나지 않으므로 긴장과 휴식이라는 점에서는 다른 모든 유기적 활동과 유사한 상황에 있다는 점이다. 과도한 긴장은 눈을 해치는 것과 마찬가지로 뇌까지도 손상시킨다. 뇌의 사고는 위의 소화와 같다고 말한 사람이 있는데 참으로 옳은 말이다. 주로 언제나 사고에만 종사하며 쉴 줄을 모르는, 비물질적이고 단일한 마음이라는 것이 이 뇌 속에 깃들어 있으며 그것은 외계의 그 어떠한 것도 필요로 하지 않는 것이라는 터무니없는 생각이 많은 사람들을 착각하게 하여 어리석을 행동을 취하게 하고, 정신력을 둔하게 만들었다는 사실을 말할 필요도 없을 것이다. 예를 들어서 지난날, 프리드리히 대왕은 수면의 습관을 완전히 없애버리려는 시험을 해보았다. 철학 교수는 낡은 형식의 문답형 교과서를 충실하게 배워야 한다는 노파심과도 같은 철학에 의해서 이런 종류의, 그것도 실제로 해를 수반하는 잘못된 견해를 지지하는 일은 자중하도록 해야 할 것이다. 정신 능력을 철두철미하게 생리적인 기능이라고 생각하고 이 생각에 바탕을 두어 정신 능력을 취급하고, 쉬게 하고, 일하게 하며 거기다 모든 육체적 질환, 고장, 변화는 어떠한 부분에 일어나더라도 정신에 영향을 준다는 사실을 잘 생각하여 습관을 들여야 한다. 이러한 습관을 무엇보다도 가장 잘 들일 수 있게 해주는 것은 카바니스(프랑스의 철학자·의학자)가 저술한 『인간의 신체와 품성과의 관계』라는 것이다.

위대한 인물이나 위대한 학자들 중에도 만년에는 뇌의 기능이 저하되고, 유치해지고 심지어는 미쳐버린 사람들조차 있는데 그 원인은 내가 여기서 밝힌 충고를 소홀히 여겼기 때문이다. 예를 들어 볼테르 스코트, 워즈워스, 사우디 등 수많은 금세기의 저명한 영국의 시인들이 만년은커녕 60대에 정신적으로 둔화하고 무능력

자가 되고 심지어는 백치까지 되었다는 사실은, 의심할 여지도 없이 그들이 모두 고액의 사례금에 이끌려 저술을 직업적으로 행한 것, 즉 돈을 위해서 글을 썼다는 사실로 설명할 수 있다. 이러한 것들의 유혹에 이끌려 자신도 모르게 무리를 하게 된다. 자신의 시혼詩魂에 멍에를 씌우고 자신의 시재詩才에 채찍을 가하는 자는 애

---

† 칸트 Immanuel Kant, 1724.4.22~1804.2.12 : 독일의 철학자.
동프로이센의 수도 쾨니히스베르크에서 출생하였다. 프랑스 혁명과 같은 시대의 사람으로 그 이전의 서유럽 근세철학의 전통을 집대성하고, 그 이후의 발전에 새로운 기초를 확립하였다. 근세 철학사상 가장 중요한 인물 중 한 사람으로 꼽힌다. 마구(馬具) 제조업자인 아버지와 경건하고 신앙심 두터운 어머니에게서 태어나 루터교 목사가 운영하던 경건주의학교에 입학하여 8년 6개월 동안 라틴어 교육을 받은 후 고향의 대학에서 공부하고 또 모교의 교수로 일생을 마쳤다.
스코틀랜드에서 이민해 온 변경의 소시민 가정에서 장성한 칸트는 프리드리히 대왕 시대의 계몽적인 시민육성책의 혜택도 받을 수 있어 지리적 · 역사적 조건이 그의 철학으로 하여금 독일적 특수성을 떠나 참다운 '세계시민적'인 철학이 되게 하였다. 대학 재학 중에는 당시의 신사상이었던 뉴턴역학에 특히 관심을 두었다. 이 방면에 대한 연구는 대학 졸업 후 10년이 지나 모교의 강사직을 얻은 1755년에 《천계(天界)의 일반자연사와 이론》으로 결실을 보았다. 이 저작에서 그는 뉴턴역학의 모든 원리를 확대 적용하여 우주의 발생을 역학적으로 해명하려고 하였는데, 후일 '칸트-라플라스의 성운설'로 널리 알려지게 된 획기적인 업적을 수립하였다.
여기의 내포되는 모순이 의식에 떠오른다면 그것은 커다란 위기에 봉착함을 뜻할 것이다. 이 위기에서 칸트를 구한 것은 J.J.루소이다. 그는 칸트로 하여금 문명에 침식되지 않은 소박한 인간의 존엄성에 대하여 눈뜨게 하고, 여기에다 그 후의 모든 사상적 노력의 숨은 기초를 뿌리박게 한 것이다. 이렇게 하여 뉴턴, 루소를 두 개의 기둥으로 삼고 D.흄을 부정적 매개체로 하여 중세 이후의 전통적 형이상학을 그 밑뿌리까지 파고들어 전면적 재편성을 시도함으로써 비판철학을 탄생시켰다.
칸트의 철학은 3권의 비판서 간행 후 순식간에 전 독일의 대학 · 논단을 석권하였고, J.G.피히테에서 G.W.F.헤겔에 이르는 독일 관념론 철학의 선두 주자로서, 또 그 모태로서 커다란 역할을 하였다.

욕에 노예적인 봉사를 바친 자와 마찬가지 보상을 해야 할 것이다. 억측일지는 모르겠지만, 칸트†도 이름이 알려진 뒤 만년에 일을 너무 많이 했기 때문에 제2의 유년기라고 불러 마땅할 마지막 4년을 맞이하게 된 것이라고 생각한다.

C. 타인에 대한 태도에 대해서

21. 세상을 살아가면서 세심함과 관용을 크게 발휘하기 바란다. 세심함에 의해서 손해·손실을 면할 수 있으며, 관용에 의해서 분쟁을 면할 수 있다.

사람들과 함께 살아가야 하는 이상 그 어떠한 개성도, 제아무리 열악하고 가엾기 그지없는 어리석은 개성이라 할지라도, 배격한다는 것은 절대로 용서받을 수 없다. 누가 뭐래도 개성은 자연에 의해서 결정되어지고 주어진 것이기 때문이다. 오히려 개성은 영원한 형이상적形而上的 원리에서 출발해 현재 있는 모습 외의 모습으로는 존재할 수 없는 불변의 것이라고 보아야 할 것이다. 개성이 너무 두드러진다고 생각될 경우에는 '이런 별종도 있는 법이군.'이라고 생각하면 된다. 그렇게 하지 않으면 상대를 침해하여 생사를 건 싸움에 도전하게 된다. 왜냐하면 상대의 참된 개성, 즉 도덕적 성격, 인식능력, 기질, 인상 등과 같은 것은 그 누구도 바꿀 수 없기 때문이다. 그런데 만약 우리가 한 사람의 본질적인 성격을 도덕적으로 완전히 부인한다면 상대는 우리를 철천지원수로 생각하고 싸울 수 밖에 없는 것이다. 그 인간이 지금의 이 불변의 존재 방식과는 다른 것을 취하는 인간이 되어야 한다는 것을 조건으로 삼고 있다면 그 생존권을 우리가 인정하지 않는다는 사실이 되어 버리기 때문이다. 따라서 사람들과 함께 살아가기 위해서는 누구에 대해서나, 어떤 모습을 하고 있든지 그 타고난 개성을 그대로 인정할 필요가 있으며 개성을 그 특성에 따라서 이용해야 한다는 것을 명심해두기만 하면 된다. 이에 반해서 개성이 변할 것을 기대하거나, 개성 그 자체의 모습을 도덕으로 무조건 부인해서는 안 된다.(상대에 따라서는 '성질을 바꿀 수는 없지만 나름대로 이용을 하자.' 라고 생각하는 것이 가장 현명한 경우도 적지 않다.) '나도 살고, 상대도 살린다.' 는 말의 참된 의미는 바로 여기에 있는 것이다. 그런데 이 요구는 공정하기는 하지만 실행하기는 어렵다. 그렇기 때문에 많은 개성과 접하는 것을 언제까지고 피할 수 있는 사람은 행복하다고 해야 한다. 그리고 사람에 대한 인내심을 배우려면 역학적 · 자연적인 필연성에 의해 우리의 행위에 완강하게 저항하는 무생물을 시험대에 올려놓고 인내를 기르면 된다. 그러한 기회라면 매일 있을 것이다. 이렇게 해서 얻은 인내를 이번에는 인간들에게로 돌리는 연습을 한다. 즉 사람들이 우리에게 방해가 될 경우, 그것도 역시 그 사람의 본성에서 나오는 필연성에 의한 것임에 틀림없으며, 이 필연성은 무생물의 작용과 같은 엄격함을 가진 필연성이라고 생각하는 습관을 들여두는 것이다. 따라서 사람의 행위에 화를 내는 것은 지나가는 길 앞에 굴러온 돌에 대해서 화를 내는 것과 마찬가지로 어리석은 일이다.

22. 인간 상호 간의 정신과 심정의 동질성과 이질성이 대담 중에 곧 모습을 드러낸다는 사실에는 그저 놀랄 뿐이다. 어떤 조그만 일에서라도 그것을 느낄 수 있다. 아무런 인연도 관계도 없는, 그야말로 아무래도 좋은 일에 대해서 대담이 진행되더라도 본질적으로 이질적인 사람들 사이에서는 한쪽 사람의 말이 많든 적든 간에 상대의 취향에 맞지 않고, 그중에는 상대의 기분을 상하게 하는 말도 있을 것이다. 이에 반해 동질적인 인간은 무슨 일에 있어서나 어떤 종류의 일치감을 느끼고 동질성이 크다면 이 일치감은 곧 융화되어 완벽한 화음이나 합창이 될 것이다. 이 사실을 통해서 설명할 수 있는 첫 번째 사실은, 매우 평범한 사람들, 즉 저 예의바르고 사랑스러우며 선량한 사람들이 무척 사교적이며, 어디를 가더라도 바로 선량한 친구들을 찾아내는 것은 어떤 이유에서인가 하는 점이다. 비범한 인간의 경우에는 그 반대의 결과를 낳는다. 그것도 뛰어난 사람일수록 더욱 심하다. 따라서 비범한 인간은 사회에서 떨어져 있지만 우연히 다른 사람에게서 제아무리 사소한 것일지라

도 무엇인가 한 가지 자신과 동질적인 상相을 발견하게 되면 참으로 기쁘게 생각하는 법이다. 갑이라는 사람의 을이라는 사람에 대한 모든 모습은, 을의 갑에 대한 모습 이상일 수는 없는 법이기 때문이다. 참으로 위대한 사람은 독수리처럼 높은 곳에서 오직 홀로 생식하고 있다. 두 번째로 이 사실로부터 이해할 수 있는 것은 뜻을 같이하는 사람들이 마치 자력에 이끌리듯이 서로 모여든다는 사실이다. 비슷한 마음과 마음은 멀리서부터 인사를 교환하는 법이다. 뜻이 낮은 사람들이나 재능이 떨어지는 사람들 사이에서 이러한 사실을 발견할 기회가 가장 많은 것이 사실인데 그것은 단지 이런 부류의 인간이 넘쳐나고 있는 데 반해서 우수한 인간은 보기 드물며, 세상에서도 보기 드문 인간이라고 불리고 있기 때문이다. 따라서 예를 들어 실제적인 목적을 가진 커다란 단체에 우연히 두 명의 악당이 있을 경우, 서로가 한편이라는 표식을 달고 있기라도 한 듯 서로가 곧 그것을 느끼고 둘이 뭉쳐서 폭행이나 배신을 계획하게 된다. 이러한 이유로 지금, 있을 수 없는 경우를 상정해 보겠는데, 어떤 커다란 사회가 매우 뛰어난 이해력을 가진, 재기에 넘치는 사람들만으로 구성되어 있는데 여기에 어리석은 사람이 딱 두 명 있다고 한다면 이 두 사람은 서로에게 공감하고 무엇인가 끌리는 것을 느끼고 두 사람 모두 곧 비록 한 사람에 불과하지만 분별력이 있는 사람을 만나게 되었다는 사실을 내심 기뻐할 것이다.

특히 도덕적으로나 지성적으로 열등한 두 사람이 있는 경우, 첫 만남부터 서로 그러한 사실을 깨닫고 반갑게 인사를 나누고 서로에게 접근하려고 열심히 노력하고 오랜 친구처럼 급히 서로를 맞아들이는 모습을 목격할 수 있는데 이는 참으로 희한한 일이다. 이러한 경향은 너무나도 눈에 띄는 것이기 때문에 부처의 윤회설에 따라 그들은 이미 전세에서부터 친구가 아니었을까 하는 생각이 들 정도이다.

하지만 인간이 서로 크게 일치하는 경우에도 때로는 사이가 벌어지거나, 대부분은 일시적인 부조화가 생기게 되는 법인데 이는 현재의 기분에 차이가 생겨나는 데서 비롯되는 것이다. 현재의 기분이라는 것은, 각자 현재의 처지, 일, 환경, 몸이 처한 상황, 그때그때의 사고 과정 등에 따라서 거의 모든 사람이 서로 다르게 갖게 된다. 그렇기 때문에 제아무리 조화로운 사람들이라 할지라도 부조화가 발생하게 된다. 이러한 장해를 제거하는 데 필요한 수정을 끊임없이 행하여 균등한 조정을 펼칠 수 있는 것은 가장 높은 교양이 있어야만 비로소 가능한 일일 것이다. 위험이나, 희망이나, 보도나, 보기 드문 광경이나, 연극이나, 음악 등 어떤 객관적인 것이 모든 인간에게 동시에 그리고 같은 모습으로 작용을 하기만 한다면, 수많은 회원을 보유하고 있는 사교 모임도 회원들이 곧 유쾌한 분위기 속에서 활발하게 이야기하고 솔직하게 관심을 나타낼 수 있는 자극을 받게 되는 법이라는 사실을 생각해보면, 기분이 일치한다는 것이 사교 모임에서 얼마나 중요한 작용을 하고 있는지를 알 수 있다. 이러한 것은 모든 개인적 관심을 압도하며 기분의 전반적인 일치를 가져오게 하기 때문이다. 이러한 객관적인 작용이 없는 경우에는 통상, 주관적인 작용을 이용한다. 이런 의미에서 술은 공동체적인 기분을 집단 속으로 끌어들이는 통상적인 수단으로 이용된다. 홍차나 커피와 같은 것도 이러한 목적에 도움이 된다.

한편, 사람에 대한 추억이라는 것은 일시적인 기분의 차이나 여러 가지 이와 비슷한 일시적이지만 장해적인 영향에 좌우되지 않는 것으로, 추억 속에서는 모든 사람들이 이상화되거나 때에 따라서는 정화된 모습이 되는 법인데 이는 앞서 기술한 것처럼 일시적인 기분의 차이가 공동체 속에 자칫 불화를 가져오게 하기 쉬운 원인이 된다는 사실로 생각해본다 하더라도 어느 정도는 설명이 가능하다. 추억은 암실 속의 볼록렌즈와도 같은 역할을 한다. 추억은 모든 것을 압축하고, 그 압축으로 인해 실제보다 훨씬 더 아름다운 상像을 만들어낸다. 사람들에게 이처럼 보여지는 이점을 얻으려면 자신이 그 자리에 없기만 하면 그것만으로도 이미 어느 정도까지는 이 목적을 달성할 수 있게 된다. 이상화理想化의 작용을 하는 추억이 그 일을 완성하기까지는 오랜 시간이 필요하지만 일에는 바로 착수하는 법이다. 따라서 지인이나 친구들 앞에는 상당한 간격을 두고 모습을 나타내는 것이 영리한 방법이라고 할 수 있을 것이다. 그렇게 하면 다음에 만났을 때는 추억이 일을 이미 시작했다는 사실을 알게 될 것이다.

23. 누구나 사물을 자신 이상으로 볼 수는 없다. 이것은 누구나 타인을 봐도 동시에 자기 자신의 모습이기도 한 모습밖에는 볼 수 없다는 의미이다. 자기 자신의 지식의 힘에 따라서 타인을 파악하고 이해할 수밖에 없기 때문이다. 그런데 자신의 지식의 힘이 가장 열등한 부류에 속해 있다면 타인이 가지고 있는 그 어떤 정신적 재능도, 비록 그것이 제아무리 위대한 재능이라 할지라도 자신에게 작용을 해올 리가 없는 것이다. 이러한 재능을 가진 사람을 보더라도 자신은 그 사람의 개성의 가장 저급한 면, 즉 그 사람이 가지고 있는 모든 약점, 기질과 성격의 결함밖에는 인정하지 않을 것이다. 그 사람은 이러한 약점과 결함으로 이루어진 인간이라고 여겨질 것이다. 장님에게는 색이 존재하지 않는 것과 마찬가지로 자신에게는 그 사람이 가지고 있는 고귀한 정신 능력이 존재하지 않는다. 무릇 정신은 정신을 가지고 있지 않은 사람의 눈에는 보이지 않기 때문이다. 무릇 가치에 대한 평가는 평가하는 인간의 인식 시야에 따라서 평가를 받는 사람의 가치에서 생겨나는 법이다. 누군가와 이야기를 할 때, 상대 이상으로 자신에게 갖춰져 있는 것은 전부 사라져버리며, 상대와 이야기를 하기 위해 필요한 자기 부인에 대

해 상대는 전혀 깨닫지 못하니 이야기 상대와 자신을 동일 수준에 놓게 되는데 이것도 앞서 기술한 점에서 나오는 귀결인 것이다. 그런데 대부분 인간은 정조情操나 재능이 매우 저급하고 매우 평범하다는 사실을 생각한다면, 그들을 이야기 상대로 삼으려면 그동안만은 (전기의 분포와 같은 식으로) 스스로 평범해질 수밖에 없다는 사실을 깨닫게 될 것이다. 그렇게 되면 '스스로를 낮춰 사람들을 대한다.'는 말의 참된 의미와 이 말이 매우 적절한 것이라는 사실을 완전히 이해할 수 있게 될 것이지만, 자기 본성의 부끄러운 부분을 매개로 하지 않으면 사귈 수 없는 친구는 완전히 피하고 싶다는 마음이 들기도 할 것이다. 또한 어리석은 자, 우둔한 자에 대해서 자신의 분별을 보여줄 수 있는 길은 오직 하나밖에 없다는 사실도 깨닫게 될 것이다. 그 한 가지 길이란, 이러한 사람들과는 말을 하지 않는 것이다. 하지만 그렇게 되면 사교계에 나가서도 때로는, 마치 무도회에 와보니 모여 있는 사람들이 모두 절름발이뿐으로 과연 누구와 춤을 춰야 좋을지 망설이는 것과 같은 기분이 드는 사람도 있을 것이다.

24. 백 명 중에 선택받은 한 명으로서 내가 존경하는 부류의 인간이 있다. 그것은 무엇인가를 기다릴 때, 즉 특별히 할 일도 없이 우두커니 앉아 있을 때 지팡이나 나이프, 포크 등 마침 손에 쥐게 된 물건을 가지고 곧 박자에 맞춰서 콩콩, 또는 덜컥덜컥 소리내는

일을 하지 않는 사람이다. 그러한 사람은 틀림없이 무엇인가를 생각하고 있을 것이다. 그런데 많은 사람들은 시각의 작용이 사고를 완전히 대신하고 있다. 그들은 덜컥덜컥 소리를 내서 자신의 존재를 의식하려고 한다. 하지만 그것은 바로 이러한 목적에 적합한 담배가 손에 쥐어져 있지 않을 경우이다. 그들이 신변에서 일어나는 모든 사상에 대해서 끊임없이 전신이 눈이 되고 귀가 되는 것도 앞서 말한 것과 같은 이유에서이다.

25. 라 로슈푸코는 어떤 사람을 매우 존경하면서 동시에 매우 사랑하기는 어려운 일이라고 말했는데 참으로 옳은 말이다. 따라서 우리는 사람들의 사랑을 얻으려고 노력을 하거나, 사람들의 존경을 얻으려고 노력을 하는 것 중 어느 하나를 택해야 하는 입장에 있는 것이다. 사랑은 언제나 이기적이다. 이기적이라고 하더라도 거기에는 여러 가지가 있겠지만 어쨌든 이기적이다. 게다가 사랑을 얻기 위한 수단에는 반드시 우리가 자랑스럽게 여기기에 충분한 것들만 있는 것이 아니다. 타인의 정신과 심정에 대해서 어려운 주문을 하지 않는다면 대부분은 그것만으로도 사랑받게 될 것이다. 그것도 자신을 꺾는다든지, 그저 경멸에 뿌리를 둔 관용의 마음에서 나오는 것이 아니라 진심에서 그러한 태도를 취해야만 한다. 그런데 이러한 전제에 더해서 또 하나의 전제로서 엘베시우스가 한 "우리를 기쁘게 하는 데 필요한 지성의 정도는, 우리 자신이

가지고 있는 정신의 정도를 측량할 수 있는 매우 정확한 척도이다."라는 매우 진실된 말을 되새겨본다면 이 두 가지 전제로부터 나오는 결론은 말하지 않아도 알 수 있을 것이다. 이와는 반대로 사람들의 존경심은 사랑과는 사정이 반대이다. 타인의 존경을 얻는다는 것은 타인의 의지에 반해서 가부를 묻지 않고 자신을 존경하도록 하는 것이며, 또한 바로 그렇기 때문에 타인은 대부분의 경우 존경심을 겉으로 드러내지 않는다. 따라서 내면적으로 존경은 사랑에 비해서 훨씬 더 우리를 만족스럽게 한다. 존경은 우리 자신의 가치와 관계가 있다. 이것은 사랑에 대해서는 그대로 적용되지 않는다. 사랑은 주관적이고, 존경은 객관적이기 때문이다. 어느 쪽이 우리들에게 도움이 되는가 하면, 그것은 말할 필요도 없이 사랑이다.

26. 대부분의 인간은 극히 주관적이기 때문에 자신 외에는 결국 무엇 하나 흥미의 대상이 되는 것이 없다. 그 결과, 첫 번째로 무엇이든 타인이 하는 말을 들으면 곧 자신에 대해서 생각하게 되며, 또한 우연히 자신의 개인적인 일과 조금이라고 관계가 있는 어떤 일을 듣게 되면 그것에 완전히 주의를 빼앗기고 그것 때문에 이야기의 객관적인 테마를 파악하게 하는 힘을 잃게 된다. 두 번째로 어떤 논거라도 자신의 이해利害나 허영심이 이것에 반대하면 조금도 승인을 하지 않는다. 따라서 이야기를 들려주어도 자칫 멍하니

있거나, 상처를 받거나, 모욕감을 느끼거나, 기분을 상하게 되기 쉽기 때문에 어떠한 화제라도 그들과 객관적으로 이야기하기 위해서는 이야기하는 내용이 눈앞에 있는 듣는 사람의 소중한 자아에 혹시 어떤 불리한 의미로 다가가지는 않을지 매우 세심한 주의를 기울여야만 한다. 오로지 이 자아만이 그들이 문제로 삼는 것으로 그 이외의 것에는 아무런 관심도 갖고 있지 않기 때문이다. 타인의 이야기가 진실되고 적절한 것인지, 아름답고 세련되며 기지에 넘치는 것인지에 대해서는 이해할 힘도 감각도 가지고 있지 못하면서 가령 제아무리 조금이라도, 제아무리 간접적으로라도 그들의 보잘것없는 허영심에 상처를 줄 만한 일이나, 더할 나위 없이 귀중한 자아에 어떤 의미로든 불리한 반향을 일으킬 것 같은 일에 대해서는 섬세하기 그지없이 민감한 반응을 보인다. 상처받기 쉬운 그들의 모습이란, 마치 발을 밟힌 강아지가 낑낑대며 비명을 올리는 모습과도 같다. 또는 조금이라도 접촉하지 않도록 세심한 주의를 기울여야 하는 상처투성이, 혹투성이 환자에도 비유할 수 있을 것이다. 그런데 이러한 것이 심해지면 대담 중에 지성이나 분별력을 잠깐 내보이는 것만으로도, 아니 상대방이 지성이나 분별력을 충분히 감추지 않았다는 사실만으로도 더할 나위 없는 모욕감을 느끼는 사람들이 있다. 하지만 당장은 그 모욕감을 겉으로 드러내지 않는다. 그런데 이런 경우 미경험자는 나중에 '나는 도대체 무엇 때문에 그 사람의 원성과 원망을 사게 되었는가? 라고 이래저래 생각을 하게 되지만 그 이유는 좀처럼 알아내지 못하는 법이다. 하지만 한편으로 이러한 사람들은 쉽게 기뻐하기 때문에 우리편으로 만들기도 매우 용이하다. 따라서 그들의 판단은 대체로 매수 당한 판단으로, 그들이 속한 당파나 계급을 위한 발언에 지나지 않는다. 객관적이고 공정한 판단이 아니다. 그들의 경우, 이러한 사실은 의지가 근본적으로 인식을 압도하고, 가지고 있는 미미한 지성이 완전히 의지에 봉사하여 한순간도 의지로부터 벗어나지 못한다는 사실에 의거한 것이다.

모든 것을 자신과 연관 지어 생각하고, 그 어떠한 사상을 보더라도 거기서부터 곧바로 자신에게로 되돌아오는 가엾은 인간의 주관성을 가장 명확하게 입증하는 것이 바로 점성술이다. 점성술은 커다란 천체의 운행을 보잘것없는 자아와 연결하며, 하늘의 혜성을 지상의 분쟁이나 하찮은 사건과 연결시킨다. 그런데 이러한 일은 어느 시대에서나 행해졌던 일이며, 가장 오래된 시대에서도 이미 행해졌던 일이다.

27. 불합리한 일이 민중 사이나 사회에서 이야기되고, 저서에 기술되고 당당하게 거론되어 적어도 논란의 대상이 되지 못하는 경우가 있는데 무릇 그러한 불합리와 접하게 된 경우 절망감에 빠져서 체념하는 것은 좋지 않은 일이다. 그보다 문제는 후에 조금씩

재검토되고, 정체가 밝혀지고, 숙고가 더해지고, 논구論究의 대상이 되어 대부분은 결국 올바른 판단이 내려지게 될 것이니 문제의 어려움에 필적할 만한 기간이 지나면 지난날 명민한 두뇌를 가진 한 사람이 곧 간파한 점을 드디어는 대부분의 사람들이 이해하게 되리라 여기고 마음의 위로를 삼는 것이 좋을 것이다. 하지만 그렇게 되기까지는 인내할 필요가 있다는 사실은 말할 필요도 없을 것이다. 우둔화된 사람들 사이에 올바른 통찰력을 지닌 사람이 홀로 있는 것은, 모든 교회탑의 시계가 전부 잘못된 시간을 가리키고 있는 한 마을에 오직 한 사람만이 정확한 시간을 가리키는 시계를 가지고 있는 것과 같은 것이다. 그 사람만은 정확한 시간을 알고 있다. 하지만 그것이 무슨 소용이 있겠는가? 세상 사람들이 모두 잘못된 시간을 가리키는 시계에 맞춰서 생활하고 있다. 그 사람의 시계만이 정확한 시간을 가리키고 있다는 사실을 알고 있는 사람들조차도 마을의 시계에 맞춰서 생활을 하고 있다.

28. 오냐, 오냐 하면 머리 꼭대기까지 기어오른다는 점에서 인간은 모두 어린아이와 같다. 따라서 타인에 대해서는 너무 관대해도 안 되고, 너무 부드러워서도 안 된다. 돈을 꿔달라는 청을 거절한 것 때문에 친구를 잃게 되는 경우는 없지만 돈을 꿔주면 오히려 친구를 잃기 쉬운 것과 같은 이치이다. 이와 마찬가지로 다소간은 소홀히 대하는 의연한 태도를 취해도 그리 쉽게 친구를 잃게 되지는

않지만, 너무나도 친절하게 신경을 쓰면 상대가 오만해져서 견딜 수 없게 되어버리기 때문에 사이가 벌어지게 되고 그 결과 친구를 잃게 되는 경우가 많다. 특히 자신이야말로 상대에게 필요한 존재라고 생각하게 되면 도저히 가만히 있을 수 없게 된다. 이렇게 생각하게 되면 그런 생각의 결과로 오만해지고, 건방져지게 된다. 자신과 같은 사람과 잘 사귀고, 때때로 말을 하고, 속내를 털어놓는 것만으로도 이미 어느 정도 자신이 상대에게 필요한 인간이라고 생각해버리는 사람이 있다. 이렇게 되면 바로 자신이 하는 행동을 상대가 참아줄 것임에 틀림없다고 생각하고 예의의 범위를 넓히려고 한다. 따라서 어떤 의미에서 어느 정도 친밀한 교제를 나눌 상대로 삼기에 합당한 사람은 매우 드물며 특히 자신을 낮춰서 저급한 인물과 교제를 갖는 일은 하지 않는 편이 좋다. 그리고 어떤 사람이 나를 필요로 하는 것 이상으로 내가 그 사람을 훨씬 더 필요로 한다는 사실을 상대가 알게 된다면 상대는 바로 내게 무엇인가를 빼앗긴 것과 같은 기분에 빠지게 될 것이다. 그래서 그에 대한 복수로써 빼앗긴 것을 되찾으려 할 것이다. 교제에 있어서의 우월함은 무엇보다도 타인을 필요로 하지 않는다는 점, 그것도 그것을 아무렇지도 않게 나타낸다고 하는 점에서 생겨난다. 따라서 상대가 남자이든 여자이든 그러한 상대가 없어도 아무런 지장도 없다는 사실을 기회가 있을 때마다 느끼게 해주는 것은 현명한 처사이다. 그렇게 하면 우정은 더욱 굳건해진다. 뿐만 아니라 대부분의 인간에게는 무시하는 듯한 태도를 가끔 보여줘도 아무런 지장도 생기지 않는다. 오히려 상대는 그러는 만큼 더 그 우정을 중요하게 생각할 정도이다. "타인을 중히 여기지 않는 자는 타인들로부터 중히 여김을 받는다."라는 적절한 이탈리아 속담이 있다. 하지만 어떤 사람이 우리에게 사실은 매우 가치가 있는 경우, 그 사람에 대해서는 이러한 사실을 마치 범죄와도 같이 숨겨둘 필요가 있다. 물론 썩 마음 내키는 일은 아니지만 이것은 엄연한 진리이다. 개도 너무 다정하게 대하면 좀처럼 가만히 있으려 하지 않는다. 그런데 상대는 인간이다.

29. 고상하고 재능이 뛰어난 사람은 인간에 대한 지식과 처세술에 커다란 결함이 있다는 사실을 어떤 계기가 있으면 부주의하게도 나타내기 때문에 기만당하거나 다른 사람에게 미혹되기 쉬우며, 특히 젊은 시절에 그러한 경향이 심한데 이에 반해서 저급한 사람은 훨씬 더 빨리, 그것도 교묘하게 세상에 순응한다. 왜냐하면 경험이 없는 동안에는 선천적으로 판단을 내려야만 하는데 어떠한 경험도 선천성에는 대적할 수 없기 때문이다. 즉 평범한 사람의 경우 이러한 선천성(에 의한 정확한 판단)을 그 사람 자신의 자아가 받아들이지만, 고상하고 우수한 사람은 그렇지 않다. 고상하고 우수한 사람은 본디 성향이 다른 사람과는 확연히 다르기 때문이다.

따라서 고상하고 우수한 사람이 자신의 사고와 행위를 기준으로 다른 사람을 측정하면 맞지 않게 되는 것이다.

그런데 전반적으로 봐서 인간에게 어느 정도 기대를 걸 수 있는 가 하는 점, 자세하게 말하자면 인간의 약 6분의 5에 해당하는 사람들까지는 도덕 면에서나 지성 면에서 어쩔 수 없이 교섭을 해야 하는 경우가 아닌 한 미리 접촉을 피하는 편이 나을 정도의 인물이라는 사실은, 고상하고 우수한 사람들도 후천적으로 다른 사람들로부터 배우고 스스로의 경험에 의해서 결국에는 알게 되지만 그래도 역시 인간의 하찮음, 비참함은 제아무리 시간이 흘러도 충분히 알지 못하며 살아 있는 동안에는 언제나 이 지식을 확충해 나가야만 한다. 그리고 그러는 동안에 몇 번이고 잘못 측정하여 손해를 입게 되는 것이다. 그런데 그 후 이러한 교훈이 진정으로 몸에 밴 뒤에도 우연히 모르는 사람들 사이에 들어가게 되면, 이야기하는 모습이나 얼굴이 모두 매우 이성적이며, 정직하고, 예의바르며, 도덕적으로 견고하고, 영리하며, 기지에 넘치는 사람으로 보여서 이상한 기분에 빠지게 되는 경우가 있다. 하지만 이러한 사실에 현혹되어서는 안 된다. 대자연의 조화는 서투른 글쟁이와는 다르기 때문이다. 서투른 글쟁이가 악당이나 어리석은 자를 묘사할 때는 그 방법이 매우 미숙하고 꾸며낸 듯하기 때문에 독자는 마치 제각각 이러한 인물 뒤에 작가가 있어서 인물의 사상, 태도와 언동을 그 자리에서 부인하고 '이 녀석은 악당이다. 이 녀석은 멍청이다. 이 녀석이 하는 말은 문제삼을 필요가 없다.'고 경고가 담긴 외침을 올리고 있는 것이 눈에 훤히 보이는 듯하다. 이에 반해 대자연의 조화는 셰익스피어나 괴테와 마찬가지이다. 작중의 모든 인물이 가령 악마라 할지라도 거기에 서서 이야기하는 동안에 그들은 어디까지나 옳다고 여겨진다. 왜냐하면 인물이 매우 객관적으로 파악되어 있어서 우리까지 인물의 이해 관계 속으로 빨려들어가 좋든 싫든 그 인물을 동정을 하게 되기 때문이다. 즉 인물이 대자연의 작품과 마찬가지로 내면적인 원리에 의해서 전개되고 있다. 인물의 언동이 내면적인 원리에 의해서 자연스러운 것이 되며, 따라서 필연적인 것이 된다. 그렇기 때문에 세상의 도깨비에는 뿔이 돋아 있으며 세상의 어리석은 자는 피에로의 두건에 방울을 달고 돌아다니는 법이라고 결론짓는 사람이 있다면 그러한 사람은 언제나 그들에게 사로잡혀서 우롱을 당하게 될 것이다. 그런데 여기에 더해서 세상 사람들이 교제하는 모습은 달이나 꼽추를 연상케 한다. 즉 언제나 반쪽 면만을 보여주는 것이다. 게다가 누구에게나 자신의 인상을 하나의 가면으로 바꿀 수 있는 선천적인 재능이 있다. 이 가면은 자신이 원래 가지고 있어야 할 모습을 극명하게 묘사하고 있다. 그것도 본인의 개성에만 맞게 만들어졌기 때문에 몸에 꼭 맞아 그 효과는 그야말로 진위를 논할 필요가 없을 정도이다. 사람들에게 환심을 사려고 할 때마다 이 가면을 착용한다. "제아무리 악한 개라도 사람에게는 꼬리를 흔든다."라는 탁월한 이탈리아의 속담을 명심해두고 이 가면을 초를 먹인 천으로 만든 가면이라고 생각하고 대해야 한다.

어쨌든 이제 막 알게 된 사람을 매우 좋은 사람이라고 생각지 않도록 세심한 주의를 기울여야 한다. 그렇게 하지 않으면 대부분 실망을 하게 되어 자신이 생각하기에도 부끄러운 일을 당하거나 심지어는 손해를 보게 되기도 할 것이다. 그리고 다음 말하는 것들도 염두에 두기를 바란다. 즉 긴장감을 필요로 하지 않는 사소한 일에서 인간은 오히려 그 성격을 드러내는 법인데 이러한 때에 일시적인 행동이나 사소한 태도에 타인을 조금도 뒤돌아보지 않는 극심한 이기주의를 충분히 엿볼 수 있으며, 후에 커다란 문제에 봉착하게 되면 실은 그 이기주의가 가면을 쓰고 있어도 저절로 모습을 드러내게 되는 법이라는 점이다. 따라서 이러한 기회는 놓치지 않도록 해야 한다. 어떤 사람이 일상의 사소한 생활 과정이나 생활 상황, 즉 '법률은 사소한 일은 다루지 않는다.' 라는 원칙이 적용될 만한 일에 관해서 방약무인 격으로 행동하고, 타인을 불리함에 빠지게 하더라도 자신의 이익과 편의만을 꾀하거나, 공공의 물건을 자기 것으로 취하거나 하는 일을 한다면 그 사람의 마음에 정의 같은 것은 조금도 깃들어 있지 않았기에 법률과 권력으로 구속하지 않으면 곧 커다란 문제에서도 악당의 모습을 발휘하게 될 것이다. 그러니 함부로 믿어서는 안 된다. 실제로 뻔뻔스럽게 클럽의 약속을 어기는 자는, 자신에게 위험을 초래하지 않는 일이라면, 곧 국가의 법까지도 어기게 될 것이다.(대부분의 사람들의 본연의 성질에, 선이 악을 압도할 정도로 깃들어 있다면 그들의 정의·공정·감은·성실·사랑·자비에 의지하는 편이 공포에 의지하는 것보다 상책이겠지만, 실상은 그 반대이니 역시 그 반대편에 의지하는 것이 상책일 것이다.)

한편, 우리가 교섭을 하거나 교제하고 있는 사람이 불쾌한 태도나 화가 나는 태도를 취했을 경우, 앞으로도 몇 번인가 같은 태도를, 그것도 더욱 심하게 취해도 참아야 한다는 생각이 들 정도로 소중한 사람인지를 마음에 물어보기만 하면 된다.(용서를 하고 없었던 일로 삼는 것은, 자신이 얻은 귀중한 경험을 가볍게 버리는 것과 같은 것이다.) 그 사람이 그만큼 소중한 사람이라면 무슨 말을 해도 아무런 소용이 없기 때문에 그것에 대해서는 할 말이 거의 없다. 불평을 하든지 속으로 삭이든지 해서 그 일을 흘려보낼 수밖에 없는데 그것은 다시 한 번 그런 행동을 해달라고 부탁하는 것과 다를 바 없다는 사실을 각오해두기 바란다. 반대로 그럴 정도로 소중한 사람이 아니라면 그 자리에서 영원히 그 친구와 절교를 하거나, 하인이라면 해고를 해야 한다. 왜냐하면 지금은 엄숙하게 성심성의를 다해서 앞으로는 그런 일이 없을 것이라 맹세하지만 막상 중요한 순간에는 그것과 똑같은 행동, 적어도 비슷한 행동을 할 것임에 틀림없기 때문이다. 어떠한 일도 잊지 못할 것은 없지만 자기, 즉 자신의 본질적인 성격만은 잊을 수가 없다. 아주 당연한 말이다. 인간의 모든 행동은 내면적인 원리에 바탕을 두고 있는 것으로 이 원리에 의해서 인간은 같은 상황에 처하게 되면 언제나 같은 행동을 할 수밖에 달리 도리가 없기 때문에 성격이라는 것은 전혀 수정을 할 수 없는 것이다. 의지의 자유에 관한 나의 수상 논문受賞論文을 읽고 미망에서 벗어나시길 바란다. 그렇기 때문에 한번 절교했던 친구와 화해를 하게 되면 그것이 약점이 된다. 친구는 기회가 있을 때마다 다시 절교의 원인이 되었던 그 행동을, 더욱 대담하게 그리고 자신이라는 인간이 상대에게 있어서 없어서는 안 될 인간이라는 사실을 마음속으로 가만히 의식하면서 되풀이할 것이니 그때에 이르러야 이 약점에 대한 보상을 하게 되는 것이다. 해고했던 하인을 다시 고용하는 경우도 마찬가지이다. 이것과 마찬가지 이유로 어떤 사람이 전과 다른 상황에 있어도 전과 같은 행동을 취할 것이라고 기대하기란 어려운 일이다. 오히려 인간은 자신의 이해관계가 변하면 사상과 태도, 행동도 그에 따라서 신속하게 바꿔간다. 뿐만 아니라 인간의 의식적 · 계획적인 면에 발행되는 어음은 기간이 극히 짧기 때문에 이 어음의 거절 증서 작성을 의뢰하지 않으려면 자기 자신이 더욱 단기 거래의 자세를 취해야만 한다.

따라서 어떤 인간을 어떤 환경으로 옮겨야겠다고 생각한 경우, 그 인간이 그 환경에 처했을 때 어떤 행동을 취할 것인가를 알고 싶다면 이 점에 있어서는 본인의 약속이나 호언장담을 믿어서는 안 된다. 가령 그 사람의 말이 성심성의껏 한 것이라 할지라도 그가 말하는 바 문제는 본인 자신과 관계가 없는 것이기 때문이다. 따라서 오직 자신이 있어야 할 상황과 본인 성격과의 상호 갈등을 숙고하여 그 행동을 예측하지 않으면 안 된다.

하지만 인간의 있는 그대로의 참된 모습, 오히려 크게 슬퍼해야 할 진상에 대해서 없어서는 안 될, 확실하고 철저한 이해를 얻기 위해서는 문학에 나타난 인간의 행동을 실생활에서의 인간의 행동에 대한 주석으로 이용하고, 또 반대로 후자를 전자의 주석으로 이용한다면 매우 유익할 것이다. 이렇게 하면 자신에 대해서도 타인에 대해서도 잘못된 생각을 하는 것을 피하는 데 커다란 도움이 된다. 하지만 실생활이나 문학 속에서 특별히 저열한 성질이나 우둔한 성질과 만나게 되었을 때, 이것을 결코 불쾌함이나 분노의 재료로 삼아서는 안 되며 단순히 인식의 재료로 삼아 인류 성격학에 대한 새로운 기여라고 보고 그런 의미에서 잘 기억해두어야 할 것이다. 그렇게 하면 대부분의 경우에 있어서 광물학자가 자신의 눈에

띤 매우 특징적인 광물 표본을 볼 때와 같은 눈으로 보게 될 것이다. 하지만 언제나 예외는 있다. 터무니없을 정도로 위대한 예외가 있다. 개성의 차이에는 놀랄 만한 것이 있다. 그럼에도 불구하고 전체적으로는 앞서 기술한 것처럼 세상은 참으로 두려운 상태에 빠져 있다. 야만스러운 자들은 서로를 먹으며, 조용한 자들은 서로를 속인다. 이것을 이 세상의 움직임이라고 이름 붙였다. 대외적으로나 대내적으로 방대하고 인위적인 기구와 권력 수단을 옹호하고 있는 국가란, 끝없이 자행되는 인간의 부정에 제한을 가하기 위한 예방 수단이 아니고 그 무엇이겠는가? 역사를 살펴보면, 세상의 모든 임금들은 지위를 확립하고 조금이라도 국토가 번영하게 되면 곧 이 번영을 이용하여 강도단과도 같은 군대를 이끌고 이웃 나라를 덮치지 않았는가? 거의 모든 전쟁이 결국은 강도 행위가 아니었는가? 먼 고대는 말할 것도 없고 부분적으로는 중세에 있어서도 패배자는 승리자의 노예가 되었다. 즉 끝까지 파헤쳐 보면 결국 패자는 승자를 위해서 일을 했다. 그런데 전쟁 과세를 내는 자도 역시 승자를 위해서 일을 하게 된다. 즉 과거의 노동으로 얻은 수익을 바쳐야 하는 것이다. "모든 전쟁은 말하자면 강도 행위이다."라고 볼테르는 말했다. 독일 사람들은 귀를 기울여 잘 들어두기 바란다.

30. 인간 중에서 일을 맡긴 채 방임해두어도 전혀 상관이 없는

성격을 지닌 자는 없다. 어떤 이에게든 개념과 규범에 의한 지도가 필요하다. 그런데 이 지도를 철저하게 행하여, 본래 본성에서 나온 성격이 아닌, 오직 이성적인 숙고에 의해서만 생겨난, 후천적·인위적인 성격을 만들어내기를 바란다면,

본성은 갈퀴로 베어내도
다시 돌아오는 법이다.

라는 말의 정확함이 바로 실증되게 될 것이다. 즉 타인을 대할 때의 태도와 행동을 규율만 할 원칙은 충분히 통찰할 수 있다. 아니, 스스로 원칙을 발견하여 적절하게 말로 표현할 수도 있다. 그럼에도 불구하고 실생활에서는 곧 원칙을 위반한다. 하지만 그 때문에 기를 꺾어 세상적인 생활에서는 추상적인 원칙과 규범에 따라서 행동을 규제하기란 불가능하기 때문에 자신이 하고 싶은 대로 하는 것이 최선이라고 생각하는 것은 금물이다. 이 점은 실천을 목적으로 한 모든 논리적인 규칙, 지도와 마찬가지이다. 원칙을 이해하는 것이 첫 번째, 원칙의 운용을 배우는 것이 두 번째이다. 원칙에 대한 이해는 이성에 의해서 바로 얻을 수 있으며, 원칙의 운용에 대한 학습은 수행에 의해서 점차적으로 얻을 수 있다. 학습자는 악기 다루는 법을 배우며, 검을 들었을 때의 몸동작이나 찌르는 법을

배운다. 열심히 연습해도 한동안은 가르침에 어긋나게 된다. 그렇다면 이렇게 빨리 악보를 읽고, 이렇게 격렬하게 싸우면서 이러한 규칙을 지키기란 더 이상 불가능하다는 생각을 하게 된다. 그래도 연습을 통해서 넘어지기도 하고 구르기도 하고 일어나기도 하면서 점점 익히게 된다. 라틴어를 쓰거나 이야기할 때의 문법 규칙도 이와 마찬가지이다. 그렇다면 조심성이 없는 사람이 궁정에서 일하는 몸이 되고, 성질이 급한 사람이 사교계의 유명인사가 되고, 개방적인 사내가 과묵한 사람이 되고, 기품 있는 사내가 독설가가 되는 경로도 이것과 다르지 않을 것이다. 하지만 오랫동안의 습관에 의해서 얻게 된 이와 같은 자기훈련은 언제나 외부로부터의 강제라는 작용을 수반한다. 본성이 이 강제에 대한 저항을 완전히 멈추는 일은 없다. 또 본성이 의외의 순간에 이 강제를 뚫고 나타나는 경우가 있다. 무릇 추상적인 규범에 따른 행동과 본원적이고 천성적인 경향에서 나오는 행동과의 관계는 인위적인 제품, 예를 들자면 시계와 살아 있는 유기체와의 관계와 같은 것이기 때문이다. 제품은 형태와 운동을 아무런 관계도 없는 물질에게 억지로 하게 한 것이지만 살아 있는 유기체는 형태와 물질이 서로 융합되어 하나가 되는 것이다. 따라서 획득된 성격과 선천적인 성격의 이러한 관계를 보면 황제 나폴레옹이 "자연적이지 못한 것은 모두 불완전하다."라고 말한 것은 더욱더 확고한 것이 되어버린다. 원래 이 말이 나타내는 원칙은 물질적이든 정신적이든 상관없이 모든 사물에 해당되지만 내 생각에 떠오르는 단 한 가지 예외는 광물학자가 알고 있는 사금석으로, 이것은 인공 사금석이라고도 할 수 있는 유리와는 비교할 수가 없다.

　이런 의미에서 다시 한 번 무슨 일에 있어서나 거드름을 피우거나 잘난 체하지 말라는 경고를 해두겠다. 거드름은 반드시 상대에게 경멸감을 심어준다. 거드름이란 기만을 내포하기 때문이다. 기만은 공포에 바탕을 두고 있기 때문에 그 자체가 비열한 것이다. 두 번째로 자신이 원래 모습보다 훨씬 더 나은 모습으로 보여야겠다고 생각하는 것이니, 그런 의미에서 거드름은 자신이 스스로에게 내리는 영원한 죄의 판결이라고 할 수 있기 때문이다. 어떤 성질을 드러내며 그것을 자만하는 것은 그러한 특질을 가지고 있지 않다는 사실을 자백하는 것과 같은 것이다. 거드름을 피우는 내용이 용기든, 학식이든, 정신이든, 기지든, 여복이든, 부든, 권문權門이든, 그 무엇이든지 간에 허풍을 떠는 것은 오히려 그 허풍의 대상이 되는 점에 뭔가 부족한 면이 있다는 것을 실토하는 것이다. 그 증거로 정말로 어떤 특질을 완벽하게 갖추고 있는 사람이라면 그것을 겉으로 드러내며 거드름을 피우려 하지 않고 그 특질에 완전히 안심하고 있을 것이다. "요란한 소리를 내는 것은 못이 빠진 편자"라는 스페인 속담의 의미도 바로 그런 것이다. 물론 처음에 말한 것처럼, 우리의 본성에 깃든 수많은 사악함과 야수성은 숨겨둘 필요가 있기 때문에 자제의 고삐를 무턱대고 늦춰서 자신의 본래 모습을 있는 그대로 드러내서는 안 된다. 하지만 이것은 한발 물러나서 어떤 일을 숨긴다고 하는 소극적인 면의 정당함을 말하는 것이지, 앞으로 나서서 어떤 일에 거드름을 피우거나 위장을 하는 적극적인 면을 정당화하려는 것은 아니다. 그리고 무엇에 대해서 거드름을 피우려는 것인지 명확하지 않을 때라도 어쨌든 거드름을 피우고 있다는 자체만으로도 사람들의 눈에 띄게 된다는 점도 명심해두기 바란다. 마지막으로 거드름을 피운다는 것은 그렇게 오래도록 지속할 수 있는 일이 아니며 언젠가는 그 가면이 벗겨지게 된다. "누구도 가면을 오랫동안 쓰고 있을 수는 없다. 위장은 곧 자신의 본성으로 돌아간다."(세네카)

31. 사람은 자기 몸의 무게를 업고 있으면서도 타인의 몸을 움직이려고 할 때와는 달리 그것을 느끼지 못한다. 이와 마찬가지로 사람은 자신의 결점이나 악덕은 깨닫지 못하고 타인의 결점이나 악덕만을 인식한다. 그 대신 누구에게나 자신이 가지고 있는 모든 악덕, 결점, 악습, 혐오스러운 부분을 확실하게 보여주는 타인이라는 거울이 있다. 그런데 대부분 인간은 마치 개가 자신의 모습이라는 것을 알지 못하고 다른 개라고 생각하여 거울을 보고 짖는 것과 마찬가지 행동을 한다. 시끄러울 정도로 타인을 비판하는 것은 자기

교정을 하는 것이기도 하다. 따라서 타인의 외면에 나타난 태도, 아니 원래 타인의 일거수일투족에 대해서 내심 날카롭고 세심한 비판을 가하는 버릇이 있는 사람은 그것을 통해서 자신을 교정하고 완성하는 데 노력하고 있는 것이다. 입버릇처럼 시끄럽게 비난하는 행위를 자신도 피할 수 있을 정도의 정의심이나 적어도 그럴 정도의 자부심과 허영심을 가지고 있을 것이기 때문이다. 관대한 사람에 대해서는 이와 반대되는 말을 할 수가 있다. 즉 '이 정도의 잘못은 용서를 받고 마찬가지로 사람들도 용서를 해주자.'라고 생각하는 것이다. 「마태복음」 7장은 타인의 눈에 있는 티끌과 자기 눈에 있는 들보에 대한 멋진 교훈을 주고 있다. 하지만 눈의 본성은, 밖은 볼 수 있어도 자신은 볼 수 없는 것이니 자신의 결점을 깨닫기 위해서 자신과 같은 결점을 타인이 가지고 있다는 사실을 깨닫고 그것을 비난하는 것은 매우 적당한 방법이 된다. 자신을 교정하기 위해서는 거울이 필요하다.

문체나 서체에 있어서도 이 원칙을 적용할 수 있다. 어처구니없는 새로운 문체나 서체를 비난하기는커녕 찬미를 하는 인간은 그것을 모방할 것이다. 바로 그렇기 때문에 독일에서는 제아무리 어처구니없는 것이라 할지라도 곧 보급된다. 독일인은 매우 관대하다. 이것은 정평이 나 있는 사실이다. '이 정도의 잘못은 용서를 받고 마찬가지로 사람들도 용서해주자.'라는 것이 독일 사람들의 모토인 것이다.

32. 우수한 부류에 속한 인간은 젊었을 때는 본질적이고 결정적인 인간관계와 거기서 발생하는 인간 상호간의 유대가 관념적인 유대, 즉 이데올로기나 사고방식, 취미, 정신 능력 등과 같은 것에 바탕을 둔 유대라고 생각한다. 하지만 후에는 그것이 실재적인 유대, 즉 어떤 물질적인 이해에 바탕을 둔 유대라는 사실을 깨닫게 된다. 뿐만 아니라 과반수의 인간은 그 이외의 관계에 대해서는 아무것도 알지 못한다. 따라서 모든 인간을 볼 때의 표준은 그 직무나 일, 국적, 가족 등과 같은 것이다. 요컨대 인습에 의해서 주어진 지위나 역할이다. 사람은 지위나 역할에 따라서 분류되어 공장에서처럼 취급을 받는다. 이에 반해 그 사람 자신의 독자적인 모습, 즉 인간으로서의 모습, 인격적인 특성에 의한 모습은 아주 가끔, 화제에 오를 뿐이며 별다른 지장이 없는 한 대체로 누구나 이것을 멀리하고 무시하는 것이다. 그런데 이러한 모습을 중히 여길수록 앞서 말한 것과 같은 분류와 배열이 마음에 들지 않게 되어 결국에는 그런 쪽에서 몸을 빼려고 하게 된다. 하지만 곤궁과 욕구가 언제나 따라다니는 이 세상에서는 어디를 가나 이에 대처하는 수단이야말로 중요하고 압도적인 것이라는 사실에 기초를 둔 것이 이러한 분류와 배열인 것이다.

33. 은 대신에 지폐가 유통되고 있는 것처럼 세상에서는 참된 존

경과 참된 우정 대신에 존경과 우정의 외면적인 과시와 존경, 그리고 우정을 가능한 한 자연스럽게 모방한 행동이 널리 행해지고 있다. 하지만 다른 면에서 이야기해보자면 실제로 참된 존경과 참된 우정에 어울릴 만한 가치가 있는 인물이 과연 있는가 하는 점도 의문이다. 어쨌든 나는 그런 백 가지 과시나 행동보다는 정직한 개가 꼬리를 흔드는 일에 더 많은 의의를 두고 싶다.

거짓과 허위가 없는 참된 우정은 타인의 행복과 불행에 대한 모든 이해를 초월한 완전히 객관적이고 격렬한 관심을 전제로 하고 있다. 그리고 이 관심은 또한 자신이 참으로 친구와 하나가 되는 것을 전제로 하고 있다. 여기에는 인간의 본성에 갖춰져 있는 이기심이 커다란 방해가 된다. 따라서 참된 우정은 거대한 바다의 괴수처럼 가공의 이야기이거나, 어디에 실재하고 있는지 알 수 없는 것과 같은 종류의 것이다. 그렇지만 인간 상호간의 연계 중에는 주로 천차만별의 은밀한 이기적 동기를 기초로 하고는 있지만 앞서 말한 것과 같은 거짓과 허위가 없는 참된 우정을 아주 조금 가미하고, 그것에 따라서 순화되고, 그런 의미에서 불완전한 것뿐인 이세상에서 다소간이나마 우정이라고 불릴 수 있을 만한 이유가 있다고 할 수 있는 연계도 없지는 않다. 우리의 선량한 친구들이 우리에 대해 어떤 험담을 하고 있는지 듣게 된다면 우리는 그 대부분 사람들과는 더 이상 한마디도 하지 않게 될 것이라는 사실이 오히려 사람과 사람과의 일상적인 연계의 실상이지만 앞서 기술한 우정이라 불리는 연계는 이러한 일상의 연계를 까마득하게 초월한 것이다.

친구가 참된 친구인지 아닌지를 시험하는 데 있어서 진지한 도움과 커다란 희생을 필요로 하는 상황에 이은 최선의 기회는 지금 막 맞이한 불행을 친구에게 보고하는 순간이다. 그때, 친구의 얼굴에 참되고, 마음에서 우러나는 순수한 슬픔이 나타나는 경우도 있을 것이고, 또한 친구의 얼굴이 침착하기 그지없는 냉정함이나 일순간의 부수적인 움직임에 의해서 "가장 친한 친구의 고난 속에서 우리들은 언제나 싫지만도 않은 무엇인가를 느끼게 된다."라는 라로슈푸코의 유명한 말을 뒷받침하는 경우도 있을 것이다. 이러한 경우 이른바 평범한 친구는 기분 좋은 듯한 미소가 일어나는 것을 아무래도 참지 못하는 경우가 많다. 사람들에게 최근 자신이 맞이하게 된 커다란 불행을 들려주거나 어떤 개인적인 약점을 숨기지 않고 밝히면 어떠한 경우에라도 상대는 틀림없이 기분 좋아할 것이다. 이야말로 인간의 본성을 잘 나타내고 있는 것 아니겠는가?

누구도 인정하려 들지 않는 일이기는 하지만, 누가 뭐래도 소원함과 장기간에 걸친 무소식은 모든 우정에 있어서 유해한 것이다. 만나지 못하는 사람은, 가령 그것이 최고로 사랑하는 친구라 할지라도 시간이 지남에 따라서 어느 틈엔가 애정이 메말라서 추상적인 개념으로 바뀌고, 그 때문에 상대에 대한 관심은 점점, 오직 이성적이고 인습적인 관심이 되어버리고 만다. 마음 깊은 곳에서 느끼는 강렬한 관심은 그저 우리가 사랑하는 동물이라 할지라도 어쨌든 눈앞에 있는 자에게만 쏟아진다. 그만큼 인간의 본성은 감각적이다. 이를 봐도,

"현재야말로 믿음직한 여신이다."

『타소』제4막 제4장

라고 한 괴테의 말은 옳은 것이다.

집안의 친구라는 말이 있는데 이러한 친구는 한 주인의 친구라기보다는 오히려 집안 사람 모두의 친구로, 즉 개보다는 고양이와 비슷하기 때문에 대부분의 경우 그렇게 불리는 것은 지극히 당연하다.

친구는 "나는 털털하다."라고 말하지만, 적은 사실 털털하다. 따라서 적의 비난은 입에 쓴 좋은 약으로 자신을 아는 데 이용하면 좋을 것이다.

고난을 겪는 친구는 적다고 했는가? 그럴 리가 있겠는가? 어떤 사람과 친구가 되면 곧 이 사람도 고난에 빠져 돈을 빌려달라고 말을 한다.

34. 지성이나 분별력을 보여주는 것이 사교계에서 인기를 얻는 수단이 된다고 생각하는 자가 있다면 그런 사람은 아직 선무당이다. 지성이나 분별력에 의해서는 오히려 많은 사람들의 미움과 원망만을 불러일으킨다. 미움과 원망을 품고 있는 사람들에게는 그 원인이 된 지성과 분별력을 비난할 자격은 없으며, 거기에다 상대의 지성이나 분별력을 보고도 모르는 체하는 만큼 미움과 원망도 격렬해지는 것이다. 일이 여기에까지 이르게 되는 자세한 전말은 다음과 같다. 사람은 이야기 상대가 되는 사람이 정신적으로 매우 뛰어나다는 사실을 깨닫고, 그것을 느끼게 되면 상대도 또한 그만큼 자신이 열등하고 저급하다는 사실을 깨닫고, 그것을 느끼고 있을 것이라는 추론을 명료하게는 의식하지 못한다 할지라도 마음속으로는 은연중에 알게 되는 법이다. 이 간략한 추론에 의해서 더할 나위 없이 격렬한 미움, 원망, 분노가 일어나게 된다. 따라서 내가 번역한 『처세 원리』의 원저자 그라시안이 "인기를 얻는 유일한 수단은 동물 중에서도 가장 어리석은 동물의 탈을 쓰는 것이다."고 한 말은 참으로 옳은 말이다. 지성이나 분별력을 보이는 것은 모든 사람들을 향해 간접적으로 그들의 무능함과 우둔함을 비난하는 행동이 되기 때문이다. 여기에 더해 하등한 인물은 자신과 반대되는 우수한 인물을 보면 그냥 두려고 들지 않는다. 이 소요의 숨은 불씨는 질투심이다. 왜냐하면 허영심의 만족이라는 것이, 나날이 목

격할 수 있는 바와 같이 세상 사람들에게는 무엇에도 비길 수 없는 향락이 되는데 이 향락은 자신을 타인과 비교하는 데서 비로소 존재할 수 있는 것이기 때문이다. 그런데 인간은 그 어떤 장점보다도 정신적인 장점을 자랑스럽게 여긴다. 인간이 동물보다 뛰어난 이유는 무엇보다도 정신적인 장점이 있기 때문이다.(의지는 인간이 스스로 자신에게 부여한 것이라고 말할 수 있다. 왜냐하면 인간 자체가 의지이기 때문이다. 하지만 지성은 인간이 하늘로부터 받은 재능이다. 하늘로부터라는 것은 영원하고 신비한 운명과 필연성을 내포한다는 뜻이다. 어머니는 이 필연성의 단순한 도구였던 셈이다.) 따라서 이러한 점에서 결정적인 우월성을 사람들에게 보이는 것, 그것도 제3자가 목격하고 있는 경우에는 참으로 대담무쌍한 행위라고 할 수 있겠다. 사람들은 이러한 처우를 받게 되면, 마치 '너도 할 수 있으면 해봐라.' 라는 말을 듣기라도 한 것처럼 대부분 그 사람에게 모욕감을 주어 앙갚음을 하려고 기회를 엿보게 된다. 이렇게 해서 상대는 지성의 영역에서 의지의 영역으로 옮아가는데 의지의 영역에 들어가게 되면 모욕이나 앙갚음이라는 점에서 우리는 모두 평등해진다. 따라서 사교계에서 신분이나 부는 언제나 사람들의 존경을 받기 위한 대상으로 삼아도 상관이 없지만 정신적인 장점은 절대로 이러한 점을 기대할 수 없다. 정신적인 장점은 무시당하게 되면 그나마 다행이다. 보통은 뻔뻔스럽다는 듯한 시선으로 바라보거나, 이러한 장점을 가지게 되었다는 것 자체가 근본적으로 불손한 것임에도 불구하고 굳이 그것을 과시하는 것은 무슨 이유에서인가 하는 눈으로 바라보게 된다. 그 대신 다른 어떠한 방법으로 굴욕감을 줘야겠다고 모든 사람들이 생각하며, 오직 그 기회만을 엿보게 된다. 제아무리 겸손한 태도를 보여도 정신적 우월함에 대해서는 용서를 얻을 수는 없다. 사디는 그의 저서『굴리스탄』에서 "이해력이 풍부한 사람이 이해력이 떨어지는 사람에게서 느끼는 불쾌함에 비해서, 이해력이 떨어지는 사람이 이해력이 풍부한 사람에 대해 느끼는 혐오감이 백 배다."라고 말했다. 이에 반해 정신적인 열등함은 그야말로 유력한 추천장과도 같은 것이다. 신체에 대해서 따뜻함이라는 것이 가지고 있는 의의와 같은 의의를 가지고 있는 것은, 정신에 대해서는 기분 좋은 우월감이기 때문이다. 따라서 자신도 모르게 난로나 양지로 다가가는 것과 마찬가지로 누구나 본능적으로 기분 좋은 우월감을 부여해줄 것 같은 사람에게 접근한다. 그런데 이러한 상대란 남자의 경우에는 정신적 특성이, 여자의 경우에는 아름다움이 자신보다 확실하게 떨어지는 사람이 가장 적합하다. 물론 사람에 따라서는 상대가 열등하다는 사실을 증명하기 위해 많은 수고를 기울이는 경우도 적지 않다. 이에 반해 아주 평범한 여자가 매우 못생긴 여자에게 그 얼마나 진심에서 우러나는 다정함으로 다가가는지를 지켜보시기 바란다. 남자는 자신보다 키가 큰 남자보다는 키가 작은 남자와 서 있는 편이 틀림없이 기분이 좋을 것이지만 남자의 경우에 육체적인 장점은 그다지 커다란 문제가 되지 않는다. 따라서 남자들 사이에서는 멍청하고 무식한 사람이, 여자들 사이에서는 못생긴 사람이 많은 사람들에게 인기를 끌며, 많은 사람이 그를 원하게 된다. 그들은 곧 매우 마음이 좋은 사람이라는 평판을 얻게 된다. 누구나 자신이 남을 좋아하는 데는 자신의 마음에 대해서도, 타인에 대해서도 어떤 구실이 필요하기 때문이다. 요컨대 이러한 이유로 어떤 종류의 것이라 할지라도 정신의 우월은 그 인간을 완전히 고립시키는 특성이다. 사람은 정신의 우월을 피하고 이를 증오한다. 그 구실로 그 사람에게 온갖 결점을 갖다 붙인다.(입신양명을 위해서는 친구 관계와 동료 관계가 가장 중요한 요소가 된다. 그런데 뛰어난 능력이 있으면 반드시 자부심을 갖게 되고 그 때문에 능력이 떨어지는 사람에게 아첨을 하지 못하는 사람이 되어버린다. 그리고 상대가 능력이 떨어지기 때문에 그 사람 앞에서는 뛰어난 능력을 숨기고 부인해야 하는 경우에는 더욱더 그렇다. 이것과 반대되는 작용을 하는 것이 자신은 능력이 떨어진다는 사실에 대한 의식이다. 이 의식은 겸허함과도, 사람 좋음과도, 상냥함과도, 열악한 자에 대한 경의와도 멋들어지게 일치하며, 따라서 친구도 생기고 후원자도 생기게 된다. 이상의 말은 관리들에게는 물론이고 명예로운 지위와 학술계에 있어서의 명성에조차도 적용할 수 있다. 따라서 어떠한 학회에서나 멍청한 자가 간부의 자리에 있고, 공적이 있는 사람은 뒤늦게 입회를 하거나 전혀 입회를 하지 않는다. 이는 어떤 일에 있어서나 대체로 마찬가지이다.) 바로 이것과 같은 결과를 수반하는 것이 여자의 경우에는 아름다움이다. 매우 아름다운 미인에게는 동성 친구가 생기지 않는다. 그저 함께 있어줄 사람조차도 생기지 않는다. 미인은 귀부인의 이야기 상대가 되고 싶다는 생각은 꿈에도 하지 않는 것이 좋다. 그 앞에 나서기만 해도 미래의 여주인이라고 기대하고 있던 사람의 얼굴이 순식간에 흐려져버리기 때문이다. 여주인에게는 자신을 부각시키기 위해서도, 자신의 딸들을 부각시키기 위해서도 이처럼 뛰어난 비교대상은 애초부터 필요하지 않기 때문이다. 이에 반해 지위라는 면에서의 장점은 앞서 말한 것과는 반대되는 관계에 위치하고 있다. 지위라는 면에서의 장점은 개인적이고 인격적인 장점처럼 대조와 차이에 의해서 작용하는 것이 아니라 주위의 색채가 시각에 미치는 작용과 마찬가지로 반사에 의해서 작용을 하기 때문이다.

35. 우리는 타인에게 일을 맡길 경우 태만과 아집과 허영심이 가장 크며 그것에 영향을 받는 경우가 상당히 많다. 스스로 검토하고 감시하고 실행하는 것을 피하기 위해서 타인에게 맡기는 경우에는 태만이 거기에 기여를 하고 있다. 자신의 용건을 이야기하고 싶다

는 욕구에 이끌려 타인에게 무엇인가를 의뢰하는 경우에는 아집이 거기에 기여하고 있다. 타인에게 맡기는 일이 우리가 조금이라도 자랑스럽게 여기는 것의 일부라면 허영심이 거기에 기여하고 있는 것이다.

이에 반해 남들이 일을 맡기지 않는다고 해서 화를 내는 것은 착각에서 비롯된 것이다. 일을 맡기지 않는 진의는 일에 있어서 성실함을 중히 여기고 있다는 마음이며 성실함이라는 것이 극히 드물어 과연 실재하는 것인지 의심스럽다고 하는 사실의 솔직한 표명이기 때문이다.

36. 중국인의 덕이라고도 할 수 있는 예에 대해서는 그 하나의 근거를 졸저 『윤리학』에서 든 바 있다.(아집에 장식을 더한 것이 예의 하나의 근거라고 설명하고 있다.) 또 다른 하나의 근거는 다음과 같다. 예란 도덕적으로나 지성적으로 빈약한 서로의 성질을 보고도 서로 못 본 체하고, 이것을 서로에게 시끄럽게 떠들어대지 말자는 암묵의 협정이다. 이 협정에 의해서 서로의 빈약한 성질이 조금은 표면에 나오기 어렵게 되어 쌍방에게 이익이 된다.

예란 영리함이다. 따라서 무례란 어리석음이다. 무례함으로 해서 쓸데없이, 그리고 경솔하게 적을 만드는 것은 자신의 집에 불을 지르는 것과 같은 미친 행동이다. 왜냐하면 예는 장난감 동전과 마찬가지로 명백하게 위조 주화로, 이것을 아낀다는 것은 무분별함의 증거이고 이것에 인색하지 않는 것이야말로 분별이기 때문이다. 어느 나라에서나 편지의 말미에는 '귀하의 가장 성실한 하인 누구누구'라는 문구로 끝을 맺는다. 독일인만은 이 '하인'이라는 두 글자를 쓰지 않는데 아무리 봐도 거짓말이기 때문에 그러는 것일까? 이에 반해 현실적인 이익을 희생해가면서까지 예를 행하는 것은 장난감 동전 대신에 진짜 금화를 넘겨주는 것과 같은 것이다. 초의 성질은 딱딱하면서도 약한데 조금 따뜻하게 하면 부드러워져서 어떤 모양으로도 만들 수 있다. 이와 마찬가지로 적의를 품고 있는 완고한 사람이라도 다소간의 예와 친절로 고분고분하고 부드러운 태도를 취하도록 만들 수가 있다. 따라서 예는 인간에 대해서, 온도가 초에 대해서 가지고 있는 것과 같은 의의를 가지고 있다. 대체로 경의를 표하기에 적합한 사람이 아님에도 불구하고 모든 사람들에게 최대의 경의를 표할 것을 요구하고, 또한 타인에 대해서 관심을 갖지 않으면 틀림없이 행복할 것임에도 불구하고 가장 강렬한 관심을 가장하도록 요구한다는 의미에서 예는 말할 필요도 없이 실행하기 어려운 과제이다. 예를 자부심과 함께 겹쳐놓는다면 참으로 볼 만할 것이다.

모욕이라는 것은 결국 경의를 품고 있지 않다는 사실의 표명인데, 한편으로는 자신의 가치와 존엄을 매우 크고 극히 과대하게 생각하여 터무니없는 자만심을 품지 않고, 다른 한편으로는 일반적으로 사람들이 타인을 마음속에서 어떻게 보고, 어떻게 생각하고 있는가를 확실하게 알고 있다면 모욕을 받아 마음이 흩어지는 일은 훨씬 줄어들 것이다. 만약 자신을 향한 비난의 말을 조금이라도 접하면 사람들은 대부분 화를 내는데 이 민감함을 가령 친구들이 자신에 대한 이야기하는 것을 우연히 듣게 된 경우와 비교해보면 이 양자 사이에는 그야말로 굉장한 차이가 있다. 그보다는 오히려 세상의 일반적인 예는 가면에 불과하며 가면 속에서는 혓바닥을 내밀고 있다는 사실을 언제나 염두에 두는 것이 좋을 것이다. 그렇게 하면 어쩌다 가면이 돌아가거나 벗겨진다 하더라도 비분강개하지는 않을 것이다. 누군가가 말 그대로 무례를 저질렀다면 그것은 가면뿐만 아니라 입고 있던 옷까지도 벗어던지고 알몸이 된 것과 마찬가지인 것이다. 그렇게 되면 말할 것도 없이, 인간은 알몸이 되면 대체로 마찬가지이지만, 더할 나위 없이 흉한 모습이 된다.

37. 타인을 자기 행동의 본보기로 삼아서는 안 된다. 처지나 환경, 사정이 똑같은 경우는 결코 없을 뿐만 아니라 성격의 차이가 행동에도 다른 색조를 더하기 때문이다. 따라서 '두 사람이 같은 일을 해도 서로 같지 않다.' 숙고와 통찰 후에 자신의 성격에 적합한 행동을 취해야 한다. 따라서 실천에 있어서도 독창성이 없어서는 안 된다. 그렇지 않으면 사람이 행하는 일이 그 사람의 존재 방식에 어울리지 않게 된다.

38. 남의 의견을 반박하지 않는 것이 좋다. 사람들이 믿고 있는 불합리를 하나하나 설명하여 생각을 고치려고 한다면 므두셀라(「창세기」 5장 27절. 므두셀라는 969세에 사망했다.)만큼 오래 살아도 끝이 나지 않을 것이라는 사실을 잘 생각해보기 바란다.

또한 제아무리 호의를 가지고 있다 하더라도 사람을 바로잡으려는 말은 이야기 중에 절대로 삼가야 한다. 사람의 감정을 해치기는 쉽지만 사람을 바로잡는 것은 불가능하다고까지는 말할 수 없지만 매우 어려운 일이기 때문이다.

불합리한 이야기를 나누고 있는 것을 듣게 되어 화가 날 것 같으면, 이는 두 피에로가 주고받는 희극의 한 장면이라는 식으로 상상해볼 필요가 있다. 그렇게 하면 바로 효과를 볼 수 있다. 가장 중요한 문제에 대해 진지하게 세상을 교도하기 위해 세상에 태어난 사람이 아무런 상처도 없이 지냈다면 그 사람은 행운아였다고 말해도 좋을 것이다.

39. 자신의 판단을 사람들이 믿게 하려면 격정을 섞지 말고 냉정하게 이야기해야 한다. 그렇게 하지 않으면 모든 감정의 격렬함은 의지에서 나오는 것이기 때문에 상대는 나의 판단을 원래 냉정해야 할 인식에 바탕을 둔 것이라고 생각하지 않고 의지에 바탕을 둔 것이라고 생각할 것이다. 즉 인간에게 근본적인 것은 의지이며 이에 반해 인식은 2차적인 것, 부가된 것에 지나지 않기 때문에 상대

는 의지의 흥분이 단순히 판단에서 발생했다고 생각하기보다는 판단이 흥분된 의지에서 발생했다고 생각할 것이다.

40. 제아무리 그럴 듯한 이유가 있다 하더라도 자화자찬의 유혹에는 넘어가지 말아야 한다. 왜냐하면 허영심은 아주 흔히 존재하는 것임에 반해 자화자찬을 할 만큼의 공적은 극히 드문 것이기 때문에 우리가 가령 간접적으로라도 자화자찬하는 모습을 보게 되면 사람은 반드시 '허영심이 저렇게 이야기하게 하는 것이다. 어리석음을 꿰뚫어볼 만큼의 분별력도 가지지 못한 허영심의 짓이다. 그것은 백에 하나라도 틀림이 없는 사실이다.' 라고 생각하기 때문이다. 하지만 프란시스 베이컨†이 "언제까지고 뒷맛이 남는 것은 비

---

† 베이컨 Francis Bacon, 1561.1.22~1626.4.9 : 영국의 철학자 · 정치가. 런던 출생. 르네상스 후의 근대철학, 특히 영국 고전경험론의 창시자이다. 엘리자베스 여왕 치하에서 국회의원이 되었고, 제임스 1세 치하에서는 사법장관과 기타 요직을 지내 '벨럼의 남작' , 이어서 '오르반즈의 자작' 이 되었다. 냉정하면서도 유연한 지성을 가진 현실파 인물이었으며, 근세 초기의 사상가답게 그 역시 천동설을 신봉하였고, 아리스토텔레스에 대하여 반대하면서도 아리스토텔레스적 사고를 완전히 불식하지 못한 전통적인 구사상의 영향하에 있던 사상가였다.

그의 철학 중에서 구현된 방법의 정신, 즉 미래를 예견한 광대한 전망적 정신과 그 지적 전망에 의하여 '인류의 왕국' 을 확대하여 자연에 대한 인간의 승리를 달성하려고 한 그의 장대한 포부는 그 후에 영국뿐만 아니라 널리 전 유럽의 근대철학에서 그를 선각자 속에 자리 잡게 하였다. 베이컨의 실천철학은 그의 문필의 재능을 보인 《수필집》에서 비체계적으로 논술되고 있을 뿐이다. 그러나 이기적 충동 외에 사랑이라는 지고한 덕으로 인간의 존재를 인정하고 후자에 의한 실천적 활동의 중요성을 역설한 점에서 그 후 영국 고유의 사회적 · 실천적 · 공리주의적 윤리의 방향을 시사하였다. 저서에 《학문의 권위와 진보》(1622) 《숲과 숲》(1627) 등이 있다.

방뿐만 아니라 자화자찬도 마찬가지이다."라고 말하며 자화자찬을 적당하게 활용할 것을 권하고 있는 것도 그다지 부당한 것은 아닐 것이다.

41. 거짓말을 하고 있다는 의심이 든다면 믿고 있다는 듯한 태도를 보여라. 그렇게 하면 상대는 대담하게도 더욱 거짓말을 하게 되어 결국에는 들통이 나게 되는 법이다. 이와는 반대로 상대가 숨기고 싶어하는 진상의 일부를 자신도 모르게 내뱉었다는 사실을 깨달았다면 그 점은 믿을 수 없다는 모습을 보여 상대가 나의 반박에 열을 올리며 진상의 전부를 마치 후속 부대처럼 차례 차례로 내보내도록 하는 것이 좋다.

42. 자신의 신변에 관한 것은 비밀로 해야 한다는 사실을 명심해 두기 바란다. 선량한 친구에 대해서도 그 사람이 눈으로 보고 알 수 있는 것 이외의 일은 그 무엇도 알지 못하도록 해야 한다. 제아무리 하찮은 일이라도 그것이 알려짐으로 인해 불리해지는 경우가 때때로 생기기 때문이다. 대체로 같은 분별을 나타낼 때도 자신이 말한 일에 의해서 나타내기보다는 자신이 말하지 않고 있었던 일에 의해서 나타내는 것이 더 좋은 방법이다. 후자는 머리의 작용에 관한 문제이며 전자는 허영심에 관한 문제이다. 어떤 기회도 동등한 것이다. 하지만 우리는 후자가 가져다주는 지속적인 이익보다도 전자가 가져다주는 일시적인 만족이 낫다고 생각하는 경우가

많다. 그리고 가끔 한마디 정도 소리를 내서 혼잣말을 하면 가슴이 시원해진다. 이러한 일은 건강한 사람에게는 있을 법한 일이지만, 버릇이 되면 안 되기 때문에 그것을 억제하는 편이 나을 것이다. 그런 짓을 하면 사상이 언어와 친해져서 타인을 상대로 이야기할 때조차 자신도 모르게 혼잣말을 하면서 사물을 생각하는 형태로 바꿔 보게 되기 때문이다. 사고와 대화 사이에 커다란 틈을 두는 것이 영리한 것이다.

우리와 관계가 있는 어떤 일을 타인이 조금도 의심하지 않음에도 불구하고 절대로 믿어주지 않을 것이라고 지레 짐작하는 경우가 있다. 하지만 일단 의심을 하도록 하면 사실 타인도 그것을 신용할 수 없게 된다. 그런데 남이 그것을 깨닫지 못할 리가 없다는 지레 짐작만으로 곧잘 자신의 비밀을 털어놓는 경우가 있다. 그것은 높은 곳에서 현기증을 견디지 못하고 몸을 내던지는 것과 같은 것이다. 다시 말해 여기에 발을 디디고 서 있는 것은 불가능한 일로, 여기에 서 있는 괴로움을 차라리 단축시키는 것이 낫다고 생각하여 몸을 던지는 것과 같은 것이다. 이런 지레 짐작, 이 망상을 바로 현기증이라고 할 수 있는 것이다.

한편, 세상 사람들은 비록 평소에는 특별히 머리가 좋은 모습을 보이지 않는다 하더라도 타인의 신변에 관한 문제에 있어서는, 그저 하나의 수치가 주어졌을 뿐임에도 불구하고 그것을 실마리 삼아서 가장 어려운 문제까지도 풀 수 있을 정도로 대수학의 달인이라는 사실을 알아둘 필요가 있다. 예를 들어 이전에 있었던 일을 관계 인물의 모든 이름, 그 외의 특징적인 설명을 생략한 채로 이야기해줄 때에는 제아무리 사소한 것이라도 어떤 한 가지 특수한 상황, 가령 장소라든가, 시간이라든가, 부수적인 인물의 이름이라든가 그 외의 어떤 간접적으로라도 사건에 관계가 있는 일을 이야기 중간에 하지 않도록 경계해야 한다. 그렇게 하지 않으면 상대는 구체적으로 주어진 수치를 곧 포착하여 그 대수학적인 두뇌의 명석함이 이 수치를 실마리로 다른 모든 점을 규명해버리기 때문이다. 즉 이 점에 있어서는 호기심을 자극하는 힘이 매우 강하기 때문에 의지가 지성에 박차를 가하고 그로 인해서 지성이 힘을 얻어 제아무리 계산이 길다 하더라도 해답에 도달해버리는 것이다. 세상 사람들은 보편적인 진리에 대해서는 참으로 둔감하고 무관심한 반면에 개별적인 진리에 대해서는 집착이 실로 강하기 때문이다.

사실 이러한 이유로 처세술을 설명하는 모든 사람들이 수많은 논거를 들어서 아주 열심히 침묵할 것을 권하고 있는 것이다. 따라서 앞서 기술한 정도로 우선 끝을 맺어도 될 것이지만, 여기에 더하여 그다지 알려지지는 않았지만 특히 강한 인상을 준 아라비아의 격언을 두세 개 정도 적어두도록 하겠다. "적에게 알리고 싶지 않은 일은 우리편에게도 말하지 말라.", "자신의 비밀을 말하지 않는다면 비밀은 자신의 포로이다. 비밀을 말하면 내가 비밀의 포로가 된다.", "침묵의 나무에는 평화의 열매가 맺는다."

43. 속임수에 의해서 빼앗긴 돈만큼 유리하게 사용한 돈도 없다. 그 돈으로 무엇보다도 소중한 지혜를 산 것이기 때문이다.

44. 가능한 한 누구에게도 화를 내지 않는 것이 좋다. 하지만 사람의 성격은 변하지 않는 것이라는 사실을 언제나 확신하고 누구의 행동에나 충분한 주의를 기울여서 기억해두고 그에 따라서 적어도 우리에 관한 한 그 사람의 가치를 판단하여 그에 따라서 그 사람에 대한 태도와 행동을 조절해야 한다. 타인의 좋지 않은 경향을 한시라도 잊는다는 것은 고생을 해서 얻은 돈을 버리는 것과 같은 행동이다. 하지만 앞서 기술한 것처럼 한다면 어리석은 친밀함과 어리석은 우정을 피할 수가 있다.

"사랑하지 않으면 미워하지도 않는다."라는 말 속에는 처세술에 대한 진리의 절반 가량이 담겨 있다. "아무 말도 하지 않고 아무것도 믿지 않는다."라는 말 속에 나머지 절반이 담겨 있다. 하지만 이와 같은 원칙과 다음 항목 이하의 원칙에 속하는 것들을 필요로 하는 세상으로부터는 등을 돌리고 싶어질 것이다.

45. 분노나 미움을 말이나 표정으로 나타내는 것은 무익하다. 위험하다. 어리석다. 웃음을 금치 못할 일이다. 저급하다. 따라서 분노나 미움도 행위로 나타내는 것 이외에는 결코 나타내서는 안 된

다. 말이나 표정으로 나타내는 것을 완전히 피하면 그것만으로도 완전히 행위로 나타내게 되는 유해한 동물은 냉혈동물에 국한되어 있다.

46. "억양을 주지 않고 이야기한다."라는 사교가社交家가 중시여겨왔던 오랜 원칙은 자신이 한 말에 대한 판별을 타인의 분별에 맡기려고 하는 점에 그 의도가 있는 것이다. 분별의 작용은 느리다. 따라서 분별의 작용이 채 끝나기도 전에 일이 끝나버리는 것이다. 이에 반해 "억양을 줘서 이야기한다."는 것은 감정을 향해서 이야기하는 것과 같은 것이다. 그렇게 하면 모든 것이 반대의 결과를 낳게 된다. 상대에 따라서는 정중한 자세와 친절하게 이야기하는 모습으로 대하면, 진정으로 모욕적인 말을 하더라도 직접적인 위험은 받지 않게 되는 경우도 있다.

D. 세상과 운명에 대한 태도에 관해서

47. 인간의 생활은 어떤 형태를 취하고 있다 하더라도, 판자집에서 생활을 하고 있든, 궁정에서 생활을 하고 있든, 수도원에서 생활하고 있든, 군대에서 생활하고 있든 모두 같은 요소로 이루어져 있으며 따라서 대부분은 어느 것이나 같은 생활이다. 생활상에서 일어나는 일이나 돌발 사건, 행운·불운은 제아무리 다양한 것이

라 할지라도 과자와 같은 것이다. 여러 가지 모습을 한 과자가 산더미처럼 쌓여 있다. 하지만 그 모두가 똑같은 반죽에서 나온 것이다. 우연히 갑이 맞이하게 된 일은, 갑이 이야기하는 것을 듣고 을이 상상하는 것 이상으로 예전에 을을 덮쳤던 일과 아주 비슷한 상황인 것이다. 또한 인생에서 일어나는 일은 만화경에 비친 그림과 같은 것이다. 돌릴 때마다 다른 모습이 보이지만 사실 눈앞에 있는 것은 모두 같은 것일 뿐이다.

48. "세계를 지배하는 요소가 세 가지 있다. 그것은 바로 분별과 힘과 운이다."라는 적절한 옛말이 있다. 나는 가장 마지막에 든 운이 가장 큰 역할을 하는 것이라고 생각한다. 우리의 생애는 항해하는 배에 비유할 수가 있다. 행운이냐 불운이냐 하는 것은 우리를 급속하게 훨씬 더 앞으로 밀거나 뒤로 미는 것이기 때문에 바람의 역할을 하는 것이다. 이에 비해 우리 자신의 억척스러운 노력은 거의 아무런 영향도 미치지 못한다. 우리의 노력은 결국 노의 역할을 하는 것이다. 몇 시간의 노력을 통해서 노가 우리를 얼마간 앞으로 밀고 나가면 한 줄기 돌풍이 다시 그만큼 뒤도 되돌려놓는다. 그런데 이것이 순풍이라면 노 같은 것은 필요하지도 않을 정도로 앞으로 밀려 나갈 것이다. 운의 이러한 힘을 스페인의 속담은 아주 절묘하게 표현하고 있다. "네 자식에게 운을 물려주고 바다 속으로 던져라."

우연은 참으로 악마이다. 이 악마에게는 가능한 한 일을 맡기지 않는 것이 좋다. 하지만 수많은 은혜 중에서도 베풂과 동시에 우리에게 "너희는 나에게 베풂을 바랄 자격이 없다. 베풂을 받고 있는 것은 결코 너희에게 그 자격이 있어서가 아니라 오직 나의 인정에 의한 것에 불과하다. 그렇기 때문에 너희는 앞으로도 분에 넘치는 수많은 베풂을 황송하게도 받을 수 있을 것이라는 즐거운 기대를 품어도 좋은 것이다."라고 확실하게 들려주는 유일한 은혜는 바로 다름 아닌 이 우연인 것이다. 그 정에 비하면 인간의 공적이나 공훈 등은 완전히 무력하고 아무런 가치도 없다는 사실을 충분히 납득케 할 수 있는 요령을 체득하고 있는 우연인 것이다.

자신의 생애를 되돌아보고 그 '미궁과도 같이 복잡한 경로'를 건너다보면 반드시 수많은 행운을 놓쳤으며, 수많은 불행을 스스로 불러들였다는 사실을 깨닫게 될 것이다. 그럴 경우 자칫하면 너무 성급하게 자신을 책망하게 되기 쉽다. 우리의 생애는 결코 그저 우리가 스스로 만든 것이 아니라 두 가지의 요인, 즉 수많은 일과 우리 자신의 수많은 결의의 산물이며 이 양자가 끊임없이 교차하면서 서로에게 변화를 주는 것이다. 여기에 더해서 이 양측 면에 대해서 우리의 시야는 언제나 너무 좁다. 즉 우리는 자신의 결의를 훨씬 전부터 예언할 수도 없으며, 일어날 일을 예견할 수는 더더욱 없는 것이다. 정말로 알고 있는 것은 현재의 결의와 현재의 일뿐이다. 따라서 아직 목표가 멀리 있을 때는 곧바로 목표를 향해서 방향키를 잡을 수도 없다. 추측에 따라서 근사적으로 방향을 그쪽으로 향하게 할 수밖에 없다. 즉 중간 코스를 잡아야 하는 경우가 많다. 결국 우리로서는 커다란 목표에 우리를 접근하게 하는 조치를 취할 수 있을 것이라고 기대하고 언제나 현재의 상황을 응시하고 결의를 할 수 있을 뿐이다. 이러한 이유로 대부분의 경우 일어나는 일과 우리의 근본적인 의도는 서로 다른 방향을 끌어당기는 두 개의 힘에 비유할 수 있을 것이다. 그리고 이 두 개의 힘 사이에서 발생하는 대각선이 우리의 생애, 우리의 인생 행로이다. 테렌티우스는 "인생은 주사위놀이와 같은 것이다. 던진 결과가 가장 바라고 있던 결과와 다르면 우연에 의해서 주어진 것을 기교에 의해서 수정하지 않으면 안 된다."라고 말했는데 틀림없이 일종의 주사위놀이를 염두에 두고 한 말일 것이다. 좀더 간단하게 이야기하자면 운명이 트럼프의 딜러 역을 맡고 있고 우리는 게임을 하고 있는 것이라고 말할 수 있을 것이다. 하지만 내가 지금 고찰한 것을 말로 표현하려면 다음의 비유가 가장 적당할 것이다. 즉 인생은 장기와 같은 것이다. 우리는 전반적인 구상을 한다. 하지만 이 구상은 장기에서는 상대방이, 인생에서는 운명이 어떤 식으로 수를 쓸 것인가에 따라서 제약을 받게 된다. 그렇듯 대부분 구상에는 대대적인 수정이 가해지기 때문에 막상 실현 과정이 되면 구상은 그저 아주 미미한 영향을 미칠 뿐인 것이 된다.

덧붙여서 한마디 하자면, 우리의 생애에는 이상에서 논한 것의
범주에 속하지 않는 무엇인가가 있다. 그것은 바로 너무나도 자주
실증되는 아주 하찮은 진리이기는 하지만, 우리 자신이 스스로 생
각하고 있는 것 이상으로 어리석은 면을 많이 가지고 있다는 사실
이다. 이와는 반대로 자신이 생각하고 있는 것 이상으로 현명한 경
우가 많다는 사실을 발견할 때도 있지만 이러한 발견을 하는 것은
그러한 경우를 경험한 사람들에게 한정되며, 또한 발견한다 하더
라도 나중에야 비로소 발견하게 되는 것이다. 우리에게는 두뇌보
다도 훨씬 더 현명한 무엇인가가 깃들어 있다. 즉 우리는 생애에
있어서의 커다란 움직임, 즉 주요한 단계에 이르렀을 때 무엇이 옳
은가 하는 확실한 인식에 따라서 행동한다기보다는 오히려 본질적
인 성격의 가장 깊은 밑바닥에서 솟아오르는 내면적인 충동과 본
능에 따라서 행동한다. 나중이 되어서야 확실한, 하지만 빈약한,
후천적으로 얻었다기보다는 오히려 빌려온 개념, 즉 일반 원칙이
나 타인의 범례와 같은 것에 따라서 자신의 행위에 비판을 가하는
데 "하나의 일로써 만사를 측정해서는 안 된다."라는 말을 가만히
숙고해보려고 들지 않는다. 그러한 경우에는 자칫 자신에 대한 부
당한 판단을 내리기 쉬워진다. 하지만 마지막에는 본능과 개념 중
에서 어느 쪽이 옳았는지가 판명된다. 다행스럽게도 장수를 해야

만 비로소 주관적으로나 객관적으로 문제를 판단할 수 있는 능력이 주어지는 것이다.

이 내면의 충동은 눈을 뜨면 잊어버리는 예언적인 꿈에 의해 우리의 무의식 속으로 인도된 것인지도 모른다. 다름 아닌 이 인도를 통해서 우리의 생활은 그 기조의 균등성과 서사적인 통일을 이 예언적인 꿈으로부터 부여받는다. 헤아릴 수도 없이 동요하고 방황하며, 걸핏하면 컨디션이 바뀌는 두뇌의 의식으로는 이와 같은 균등성과 통일을 생활에 부여할 수가 없다. 예를 들어 어떤 커다란 일을 천직으로 삼고 있는 사람이 어렸을 때부터 이 천직을 마음속으로 가만히 느끼고 이것을 목표로 하여 꿀벌이 조금씩 벌집을 만들어가는 것처럼 조금씩 노력하는 것은 이 균등성과 통일의 결과인 것이다. 이것이야말로 모든 인간에게 있어서 발타자르 그라시안이 '위대한 분별'이라고 이름 붙인 바로 그것이다. 즉 그것은 자신에 대한 본능적이고 위대한 보호와 감독으로 이것이 없으면 인간은 멸망해버린다. 추상적인 원칙에 따라서 행동하기란 어려운 것이며 많은 교훈을 거쳐서야 비로소 할 수 있는 일로, 그렇다고 훈련을 쌓았다고 해서 언제나 성공한다고는 할 수 없다. 게다가 이러한 원칙은 충분한 것이 아닐 경우가 많다. 이에 반해 인간이라면 누구에게나 어떤 종류의 선천적인 구체적 원칙이 존재한다. 이런 종류의 원칙은 인간의 모든 사고, 감정, 의욕의 총결산이기 때문에 그 사람의 피와 체액 속에 잠겨 있다. 이 원칙을 추상적인 형태로 알 수는 없다. 일생을 되돌아보고서야 비로소 자신이 시종일관 이 원칙을 지켜왔다는 사실, 눈에 보이지 않는 실에 이끌리듯이 이 원칙에 이끌려 왔다는 사실을 알게 된다. 그것이 어떤 원칙인가에 따라서 사람을 행복으로 인도하기도 하고 불행으로 인도하기도 하는 것이다.

49. 시간의 작용과 사물의 덧없음을 언제나 염두에 두고, 현재의 일을 보고 곧 그 반대를 상상하는 것이 좋을 것이다. 즉 행복에 있어서는 불행을, 우정에 있어서는 적의를, 맑은 날에는 흐린 날을, 사랑에 있어서는 미움을, 신뢰를 하고 속마음을 털어놓을 때는 배신을 당해 후회하는 장면을 각각 선명하게 그려보고, 또 그 반대의 경우에도 각각 반대의 경우를 떠올려보는 것이 좋을 것이다. 이렇게 하면 언제나 깊은 사려를 잃지 않고, 쉽게 기만당하지 않을 것이니 이것은 참된 처세술의 영속적인 원천이 될 것이다. 하지만 이렇게 했다고 하더라도 대부분 시간이라는 것을, 때를 기다리지 않고 작용하게 한 것이 될 뿐이다. 그렇지만 사물의 무상과 변화를 올바르게 알 수 있는 것은 모든 인식 중에서도 경험을 가장 필요로 하는 인식일지도 모른다. 모든 상태는 그것이 존속하는 동안만은 필연성을 가진 존재이며, 완전한 존재 이유를 가진 존재이기 때문에 이 해, 이 달, 이 날이 전부 영원히 존재 이유를 가지고 있을 것

처럼 보이지만, 어떤 해도, 어떤 달도, 어떤 날도 존재 이유를 계속해서 가지는 것은 없다. 영원한 것은 변화뿐이다. 영리한 자라고 불리는 것은 껍데기일 뿐인 안정에 속지 않고, 지금 변화가 일어날 것 같은 방향을 예견하는 사람이다. 우연은 인간계의 모든 일에 있어서 폭넓은 활동 범위를 가지고 있는 것이기 때문에 눈앞에 닥쳐 있지 않은 먼 위험에 대해서 곧 희생을 치르며 예방책을 강구하거나 하면, 일이 예상외의 상황으로 전개되고 위험이 해소되어 앞서 치른 희생이 쓸모 없는 것이 되어버릴 뿐만 아니라 희생에 의해서 발생한 변화가, 일의 상황이 변한 지금에 와서는 오히려 불리한 것이 되는 경우가 많다. 따라서 예방책을 강구할 때도 너무 먼 미래에까지 손을 뻗지 말고 우연이라는 것에도 의지하고 위험의 종류에 따라서는 검은 소나기구름이 곧잘 그대로 지나가 버리는 것처럼 이 위험도 그대로 지나가 버릴 것이라고 기대하고 덤덤하게 기다릴 필요가 있다. 이에 반해 일의 일시적인 상태나 그 진행 방향을 지속적인 것이라고 여기는 생각은 결과를 뻔히 보고 있으면서도 원인을 이해하지 못하는 데서 오는 것이다. 그런데 미래에 있을 변화의 조짐을 포장하는 것은 원인이며, 결과는 그저 원인 때문에 존재하는 것뿐이므로 미래에 있을 그 어떤 변화의 조짐도 포장하고 있지 않다. 인간은 결과에 의존해서 자신이 알지 못하는 원인이 이러한 결과를 만들어낸 것이니 그 원인이 이 결과를 유지할 수도 있을 것이라고 지레짐작한다. 하지만 이렇게 되면 잘못을 저질러도 반드시 모두가 함께 잘못을 저지르게 된다는 이점이 있다. 따라서 그로 인해 내려지는 참해慘害도 반드시 모든 사람들에게 일반적으로 내려지게 된다. 그런데 깊은 사고를 가진 사람이 잘못을 저지르면 참해를 입게 될 뿐만 아니라 완전히 고립된다. 덧붙여 말하자면 여기서 말한 것은, 과오는 언제나 귀결에서부터 이유를 추론하는 추리에서 발생한다는 나의 명제에 대한 확증이 되기도 한다. 『의지와 표상으로서의 세계』 제1권을 보기 바란다.

하지만 때를 기다리지 않고 앞서 나간다는 것은 시간이 만들어내는 결과를 예견함으로써 이론적으로만 해야 할 일이지 실천적으로 그것을 행해서는 안 된다. 즉 시간의 경과에 의해서만 비로소 얻을 수 있는 것을 때를 기다리지 않고 요구하고, 착수하는 방법을 취해서는 안 된다. 이러한 방법을 쓰는 자는 시간만큼 빈틈이 없고 악랄한 고리대금업자는 없다는 사실, 시간은 가불을 해달라고 하면 그 어떤 유대인보다도 더 높은 이자를 매긴다는 사실을 알게 될 것이다. 예를 들어 생석회生石灰와 열을 이용하여 나무를 기르면 며칠만에 잎과 꽃과 열매를 맺을 수 있을 정도로 성장시킬 수는 있지만 그 후에는 나무가 죽어버린다. 청년이 지금 당장 장년과 같은 생식력을, 가령 단 몇 주일 동안만이라도 발휘해야겠다고 생각하거나 서른 살이 되면 멋들어지게 해치울 수 있는 일을 열아홉 살에

해보려고 한다면, 물론 시간은 가불을 해주기는 하겠지만 그 사람의 향후 몇 년간의 정력의 일부, 아니 생명 그 자체의 일부가 이자가 되어야 하는 것이다. 병에 따라서는 완벽하게 근본적으로 치료를 하기 위해서는 아무래도 자연스러운 시간의 경과에 몸을 맡길 수밖에 없는 것이 있다. 그만큼의 시간이 경과하면 병은 저절로 흔적도 없이 소멸할 것이다. 하지만 무슨 일이 있어도 지금 당장 건강해지기를 바란다면 이 경우에도 시간은 틀림없이 가불을 해줄 것이다. 병은 퇴치된다. 하지만 그것에 대한 이자는 평생에 걸친 허약함과 만성 질환이다. 전시 등 소란스러운 시대에 지금 당장, 바로 지금 돈을 사용하려고 한다면 토지나 국채를 그 가치의 3분의 1, 또는 그 이하로 팔 수밖에 없다. 시간이라는 것에 그 존재 이유를 발휘하게 할 마음만 있다면, 즉 몇 년 동안 참을 마음만 있다면 그 가치가 온전히 손에 들어올 텐데 가불을 해달라며 시간을 졸라대는 것이다. 또한 긴 여행에는 돈이 필요하다. 1, 2년 후면 그만큼의 금액을 소득 중에서 남길 수 있을 텐데도 기다리려 들지 않는다. 그래서 그만큼의 금액을 빌리거나, 일시적으로 자본에서 가져다 쓴다. 즉 시간이 가불을 해주는 것이다. 이러한 경우 시간이 매기는 이자는 금고 속에서 발생하는 난맥亂脈, 영원히 증식할 뿐 아무래도 벗어날 수 없는 적자이다. 이것이 시간이 가져가는 이익이다. 기다리지 못하는 사람들은 모두 이 이익의 희생자가 된다. 규칙적으로 경과하는 시간의 발걸음을 재촉하는 것은 가장 값비싼 계획이다. 따라서 시간에 대한 이자를 지불해야 하는 입장에는 서지 않도록 자중해야 한다.

50. 일상 생활 속에서 몇 번이고 현저하게 나타나는 평범한 두뇌와 영리한 두뇌의 두드러진 차이 중 하나는, 평범한 두뇌가 일어날지도 모르는 위험에 대해 숙고하고 측정할 때는 반드시 이러한 경우에 지금까지 어떤 일이 일어났었는지를 반추해볼 뿐이지만, 이에 반해 영리한 두뇌는 어떤 일이 일어날 가능성이 있는가를 숙고하며, 그때 스페인의 속담이 말하고 있는 대로 "일 년 이내에 일어나지 않는 일이 몇 분 이내에 일어난다."는 점을 깊이 생각해본다는 점이다. 여기서 소개한 이 차이는 말할 필요도 없이 당연한 일이다. 물론 어떤 일이 일어날 가능성이 있는가를 개관하는 데는 분별력이 필요하지만 현실적으로 어떤 일이 일어났는가를 개관하는데는 감각만 있으면 충분하기 때문이다.

그런데 "악마에게는 산 제물을 바치자."는 말을 우리의 격언으로 삼지 않겠는가? 다시 말하면, 재난이 일어날 가능성을 막기 위해서는 노고나 시간, 불편함, 번거로움, 가난, 고난, 결핍 등 무엇인가를 어느 정도 희생할 것을 각오하고 이를 두려워해서는 안 된다. 그렇게 해서 미연에 방지한 그 재난이 크면 클수록 앞서 기술한 고난, 결핍은 사실이라고는 여겨지지 않을 정도로 조그만 것이 될 것이다. 이 원칙을 가장 명료하게 보여주는 것이 보험료이다. 보험료는 모든 사람들이 공공연하게 악마의 제단에 바치는 산 제물이다.

51. 어떤 일에나 갑자기 크게 기뻐하거나, 슬퍼하며 울부짖지 않도록 해야 한다. 그것은 한편으로는 모든 사물이 변화의 가능성을 가지고 있으며, 그 때문에 이 일이 언제 어느 순간에 변화할지 알 수 없기 때문인데, 다른 한편으로는 우리에게 무엇이 유리한지, 무엇이 불리한지를 판단하는 데 있어서 속임수가 있을지도 모르기 때문이다. 자신이 슬퍼하며 울부짖었던 일이 나중에 보니 자신에게 참으로 최선의 것이었다거나, 크게 기뻐했던 일이 가장 커다란 고뇌의 원인이 되어버리거나 하는 일은 거의 누구나 경험하는 일이지만, 그것은 사물의 변화와 판단이 우리를 속이는 것에 따르는 결과이다. 이에 대한 대책으로써 여기서 권한 사상 태도를 셰익스피어는 다음과 같은 멋진 말로 표현했다.

기쁨이나 슬픔의 변덕스러움은 질릴 정도로 맛을 보았다.
그러한 일을 당한다고 해도, 웬만해서는
나약하게 마음의 동요를 일으키지 않는다.

『끝이 좋으면 모두 좋아』 제3막 제2장

그런데 대개 어떠한 재난을 만나더라도 침착함을 잃지 않는 사람은, 일어날 수 있는 인생의 재액이 얼마나 커다랗고 얼마나 여러 가지인지를 알고 있는 사람이라는 사실을 알 수 있다. 그러한 사람은 지금 일어난 재난을 앞으로 일어날 재난의 극히 작은 부분이라고 보는 것이다. 이것은 스토아적 이데올로기이다. 이 이데올로기에 의하면 우리는 결코 인간사회의 상태를 잊어서는 안 되며, 인간으로서 생존하는 것이 근본적으로 얼마나 슬프고 비참한 운명인지, 또 그로 인해 얼마나 많은 재앙에 노출되어 있는지를 언제나 명심해두어야 한다는 것이다. 이러한 통찰을 새삼스레 느껴보려면 어디든 자신의 주위를 한번 둘러보기만 하면 된다. 어디에 있든지 곧 눈에 띄는 것은 아무런 열매도 맺지 못하는 비참하고 의미 없는 생존을 둘러싼 노력, 몸부림, 고투이다. 이런 모습을 본 뒤에는 자신의 요구를 낮춰 세상 모든 일의 불완전함에 순응하려 노력하고, 재난을 맞았을 때 이것을 회피하거나 견디려고 할 것이다. 크고 작은 여러 가지 재난은 우리 생활의 근본적인 지반을 이루는 요소이기 때문이다. 이 점은 언제나 확실하게 인식하고 있는 것이 좋다. 그렇다고 해서 음울한 인간이 되어 벨리즈포드(영국의 저술가)가 말한 것처럼 시시각각으로 펼쳐지는 '인생의 비애'를 개탄하며 얼굴을 찡그리거나, '이에 물린 것을 신에게 호소한다.'는 태도를 보일 것이 아니라, 용의주도한 사람이 되어 인간에게서나 사물로부터 일어나는 재난을 예방하는 데 크게 주의력을 연마하고 예민해져서 영리한 여우처럼 크고 작은 불행(불운, 즉 운이 없다는 것은 대체로 솜씨가 없음을 은폐한 것에 지나지 않는다)을 주의 깊게 피하는 것이 좋다.

어떤 재난이 미리 일어날 것이라고 예상하고 그것에 대해 각오를 하고 있으면 재난이 덮친다 하더라도 그렇게 견디기 힘들지 않을 것이다. 왜냐하면 사건이 아직 일어나기 전에 미리 이를 충분히 있을 법한 일이라고 예견한다면 재난의 전모를 어느 면에서나 확실하게 개관할 수 있게 되고 이에 따라 적어도 그 재난이 한눈에 볼 수 있을 정도의 한계가 있는 재난이라는 사실을 인식하게 되기 때문에 막상 그 재난이 덮쳐왔을 경우에도 그것이 실제로 가지고 있는 중압감 이상의 인상을 주는 일이 없어지기 때문일 것이다. 그런데 이러한 예견 없이 무방비 상태에서 재난을 맞게 되면 겁을 먹은 정신은 재난의 정도를 갑자기 정확하게 측량할 수 없는 법이다. 그렇게 되면 정신적인 면에서 재난은 전모를 알 수 없는 것이 되고 따라서 자칫 측량할 수 없을 정도의 것, 적어도 실제보다는 훨씬 더 커다란 것으로 보여지기 쉽다. 마찬가지로 애매하고 불확실하다는 것도 전부 위험을 커다랗게 보이게 하는 것이다. 그리고 일어날 것으로 미리 생각해두었던 재난에 대해서는 동시에 위로를 할 명분도, 이것을 타계할 수단도 전반적으로 생각해두었거나 적어도 머릿속에 그려두었던 대로 적용하게 될 것이라는 사실은 말할 필요도 없을 것이다.

하지만 일신을 덮치는 재난을 아무렇지도 않게 견디게 하는 능력을 그 무엇보다도 확실하게 해주는 것은, 내가 「의지의 자유에 관한 수상논문」의 궁극적인 근거에서 연역하여 확인한 바 있는 "모든 사물과 현상은 제아무리 큰 것이든, 제아무리 작은 것이든 필연적으로 일어나는 것이다."라는 진리에 대한 확신일 것이다. 왜냐하면 인간은 불가피하고 필연적인 현상에 즉각적으로 순응할 수 있으며, 거기에다 앞서 말할 것과 같은 의식을 갖고 있기만 하다면 그 어떤 일도, 가령 우연에 의해 일어난 갑작스런 일까지도, 숙지하고 있는 원칙에 따라 완전히 예상하고 있었던 일과 별반 다를 바 없이 필연성에 의해 일어난 것이라고 생각하게 되기 때문이다. 이 점에 대해서는 내가 『의지와 표상으로서의 세계』 제1권에 불가피하고 필연적인 것에 대해 인식이 미치는 초월적인 효과에 대해서 기술한 것을 참조하기 바란다. 이 인식에 철저한 사람은, 우선 자신이 할 수 있는 일을 하고 다음으로 자신이 당해야 할 일을 자진해서 당하려 할 것이다.

시시각각으로 우리를 괴롭히는 작은 재난은 커다란 재난에 견디는 힘이 너무 큰 행운 때문에 완전히 쇠약해지지 않도록 우리를 끊임없이 훈련시키기 위해서 존재하는 것이다. 매일 겪는 번거로운 일이나 인간의 교제에서 볼 수 있는 사소한 알력이나 돌아볼 가치도 없는 불쾌한 사건이나 타인의 무례함, 남을 기분 나쁘게 하는 말 등 여러 가지 일에 대해서는 불사신이 되어야 한다. 즉 그러한 것에 예민하거나 오래 마음에 두거나 두고두고 생각하지는 말아야 야 한다. 이러한 일은 자신에게 접근하지 못하도록 하고 길거리의 작은 돌멩이처럼 제거해야 한다. 이에 대해서 마음속에서 숙고하거나 생각에 생각을 거듭해서는 절대로 안 된다.

53. 세상 사람들이 일반적으로 운명이라고 말하고 있는 것은 대체로 그들 자신의 어리석기 짝이 없는 행동을 일컫는 것에 지나지 않는다. 따라서 호메로스가 심려, 즉 영리한 사고를 권하고 있는 그 아름다운 문장(『일리아드†』 23의 313행 이하)은 반드시 명심해 두어야 한다. 극악무도한 행동은 저세상에 간 뒤에 보상을 받게 되

---

† **일리아드 Ilias(일리아스)**

호메로스의 작품으로 전하는 그리스 최대, 최고의 서사시.

1만 5,693행, 24권. 각 권마다 그리스 문자의 24 알파벳순으로 이름이 붙어 있다. 옛날에는 각 권마다 그 내용에 부합되는 이름이 붙어 있었고, 알파벳순으로 이름을 붙이는 방법은 BC 3세기에 처음으로 쓰인 권별법이었다. 《일리아스》는 트로이의 별명 일리오스(Ilios)에서 유래한 것이며, '일리오스 이야기'라는 뜻이다. 10년간에 걸친 그리스군의 트로이 공격 중 마지막 해에 일어난 사건들을 노래한 것이다. 《일리아스》는 비극과 마찬가지로 하나의 사건에 집중하여, 트로이 공방 50일 동안의 이야기 속에 10년의 전망을 담았고, 과거를 뒤돌아보고 미래를 암시함으로써 비극성을 강조하였고, 여러 가지 비유로 자연계와 인간계의 관계를 특색 있게 묘사하였다. 무용담을 노래하고 그리스 기사도를 찬양한 이 시는 BC 900년경 작품으로 추정된다. 이 시는 마침내 그리스의 국민적 서사시가 되었고 교육의 중요한 부분이 되었으며, 유럽 서사시의 모범으로서 라틴 문학을 거쳐 유럽 문학에 큰 영향을 끼쳤다.

지만 어리석기 짝이 없는 행동은 때때로 법을 대신하여 은사가 베풀어지는 경우는 있어도 대체로 이 세상에 있는 동안에 보상을 해야만 하기 때문이다. 인간의 두뇌는 사자의 발톱보다도 더 무시무시한 무기이다. 전혀 흉악해 보이지 않고 영리하게 보이는 얼굴이 더욱 무섭고 위험해 보이는 법이다.

이상적인 사회인이라는 것이 있다면, 일을 결정하지 못하고 우왕좌왕하거나, 자신도 잊을 만큼 초조해하는 일이 절대로 없는 사람을 말하는 것일 게다.

54. 우리의 행복에 있어서는 지혜 다음으로 용기가 매우 중요한 특성이다. 물론 이 특성들은 자기 스스로 손에 넣을 수는 없다. 지혜는 어머니로부터, 용기는 아버지로부터 물려받는다. 하지만 의지와 훈련에 의해 조금이나마 가지고 있는 지혜나 용기를 키울 수는 있다. '운명의 주사위가 단호하게 던져지는' 이 세상에서 살아가기 위해서는 운명에 대한 방패와 인간에 대한 무기를 갖춘 단호한 기백이 필요하다. 인생은 틀림없이 그 자체가 투쟁이다. 우리의 한 걸음 한 걸음에 공격이 가해진다. 따라서 볼테르가 "인간은 뽑아든 칼을 내리쳐야 비로소 성공을 얻으며, 무기를 손에 쥔 채로 죽는다."고 한 것은 참으로 옳은 말이다. 그렇기 때문에 뭉게구름이 피어오르는 것을 보고, 심지어는 저 하늘 끝에 구름의 그림자를 본 것만으로도 두려워서 의지를 꺾으려 하고 슬피 우는 것은 겁쟁

이의 마음이다.

　재앙을 피하지 말라, 늠름하게 맞서라.

　이 말을 우리의 모토로 삼아야 할 것이다. 한 조각 푸름이 하늘에 있는 한, 하늘의 조짐에 대해서 절망을 해서는 안 되는 것과 마찬가지로 위험한 일에 대한 결말이 아직 의심스럽고 호전될 가능성이 아직 있는 한 겁먹지 말고 오직 저항만을 생각하라. 더 나아가 다음과 같은 말을 할 수 있을 정도가 되길 바란다.

　세계가 무너져 떨어진다면,
　조각은 겁먹지 않은 사내를 친다.

　사람의 일생은 겁을 먹고 떨며 위축될 만큼 소중한 것이 아니다. 하물며 인생의 재물을 말할 필요도 없다.

　그러니 용맹하게 살아라.
　용맹한 가슴으로 운명의 활을 받아라.

　하지만 이 점에 있어서도 지나침을 경계해야 한다. 용기가 난폭함으로 바뀌는 경우가 있기 때문이다. 아니, 어느 정도의 두려움은 이 세상을 살아가는 데 필요하다. 겁이란 것은 말하자면 이 두려움이 그 정도를 넘어선 것을 일컫는 말이다. 이러한 사실은 프란시스 베이컨이 '패닉 테러'(공황 심리)라는 말의 어원을 설명하면서 매우 적절히 표현했다. 이 설명은 플루타르코스로부터 우리에게 전해진 낡은 설명보다도 훨씬 더 뛰어나다. 즉 베이컨은 이 말은 대자연의 의인화라고도 할 수 있는 그리스 신화의 판에서 기원한 것으로 보고 다음과 같이 말하고 있다. "틀림없이 삼라만상의 자연성은 살아 있는 모든 것들에 공포를 주었으며, 불안함을 품게 했다. 공포와 불안은 덮쳐오는 재앙을 피하고 이것을 물리치게 하니 목숨 있는 것들의 생명과 존립을 유지시키는 데 도움이 되는 것이다. 하지만 자연은 적당량을 지키지 못하고 유효한 공포에 더해서 언제나 약간의 허망한 공포를 더 섞어서 준다. 그 결과 사물을 내면적으로 볼 수 있다면 삼라만상, 아니 때로는 인간계의 사물이 패닉 테러에 넘친 것으로 보일 것이다." 그리고 패닉 테러의 특징은 스스로는 그 원인과 근거를 확실히 의식하지 못하며 원인을 알기보다는 오히려 원인이 있다는 사실을 당연한 것으로 전제하고 있을 뿐만 아니라 궁지에 몰리면 오히려 공포 그 자체를 공포의 원인이라고 본다는 점에 있다.

제6장

연령의 차이에 대하여

연령의 차이에 대하여

꼭꼭꼭

볼테르는 다음과 같은 명언을 했다.

자신의 연령에 깃든 예지를 갖추지 못한다면,
연령에 깃들어 있는 재앙이 매사에 발생한다.

그러므로 이 행복론적 고찰의 말미에서 연령이 우리에게 가져다주는 변화를 전반적으로 살펴보는 것은 의미 있는 일일 것이다.

전 생애를 통해 우리가 의식해온 것은 언제나 현재일 뿐으로 결코 현재 이상에는 미치지 못한다. 같은 현재에 차이를 유발하는 점은, 첫째, 눈앞에 긴 미래가 펼쳐져 있지만 마지막이 되면 긴 과거가 우리의 등 뒤에 있다는 사실, 둘째, 우리의 성격은 변하지 않지만 우리의 기질이 몇 번이나 변화를 하기 때문에 그럴 때마다 다른 현재의 색조가 나타나게 된다는 사실뿐이다.

나는 나의 저서 『의지와 표상으로서의 세계』 제2권 제31장에서 우리의 태도가 유년기에는 의욕적이라기보다는 훨씬 더 인식적이라는 사실, 그리고 그 이유를 설명했다. 다름 아닌 이 점에 인생의 첫 4분의 1을 차지하는 시기의 가장 커다란 행복의 기초가 있다. 이 시기가 후에 되돌아보면 잃어버린 낙원처럼 보이는 것도 이 커다란 행복 때문이다. 유년기에는 사람과의 교섭이 거의 없으며 욕망도 적기 때문에 의지를 자극하는 것이 거의 없다. 따라서 성격적인 활동의 대부분이 인식의 작용에 빨려 들어가게 된다. 만 6세에서 7세에 이미 완전한 크기에 달하는 두뇌와 마찬가지로 지성은 성숙한 단계에까지 이르지는 못하지만 이미 발육을 마쳐, 모든 것이 신기한 것이 가지고 있는 매력으로 채색된, 아직 새롭게 보이는 이 현실 존재가 빚어내는 커다란 세계 속에서 끊임없이 자신의 양식을 추구한다. 그 결과 유년기의 나날은 그치지 않는 시, 멈추지 않는 노래이다. 틀림없이 시의 본질은 대체로 예술의 본질과 마찬가지로 개성 속에 플라톤적인 이데아, 즉 본질적인 것을 종種 전체에 공통되는 것으로 파악하는 것에 있다. 이에 따라서 개개의 사물은 모두 자신이 속해 있는 영역의 대표가 되며, 하나의 일이 모든 일에 통하는 것이 된다. 그런데 유년기에는 어떠한 상황에 임해서도 그 대상으로 삼는 것은 그때의 개개의 사물이나 일뿐이며, 그것도 그 찰나적인 의욕에 이해 관계가 있는 범위에 한정되어 있는 것처럼 생각되어지지만 근본적으로는 그렇지 않다. 즉 인생과 인생이 가지고 있는 중요성이 온전히 그대로, 아직 새롭고 생생한 모습으로 눈앞에 떠오르며 인생에 대한 인상이 반복에 의해서 둔화되지 않았다. 따라서 한창 어린아이 같은 활동을 하고 있는 중에도, 확실하게 계획적으로 하는 것은 아니지만 개개의 상황이나 일에 접해서 인생의 본질 그 자체, 즉 인생이 빚어내는 형태와 표현의 근본 유형을 파악하는 움직임이 마음속에서 은밀하게 행해진다. 스피노자의 표현을 빌자면 모든 사물, 모든 사람을 '영원한 상相의 밑으로' 보는 것이다. 보는 사람의 연령이 낮으면 낮을수록 보여지는 개체는 각각 그것이 속해 있는 영역 전체를 대표하는 것이 된다. 이러한 경향은 해마다 조금씩 감소한다. 유년기와 노년기에 사물이 우리에게 부여하는 인상이 그처럼 다른 것은 바로 여기에 원인이 있다. 따라서 유년기나 청년기 초기의 경험과 친구 관계는 그 이후의 인식이나 경험에 있어서의 고정적인 유형, 유별, 범주라고도 할 수 있는 것이 된다. 언제나 확실하게 의식하는 것은 아니지만 그 이후의 것은 전부 이러한 범주에 포함되거나 종속되어버린다. 따라서 이렇게 해서 유년기에 이미 우리 세계관의 확고한 기초가 생기며, 심지어는 세계관의 깊이까지도 형성되어버린다. 세계관은 그 후에 구축되어 완성되기는 하지만 본질적인 부분이 바뀌는 일은 없다. 이 완전히 객관적인, 그리고 완전히 객관적이기 때문에 시적인 사물에 대한 견해는 유년기에는 본질적인 것이며 게다가 의지가 아직은 그 모든 에너지를 발현시키지 않고 있다는 사정에 의해서 이 사물에 대한 견해가 유지되고 있다. 이 사물에 대한 견해에 의해서 우리의 유년기에 있어서의 태도는 의욕적이기보다는 훨씬 더 완전히 인식적이다. 아동들에게서 곧잘 볼 수 있는 진지하고 관찰적인 눈빛은 바로 이 때문이다. 라파엘로는 자신이 그린 천사, 특히 그가 그린 시스티나의 성모에 배치한 천사에 이 눈빛을 활용하여 성공을 거두었다. 이러한 이유로 사실 유년기는 커다란 행복으로 넘쳐나며, 그에 대한 추억에는 반드시 동경이 수반된다. 한편, 이처럼 진지하게 우선 사물을 직관적으로 이해하려고 하는 것의 반대편에는 우리에게 개념을 심어주려고 하는 노력이 교육에 의해 행해지고 있다. 하지만 개념은 참으로 본질적인 것에 대한 깨우침을 가져다주지는 않는다. 본질적인 것, 즉 모든 인식의 기본이 되는 순수의 실질 내용은 세계의 직관적인 파악에 있다. 그런데 직관적인 파악은 우리가 스스로 얻을 수밖에 달리 길이 없으며 어떠한 방법을 쓰더라도 그것을 가르쳐줄 수는 없다. 따라서 우리 인간의 도덕적 가치와 마찬가지로 지성적인 가치도 외부에서부터 우리 내부로 들어오는 것이 아니라 우리 자신의 본질적인 성격의 깊은 곳에서 발생하는 것이다. 따라서 제아무리 페스탈로치의 교육술로 교육한다 하더라도 선천적인 바보를 사고형 인간으로 바꾸는 것을 바랄 수는 없는 것이다. 결코 바랄 수 없다. 바보는 바보로 태어났다. 그리고 바보로 죽을 수밖에 없다. 유년기의 주위의 상황과 경험이 왜 기억에 깊이 새겨지는가도 사실 앞서 말한 외계에 대한 최초의 직관적인 깊이 있는 파악이라는 것으로 설명할 수가 있다. 즉 우리는 어떠한 자기 분열도 없이 주위의 상황과 경험에 잠겨 있었던 것이다. 우리의 마음을 산만케 하는 것은 아무것도 없었다. 눈앞에 있는 사물을 보면 이를 그 종에 속한 유일한 사례인 것처럼 생각했다. 아니, 애초부터 모든 사물을 그것밖에 없는 유일한 것이라고 생각했다. 시간이 흐르면 그 후에 알게 되는 대상의 숫자가 늘어나기 때문에 용기가 꺾이고 끝까지 참을 수 없게 된다. 한편, 내가 내 저술의 제2권에서 설명한 것, 즉 모든 사물의 객관적인 존재, 다시 말하자면 단순한 표상으로서의 사물의 존재는 매우 바람직한 존재이지만, 이에 반해서 의욕 속에서 성립되는 사물의 주관적인 존재에는 고통과 슬픔이 섞여 있다는 사실을 되새긴다면, 이러한 사정을 나타내는 간결한 표현으로서 다음의 명제를 인정할 수 있게 될 것이다. 그것은 모든 사물은 보기에는 훌륭하지만 자신이 그것이 되기는 두렵다고 하는 명제이다.

그런데 앞서 기술한 바에 의하면 유년기에는 사물을 의지로 바라보는 것보다 훨씬 더 많이 볼 수 있는 측면, 즉 표상의 측면에서, 객관성의 측면에서 알게 된다. 그런데 보는 측면은 사물의 바람직한 측면이지만 주관적이고 무시무시한 쪽의 측면은 아직 알지 못하기 때문에 어린 지성은 현실과 인위가 나타내는 모든 사물, 모든 형상을 전부 최고의 행복으로 넘쳐나는 것이라고 생각한다. 바라보면 이처럼 아름다운 것이기 때문에 자신이 그것이 되겠다고 생각하면 마찬가지로, 아니 더욱더 아름다울 것이라고 생각하기도 한다. 이러한 이유로 눈앞의 세계는 마치 에덴동산과 같다. 바로 이것이 우리 모두의 고향인 아르카디아인 것이다. 잠시 후면 거기에서 현실 생활을 추구하는 갈망과 능동·수동의 활동을 추구하는 끊으려야 끊을 수 없는 충동이 생겨나 우리를 현실세계의 광란 속으로 몰아간다. 그 후 이 광란 속에서 사물의 또 다른 어떤 측면, 즉 한 걸음 내디딜 때마다 방해를 받게 되는 의욕의 측면을 알게 된다. 그렇게 되면 서서히 예의 커다란 환멸이 덮쳐온다. 드디어 이 환멸이 찾아오게 되면 '꿈꾸는 연령'은 지나버리게 된다. 그래도 환멸은 여전히 깊어져 더욱더 완전한 환멸이 되어 간다. 따라서 인생은 유년기에는 멀리서 바라본 무대 장식과 비슷하고 노년기에는 코앞에서 본 무대 장식과 비슷한 것이라고 말할 수 있는 것이다.

유년기를 더욱 행복하게 하는 이유로는, 마지막으로 다음과 같은 사정이 있다. 이른 봄에는 모든 잎이 색도 똑같고 모양도 거의 비슷한 것처럼 우리도 유년기의 처음에는 모두가 서로 비슷하고 그 때문에 훌륭하게 화합한다. 하지만 성숙기와 함께 분산이 시작되어 그것이 원의 반경의 분산과 마찬가지로 더욱 커지게 된다.

　한편, 인생의 후반에 비해 실로 많은 장점을 가지고 있는 전반에서 유년기를 제외한 나머지 부분, 즉 청년기는 인생에 있어서 반드시 행복에 도달할 수 있다는 확신을 바탕으로 행해지는 행복에 대한 추구가 청년기를 흐릴 뿐만 아니라 불행하게 만든다. 행복의 추구로부터는 끊임없는 환멸이 생겨나며, 끊임없는 환멸로부터는 불만이 생겨난다. 꿈에서 본 막연한 행복의 그림자가 변덕스러운 모습으로 눈앞에 어른거리며, 우리는 이 그림자의 정체를 추구하지만 그것을 얻을 방법이 없다. 따라서 청년기에는 어떠한 처지, 어떠한 환경에 대해서도 대체로 불만을 품게 된다. 그것은 인생의 공허와 비애에서 온 것임을 곳곳에서 볼 수 있음에도 불구하고 이것을 처지와 환경에서 온 것이라고 생각하기 때문이다. 공허와 비애와는 전혀 다른 것을 기대한 결과이며 나이가 들면 인생의 공허와 비애를 비로소 알게 된다. 현실 세계로부터 여러 가지 것들을 얻을 수 있다는 등의 망상을 조기 계발로 인해 청년의 마음에서 끊을 수 있다면 교육의 효과는 매우 큰 것이 될 것이다. 하지만 대부분의 경우 인생은 현실을 통해 알게 되기 이전에 문학을 통해서 알게 되기 때문에 실제로는 반대의 경우가 일어나는 것이다. 문학에 의해서 묘사된 수많은 장면이 우리 자신의 청춘의 여명기에 눈부시게 눈앞에 펼쳐진다. 그렇게 되면 이 장면이 실현되는 모습을 보고 싶다는, 즉 무지개를 잡고 싶다는 동경에 시달리게 된다. 청년은 자신의 생애가 흥미진진한 장편소설처럼 되기를 기대한다. 이렇게 해서 내가 주요 저서의 제2권에서 이미 묘사한 것과 같은 착각이 생겨나게 된다. 모든 문학에 묘사되어 있는 그림자에 매력이 있는 것은 다름 아닌 그것이 그저 그림자일 뿐, 현실적인 것이 아니기 때문이며, 또한 바로 그렇기 때문에 그것을 볼 때 우리는 순수 인식의 안주감과 자족감에 빠지게 되는 것이다. 실현한다, 현실화한다는 것은 의욕을 쏟아 부어 충실하게 만든다는 것이다. 그런데 이 의욕이라는 것은 불가피하게 고통을 불러일으킨다. 흥미를 느끼는 독자는 앞서 말한 책의 제2권을 펼쳐보기 바란다.

따라서 인생의 초반을 지배하는 것이 채워지지 않는 행복에 대한 동경이라면 후반을 지배하는 것은 불행에 대한 우려이다. 틀림없이 인생 후반이 되면 무릇 행복이란 가공적인 것이며, 이에 반해서 고뇌가 실재적인 것이라는 정도의 인식은 다소나마 확실하게 갖게 될 것이기 때문이다. 그렇기 때문에 이쯤 되면 적어도 다소 이성적인 사람은 향락보다도 오히려 고통이 없고 위기가 없는 상태를 추구하게 된다. 청년시대에는 초인종이 울리면 즐거움을 느끼곤 했다. '드디어 와주었군.'이라고 생각했기 때문이었다. 하지만 노년이 되면 같은 초인종 소리에도, 나의 느낌은 오히려 다소간 공포와도 같은 것을 느꼈다. '이런, 결국 오고 말았구나.'라고 생각했기 때문이다. 재능이 있는 뛰어난 개인은 바로 재능이 있고 뛰어나기 때문에 진정으로 인간 세계에는 완전히 속해 있지 않다. 따라서 그 장점이 어느 정도인가에 따라서 차이는 있지만 어쨌든 고립된다. 이와 같은 재능이 있는 뛰어난 개인은 인간 세계에 대해 앞서 말한 것과 같은 두 가지 느낌을 갖게 된다. 청년기에는 종종 인간 세계로부터 버림을 받은 것만 같은 느낌을 받는다. 하지만 노년이 되면 인간 세계에서 벗어나 있는 듯한 느낌을 받게 된다. 전자는 좋지 않은 느낌이다. 이 느낌은 인간 세계를 모르는 데 기인하는 것이다. 그 결과, 인생의 후반에는 모든 음악의 악절의 후반과 마찬가지로 전반에 비해서 한결같은 노력이 적어지고 안주하기를 바라는 경향이 강하다. 이는 근본적으로 청년기에는 현실 세계 속에서 커다란 행복과 향락을 만날 수 있지만 단지 그것에 이르기가 어려울 뿐이라고 생각하는 데 반해 노년기가 되면 현실 세계에서는 무엇 하나 얻을 수가 없다는 사실을 알게 되며 이 통찰에 완전히 안주하여 어떠한 현재에 대해서라도 그럭저럭 견딜 수만 있다면 그것을 즐기고 사소한 일에도 기쁨을 느끼는 것에 기인한다.

성숙 단계에 달한 인간이 지금까지의 인생 경험에 의해 얻는 것, 그것도 청년이나 소년과는 세계에 대한 견해가 다르기 때문에 얻는 것은 우선 편견이 없어진다는 것이다. 소년이나 청년의 눈에는 자신이 제멋대로 만들어낸 변덕스러운 생각이나 인습적인 편견, 묘한 공상 등으로 이루어진 환영이 진실의 세계를 뒤덮거나 일그러뜨리는 데 반해 성년이 되면 비로소 사물을 아주 담담한 시선으로 바라보며, 사물을 있는 그대로의 모습으로 보게 되는 것이다. 생각건대, 경험이 가장 먼저 해야 할 일은 청년기에 만들어진 환상이나 잘못 된 개념으로부터 우리를 해방시키는 일이다. 이러한 환상이나 잘못된 개념으로부터 청년기를 지키는 것은 만약 그것이 가능하다면, 소극적인 면에서의 교육이기는 하지만 틀림없이 최선의 교육이 될 것이다. 하지만 이것은 그리 쉬운 일이 아니다. 이 목적을 위해서는 아동의 시야를 처음에는 가능한 한 좁게 해두고, 그 범위 내에서 명료하고 올바른 개념만을 가르쳐서 이 시야에 포함되어 있는 모든 것을 정확하게 인식하기를 마친 후에 비로소 시야를 조금씩 넓혀가지만 그때에도 애매한 부분은 물론, 어눌한 부분, 이해의 방법이 왜곡되어 있는 부분이 조금도 남지 않도록 끊임없이 신경을 써야만 한다. 그렇게 되면 사물과 인간에 대해 아동이 품게 되는 개념은 역시 범위가 좁고 매우 단순하기는 하지만 그 대신 명료하고 올바른 개념이 되며, 따라서 끊임없이 확장시킬 필요는 있겠지만 정정할 필요는 없다. 청년기까지 이런 식으로 계속해야 한다. 이 방법을 위해서는 소설을 읽지 말고, 예를 들자면 『프랭클린 자서전』이라든가, 모리츠가 저술한 자전적 소설 『안톤 라이젤』과 같은 적당한 전기를 소설 대신에 읽도록 하는 것이 특히 필요하다.

우리의 생애에서 중요하고 중대한 일이나 인물은 틀림없이 요란하게 등장할 것이라고 젊은 시절에는 생각하지만, 노년이 되어 회고를 해보면 그러한 일이나 인물은 모두 가만히 뒷문을 통해서 거의 느끼지도 못할 정도로 살짝 들어왔었다는 사실을 알게 된다.

이상에서 말한 점을 보면 인생을 자수가 새겨진 천에 비유할 수가 있다. 누구나 인생의 전반에는 자수가 새겨진 천의 겉을 보게 되지만, 후반에는 속을 보게 된다. 속은 그다지 아름답지는 않지만 실이 어떻게 연결되어 있는가를 보여주기 때문에 겉보다는 도움이 된다.

정신적인 우월, 가령 그것이 최고로 우월한 것이라 할지라도 사람과의 대화에서 확실하게 사람을 압도할 만한 무게를 발휘하는 것은 40세가 지나서부터이다. 정신적인 우월이 연령의 성숙과 경험의 수확을 뛰어넘는 것은 흔히 있는 일이지만 그것을 대신할 수는 없다. 한편 제아무리 평범한 인간이라도 연령에 따른 성숙과 경험에 의한 수확이 있으면, 상대가 젊은 경우에는 제아무리 정신적으로 뛰어난 상대의 능력에도 대항할 수 있는 일종의 무게를 갖게 된다. 하지만 이것은 인품에 대한 이야기이지 일에 대한 이야기는 아니다.

어떤 의미에서건 뛰어난 사람, 즉 인류의 6분의 5를 차지하는, 재능이 빈약한 부류에는 어쨌든 속하지 않는 사람은 40세를 넘으면 사람을 싫어하게 되는 징후에서 벗어날 수가 없게 된다. 왜냐하면 그러한 사람은 자연스러운 법칙으로 자신에 의해 타인을 추측하기 때문에 점점 환멸을 느끼게 되고, 그 결과 타인이 두뇌나 심정이라는 점에서, 아니 대부분은 양쪽 모두의 면에서 자신에게 과도한 빚을 지고 있는 상태가 계속되어 이를 갚을 수 없다는 사실을 깨닫게 되기 때문이다. 따라서 타인과 관계 맺는 일을 피하려고 한다. 결국 인간은 그 내면적인 가치에 따라서 고독, 즉 자신을 친구로 삼는 일을 좋아하기도 하고 싫어하기도 한다. 칸트도 『판단력비판』 제1부 제29절에 대한 총괄적인 주석의 마지막 부분에서 이런 종류의 인간 혐오에 대해 이야기했다.

아주 일찍부터 인간 일반의 행위와 행동에 대한 소식에 통달하고, 곧 그것에 익숙해져서 마치 기다리고 있었다는 듯이 그 무리 속으로 들어가는 것은 젊은 사람에게 있어서는 지성적으로나 도덕적으로 감탄할 수 없는 징후이다. 그것은 사람이 열등하다는 징후이다. 이에 반해 어떻게 해야 할지 몰라서 우왕좌왕하거나 솜씨가 없어서 어설픈 태도를 보이는 편이 지성적으로나 도덕적으로 은근히 성질이 우수함을 나타내는 것이다.

죽음은 산 너머 건너편 기슭에 있는 것이니 산을 오를 때는 죽음의 모습이 보이지 않는다. 청년기 특유의 명랑함과 삶에 대한 용기는 부분적으로 이러한 사정에 기반을 두고 있다. 하지만 정상을 넘어서면 그때까지 소문으로만 들어 알고 있던 죽음이 실제로 보이게 된다. 그렇기 때문에, 그리고 그 지점에 이르게 되면 생명력도 감퇴하기 시작하기 때문에 삶에 대한 용기도 쇠하게 된다. 그 결과 음울함과 진지함이 청년기의 오만함을 물리치고 그것이 용모에도 나타나게 된다. 젊었을 때에는 남들이 뭐라고 하든, 일생은 무한한 것이라고 생각하고 그러한 사고에 따라 시간을 보낸다. 나이를 먹게 될수록 그만큼 시간을 경제적으로 쓰게 된다. 나이를 먹게 되면 자신이 지내는 하루하루에 대한 감회는 교수대에 끌려가는 범죄자가 걸음을 옮길때마다 품게 되는 감회와 비슷한 것이 되기 때문이다.

청년기에는 인생은 무한히 긴 미래로 여겨진다. 노년기에는 매우 짧았던 과거로 여겨진다. 따라서 인생은, 처음에는 망원경의 대물렌즈를 눈에 댔을 때의 사물처럼 보이지만, 마지막에는 접안렌즈를 댔을 때처럼 보인다. 인생이 얼마나 짧은 것인지를 깨달으려면 나이를 먹어 봐야 한다. 오래 살아봐야 한다. 나이를 먹으면 먹을수록 그만큼 인간계의 사상事象은 모든 것이 작은 것으로 보이게 된다. 청년기에는 흔들림 없이 눈앞에 버티고 있던 인생이, 이제는 덧없는 현상이 나타났다가는 곧 사라지는 모습처럼 보인다. 모든 것들의 덧없음이 명백해진다. 시간 그 자체의 흐름이 청년기에는 훨씬 더 느리다. 따라서 인생의 첫 4분의 1은 가장 행복한 4분의 1일 뿐만 아니라 가장 긴 4분의 1이기도 하다. 따라서 이 4분의 1에는 추억이 다른 어느 시기보다도 훨씬 더 많다. 그렇기 때문에 추억에 대한 이야기를 할 때면, 이 4분의 1에 대해서는 그 다음으로 이어지는 제2·제3의 4분의 1을 합친 것보다도 화제가 더 많을 것이다. 그리고 1년 중의 봄과 마찬가지로 인생의 봄도 하루하루가 주체할 수 없을 정도로 길어지게 된다. 1년 중의 가을이 되면 해는 짧아지지만 그 어느 때보다도 맑아지고 변화도 적어지게 된다.

그렇다면 왜 자신이 지내온 일생을 노년기에 되돌아보면 이처럼 짧아 보이는 것일까? 일생을 그 추억의 짧음과 마찬가지로 짧다고 생각하기 때문이다. 즉 하찮은 일들은 추억에서 전부 탈락하고 불쾌했던 일들도 대부분은 탈락해버렸기 때문에 남아 있는 것은 거의 없다. 다시 말해 원래 지성이라는 것이 극히 불완전한 것이지만 그 점에서는 기억력도 다를 바가 없기 때문이다. 점점 망각의 늪에 빠지고 싶지 않다면 배운 것은 연습하고, 지난 일은 반추해야만 한다. 그런데 하찮은 일은 반추하지 않는 것이 인지상정이다. 불쾌한 일도 대부분은 반추하지 않는 것이 인지상정이다. 하지만 만약 이러한 일들을 기억해두고 싶다면 반추가 필요하게 된다. 그런데 하찮은 일들은 점점 늘어나게 된다. 계속해서 반복되어 도대체 몇 번째인지도 알 수 없게 되면 처음에는 중대하게 보였던 여러 가지 일들이 결국에는 하찮은 것이 된다. 그렇기 때문에 처음의 세월은 나중의 세월보다도 더 잘 기억한다. 그런데 오래 살면 살수록, 나중에 반추할 만한 가치가 있을 정도의 중요성을 가지고 있는 것처럼 느껴지는 일이 적어지게 된다. 이러한 일들은 반추하지 않으면 기억에 새겨질 리가 없다. 따라서 지나버리면 바로 잊어버린다. 이렇게 해서 시간의 경과는 점점 흔적을 남기지 않게 된다. 또한 불쾌한 일은 반추하려 들지 않는다. 특히 그것이 허영심에 상처를 주는 일이라면 더더욱 그렇다. 아무런 죄가 없는데도 고뇌에 휩싸이게 되는 일은 거의 없기 때문에 대부분의 경우 불쾌한 일은 허영심에 상처를 주는 성질의 일이라고까지 할 수 있을 것이다. 따라서 그 때문에 불쾌한 일도 상당 부분 잊어버린다. 이 두 종류의 탈락이 우리의 추억을 그처럼 짧은 것으로 만드는 것이다. 그리고 추억의 소재인 인생이 길어질수록 추억은 상대적으로 점점 짧아진다. 배에 올라 점점 멀어져 감에 따라서 기슭에 있는 사물이 점점 작아져 알아볼 수도, 구별할 수도 없게 되는데 과거의 세월과 당시의 체험과 행위도 이와 같은 것이다. 게다가 때로는 추억과 상상이 생애의 먼 과거의 장면을 마치 어제의 일처럼 생생하게 보여주는 경우도 있다. 그렇게 되면 그에 따라 그 장면이 우리 곁으로 바싹 다가온다. 이와 같은 일이 일어나는 것은, 현재와 당시 사이에 존재하는 오랜 기간을 이 장면처럼 단일한 모습으로서 한눈에 담을 수가 없기 때문에 그 장면과 같은 정도로 눈앞에 떠올릴 수가 없을 뿐만 아니라 이 기간 동안에 일어난 일은 대부분 잊어버려 추상적인 형태의 전반적 인식, 즉 단순한 개념만이 남아 있을 뿐 직관이 남아 있지 않기 때문이다. 이렇게 되면 먼 과거의 일이 그만큼 선명하게 마치 어제의 일처럼 가깝게 보이고, 한편, 그 사이에 낀 기간이 사라져버리기 때문에 전 생애가 이해할 수 없을 정도로 짧게 보이게 된다. 뿐만 아니라 때로 노년기에는 이렇게 긴 과거를 지내왔다는 사실, 즉 자신이 노년기에 있다는 사실을 거의 거짓말인 것처럼 생각하는 경우가 있다. 이런 일이 일어나는 것은 주로 눈앞에 보이는 현재가 한동안은 절대 변하지 않는 같은 현재이기 때문이다. 하지만 이러한 내면 과정은 결국 시간의 흐름 속에 있는 것은 우리 인간의 본질적인 성격 자체가 아니라 그로부터 비롯되는 현상뿐이라는 사실, 또한 현재는 주관과 객관의 접촉점이라는 사실에 기반을 두고 있는 것이다. 한편으로 청년기에 자신의 앞길에 있는 인생을 그처럼 끝이 보이지도 않을 정도로 긴 것으로 보는 것은 왜일까?

인생에 있어 한없이 많은 희망을 실현하기 위해서는, 므두셀라도 요절한 것이라고 할 수 있으니 그것만큼의 희망을 수용할 여지를 만들어둘 필요가 있다는 사실이 그 원인이다. 다음으로는 지금까지 지내온 미미한 세월을 인생의 척도로 삼는데 이 기간은 모든 것이 신기했었기 때문에 중대하게 보였으며, 그렇기 때문에 모든 것이 시간이 지나도 반추되어지고 따라서 몇 번이고 추억 속에서 반복되었으며 그로 인해 기억에 새겨진 것이기 때문에 이 미미한 세월의 추억은 언제나 내용이 충실하여 오랜 기간에 상당한다는 사실이 원인이 되는 것이다.

멀리 떨어져 있는 고향으로 돌아가고 싶다는 동경처럼 생각하는 일이 있는데 사실은 단순히 그 땅에서 보냈던 젊고 건강했던 시대로 돌아가고 싶다는 동경에 지나지 않는다. 이러한 때에는 시간이 공간의 가면을 쓰고 우리를 속이고 있는 것이다. 그곳을 여행해보면 속았다는 사실을 알 수 있다.

완전한 체질을 가지고 있는 사람이 고령에 달하기 위해서는 없어서는 안 될 전제조건으로서 두 가지 길이 있다. 이 두 가지 길은 타오르는 상태가 서로 다른 두 등불에 비유할 수 있다. 하나는 기름은 적지만 심이 매우 얇기 때문에 오래 불타며, 다른 하나는 심이 굵고 기름도 많아서 오래 탄다. 기름은 생명력이다. 심은 모든 방법에 의한 생명력의 소비이다.

생명력이라는 관점에서 36세까지는 금리로 살아가는 자와 같은 것이다. 지금 지출한 것은 내일이 되면 다시 생겨난다. 하지만 그 이후부터는 금리로 살아가는 자가 자본에 손을 댄 것과 같은 상황이 된다. 처음에는 사태의 변화가 전혀 눈에 띄지 않는다. 지출의 대부분이 변함 없이 저절로 되돌아온다. 사소한 적자는 깨닫지 못한다. 하지만 어느 틈엔가 적자는 커져서 눈에 띄기 시작한다. 적자의 증가액 자체가 날이 갈수록 증가한다. 증가가 더욱 심해져서 나날이, 오늘은 어제보다도 궁핍해지며 언제가 되어야 이것이 멈추게 될지도 모르게 된다. 이렇게 해서 물체의 낙하와 마찬가지로 감소의 속도가 점점 더 빨라져서 결국에는 아무것도 남지 않는다. 이 비유에서 예로 든 생명력과 재산 모두가 실제로 함께 구름처럼 흩어져버리기 시작하면 그것이야말로 더할 나위 없이 슬픈 일이다. 그렇기 때문에 연령과 함께 소유욕이 강해진다. 이에 반해 처음에는 즉 성년이 되기 전까지와 막 성년이 된 뒤 한동안은 생명력이라는 점에서, 아직 이자 중에서 얼마간을 떼어내 자본에 더하는 사람과 같은 입장에 있는 것이다. 지출한 만큼 다시 되돌아올 뿐만 아니라 자본 자체가 늘어난다. 그리고 이와 동시에 이러한 사정이 정직한 후견인의 보호에 의해서 금전상으로도 나타나는 경우가 있다. 아, 다복한 청춘이여! 아, 슬픈 노년이여! 그렇다고는 하지만 청년기의 정력은 소중히 여겨야 한다. 고대 그리스의 올림픽 경기에서 우승자 중 소년 시절에 한 번 우승하고 그 후에 장년이 되어서도 다시 우승한 자는 2, 3명밖에 없었다고 아리스토텔레스는 말했는데 그것은 연습에 필요한 조기의 노력 때문에 정력이 완전히 소모되어 장년기에는 0이 되었기 때문이다. 근력조차도 그러니 지적 업적이 되어 나타나는 신경력은 더더욱 그런 것이다. 조숙하게 소질을 보이는 자, 신동, 온실에서 자란 자가 소년기에는 사람들을 경탄케 하지만 후에는 그저 평범한 인간이 되어버리는 것도 바로 이 때문이다. 뛰어난 수많은 학자들이 후년에는 무능해지고 판단력을 잃는 것은 일찍부터 고어 학습에 노력할 것을 강요받기 때문이기도 할 것이다.

거의 모든 사람들의 성격이라는 것이 어떤 연령기에 특히 적합한 것 같다는 사실은 이미 앞서 말한 바 있다. 따라서 성격은 그 연령기가 되면 다른 연령기 때보다도 바람직한 것이 된다. 청춘기에는 사랑스러운 청년이었지만, 그 후에는 '그런 적이 있었던가' 라고 생각되는 사람이 있다. 장년기에는 믿음직스러운 활동가였지만 노년기에는 아무런 가치도 없어지는 사람도 있다. 노년기에는 지금까지보다도 경험이 쌓여 침착해지고 온화해져서 가장 좋은 인상을 주는 사람도 있다. 프랑스인 중에 이런 사람들이 많다. 이러한 현상은 인간의 성질 자체가 처음부터 청년적인 요소나, 장년적인 요소, 노년적인 요소 중 어느 것을 비교적 많이 갖추고 있어 각각의 연령기가 이 요소와 일치하는 경우도 있고 반대로 교정적인 기능으로 이 요소에 대항적으로 작용하는 경우도 있다는 사실에 기반을 두고 있는 것이 틀림없다.

배에 타고 있으면 기슭에 있는 사물의 모습이 뒤로 물러나고 그 때문에 점점 작아지기 때문에 그제야 자신이 전진하고 있다는 사실을 깨닫게 되는데 이것과 마찬가지로 자기가 봐서 젊어 보이는 사람의 연령이 점점 많아져 감에 따라서 자신이 점점 나이를 먹어가고 있다는 사실을 알게 된다.

나이를 먹으면 먹을수록 보는 것, 하는 일, 체험하게 되는 일 모두가 인간의 정신에 점점 더 흔적을 남기지 못하게 되는 것은 어떠한 경로에 의한 것이며, 어떠한 이유에서인지는 앞서 논한 바대로이다. 이런 의미에서 완전한 의식을 가지고 살아가는 것은 청년기 뿐이며 노년기에는 절반의 의식을 가지고 살아가는 것에 불과하다는 주장을 할 수가 있다. 나이를 먹어갈수록 그만큼 적은 의식으로 살아가게 된다. 사물은 재빠르게 지나가며 아무런 인상도 남기지 못한다. 천 번이나 본 예술 작품이 아무런 감명도 주지 못하는 것과 마찬가지이다. 해야만 하는 일을 하지만 나중에 그것을 했는지 어땠는지를 의식하지 못한다. 한편, 이러한 이유로 인생은 완전한 무의식 상태를 향해서 곧바로 전진할수록 점점 의식되지 못하기 때문에 시간의 진행도 더욱 빨라진다. 유년기에는 모든 대상, 모든 일이 신기하기 때문에 모든 것들이 의식 위로 올라온다. 따라서 하루가 끝이 보이지 않을 정도로 길다. 같은 경험을 여행에서도 할 수 있다. 그렇기 때문에 여행에서의 한 달은 집에서 보내는 넉 달보다도 길게 느껴진다. 하지만 모든 사물이 신기하더라도, 청년기나 여행할 때 길게 느껴지는 시간이 노년기나 집에 있을 때보다도 실제로 '지루하고 너무 길게 느껴지는 때'가 종종 있다. 그런데 이러한 종류의 견문이 오랜 습관이 되면 그것을 위한 지성이 점점 마멸되기 때문에 점점 모든 것들이 지성에 작용하지 않고 그대로 지나가 버리게 된다. 그렇게 되면 하루하루가 그 때문에 점점 무가치한 것이 되고 따라서 점점 짧아진다. 소년의 한 시간은 노인의 한 시간보다 길다. 따라서 우리의 일생에서 시간은 굴러 떨어지는 공과 마찬가지로 가속도 운동을 하는 것이다. 선회하는 원반 위에서는 어떤 점도 중심에서 떨어져 있을수록 그만큼 빨리 달리게 되는데 그것과 마찬가지로 사람은 누구나 인생의 출발점에서 멀어지면 멀어질수록 그 사람에게 있어서 시간의 흐름은 더욱 빨라진다. 따라서 우리의 마음을 단적으로 측정한다면, 일 년의 길이는 우리의 연령으로 일 년을 나눈 값에 반비례한다고 볼 수 있을 것이다. 예를 들어, 일 년이 나이의 5분의 1을 차지할 때, 즉 다섯 살에는 일 년이 겨우 연령의 50분의 1을 차지할 때에 비해 10배의 길이를 갖게 되는 것이다. 시간의 속도에 대한 이와 같은 차이는 각각의 연령에 따른 생활 방법 전체에 가장 결정적인 영향을 미치고 있다. 이 차이에서 발생하는 결과로서 첫 번째는 유년기는 거의 15년 동안에 불과하지만 수동적 활동이 가장 긴 시기이며 따라서 추억이 가장 많은 시기라는 사실을 들 수 있다. 다음으로는 전반적으로 봐서 우리가 무료함에 괴로워하는 것은 연령에 반비례한다는 사실이다. 아동에게는 놀이이든 일이든 마음을 돌릴 만한 무엇인가가 끊임없이 필요하다. 마음을 돌릴 만한 것이 없으면 곧 굉장한 무료함에 빠져든다. 청년이 되어서도 아직 많은 부분 무료함에 좌우되어 빈 시간이 오는 것을 두려워한다. 장년이 되면 무료함은 점점 사라진다. 노인에게는 언제나 시간이 너무 짧다고 느껴져 하루하루가 쏜살처럼 지나가 버린다. 노인老人이라고 했으니 인간을 말하는 것이지 나이 먹은 짐승을 말하는 것이 아니라는 사실을 말할 필요도 없을 것이다. 이러한 이유로 노년이 되면 시간의 진행에 가속도가 붙기 때문에 대부분은 무료함이 없어져버린다. 한편, 번뇌와 그에 따르는 괴로움도 침묵하기 때문에 건강하기만 하다면 총체적으로는 인생의 짐이 청년기보다는 실제로 가벼워진다. 따라서 상당한 고령자에게 반드시 나타나게 마련인 허약함과 질병이 나타나기 이전의 시기는 '남자로서 한창일 때'라고 불리고 있다. 쾌적의 경지라는 입장에서 보면 말 그대로일 것이다. 이에 반해 모든 것이 감명을 주고 모든 것이 생생하게 의식되는 청년기는 정신의 수태기受胎期, 정신의 꽃망울이 터지는 봄이라는 장점을 잃지 않는다. 틀림없이 깊은 진리는 직관적으로만 취할 수 있지, 합리적 추리로는 취할 수가 없다. 즉 깊은 진리에 대한 첫 인식은 직접적인 인식으로 순간적인 인상에 의해 환기된다. 따라서 이러한 인식은 인상이 강렬하고 생생하며 심각한 시기가 아니면 나타나지 않는다. 이러한 점에서 보자면 모든 것은 청년기의 활용 여하에 달려 있다. 노년이 되면 우리 자신이 완성되고 정리가 되어서 더 이상 인상에 종속하지 않게 되기 때문에 청년기 이상으로 타인이나 현실 세계에 영향을 줄 수는 있지만 현실 세계가 우리에게 영향을 주는 점은 적어지게 된다. 따라서 후의 연령기는 활동과 일의 시기이며, 이에 비해 청년기는 본원적인 파악과 인식의 시기이다.

청년기에는 직관이, 노년기에는 사고가 지배한다. 그렇기 때문에 청년기는 시에 경도되는 시기이며, 노년기는 철학에 경도되는 시기이다. 또한 실제로 청년기에는 직관적으로 느낀 사물과 그 인상에 의해 움직이지만 노년기가 되면 사고에 따라서 움직일 뿐이다. 한편, 이것은 노년기에 이르러서야 비로소 충분한 숫자의 직관적인 사례들을 겪게 되고 이러한 사례가 개념에 의해서 포괄되기에 이르기 때문에 개념에 대해 충분한 의미와 내용, 신용을 부여할 수 있고 동시에 직관에 의한 인상을 습관에 의해 줄일 수 있다는 사실에 기반을 두고 있다. 이에 반해 청년기에는, 특히 상상력이 풍부하고 활발한 두뇌를 가진 사람에게는 직관적인 것의 인상, 즉 사물의 외면이 주는 인상이 압도적이기 때문에 현실 세계를 하나의 그림처럼 바라본다. 따라서 이 그림을 배경으로 자신이 어떠한 모습으로 보이는가와 같은 사실에 주로 관심을 갖게 된다. 이 관심은 자신의 속마음이 갖는 기분에 대한 관심보다도 강렬하다. 이러한 사실은 청년의 허영과 남에게 잘 보이려고 하는 모습에서 쉽게 찾아볼 수가 있다.

정신 능력의 가장 커다란 활동과 최고의 긴장을 볼 수 있는 것은 의심할 필요도 없이 청년기, 늦어도 35세까지의 시기이다. 그것이 그 후가 되면 아주 서서히 감퇴하기 시작한다. 하지만 그 이후의 연령기에는, 가령 노년기라 할지라도 앞서 말한 감퇴를 보충할 만한 정신적 대상이 있다. 경험과 학식이 참으로 풍부해지는 것이다. 사물을 여러 가지 면에서 고찰하고 숙고할 수 있을 만큼의 시간과 기회가 주어져 모든 것들을 서로 비교하고, 서로간의 접촉점과 결합 부분을 잘 알고 있기 때문에 모든 것을 서로 관련시켜 이해하게 된다. 그리고 모든 것이 명확해진다. 따라서 청년기에 알고 있었던 사실도 더욱더 근본적으로 알게 된다. 어떤 개념에 대해서도 그것을 뒷받침할 만한 증거를, 청년기보다는 훨씬 더 많이 가진다. 청년기에 알고 있었다고 생각했던 것을 노년기에는 정말로 알게 된다. 뿐만 아니라 아는 것도 실제로 청년기보다는 훨씬 더 많아지며, 인식도 모든 방면에 걸쳐 두루 생각한 뒤에 얻어진 것이기 때문에 진정으로 근본적인 체계가 잡힌다. 이에 반해 청년기의 지식은 반드시 단편적이며 결여된 것이 있다. 오랜 산 사람은 인생의 전모와 그 자연스러운 경과를 널리 바라보며, 그 관점도 보통 사람과는 달리 인생의 입구 쪽에서 본 것이 아니라 출구 쪽에서 바라본 것으로 그렇게 되면 특히 인생의 덧없음에 대해 충분히 인식하게 되기 때문에 오래 산 사람이 아니고서는 인생에 대해 완전하고도 타당한 관념을 얻을 수가 없다. 그런데 그렇지 않은 사람은 언제까지고 진짜 무대는 지금부터라는 망상에 사로잡힌다. 이에 반해 청년기에는 다른 연령기에 비해 구상력이 풍부하다. 따라서 그 무렵의 지식은 보잘것없지만 그것을 구상력으로 풍부하게 하는 능력은 다른 어떤 연령기에서보다도 뛰어나다. 한편, 노년기에는 판단력과 투철함, 철저함이 다른 어떤 시기보다도 뛰어나다. 독자적인 인식, 즉 독창적인 근본 견해의 소재는 이미 청년기에 모아두었다. 즉 뛰어난 정신이 자신의 사명에 따라서 세상에 기여하는 것은 이미 청년기에 모아두었던 것이다. 하지만 자신이 가지고 있는 소재를 완벽하게 사용할 수 있는 것은 이후의 시기가 되어서이다. 따라서 대부분의 경우 뛰어난 저술가가 걸작을 발표하는 것은 50살 전후라는 사실을 알 수 있을 것이다. 하지만 청년기가 인식이라는 나무의 뿌리가 된다는 사실에는 변함이 없다. 단, 삭정이가 생기지 않으면 열매도 맺지 않는다. 역사상 어느 시대에도, 제아무리 내용이 빈약한 시대라도 그 직전의 시대를 비롯해 그 이전이 모든 시대에 비해서 자신들의 시대가 훨씬 더 현명하다고 생각하는데 이 점은 인간의 어느 연령기에 대해서도 그대로 적용된다. 하지만 어차피 많은 부분을 잘못 보고 있는 것이다. 육체적인 성장이 일어나는 연령기에는 정신 능력과 인식도 나날이 증대하지만 이때에는, 이른바 오늘이 어제를 한심한 눈으로 내려다보는 버릇이 생긴다. 이 버릇이 점점 뿌리를 내리게 되어, 정신 능력의 감퇴가 시작되어 정확하게 말하자면 오히려 오늘이 어제를 존경의 눈으로 바라보지 않으면 안 될 시기가 되어서도 이 버릇이 없어지지 않는다. 따라서 그렇게 되면 젊었을 때의 일과 판단을 과소평가하는 경우도 많아지게 된다. 여기서 전반적으로 지적해두고 싶은 것이 있다. 그것은 인간의 성격이나 심정 등과 마찬가지로 지성, 즉 두뇌도 그 근본 특성에서 보자면 선천적인 것이기는 하지만 성격이나 심정만큼 변하게 마련이다. 그리고 이러한 변화는 전반적으로 봐서 규칙적으로 나타난다. 한편으로는 지성이 육체적인 기초를 가지고 있다는 점, 다른 한편으로는 지성이 경험적인 소재를 가지고 있다는 사실에 기초한 변화이기 때문이다. 이처럼 지성 그 자체의 힘은 점점 성장하여 정점에 달하고 그 후에는 점점 쇠약해져서 정신 허약에 빠지게 된다. 그런데 또 다른 한편으로 이것과 함께 모든 능력을 작용하게 하고 활동하게 하는 소재, 따라서 사유와 인식과의 내용, 즉 경험이나 지식이나 수행, 심지어는 통찰의 완전함이라는 것도 양적으로 점차 성장을 하지만 곧 결정적인 약점이 나타나고 이 때문에 모든 것이 감퇴하게 된다. 이처럼 인간이 한편으로는 절대 불변의 요소와 또 다른 한편으로는 상반된 이중의 규칙적 변화를 하는 가변적인 요소로 구성되어 있다는 점을 생각해본다면 연령기에 따라서 지성이 나타나는 모습도 그것이 가지는 힘도 다르다는 사실을 설명할 수 있게 된다.

넓은 의미에서는 이렇게 말할 수 있을 것이다. 즉 일생의 처음 40년 동안은 본문을 제공하며, 그것에 뒤이은 30년 동안은 주석을 제공한다. 이 주석이 본문의 참된 의미와 맥락, 그리고 본문이 내포하고 있는 교훈과 모든 사소한 맛을 진정으로 이해하게 해주는 것이다.

인생의 마지막 무렵은 가장무도회의 끝 무렵에 가면을 벗는 것과 같은 것이다. 자신이 일생을 통해서 접촉해온 사람들이 진정으로 어떤 사람들이었나 명확해진다. 성격이 백일하에 드러나며, 선행과 악행이 그 열매를 맺고, 해온 일이 당연히 받아야 할 평가를 받게 되며, 환영은 완전히 무너져버리기 때문이다. 즉 이렇게 되기까지 시간의 경과가 필요했던 것이다. 그런데 가장 기묘한 것은 자기 자신, 즉 자기 자신의 목표와 목적을 인식하고 이해하는 일에서

조차 특히 세상, 즉 타인에 대한 자신의 관계라는 점에서의 인식과 이해는 인생의 마지막 시기가 되어서야 비로소 가능해진다는 사실이다. 그러한 때에는 자신이 예전에 생각했던 것보다도 낮은 위치를 자신에 대해 인정해야만 하는 경우도 물론 많겠지만 언제나 그런 것이 아니라 때로는 생각했던 것보다 높은 위치를 인정해야 하는 경우도 있다. 그러한 경우 그것은 자신이 세상의 저열함을 충분히 의식하지 않았고 그 때문에 세상보다도 높은 곳에 자신의 목표를 놓은 결과인 것이다. 그리고 여기에 더해 자신이 어떤 인간인지를 알게 되는 것이다.

보통 청년기는 인생의 행복한 시기, 노년기는 비애의 시기라고 일컬어지고 있다. 번뇌가 사람을 행복하게 하는 것이라면 이는 맞는 말이다. 청년기는 번뇌 때문에 이리저리 끌려다니며, 기쁨이 적고 괴로움이 많다. 냉정한 노년기는 번뇌에 시달리지 않는다. 노년기는 곧 명상적인 색조를 띠게 된다. 인식이 자유자재로 주도권을 쥐기 때문이다. 그런데 인식이라는 것은 그 자체로는 고통이 없는 것이기 때문에 인식이 의식 속에서 지배적인 위치를 차지하게 될수록 의식은 행복해진다. 번뇌가 사람을 행복하게 할 수 없다는 사실, 수많은 향락에 참여할 수 없다고 해서 노년기를 슬퍼하는 것은 적당하지 않다는 사실을 이해하기 위해서는 무릇 향락이 부정적이고 소극적인 성질을 가진 것이며, 고통이 긍정적이고 적극적인 성질을 가진 것이라는 사실을 재고하기만 하면 된다. 모든 향락이라는 것은 결국 욕망의 만족이다. 그런데 욕망의 소멸과 함께 향락도 없어진다는 사실은, 식사를 한 후에는 먹고 싶어도 더 이상 먹을 수 없는 것이나, 하룻밤 자고 난 뒤에는 눈을 뜨고 있을 수밖에 없다는 사실과 마찬가지로 한탄할 만한 일이 아니다. 백발이 되면 그 때까지 우리를 끊임없이 괴롭혀오던 성욕으로부터 드디어 벗어나게 되기에 백발의 시기는 행복하다고 플라톤은 『공화국 편』의 서두에서 말했는데 이것이 훨씬 더 올바른 견해이다. 뿐만 아니라 성욕, 즉 인간이 끊임없이 사로잡혀 있는 이 악마의 지배 하에 있는 동안에는 그 때문에 일어나는 끊임없는 수많은 변덕과, 이러한 변덕에서 생겨나는 희로애락에 의해서 인간의 내면에 끊임없이 경미한 정신착란 상태가 유지되기 때문에 인간은 성욕이 소멸한 후에야 비로소 완전히 이성적이 되는 것이라고 할 수 있을 것이다. 어쨌든 일반적으로 봐서 개인적인 사정을 완전히 도외시한다면 청년기에는 어떤 종류의 우울과 비애가 반드시 따라다니며 노년기에는 어떤 종류의 명랑함이 늘 따라다닌다는 것은 틀림없는 사실이다. 그 원인은, 청년기는 아직 앞서 말한 악마에게 지배당하는 정도를 넘어 그것의 종노릇을 하고 있기 때문에 쉽게 자유로운 시간을 가질 수가 없으며 동시에 이 악마가 인간에게 강요하는 재앙 대부분의 직·간접적인 피해자가 되는 데 반해서 노년기에는 오랜 동안

몸에 채워져 있던 족쇄를 풀고 드디어 자유로이 돌아다닐 수 있는 인간이 지니는 명랑함이 있기 때문이다. 하지만 다른 한편으로는 성욕이 소멸된 뒤에는 인생의 핵심이 되는 부분은 완전히 먹혀버렸고 이제는 인생의 껍데기만이 남아 있는 것이라고도 할 수 있을 것이다. 아니, 인생은 인간에 의해서 개막되지만 마지막에는 인간의 의상을 입은 로봇이 막을 내릴 때까지 연기를 하는 희극과도 같은 것이라고까지 할 수 있을 것이다.

어쨌든 청년기는 동요의 시기이며, 노년기는 평온의 시기이다. 이런 점에서 생각해보더라도 양자가 쾌적하다고 생각하는 환경이 다를 것이라는 사실을 추론해낼 수 있을 것이다. 어린아이는 물건을 갖고 싶다는 마음에 손을 멀리로 뻗어 눈앞에 있는 형형색색의 사물을 무엇이든지 잡으려고 한다. 감각기관이 활발하고 젊기 때문에 이러한 사물에 자극을 받기 때문이다. 이러한 현상은 청년기에 한층 더 활발하게 나타난다. 청년도 화려한 색의 세계와 다양한 형태에 자극을 받고 이러한 것들을 상상력에 의해서 세계가 꿈에서조차 부여할 수 없을 정도의 것들을 만들어낸다. 따라서 청년은 막연하여 붙잡을 수 없는 것을 추구하는 욕망과 동경으로 가슴을 한껏 부풀린다. 이 욕망과 동경 때문에 청년은 행복에 없어서는 안될 평온을 빼앗긴다. 이에 반해 노년기에는 이러한 기분들이 모두 진정된다. 이것은 한편으로는 피가 냉정해지고 감각기관이 둔해져서이기도 하지만 다른 한편으로는 사물의 가치와 향락의 정체를 경험으로 배운 결과, 예전에 사물에 대한 걷잡을 수 없는 그대로의 견해를 은폐, 왜곡하고 있던 착각과 환영, 편견에서 점점 벗어나게 되고 그 결과 이제는 모든 것을 예진보다도 징확하고 확실하게 인식하고, 모든 것을 그 모습 그대로 받아들이고, 거기다 많든 적든 간에 속세의 모든 사물의 덧없음에 대한 통찰을 얻었기 때문이기도 하다. 그렇기 때문에 거의 대부분의 노인이 비록 극히 평범한 능력을 가진 사람이라 할지라도 어딘지 모르게 예지의 모습을 갖추고 있으며 그렇기 때문에 청년보다는 뛰어나다는 인상을 주는 것이다. 어쨌든 주로 이러한 것이 정신의 평정을 가져다주는 것이다. 정신의 평정은 행복의 커다란 구성요소이다. 결국은 행복의 조건이자 본질요소라고까지 말할 수 있을 것이다. 따라서 청년은 그것이 있는 곳만 알 수 있다면 어떤 굉장한 것을 현실 세계에서 얻을 수 있을 것이라고 생각하지만 노인은 전도서에서 말한 것처럼 "모든 것은 헛되다."라는 정신에 철저하여 제아무리 금빛으로 둘러싸여 있어도 보자기 속은 전부 텅 비어 있다는 사실을 알고 있다.

인간이 호라티우스처럼 "어떤 일에도 감탄은 하지 않는다."는 정신, 즉 만물의 공허와 현세의 모든 아름다운 것의 덧없음에 대한 마음에서 직접적이고 확고부동한 신념을 얻는 것은 상당한 연령이 되고 난 이후이다. 환영은 이미 사라져버렸다. 궁전이나 판잣집의 어딘가에 특별한 행복이 깃들어 있을 것이라거나, 육체적이거나 정신적인 고통만 없다면 대체로 어디를 가더라도 얻을 수 있는 정도의 행복보다도 더욱 커다란 행복이 있을 것이라는 등의 망상은 더 이상 품지 않는다. 속세의 잣대로 측정한 대소나 귀천과 같은 것에 대한 구별이 없다. 이로 인해 노인은 마음의 평정을 얻고, 평정한 마음으로 미소를 지으면서 세상의 기만을 내려다본 노인은 완전한 환멸을 맛보았다. 인생은 어떠한 술책을 써서 장식하고 위장해보아도 이 화려한 허식의 틈새로 그 빈약함을 들여다볼 수 있으며, 어떻게 착색하고 어떻게 꾸며보아도 대체로 모두 같은 인생으로, 이러한 생존의 가치는 결국 얼마나 고통이 없느냐에 따라서만 잴 수 있으며, 향락이나 영화, 부귀영화 등을 어느 정도 얻었느냐 하는 것으로는 잴 수 없는 것이라는 사실을 알고 있다. 노년기의 근본적인 특징은 환멸감을 품고 있다는 점에 있다. 지금까지 인생에 매력을 부여하고 활동에 자극을 주었던 환상이 모습을 감춰버렸다. 세상의 모든 아름다운 것, 특히 부귀영화나 권세의 화려함에 대한 덧없음을 깨달았다. 우리가 소망하는 것이나 동경하는 향락이 사실은 실체가 없는 것이라는 사실은 이미 경험을 통해 알고 있다. 이렇게 해서 우리의 전 생존이 빈약하기 짝이 없으며 헛된 것이라는 사실을 드디어 깨닫기 시작한다. 70살이 되어서야 비로소 전도서의 첫 구절("헛되고 헛되며 헛되고 헛되니 모든 것이 헛되도다.")을 완전히 이해할 수 있게 된다. 한편, 그렇기 때문에 노년기에는 어딘지 모르게 원망스러운 듯한 표정을 짓게 된다.

보통 노년기에는 병과 무료함이 숙명적으로 주어진다고 생각되고 있다. 병은 특별히 노년기에만 본질적으로 주어지는 것이 아니다. 특히 크게 장수할 운명을 받은 자의 경우는 더욱 그렇다. 수명이 길면 건강과 병이 함께 증대하기 때문이다. 한편, 노년기에는 청년기보다 무료함에 빠질 가능성이 적은데 그 이유는 앞서 지적을 해놓았다. 게다가 모든 사람들이 바로 인정할 수 있는 원인에 의해 노년기에는 고독해지기는 하지만 그렇다고 해서 무료함이 이 고독에 필연적으로 수반되는 것이라고는 결코 말할 수 없다. 그러한 것은 평생 동안 관능적이고 사교적인 향락밖에 몰랐던 사람, 정신을 풍부하게 하고 능력을 연마하지 않았던 사람에게만 해당하는 것이다. 나이를 먹으면 정신 능력도 감퇴하지만 원래부터 풍부한 정신 능력을 가지고 있었다면 무료함을 정벌할 수 있을 정도의 능력은 아직도 남아 있을 것이다. 그리고 앞서 지적한 대로 경험 · 지식 · 수행 · 사고에 의해 올바른 통찰은 나이가 들수록 더욱 증대하며, 판단력은 날카로워지고, 사물의 관련성을 명확하게 파악할 수 있게 된다. 무슨 일에 대해서나 전체를 개괄적으로 두루 볼 수 있는 힘을 얻게 된다. 이러한 경우에는 축적한 인식을 끊임없이 새롭게 종합할 뿐만 아니라 기회가 있을 때마다 이것을 더욱 풍부하게 함으로써 자기 자신에게 더해지는 근본적인 도야陶冶가 모든 면에서 진전을 보여, 이것이 정신에 일감과 만족과 보답을 주는 것이다. 이렇게 해서 앞서 말한 감퇴는 어느 정도 메워지게 된다. 그리고 앞서 말한 것처럼 노년기에는 시간의 흐름이 훨씬 더 빨라지기 때문에 이것이 또한 무료함을 정벌하는 요인이 된다. 체력은 직업상 필요한 경우가 아닌 한, 그 감퇴가 특별한 손실이 되지 않는다. 노년기에 있어서의 빈곤은 커다란 불행이다. 빈곤을 정벌하고 건강을 유지한다면 노년기는 그다지 고통스럽지 않은 연령기이다. 한가롭게 있고 싶다는 것과 안심하고 지내고 싶다는 것이 노년기의 주요한 욕구이다. 따라서 노년기가 되면 이전보다도 더욱 금전을 사랑한다. 금전이 능력 부족을 메워주기 때문이다. 연애의 여신 비너스에게서 쫓겨난 이상 술의 신 바쿠스에게 매달려보고 싶어질 것이다. 견문·여행·학습에 대한 욕망 대신 사람을 가르치거나 이야기하고 싶다는 욕망이 생겨난다. 하지만 노인이 되어서도 아직 연구욕이 있고, 음악이나 연극을 즐기며, 결론적으로 외부의 것들에 대한 어떤 종류의 감수성이 남아 있다면 행복한 것이다. 이러한 감수성이 만년까지 남아 있는 사람이 있다는 사실은 말할 필요도 없다. 사람이 '본래 소유하고 있는 것'이 노년기처럼 도움이 되는 시기도 없다. 물론 대부분의 인간은 일생을 어리석게 살아왔기 때문에 나이를 먹으면 더욱 자동기계화되어 언제나 같은 것만을 생각하고 말하고 행하므로 외부로부터 어떠한 감명을 받아도 생각하고 말하고 행하는 것은 조금도 바꿀 수 없다. 또는 이러한 감명을 주는 것으로 그들에게 어떤 변화를 요구할 수도 없다. 이런 종류의 노인에게는 말을 걸어도 모래 위에 글을 쓰는 것과 마찬가지로 전달하려는 인상은 주어지자마자 사라져버린다. 이런 종류의 노령은 그야말로 인생의 폐물이다. 고령이 되면 드물게 세 번째 치아가 나는 것을 볼 수 있는데 이것은 아무래도 제2의 유년기가 왔음을 대자연이 상징적으로 보여주기 위해서 일어나는 현상 같다.

나이라는 파도에 밀려 모든 능력이 점점 떨어져가는 것은 참으로 슬픈 일이기는 하다. 하지만 이것은 필연적인 일이다. 아니, 자비심에 넘치는 섭리이다. 이것은 죽음에 대한 준비라고도 할 수 있는 것으로 이것이 없다면 죽음은 참으로 견디기 어려운 것이기 때문이다. 그렇기 때문에 상당한 고령에 이르러 얻게 되는 최대의 이득은 아름다운 죽음이라는 것이다. 병에 의해 일어난 것도 아니고 경련도 수반하지 않으며 아무런 느낌도 없는 극히 편안한 죽음이다. 그것에 대해서는 나의 주요 저서 제2권에 묘사해놓았다.

베다의 우파니샤드는, 천수는 백 살이라고 했다. 이는 근거 있는 말이라고 생각한다. 왜냐하면 나는 90세가 넘은 사람이 아니고서는 아름다운 죽음을 맞이할 수 없다는 사실, 즉 병도 없이, 졸중※

中도 없이, 경련도 없이, 천식도 없이 아니 때로는 얼굴색이 창백해지는 일도 없이, 대부분은 앉은 채로, 그것도 식사를 마친 뒤에 죽는, 아니 결코 죽는 것이 아니라 그저 살기를 그만두는 것과 같은 죽음은 맞이할 수 없다는 사실을 알았기 때문이다. 그 이전의 나이에 죽는 것은 그저 병으로 인해 죽는 것이기 때문에 요절이라고 할 수 있다.

사람의 일생은 결국 길다고도 짧다고도 말할 수 없다.(그 이유는 제아무리 오래 살아도 지금보다 많은 것을 인식하지는 못하기 때문이다. 추억은 나날이 얻어지는 양보다도 망각에 의해 잃는 양이 더 많다.) 일생은 결국 다른 모든 시간의 길이를 측량하는 잣대가 되기 때문이다.

청년기와 노년기의 근본적인 차이는 누가 뭐래도, 전자는 앞길에 생을 가지고 있으며 후자는 앞길에 죽음을 가지고 있다는 사실, 따라서 전자가 짧은 과거와 긴 미래를 후자가 긴 과거와 짧은 미래를 가지고 있다는 사실이다. 물론 노령이 되면 앞길에는 죽음만이 있고 젊을 때는 앞길에 생이 있다고는 할 수 있지만, 문제는 생과 사 중 어느 것이 더 좋지 않은 것인가, 전체적으로 봐서 삶이라는 것은 앞길에서 보는 것보다는 과거의 것으로 바라보는 편이 더 나은 성질의 것이 아닐까, 하는 것이다. 전도서도 제7장 1절에서 이미 "죽는 날이 출생하는 날보다 낫다."고 말하지 않았는가? 상당한 장수를 바라는 것은 어쨌든 크게 어긋난 소망이다. 스페인 속담에 "명이 길면 재앙이 많다."는 말이 있는데 바로 그렇기 때문이다.

　점성술은 개개인의 생애가 이미 별들 속에 그려져 있는 것처럼 이야기하고 있다. 그것은 틀림없이 잘못된 것이지만 인간의 각 연령기에 별이 하나씩 순차적으로 대응하고 그것에 따라서 인간의 삶이 차례로 모든 별의 지배를 받는다는 의미에서는, 개개인이 아닌 총체로서의 인간의 생애는 미리 별들 속에 그려져 있는 것이다. 10세 때는 수성이 지배를 한다. 수성처럼 인간은 가장 좁은 원 속에서 경쾌하고 재빠르게 움직이고 있다. 사소한 일에도 쉽게 마음이 변하지만 꾀와 능변의 신의 지배를 받기 때문에 많은 것들을 쉽게 기억한다. 20세부터 금성의 지배가 시작된다. 사람은 완전히 연애와 여자의 포로가 되어버린다. 30세에는 화성이 지배한다. 이 무렵의 인간은 기상이 격하고, 힘이 세며, 대담하고, 전투적이며, 지기를 싫어한다. 40세에는 네 개의 작은 별이 지배한다. 그것에 따라서 사람의 삶의 방식에 차이가 생겨나기 시작한다. 즉 인간은 곡물의 여신 케레스 별의 힘을 얻어 생산적이다. 다시 말해 세상에 도움이 되는 일에 봉사한다. 또한 아궁이의 여신 베스타 별의 힘을 받아 가정을 꾸린다. 그리고 지혜의 여신 파라스 별의 힘을 받아 알 필요가 있는 것을 습득했다. 또한 집안의 여주인인 아내가 유노 별로서 지배하고 있다. 그리고 50세가 되면 목성이 지배를 한다.

이미 대부분의 사람은 세상을 떠났으며 현재 세대보다는 자신이 더 뛰어나다는 사실을 자각하고 있다. 아직은 자신의 능력을 충분히 향수할 수 있으며, 경험과 지식도 풍부하다. 자신을 둘러싸고 있는 모든 사람들에 대해 (자신의 개성과 지위에 따라서) 권위를 가지고 있다. 따라서 이제는 명령을 받는 것이 아니라 명령을 하려고 한다. 자신의 영역에서는 이제 지도자가 되고 지배자가 되기에 가장 적합하다. 이처럼 목성은 남중南中하며, 목성과 함께 50세의 인간도 정점에 달한다. 다음은 60세로 토성이 나타나는데 토성과 함께 납 특유의 무게와 느림과 끈적함이 나타난다.

> 저세상 사람인 줄 알고 가만히 들여다보니, 마치 납처럼
> 창백하고 무거우며, 느리고 둔한 늙은이.
>
> 『로미오와 줄리엣』 제2막 제5장

마지막으로 오는 것이 천왕성이다. 그 이름대로 이때의 사람은 하늘로 오르는 것이다. 해왕성은 에로스 별이라는 진정한 이름으로 부르는 것이 용납되지 않으니 여기서는 이 별을 사고에 넣을 수 없겠다. 만약 에로스 별이라는 이름으로 부르는 것이 허용된다면 나는 다음과 같은 점을 지적해보고 싶다. 그것은 종말이 발단과 어떤 식으로 연결되는가 하는 점이다. 즉 에로스가 죽음과 은밀한 관

계를 가지고 있으며 그 관련에 의해 하계의 신인 오르크스나 (플루타르코스에 의하면) 고대 이집트인이 생각했던 하계의 신 아멘테스가 빼앗고 주는 자, 즉 취할 뿐만 아니라 주기도 하는 자로, 죽음이 생의 커다란 그릇이라는 점이다. 그렇다면 거기에서, 즉 오르크스로부터 모든 것이 생겨나는 것으로 지금 생을 받은 것들은 모두 거기에서 살았던 적이 있었던 것이다. 이러한 과정을 만들어내는 마법사의 술법을 알 수 있을 만한 능력이 우리들에게 있다면 삼라만상의 모든 것이 명확하게 밝혀질 것이다.

해설

해설

꩜

 아르투어 쇼펜하우어(*Arthur Sohopenhauer*)는 1788년 2월 22일 단치히에서 태어났다. 아버지 하인리히 프로리스는 은행에서 근무했고, 어머니 요한나는 수많은 동화를 저술했다. 부모님과 함께 독일, 프랑스, 영국, 네덜란드 등으로 거처를 옮겨가며 살았다. 아르투어가 외국 문학과 외국어에 정통했던 것은 이러한 환경에서 자란 영향도 있었을 것이다. 처음에는 상인이 될 생각이었지만 1805년에 아버지가 일찍 돌아가시면서 어머니의 권유로 1809년 의학생으로 괴팅겐 대학에 들어가 자연과학과 역사를 연구하면서 한편으로는 고트로브, 에른스트, 슐체 밑에서 철학, 특히 플라톤과 칸트를 연구하였다. 1811년 피히테를 흠모하여 베를린 대학으로 향했지만 곧 피히테에게도 불만을 품게 되어 독학의 길을 걷는다. 1813년 「충족이유율充足理由律의 4가지 근거에 대하여」라는 논문으로 예나 대학으로부터 학위를 받는다. 이에 앞서 베를린을 떠나 예나, 푸도르슈타르, 바이마르로 옮겨 다녔는데 바이마르에서는 1813년에 괴테의 영향을 받아 색채론을 연구한다. 한편 이곳에서 동양철학자인 프리드리히 마이엘을 만나 고대 동양의 지혜, 특히 베다의 우파니샤드를 연구하는 기회를 갖게 된다. 1814년부터 1818년까지는 드레스덴에서 살았으며, 이때 자신의 철학 체계를 확충한다. 그 성과가 주요 저서인 『의지와 표상으로서의 세계』이다. 이어서 이탈리아를 여행한 뒤, 1920년에 베를린 대학의 사강사私講師가 되었지만 헤겔의 인기에 압도당해 1821년에 퇴직하고 만다. 1822년 스위스, 이탈리아로 여행을 했고, 1823년부터는 베를린에서 살았으며, 1831년에 마인 강변에 있는 프랑크푸르트로 이주해서 이곳에서 영주하며 저술에 전념했다. 1860년 9월 21일 폐부 마비로 영면에 들었다.

그의 주요는 저서로는 다음과 같다.

1813년 『충족이유율充足理由律의 4가지 근거에 대하여』(1847년 재판)

1816년 『시각과 색에 대하여』(1854년 재판)

1819년 『의지와 표상으로서의 세계』(1844년 재판, 1859년 3판)

1830년 『생리학적 색체론』

1836년 『자연의 내면적인 의지에 대하여』(1854년 재판)

1841년 『논리학의 2대 근본문제』(1. 인간 의지의 자유. 2. 도덕의 기초 / 1860년 재판)

1851년 『수필과 이삭줍기』(수상집)

이번에 번역하게 된 것은 이 중 가장 마지막에 속하는 『수필과 이삭줍기(*Parerga paralipomena*)』에 실려 있는 『처세술 잠언(*Aphorismen zur Lebensweisheit*)』이다.

본 논문은 철학 전문가가 아닌 사람들에게 인생의 의의를 설명하고, 사람들이 추구하는 행복은 과연 어디에 있는가, 참된 행복이란 무엇인가를 가르치고 있는 것이다. 속담, 격언, 시문을 곳곳에 인용하고 유머와 풍자를 섞었으며 전편을 단번에 독파할 수 있도록 한 맛깔스러운 문장에는 그저 감탄할 뿐이다. 행복이란 인간이 품고 있는 커다란 미망迷妄이다. 신기루이다. 하지만 그것을 깨닫지 못한다. 이 깨닫지 못하는 인간을 깨닫지 못한 채로, 행복에 대한 꿈을 꾸게 하면서 구제하려고 하는 것이다. 이런 의미에서 인생은 희극이자 희화이다. 유머이다. 따라서 이것을 인도할 인생론도 풍자적이고 해학적일 수밖에 없는 것이다. 저자가 설명하는 커다란 철리哲理의 배후에서 저자가 내밀고 있는 혓바닥을 놓치지 말기 바란다.

이 논문 속에도 저자의 근본적인 철학 사상이 숨을 쉬고 있다. 하지만 여기서는 자세한 설명을 피하고, 단지 현대를 살아가는 우리에게 절실한 점만을 취한다면, 첫 번째로는 키에르케고르, 니체, 토마스 만 등을 관철하는 고독한 초인超人이라는 사상의 싹을 볼 수 있을 것이다. 어리석은 무리와 우월한 자 사이의 넘기 힘든 간격, 철학적으로 말해 살아가려는 의지만으로 살아가는 자의 사회와 지성, 그리고 정신으로 살아가는 자의 고독의 대립인 것이다. 두 번째로는 저자가 고대 인도의 '범아일여梵我一如', 즉 불교의 '일즉일체一卽一切'의 깨달음을 펼치고 있다는 사실이다. 저자는 이 동양적인 '공空' 관념에서 궁극의 안심입명安心立命을 구하려고 한다. 서양에서 이 '공' 관념을 가장 잘 나타낸 것은 『구약성경』의 「전도서」로, 저자도 여기서 종종 인용을 했다. 세 번째로는 곳곳에서 볼 수 있는 저자의 과학적 정신의 편린이다. 일반적으로 저자는 전형적인 관념론자로 알려져 있지만, 현상계에는 인과와 필연이 존재한다고 봤다는 점, 정신 활동도 완전히 두뇌의 생리현상에 지나지 않는다고 말한 점, 충족 이유의 원리를 시·공간의 원리와 대등하게 유일한 범주로 삼았다는 점, 저자가 제창한, 칸트의 사물 자체에 상당하는 '의지'는 결코 주관주의나 관념론적으로 해석할 수 없다는 점 등을 감안한다면, 저자로서는 유물론자라고 불리기를 원치 않겠지만 그렇다고 해서 관념론자로 불리기를 바라지도 않았을 것임을 알 수 있다.

– 박현석

옮긴이 **박현석**

목원대학교 국어국문과 졸업. 전문 번역가, 에이전트.
역서로는 《호감의 기술》, 《오만과 편견》, 《위대한 인생》, 《조르주
상드 소설집》 등 다수가 있다.

쇼펜하우어 인생론 행복한 인생을 위한 잠언

2010년 12월 25일 1판 1쇄 인쇄
2023년 12월 05일 1판 23쇄 펴냄

지은이 ㅣ A. 쇼펜하우어
옮긴이 ㅣ 박현석
기 획 ㅣ 김종찬
발행인 ㅣ 김정재

펴낸곳 ㅣ 나래북 · 예림북
등록 ㅣ 제 313-1997-000010호
주소 ㅣ 경기도 고양시 덕양구 지도로 92번길 55. 다동 201호
전화 ㅣ (031) 914-6147
팩스 ㅣ (031) 914-6148
이메일 ㅣ naraeyearim@naver.com

ISBN 978-89-94134-07-9 03850